Love Appeal Drama

1판 1쇄 찍음 2015년 2월 4일
1판 1쇄 펴냄 2015년 2월 11일

지은이 | 김나혜
펴낸이 | 고운숙
펴낸곳 | 봄 미디어

기획·편집 | 손수화, 정수경

출판등록 | 2014년 08월 25일 (제387-2014-000040호)
주소 | 경기도 부천시 원미구 소향로17, 304(두성프라자) (우)420-864
영업부 | 070-5015-0818 **편집부** | 070-5015-0817 **팩스** | 032-712-2815
E-mail | bommedia@naver.com
소식창 | http://blog.naver.com/bommedia

값 9,000원

ISBN 979-11-86093-90-0 03810

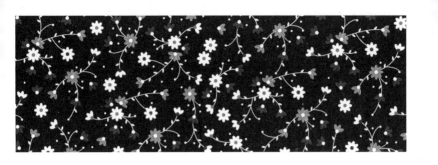

리브·어필·드라마

김나혜 장편 소설

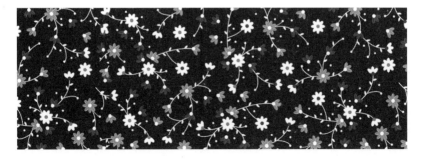

contents

똑똑, 가볍게 문을 두드리는 소리가 아득하게 들린다. 실제로 들리는 소리인지, 아니면 환청인지 잠에 빠져 기능을 잃은 뇌가 분간을 하지 못한다.

쾅쾅, 손으로 하는 노크가 발차기로 변질되어 문을 부술 듯 두드린다. 소리가 달라지자 뇌가 반응을 보이며 깨어난다. 아득했던 소리가 점차적으로 선명하게 다가온다.

"으음."

침대 위에서 죽은 듯이 잠든 인형(人形)이 오랜 뒤척임 끝에 짜증이 가득한 손놀림으로 이불을 젖히고 일어났다. 이불을 쥔 손은 크고 다부졌다. 솟아오른 시퍼런 핏줄을 따라 올라가자, 잔뜩 힘이 들어간 팔뚝이 불끈거렸다.

여섯 개로 선명하게 갈라진 복근과 단단한 가슴. 근사한 몸을 가진 남자가 숙이고 있던 고개를 천천히 한 바퀴 돌리자 우드득 소리가 난다. 그의 몸이 깨어났다.

"형님! 일어나 봐요!"

쾅쾅, 뇌를 울리는 소리에 아직 감겨 있는 남자의 눈꺼풀 사이가 깊게 팼다. 마른침을 삼키자 울대가 크게 위아래로 움직인다.

새하얀 얼굴에 잡티 하나 없는 피부. 매끈한 이마 아래의 짙은 눈썹과 가늘고 긴 눈매. 높게 솟은 코와 또렷한 인중 밑의 붉은 입술.

"형님!"

번쩍, 남자의 눈이 뜨였다. 깊은 눈매에 보일 듯 말듯 가느다란 속쌍꺼풀과 짙은 고동색의 눈동자. 몇 차례의 깜빡임에 흐렸던 눈동자에 서서히 빛이 스며들었다.

쾅쾅, 거센 두드림에 문이 흔들리는 걸 보고 나서야 남자는 침대에서 벗어났다.

벌컥 문이 열리자 남자의 양손과 한 발이 허공에 멈췄다. 한 발로 몸을 지탱하던 거구의 남자가 기우뚱거렸다.

간신히 양발로 땅을 딛고 선 거구의 남자는 눈을 위로 치켜뜨고, 문손잡이를 잡고 서 있는 반라의 남자와 눈을 맞췄다.

두 남자 모두 꽤 장신을 자랑했는데, 반라의 남자가 188cm의 키로 거구의 남자보다는 5cm가량 더 컸다.

"뭐야. 오늘 일 없잖아."

낮게 가라앉은 태평한 목소리에 거구의 남자는 환장하겠다는 얼굴로 제 가슴을 두드렸다.

"형님! 지금 일이 문제예요? 난리 났어요, 아주!"

형님이라 불린 사내의 한쪽 눈썹이 위로 치켜 올라갔다.

매니저인 재민이 저렇게 길길이 날뛰는 이유가 무엇일지 가늠하느라 여러 생각들이 오갔다. 하지만, 막 잠에서 깨어난 뇌는 재민이 날뛰는 속도만큼 빠르게 회전하지 못했다.

"뭔데."

"이거 봐요!"

주머니에서 스마트폰을 꺼낸 재민은 인터넷 신문의 연예면으로 접속했다. 그리고 가장 위에 올라와 있는 기사를 누른 뒤 남자에게 건넸다.

특종! 배우 정인하(30세)와 배우 신혜원(27세) 전격 결혼 발표!

타이틀을 읽은 남자의 입에서 피식 바람 빠지는 소리가 흘러나왔다. 자세한 내용은 볼 생각도 하지 않은 채 재민에게 스마트폰을 건넨 그는 뒤돌아 다시 침대로 향했다.

"아! 형님! 지금 형님 결혼 기사가 났다고요!"

"스캔들이 처음도 아니고. 뭐, 이번 거는 세긴 세네. 결혼. 크큭. 빨리 기사 내리라고 해."

막 이불을 들추고 그 속으로 몸을 넣는 인하에게 성큼성큼 걸어간 재민은 기사를 쭉 내려 찍힌 사진을 들이밀었다.

"사진이 호텔 앞에서 찍혔어요! 버젓이! 호텔 이름까지 찍혔다고요! 아니, 푸르스름한 새벽에 호텔 앞에서 두 사람이 다정하게 이야기하는 모습이 찍혔으니 다들 뭐라고 생각하겠어요! 이미 신혜원이 형님 아이 가졌다는 기사까지 떴다고요!"

재민의 장황한 말에 인하는 그제야 해프닝으로 끝날 일이 아니라는 생각이 들었다.

최근에 인기 여자 가수와 남자 배우 역시 비슷한 기사가 터졌는데, 그 여자 가수가 낙태를 했다는 기사까지 연이어 터지면서 두 사람은 매장 당했다고 해도 무방할 정도로 대중의 질타를 받았다.

"어디까지 기사 나갔어."

남자의 목소리가 짙게 가라앉았다. 지금껏 이미지와 경력을 유지하기 위해 해 왔던 노력이 눈앞을 스쳐 지나갔다.

짧은 무명 시절에 갖은 무시와 멸시를 받았고, 인기를 얻은 초기에는 얼굴만 반반하다는 비웃음을 샀다. 연이은 작품 성공으로 연기파 배우, 그것도 톱 배우의 반열에 오르기까지 남자는 남들에게 뒤지지 않는 노력을 했다.

"아마 지나가는 초등학생도 알걸요. 신혜원 씨 뱃속의 아이가 12주라는 말까지……."

재민의 말은 방 안을 가로지르는 핸드폰 벨소리로 인해 끊겼다. 침대 옆 협탁 위에 놓인 핸드폰을 들고 발신자를 확인한 인하는 길게 한숨을 내쉬었다.

"네, 어머니."

―인하야, 어디니? 그러니까…… 집으로 와야 할 것 같구

나. 지금 집에…… 아니다, 일단 어른들끼리 이야기를 더 해 보고…… 아니, 너희 의견도…… 그보다 언제 네가 연애를…….

인하는 인내심 있게 횡설수설하는 모친의 말을 듣다가 재민이 빨리 나가야 한다는 듯 발을 동동 굴리자 그녀의 말을 잘라 냈다.

"어머니, 지금 제가 나가 봐야 해요. 급한 일 아니면 제가 다시 연락 드릴게요."

─많이 바쁘니? 그래, 그럼 우선 우리가 혜원 양 어머니와 이야기를 나누마. 일 마무리되면 집으로 오렴.

"……어머니, 누구라고요? 집에 누가 왔어요?"

─혜원 양의 어머니가 집에 오셨단다. 미리 말이라도 해 줬어야지. 우리가 얼마나 당혹스러운지. 아들의 연애와 결혼 소식을 사돈에게서 들어야겠니?

"아니, 왜 집에 그 여자의…… 잠깐! 결혼이라고요? 사돈?"

─그래. 그보다 너는 사진을 찍혀도 그런 곳에서 찍히니. 남들은 차 안에서 데이트하는 게 찍히던데. 내가 사돈 보기가 민망해서.

"어머니, 제가 지금 갈게요."

인하의 얼굴에 혼란스러움과 의문, 짜증과 분노가 섞였다. 그의 눈동자에는 혼란스러움이 깃들었고, 그의 눈매는 의문에 찌푸려졌으며, 그의 입매는 짜증에 비틀렸고, 그의 턱은 분노로 힘이 실렸다.

"형님?"

"밑에 기자들 있어?"

"당연하죠. 그런데 제가 아버지 차를 끌고 와서 몰래 나갈 수 있어요."

이럴 줄 알았다고, 기자들이 집 앞에 진을 치고 있을 줄 예상하고 아버지 차를 가지고 온 스스로를 기특히 여기는 재민에게 인하는 손을 내밀었다.

"차 키요?"

"핸드폰 줘 봐."

기사에 같이 실린 사진을 뚫어져라 쳐다봤다. 사진은 그저께 찍힌 것으로, 우연히 신혜원을 만났고 인사 정도만 나눴다.

신혜원은 CF 촬영을 마치고 지나가던 길이라 했다. 매니저가 편의점에 들른다고 잠깐 정차했을 때, 그녀는 막 호텔에서 나오는 자신을 보고 인사를 하려 차에서 내렸다. 갑작스런 만남에 당황했지만, 딱 인사만 나누고 헤어졌다.

"근데 형님, 거기는 왜 갔어요?"

인하는 재민을 흘끗 보고는 열리던 입을 닫았다. 자신의 사생활을 떠벌리고 싶지도 않았거니와, 차마 여자를 만나느라 이 사달이 벌어졌다고 말을 할 수가 없었다.

그는 그날, 자주 가던 지인이 운영하는 바에서 예전 연인인 소하를 만났다. 모델 출신답게 앞뒤로 깊게 파이고 딱 달라붙어 늘씬한 몸매를 뽐내는 옷을 입은 소하가 매혹적인 웃음을 지으며 합석을 하자고 했다.

그렇게 같이 술을 마시다가 서로 목적이 맞아 호텔로 직행하게 됐다. 헤어졌어도 가끔 만나 잠자리를 한 적이 있었기에 가능한 일이었다.

적당히 서로의 욕구를 채우고 바로 호텔을 나섰다. 술을 마셨기에 어쩔 수 없이 택시를 잡으려고 밖으로 나왔다.

"형님? 거기는 왜 갔냐고요. 그보다 작정하고 찍은 사진 같은데 기자가 따라붙는 거 못 느꼈어요?"

"일이 있어서 갔고, 신혜원은 우연히 만났다. 기자가 따라붙지는 않았어. 거기 있다는 걸 누가 이야기했다면 모를까."

말을 내뱉고 난 뒤 인하는 손으로 이마를 감쌌다. 스산한 느낌이 등줄기를 따라 타고 올라왔다.

"젠장, 진소하."

"네? 누구요? 어떤 기자인지 알겠어요?"

목소리가 워낙 낮았던 탓에 재민은 인하가 내뱉은 말을 알아듣지 못했다. 인하는 드레스 룸으로 들어가 셔츠 하나를 꺼내 몸에 걸쳤다.

생각해 보니, 소하의 행동이 조금 이상하기는 했다. 씻고 나오자 화들짝 놀라며 핸드폰을 베개 밑으로 감추던 모습이 문득 떠오른다.

자신이 옷을 입는 걸 보고, 같이 나가자고 씻지 않은 몸 위로 빠르게 옷을 걸치는 소하를 두고 먼저 호텔 밖으로 나왔다.

진소하, 네가 저지른 일이다 이거지.

소하와 일을 계획한 기자는 호텔 앞에 미리 와서 대기를 하던 중이었을 테고, 소하의 문자를 받고 사진 찍을 준비를 했을 거다. 그러다 소하가 아닌 우연히 만난 신혜원과 인사를 나누는 사진을 찍었을 테고.

소하가 자신을 따라 나오기 전 호텔을 떴다. 그러니 기자는 계획대로 소하와 함께 있는 사진을 찍지는 못했을 거다.

소하와 짠 계획이 물거품이 되자, 대신 신혜원과의 사진을 매체에 큰돈을 받고 팔았을 거다. 그러니 기사가 어제가 아닌 오늘 터진 것이고.

머릿속에서 차근차근 기승전결을 이어 나간 인하는 옷을 다 갈아입은 뒤 짜증 섞인 손으로 머리를 매만졌다.

드레스 룸에서 나온 그는 욕실로 가서 세수를 한 뒤 말끔하게 정신을 가다듬었다. 전투적인 표정을 지으며 거울로 자신의 모습을 확인하고 욕실에서 나왔다.

"본가로 가자."

"회사가 아니라요?"

그가 속해 있는 'Pure' 기획사 대표 안호형이 기다리고 있다고 재민이 뒤따라 걸으며 이야기했다. 뻔히 그걸 알 텐데도 인하는 본가로 가자고 한다.

"집에 신혜원 모친이 와 있단다."

"네? 신혜원 모친이요? 왜요?"

빨리 아니라는 정정 기사를 내보내도 모자랄 판에. 재민의 눈이 의혹으로 가득 찼다. 혹시, 이 기사가 신혜원 쪽에서 흘러나온 것이 아닌지 의심을 하는 재민에게 인하는 아니라는 확신이 섞인 눈으로 고개를 흔들었다.

그럼 신혜원 모친이 임신이라는 자극적인 내용에 열이 받아서 쫓아온 건 아니냐고 걱정을 하는 재민의 뒤에 앉은 인하는, 가는 내내 홀로 신혜원의 모친이 왜 온 것인지를 곰곰이 생각했다.

본가에 도착했을 때 그의 부친인 정인혁과 모친인 박은정은 아들의 기사와, 같이 기사가 난 여배우 모친의 방문으로 넋이 나간 상태였다.

따로 이야기할 것을 요구한 신혜원의 모친, 민지영이 내뱉은 말에 인하는 경악을 금치 못했다.

"우리 딸과 결혼해요. 이미 기사도 다 나갔고, 임신이라는 말까지 나돌아요. 알죠? 여배우에게 이런 스캔들이 얼마나 치명적인지. 그리고 지금 시기가 많이 안 좋다는 것 또한 저보다 잘 알고 있을 거예요. 모든 게 사실이 아니라 해도 대중들이 그걸 받아들일까요? 이미 기정사실이 되어 버렸어요. 난 내 딸이 이대로 무너지는 꼴 못 봐요. 만에 하나 내 딸에 관한 이상한 소문이라도 돈다면 가만있지 않겠어요."

최근에 터진 여자 가수의 낙태 루머와, 그 여자 가수와 남자 배우가 어떻게 나락으로 떨어졌는지에 대한 이야기를 꺼낸 지영은 인하에게 그녀의 딸을 책임질 것을 요구했다.

지영이 떠나고 인하의 부친과 모친은 그에게 둘이 사귄 지 얼마나 됐는지, 조심성 없게 왜 호텔 앞에 서 있었는지를 물었다.

그가 오기 전 지영이 무슨 말을 했는지, 부모님은 당연하게 그와 신혜원이 특별한 사이라 생각을 하고 있었다.

인하는 그런 부모님께 제대로 된 설명도 하지 못하고 소속사 사장인 호형의 부름으로 집을 나섰다.

하루. 단 하루 만에 인하의 일상이 송두리째 뒤흔들렸다.

"정인하, 듣고 있어?"

호형이 입에 물고 있던 담배를 손가락에 끼우고 매캐한 연기를 내뱉었다. 그의 앞에 있는 재떨이에는 수북이 쌓인 담배꽁초가 가득했다. 그 틈을 비집고 물고 있던 담배를 짓이긴 호형은 깊은 한숨을 내쉬었다.

"어떻게 할래? 뭘 어떻게 하겠냐. 기사 낸다, 그럼."

정말이지 웃기게도 신혜원 측에서는 반박 기사도, 정정 기사도 내고 있지 않았다. 본인에게 확인 중이라는 뻔한 멘트만 날렸다. 그게 더 대중들을 끓게 만든다는 걸 알 텐데도.

"'Lune'은 뭐야? 응? 자기네 배우가 지금 임신 스캔들까지 났는데 가만히 있어? 본인 확인? 웃기고 있네. 아니라는 거 알면서 말이야!"

호형이 왈칵 화를 내더니 빨리 매체에 기사를 뿌리라고 했다.

"대표님!"

화장실에 간다고 나갔던 재민이 문을 벌컥 열고 들어와 소리를 질렀다. 꺽꺽대며 손가락으로 인하를 가리키는 재민의 숨이 넘어갈 듯 끊어졌다.

"뭐야?"

"그게…… 'Lune'에서 결혼 기사가……."

순식간에 사무실이 정적에 휩싸였다. 파드득, 모두가 동시에 움직이며 스마트폰을 꺼냈다.

"미치겠네. 야! 너 신혜원 모친 만났다며! 무슨 이야기 했어? 응? 왜 그쪽에서 결혼 기사를 내는 건데!"

내내 묵묵부답으로 일관하던 인하가 벌떡 자리에서 일어났다.

지영의 행동이 이리도 빠를 줄이야. 아니, 설마 하니 정말 결혼을 바랄 줄은 몰랐다. 아차 하는 순간에 자신의 인생이 남의 손에 의해 설계되었다. 그것도 인생에서 가장 중요한 결혼이.

"신혜원 좀 만나고 올게요. 재민아, 이쪽에 연락해 봐. 만나야겠다. 아직 반박 기사는 내지 말아요."

인하는 지영이 주었던 명함을 주머니에서 꺼내 재민에게 건네줬다.

지영과 연락을 한 재민이 인하를 데리고 간 곳은 한 아파트였다. 이곳이 어디냐고 묻는 인하에게 재민은 혜원이 모친과 같이 사는 아파트라고 알려 줬다.

"넌 기다려. 나 혼자 갔다 올 테니."

차에서 내리기 전 깊은 한숨을 내쉰 인하는 내리자마자 빠르게 걸었다. 엘리베이터에 오르기 전, 엘리베이터에 오르고 난

후, 두 차례 더 깊은 한숨을 내뱉고 초인종을 눌렀다.

인터폰으로 그의 얼굴을 확인한 것인지, 아니면 달리 올 사람이 없어 확인할 필요가 없었던 것인지 현관문이 바로 열렸다.

현관문을 연 지영은 인하에게 들어오라고 짧게 말을 한 뒤 돌아서서 집 안으로 들어갔다.

인하가 막 신을 벗고 집 안으로 들어섰을 때, 다소곳하게 서 있는 여인이 그를 맞이했다.

여자의 평균을 살짝 웃도는 키에 검은 긴 생머리. 발목 부근에서 살랑거리는 롱 원피스에 노란색 카디건을 걸치고 있는 여자는 전체적으로 여리여리한 느낌이다.

직업 특성상 수많은 미인들을 보아 온 인하였지만 그런 그도 혜원을 보며 손에 꼽을 정도로 미인이라는 생각을 했었다. 그런데 오늘 그 생각이 바뀌었다. 자신이 본 여자들 중 단언컨대 가장 아름다운 외모라는 생각이 들었다.

집에 있어서인지 옅은 화장조차 하지 않은 맨얼굴이 청초한 아름다움을 뽐내고 있다. 작은 얼굴에 비해 큰 눈과 오똑한 코, 그리고 도톰하고 붉은 입술. 새하얀 피부가 형광등 불빛을 받아 매끄럽게 빛이 난다. 마치 전시된 인형을 보는 듯하다.

"인하 선배님?"

붉은 입술이 움직이며 가는 미성의 목소리를 내뱉었다. 그 입술을 물끄러미 보던 인하가 시선을 올려 혜원과 눈을 맞췄다. 커다란 눈에는 옅은 의문이 서려 있다.

온전히 자신에게 떨어지는 인하의 시선에 혜원의 긴 속눈썹이 파르르 떨리더니 감기듯 반쯤 내려갔다가 다시 올라간다.

"선배님이 여기는 어쩐 일로……."

"기사 때문에. 그리고 그쪽 어머니 때문에."

"기사요? 어머니 만나러 오신 거예요?"

혜원은 인하가 자신의 모친과 아는 사이라는 것이 놀랍다는 듯 눈을 크게 떴다. 천천히 놀란 기색을 지운 혜원이 그에게 미소를 지었다.

"그럼 편하게 말씀 나누세요."

"이봐, 어딜 가."

자리를 비켜 주듯 인사를 하고 돌아서는 혜원의 팔을 인하가 붙잡았다. 왜 그러시냐는 순진한 물음에 인하가 짜증이 서린 눈으로 그녀를 냉담하게 쳐다봤다.

"이쪽으로 와서 앉아요. 혜원이 너도 앉아라."

차를 내온 지영이 두 사람을 거실 소파로 불렀다. 인하가 잡은 팔을 놓자 혜원이 사뿐사뿐 걸어 소파로 향했다. 그리고 소파에 앉기 전 인하를 돌아봤다.

느릿한 걸음으로 인하가 뒤따라가 맞은편에 앉자, 그녀도 소파에 앉았다.

인하는 자리에 앉자마자 지영에게 결혼 기사에 대해 물었다.

정말 자신이 혜원과 결혼을 하기를 원하는 것인지, 겨우 인사만 나누는 선후배 사이인 두 사람이 우연히 찍힌 사진으로 결혼을 하는 게 가당키나 한 것인지 묻는 인하의 말에 혜원이 조심스럽게 입을 열었다.

"저기, 선배님. 결혼이라니요? 제가 선배님과 결혼을 하나요?"

"……설마 몰라? 우리 둘이 호텔 앞에서 사진 찍힌 거랑 그쪽 소속사에서 결혼 기사 낸 거? 당신 어머니가 우리 부모님까지 찾아오셨던 거 몰라?"

혜원이 눈을 동그랗게 뜨고 헉 소리를 내며 숨을 들이켰다. 전혀 몰랐다는 반응에 오히려 인하가 더 놀랐다.

그런 딸에게 지영은 차분한 목소리로 두 사람의 기사가 났고, 임신을 비롯한 여러 루머 때문에 인하와 결혼을 하는 게 좋겠다 고 이야기를 했다.

"어머니! 말도 안 돼요! 지금이라도 정정 기사를……. 어떡해. 정말 죄송합니다. 죄송합니다, 선배님. 제가 그때 괜히 인사를 드려서. 사진이 찍힌 줄 몰랐어요. 죄송합니다. 저 때문이에요."

자리에서 일어나 허리를 굽혀 가며 저 때문이라고 사과를 하 는 혜원을 보고 양심이 찔린 인하는 고개를 돌리며 이맛살을 구 겼다.

소하가 저지른 일 때문이라고는 하지만, 어찌 보면 사생활 관 리를 제대로 못 한 저 때문이기에 약간의 죄책감이 피어올랐다.

혜원은 당장 정정 기사를 내자고 말했지만, 지영은 차갑게 혜 원의 말문을 막았다. 인하에게도 말했던, 최근에 일어났던 여자 가수와 남자 배우의 스캔들을 들먹거리며 결혼을 해야 한다고 주장했다.

지영의 단호한 말에 혜원은 입술을 짓이겼다.

양심의 가책을 느껴 혜원을 외면했던 인하는 다시 그녀에게로 시선을 돌리다가 움찔했다.

커다란 눈망울이 일렁거렸다. 미안함이 잔뜩 서린 얼굴이 창백하게 질렸고 옷자락을 쥔 손이 떨렸다. 어쩔 줄 모르겠다는 듯 입술을 잘근잘근 씹는 그녀의 모습은 겁에 질려 보이기도 했다.

"어머니, 그래도 이건 정말 아닌 것……."

"시끄럽다. 지금 네가 나설 게 아니야!"

당사자인 혜원의 의견을 묵살한 지영은 다시 한 번 왜 두 사람이 결혼을 해야 하는지에 대해 설명했다. 마치 혜원에게 세뇌를 시키려는 듯이. 혜원이 인하를 보다가 고개를 떨궜다. 정말 죽을죄를 지었다는 듯이.

강압적인 모친에게 기가 팍 죽은 모습과 모든 게 다 자신의 잘못이라는 태도가 인하의 목을 죄었다. 그는 지영에게 모든 게 다 제 탓이니 딸을 그만 잡으라고 소리 지르고 싶은 걸 간신히 참았다.

그는 눈을 감고 차분하게 생각을 했다.

여기서 결혼을 하지 않겠다고 한다면 혜원은 그 스캔들에 크나큰 영향을 받을 테고, 한동안 활동이 어려울지도 모른다. 그리고 모친에게…… 젠장. 자신 때문에 모든 피해가 혜원에게로 간다.

눈을 뜬 인하의 시야에 혜원의 가는 어깨가 들어왔다. 작게 떨리는 가는 어깨가.

애써 혜원에게서 시선을 돌린 그는 최대한 담담한 목소리로 말했다.

"저에게 시간을 주셨으면 합니다. 그리고 이건 당사자들끼리 이야기를 해야 할 것 같군요."

딱딱하게 굳은 얼굴과 잔뜩 날이 선 눈을 본 지영은 그를 더 밀어붙여서는 안 된다는 걸 깨닫고 고개를 끄덕였다. 다만, 딸과 이야기를 하겠다는 점에서는 못마땅함을 드러냈다.

각자가 신중하게 생각을 한 뒤에 다시 만나 이야기를 하자는 말을 남기고 인하는 집을 나섰다.

'Lune'에서 오전에 보도된 결혼 기사는 오보이며, 확인 중이라는 기사를 다시 내보냈다.

두 기획사 모두가 당사자에게 확인 중이라는 말로 시간을 버는 사이, 집으로 돌아온 인하는 소파에 앉아 눈을 감은 채 생각에 잠겼다.

아무리 생각해도 이렇게 결혼을 하는 건 아니었다. 당장이라도 전화를 걸어 결혼을 할 수 없다고 말해야 하는데, 자꾸만 혜원의 모습이 목에 걸린 가시처럼 신경 쓰였다.

조용히 혼자 생각할 테니 절대 연락하지 말라고 했는데도 핸드폰이 울렸다. 눈을 뜨고 발신자를 확인한 그는 정말로 가시가 걸린 것 같은 기분에 눈살을 찌푸리며 손으로 목을 매만졌다.

전화를 받지 않자 벨소리가 뚝 끊기더니 문자가 왔다.

계속해서 루머가 퍼지고 있으니 빨리 기사를 내자는 호형의 문자를 읽은 인하는 더 시간을 달라고 답장을 보낸 뒤 아예 핸드폰을 꺼 버렸다.

"답답하네."

자리에서 일어나 베란다 문을 활짝 열자, 집 안으로 서늘한 바람이 한꺼번에 들어찼다. 베란다 문을 열어 둔 그는 소파로 가 털썩 누웠다.

저녁 시간을 훌쩍 넘고 자정이 가까워질 무렵 초인종이 울렸다. 소파에 누워 있던 인하는 자리에서 일어나 어기적어기적 현관문을 열었다.

"뭐야, 왜?"

"핸드폰은 왜 꺼 놓으셨어요?"

퉁퉁 말을 내뱉은 재민이 슬쩍 몸을 옆으로 뺐다. 재민에게 가려져 있던 여리여리한 몸이 반쯤 드러났다.

"······신혜원?"

혜원이 허리를 숙여 공손하게 인사를 했다. 재민은 인하에게 어색한 미소를 보이다가 냉담한 그의 눈빛에 시선을 피했다.

"늦은 시간에 죄송합니다. 빨리 일을 마무리 지어야 할 것 같아서요."

"들어와. 재민이 넌 밖에서 기다리고."

머뭇거리던 혜원이 재민에게 인사를 한 뒤 인하를 따라 집 안으로 들어섰다. 소파에 앉는 인하와 달리 혜원은 어찌할 바를 모른 채 멀찍이 섰다.

눈치를 보며 잠시 고민을 하던 그녀는 그의 맞은편으로 걸어가 조심스럽게 바닥에 앉았다.

그 모습을 본 인하는 어이없다는 표정을 짓다 그 역시 소파에서 내려와 바닥에 앉았다.

"불쑥 찾아와서 죄송합니다. 연락이 닿지 않아 재민 씨에게 부탁해서 이곳으로 올 수밖에 없었어요."

핸드폰을 꺼 놓았던 걸 상기한 그는 고개를 끄덕였다.

결혼은 할 수 없다고 섣불리 말을 꺼내지 못하는 인하에게 혜원이 먼저 이야기를 꺼냈다. 두 사람은 선후배 사이일 뿐, 연인 관계가 아니라는 정정 기사를 내자는 말에 인하는 안심했다.

그러나 사진이 찍힌 것과 모친의 독단적인 행동에 대한 사과에는 난감함을 표했다.

"사진에 대해서는 사과하지 않아도 돼. 그리고 어머님의 행동도 신경 쓰지 마."

지영의 행동은 화가 났지만 혜원의 잘못이 아니었고, 사진은 원인 제공자가 자신이기에 양심이 찔린 그는 혜원의 사과를 물렸다.

"이해해 주셔서 감사합니다. 그럼 저는 이만 가 볼게요. 날이 밝는 대로 저희 측에서 먼저 기사를 낼게요. 저기, 그런데 괜찮으세요?"

"뭐가?"

"얼굴이 빨개요."

혜원의 말에 인하는 자신의 얼굴을 매만지며 고개를 갸웃거렸다.

조금 체온이 높아진 것 같기는 하다.

인하가 괜찮다는 듯 고개를 흔들자 혜원이 자리에서 일어났다. 인하도 그녀를 따라 일어나다가 갑자기 드는 어지럼증에 눈을 질끈 감고 도로 주저앉았다.

"괜찮으세요?"

놀라서 다가와 부축을 하던 혜원은 그의 높은 체온에 눈을 크게 떴다.

상태가 심상치 않다는 생각에 밖에 있던 재민에게 알리자 그가 급히 들어와 인하를 부축해 안방 침대에 눕혔다. 갑작스럽게 오른 고열로 인하는 까무룩 정신을 놓아 버렸다.

분명 눈을 떴는데 깜깜하다. 인하는 눈으로 손을 가져갔다가 무언가가 덮여 있다는 걸 깨닫고 그 무언가를 쥐었다.

축축한 수건이 손에 잡혔다. 이마에 올려져 있던 물수건이 잠결에 뒤척여서인지 눈을 가린 것이었다.

"재민이가 올려놓았나."

푹 자고 일어나서인지 몸이 한결 가볍다. 인하는 침대에서 벗어나 거실로 나갔다.

"일어나셨어요?"

갑작스런 여자의 목소리에 놀란 그가 몸을 홱 돌렸다. 혜원이 그를 보며 허리를 숙여 인사를 했다.

"어떻게…… 아직 안 갔어?"

인하가 고개를 돌려 시계를 찾았다. 4시가 넘어가는 시각.

"아픈 사람을 두고 어떻게 그냥 가요. 혹시나 해서 죽을 만들었어요. 재민 씨는 저쪽 방에서 자고 있어요."

인하는 인상을 쓰며 재민이 자고 있다는 방을 노려봤다. 그의 사나운 얼굴을 본 혜원이 조심스럽게 입을 열었다.

"어쩐지 집이 춥더니. 베란다 문을 활짝 열어 놓으셨더라고요. 감기 걸리신 것 같은데, 죽 드시고 약 드세요."

"나 간호하느라 지금까지 못 간 거야?"

작게 고개를 끄덕이는 혜원을 보고 인하가 묘한 얼굴을 했다.

아픈 적이 별로 없기도 하거니와, 아프다고 한들 이런 간호를 받아 본 적이 없었다. 기껏해야 재민이 죽을 사 놓거나 자신의 집에서 자고 가는 게 전부였다.

물수건을 이마 위에 올려놓은 것도 혜원이 한 일임을 눈치챈 그는 부엌으로 향하는 혜원을 따라 걸음을 옮겼다.

"부엌을 좀 사용했어요. 드세요."

죽이 담긴 그릇과 간장이 따라진 종자. 물끄러미 그것을 보던 인하는 의자를 끌어당겨 앉은 뒤 숟가락을 들었다. 혜원은 그의 앞에 앉아 조용히 식사하는 모습을 바라봤다.

같이하는 식사가 아닌, 혼자서 하는 식사를 누군가 기다려 주고 바라봐 준다는 것은 생각보다 꽤 괜찮았다.

죽 그릇을 다 비워 내자 물을 따라 앞으로 놓아 주는 혜원을 보며 인하는 '결혼을 하면 이렇게 사는 걸까' 하는 생각을 무심코 했다.

"약도 드세요."

혜원이 포장된 약을 툭, 그의 손에 떨어트렸다. 약까지 챙겨 받은 인하는 식탁을 치우는 그녀에게서 시선을 떼지 않았다.

"이 시간까지 집에도 못 가고. 미안하네."

"괜찮아요. 선배님이 갑자기 쓰러지셔서 놀랐어요. 혹시 또 열이 오를지 모르니 약 꼭 챙겨 드세요."

혜원이 아직도 걱정 어린 눈으로 그를 보자, 인하는 머쓱한 얼굴로 고개를 돌렸다.

"그럼 가 볼게요."

"기다려. 재민이한테 데려다 주라고 할 테니."

괜찮다고 혜원이 붙잡았는데도 인하는 성큼성큼 걸어가 문을 벌컥 열었다. 재민을 깨우고 거실로 나온 그는 현관 앞에 서 있는 혜원을 보자 작은 서운함이 들었다.

아직 열이 남아 있는 것 같은데 간호하다 말고 가나.

인하는 문득 떠오른 생각에 놀라 고개를 흔들었다.

다 큰 어른도 아프면 애가 된다더니.

저를 향해 혀를 찬 그는 재민과 함께 사라지는 혜원을 끝까지 눈에 담았다.

재민과 혜원이 가고 난 뒤 인하는 거실 소파에 누워 눈을 감았다. 결혼 문제도 일단락되었으니 마음이 편해야 하는데 그렇지가 않아 그는 인상을 썼다.

딩동, 재민과 혜원이 내려간 지 얼마 되지 않아 초인종이 울렸다. 인하는 의아한 얼굴로 현관으로 향했다.

문을 열자 재민과 혜원이 창백하게 질린 얼굴로 서 있었다.

"무슨 일 있어?"

"형님, 밑에 기자들이 있어요."

재민이 말을 하고는 한숨을 쏟아 냈다.

몰래 빠져나갈 수 있도록 방법을 찾는 사이, 혜원의 핸드폰이 울렸다. 전화를 받자마자 까랑까랑한 지영의 목소리가 흘러나왔다.

어디에서 뭘 하는지, 외박을 한 그녀에게 질타를 쏟아 내는 소리는 옆에 있던 인하에게도 고스란히 다 들렸다.

인하의 집에 있다는 걸 알리고 얼마 뒤, 지영이 왔다. 기자들이 진을 치고 있는데도 스스럼없이 당당하게 들어온 것이다. 이일로 어떠한 기사가 나가게 될지를 떠올린 인하는 암담함에 눈을 감았다.

"조금만 더 기다리시지 그러셨습니까. 기자들을 따돌리고 조용히 돌려보낼 생각이었습니다."

"내 딸을 밤새 데리고 있었으면서 조용히 넘어갈 생각이었던 건 아니겠죠?"

"어머니, 제가 말씀 드렸잖아요. 간호를 하느라⋯⋯."

"시끄럽다. 외간 남자 집에서 외박이라니! 그러면서 결혼을 안 해? 행실 똑바로 안 하니? 여자가 몸가짐을 조심히 해야지! 앞으로 어떡하려고 그래! 너 이런 스캔들이 났는데 앞으로 활동은 제대로 할 수 있을 것 같아?"

혜원의 변명에도 비난을 쏟아 내는 지영의 모습에 인하가 눈살을 찌푸렸다. 말대꾸하지 말라는 지영에게 죄인처럼 고개를 푹 숙인 혜원을 보자 그는 울컥 말을 내뱉었다.

"결혼하겠습니다."

인하의 말에 지영이 입을 닫았다.

"결혼하겠습니다. 그러니 그만하시죠."

인하가 결심 서린 말을 내뱉자 혜원이 고개를 들었다.

혼란스러움에 눈만 깜빡이는 혜원과 입술 끝을 올리며 미소를 지은 지영이 인하를 바라봤다.

옅은 물기가 어린 혜원의 눈을 마주 보며 인하가 고개를 끄덕였다. 그리고 다시 한 번 결혼하겠다고 말을 했다. 그 뒤 보란 듯이 호형에게 전화를 걸어 결혼 기사를 내라고 했다.

❀   ❀   ❀

인하는 손으로 이마를 감쌌다. 내내 꿈을 꾸는 듯이 멍한 상태였다. 이제야 조금 그 꿈에서 깨어난 듯 현실감이 들었다고 해야 할까. 아니, 아직도 그는 얼떨떨했다.

쓱 하니 커다란 머그잔이 테이블 위에서 그의 앞으로 밀어졌다. 잔을 밀던 하얀 손가락이 떨어졌다. 머그잔을 그의 앞으로 민 손의 주인인 혜원의 미간이 찌푸려져 있다.

"임신이 아니라는 기사가 나갔잖아요. 결혼 안 해도 돼요. 그러니 그렇게 골치 아파하지 말고 결혼 안 한다는 기사 내요."

덤덤한 혜원은 어찌 보면 지금 이 상황을 제대로 이해하지 못한 듯했다.

이미 두 사람은, 미혼인 남녀가 넘지 말아야 할 선을 넘었다고 만천하에 까발려졌다. 사실이 아니지만, 세상은 사실로 알고 있다.

사실이든 거짓이든 공인이기에, 매체에 모습을 드러내어 사람들에게 영향력을 끼치는 공인이기에 대중은 상상 이상으로 시끄러웠다.

"기사 내면? 그러면 너 어떻게 되는지 알아?"

"활동을 쉬고 잠잠해질 때까지 기다리면 돼요. 선배님도 피해를 보겠지만, 지금 이 선택이 최악이라 생각된다면 더 늦기 전에 최악에서는 벗어나야죠."

연애는 맞지만 임신은 아니다. 결혼을 한다. 결혼 준비 중에 있다. 여기까지가 지금 두 사람의 상황이다. 거기에 '결혼을 하지 않겠다'가 뒤를 이으면 두 사람 모두 나락으로 떨어진다.

"나랑 결혼하는 게 싫은 건가?"

혜원의 고개가 머뭇거림도 없이 좌우로 흔들렸다. 희미하게 미소를 지은 혜원은 천천히 눈을 깜빡였다. 그 모습에 인하는 마른세수를 하다가 손바닥에 얼굴을 묻었다.

혜원은 모든 걸 놓아 버린 상태다. 결혼을 하지 않아도 모든 걸 다 감수하겠다는. 그녀는 그 사진이 자신 때문에 찍혔다고 생각해서 자신은 어떻게 되도 상관이 없다는 태도로 일관하고 있다.

인하는 저와 혜원을 이런 곤경에 빠트린 진소하와 사진 기자만 생각하면 이가 갈렸다. 그는 진소하는 물론, 사진 기자도 누군지 알아내기만 하면 절대 가만두지 않겠다고 이를 갈았다.

"그런데 왜 결혼을 하겠다고 한 거예요? 아니라고 반박 기사 냈으면 됐잖아요. 왜 어머니에게 결혼을 하겠다고 하고 바로 결혼 기사를 냈어요?"

인하는 애초에 그 기사가 자신 때문에 생긴 것이기에 혜원에게 미안한 마음이 있었다. 그래서였을까. 아니, 그 이유뿐만이 아니다.

잔뜩 기가 죽어 모친의 눈치를 살피며 툭 건들면 울 것 같은 얼굴로 자신을 바라보던 혜원. 마치 구해 달라고 애원하는 듯한 그 눈빛은 없던 기사도 정신까지 생기게 했다.

"남자인 나보다는 여자인 네가 더 많은 피해를 볼 게 뻔하니까. 어쨌든 내가 하기로 한 결혼이야. 이제 와 무를 생각 없어."

"미안해요. 그리고 고마워요."

얼굴을 감싸던 손을 떼자 감동받은 혜원의 얼굴이 눈에 들어왔다. 왠지 그 감동이 부담스럽다.

"됐고, 여행이나 갈까? 생각해 보니 그 기사들. 꽤 억울하거든."

한껏 비아냥거림이 섞인 말투다. 손 한 번 잡아 본 적이 없는데, 선을 넘었다는 기사가 은근히 억울했다. 인하는 기사를 사실로 만들자는, 여행을 가서 몸을 섞자는 모욕적인 말을 혜원에게 의도적으로 했다.

한 번씩 지영이 저지른 일을 떠올릴 때마다 분노가 섞인 심술이 혜원에게로 향했다. 얼굴을 붉히며 화를 내는 모습을 생각했는데, 혜원은 눈을 반짝인다.

"여행이요? 저 수학여행 이후로 여행 가 본 적이 없어요."

순전히 여행에만 초점을 맞추고 화사하게 웃는 혜원의 모습에 인하는 픽 힘이 빠졌다.

_1_

3개월의 결혼 준비.

지영은 한 달이면 충분하니 빨리 결혼을 진행하자고 했지만, 혜원의 임신 루머가 가라앉지 않아 인하는 결혼식을 늦추자고 했다.

6개월 뒤에도 배가 불러 오지 않고 늘씬한 혜원을 보여 주면 대중들의 따가운 시선도 풀릴 것이고, 혜원의 이미지도 최대한 보호할 수 있을 것 같다는 인하의 말에 감동한 사람은 혜원 한 명뿐이었다.

6개월은 너무 길다는 지영과 한 달은 너무 짧다는 인하는 3개월로 합의를 봤고, 결혼 준비를 했다.

결혼 준비가 막바지에 달했을 때, 웨딩드레스와 턱시도 피팅 때문에 두 사람은 일주일 만에 만났다.

"신부님이 전에 사이즈를 쟀을 때보다 살이 조금 빠지셨네요."

웨딩 숍 직원의 말에 인하가 미간을 접었다. 굳이 다이어트를 해 가며 웨딩드레스를 입을 필요가 없는 가녀린 몸매인데 다이어트를 하는 건가 싶어 못마땅했다.

숍 직원들의 보는 눈이 있어 그는 최대한 부드럽게 혜원에게 결혼 준비가 힘든 거냐고 물었다.

"아니요. 그것 때문은 아니에요."

"그럼?"

대답을 할지 말지 고민을 하던 혜원이 작은 목소리로 말했다.

"은퇴 때문에."

"뭐? 은퇴?"

"네. 어머니가 결혼하면 은퇴를 하라고 하셔서……."

인하는 기가 차다는 듯 웃었다. 모친이 직접 은퇴 기자 회견까지 잡았다는 말에 그는 냉소를 지었다.

은퇴 생각이 없었던 혜원은 그것 때문에 스트레스를 받아 살이 쭉쭉 빠지고 있었다.

"어머니가 은퇴를 하라고 하면 해? 소속사에서는?"

"마침 계약 기간이 만료되는 시점이에요. 어머니가 소속사에 재계약을 하지 않겠다고 했어요."

혜원이 모친의 말에 거역을 못 한다는 건 알았지만, 혼자 끙끙 앓아 가며 억지로 모친의 말을 따르는 걸 보자 인하는 저도 모르게 꽥 소리를 지를 뻔했다.

그는 치밀어 오르는 화를 가라앉히며 장소와 시간을 물었다.

"기자 회견이 언제인데."

"내일이요."

"내일이라. 알았어."

인하는 턱을 쓸어내리며 곰곰이 생각을 하다가 고개를 끄덕였다.

다음 날, 기자 회견장에 인하가 모습을 드러냈다. 그가 올 줄 몰랐던 지영과 혜원은 놀란 눈으로 인하를 봤다.

"자네가 여기는 무슨 일로……"

"보시면 아실 겁니다. 시간 늦지 않게 왔지? 가자."

인하는 지영에게 대충 인사를 한 뒤 혜원에게 손을 내밀었다. 얼결에 자신의 손을 잡는 혜원을 데리고 그는 기자들 앞에 섰다. 그리고 입을 열었다.

"저희 결혼 발표 기자 회견에 와 주셔서 감사합니다."

기자들이 웅성거리기 시작했다. 덩달아 혜원의 소속사 관계자들도 어떻게 된 일이냐고 저들끼리 웅성거렸다.

인하는 태연한 얼굴로 기자들에게 소식이 잘못 전해졌다고, 혜원의 은퇴 기자 회견이 아닌, 자신들의 결혼 발표 기자 회견이라고 일축했다.

그를 제외한 모두가 당황했지만 그러든 말든 그는 시종일관 혜원을 향해 다정한 태도를 보였고, 짧게 기자 회견을 마쳤다.

기자 회견을 마치고 내려온 인하를 본 지영은 사람들의 시선 때문에 차마 뭐라고 하지 못하고 부들부들 몸만 떨었다.

"장모님, 앞으로 혜원이의 일에 관해서는 저하고도 상의를 하셔야 합니다."

인하의 말에 지영은 마지못해 고개를 끄덕이고 몸을 휙 돌려 사라졌다. 지영의 뒷모습을 차갑게 바라보는 그의 옷을 혜원이 잡아당겼다. 인하가 저를 향해 고개를 숙이자 혜원이 말갛게 웃었다.

"고마워요. 정말 고마워요."

진심 어린 인사와 그녀의 해사한 미소에 뭔지 모를 뿌듯함이 든 그가 미소를 지었다. 혜원은 다음 날 소속사와 재계약을 했다.

❈   ❈   ❈

작은 해프닝도 있었고 순탄치 않은 결혼 과정이었지만, 결혼을 하고 벌써 5개월이 흘렀다.

인하는 품에 안겨 있던 혜원이 조심스럽게 자신의 팔을 치우고 침대에서 내려서는 게 느껴졌다. 옷을 걸치는지 사부작거리는 소리에 인하가 슬쩍 눈을 떴다. 촬영 때문에 새벽에 귀가했던 그는 쌓인 피로에 다시 눈을 감았다.

옷을 다 걸치고 뒤를 돌아본 혜원은 깊게 잠이 든 남편을 보다가 까치발로 걸어서 다가갔다. 인하의 팔을 이불 안으로 집어넣고 어깨 위까지 이불을 올려 준 그녀는 조용히 거실로 나갔다.

"아침 먹어야 할 텐데. 많이 피곤하겠지?"

시계를 보고 고민을 하던 혜원은 인하를 깨우지 않기로 결심하고 부엌으로 들어가 자신이 먹을 토스트를 만들었다.

세탁기를 돌리고, 빨래를 개키며 TV 보는 걸로 오전 시간을 때운 혜원은 시각을 확인한 뒤에 점심 준비를 했다.

최대한 조용히 칼질을 하고, 달그락 소리를 죽여 가며 요리를 한 혜원은 보글보글 끓는 된장찌개의 불을 줄이고 인하를 깨우러 안방으로 향했다.

조심스럽게 방 안으로 걸어 들어온 혜원은 걸음걸이보다 더 조심스러운 손길로 인하의 어깨를 잡아 흔들었다.

"인하 씨, 일어나서 점심 먹어요."

"......응."

잔뜩 가라앉은 목소리로 대답을 한 인하는 벌떡 일어났다. 잠투정이 거의 없어 깨우면 곧장 일어나는 타입이었다. 물론 가끔 연이은 밤샘 촬영이 있던 날에는 짜증을 부리곤 하지만.

"인하 씨, 가운."

인하는 됐다는 듯 거리낌 없이 맨몸으로 욕실로 향했다. 어깨를 한 번 으쓱인 혜원은 상을 차리기 위해 부엌으로 향했다.

씻은 뒤 옷을 걸치고 거실로 나온 인하는 들릴 듯 말듯 작은 소리를 내는 TV를 보고 웃음을 흘렸다.

잠든 자신을 위해 소리를 낮추고 귀를 기울이며 TV를 봤을 혜원을 생각하며 그녀의 배려에 못 말린다는 얼굴로 고개를 저었다.

혜원과의 결혼 생활은 초반에 그녀가 과하게 눈치를 본 것을 제외하고는 꽤 만족스러웠다. 가끔 여유가 있으면 저도 같이 식사 준비를 하고 청소도 한다. 의외로 그 재미가 쏠쏠하다.

그러니 남들처럼 식사 시간에 맞춰서 밥을 해 주고, 청소와 빨래를 해 주는 단순한 이유로 만족스러운 게 아니다.

그런 것보다 혜원의 배려가 좋다. 빠르게 자신의 성격과 성향을 알아차리더니, 촬영으로 잔뜩 예민해져 있을 때에는 최대한 자신에게 맞춰서 행동했다.

예를 들어, 대본을 읽거나 지금처럼 새벽까지 촬영을 하고 들어와 늦잠을 잘 때는 없는 듯 조용히 행동을 한다.

촬영이 잘 안 되거나 상당히 기분이 저조할 때 짜증을 내고 패악을 부려도 묵묵히 받아 내더니, 저녁상에 자신이 좋아하는 음식을 잔뜩 만들어 올리는 것으로 기분을 풀어 주려 애쓴다.

목욕물을 받아 놓거나, 때로는 술상까지 차려서 작은 애교를 부리기도 한다.

몇 번 그 모습을 보고 난 뒤로는 심술이 많이 사라졌다. 모든 걸 자신에게 맞춰 주는 모습을 보면 미안함도 생겼다. 그래서 요즘은 자신이 혜원에게 맞춰 가려고도 한다.

그리고 절대 혜원에게 잔소리를 하지 않는다.

결혼 준비를 하면서 혜원에게 갖은 잔소리를 쏟아 내고 간섭을 하는 지영을 보고 결심했다. 혜원의 의견을 존중해 주고 자유를 보장해 주겠다고.

초기에 뭐든지 묻고 자신의 의견을 표출하지 않던 혜원은 알아서 하라는 그의 태도에 난감해하더니, 지금은 제법 스스로 원하는 대로 하고 있다. 그리고 그녀가 그 재미를 즐긴다는 걸 인하는 눈치챘다.

"인하 씨, 식사 다 차려졌어요."

혜원의 부름에 부엌으로 향한 그는 앞치마를 입고 사뿐사뿐 움직이는 아내를 보고 입매를 늘였다.

❋   ❋   ❋

종이를 넘기는 속도가 현저하게 느려졌다. 다음 장으로 넘기기 위해 뒷장에 손가락을 넣고도 한참 뒤에야 종이가 넘어갔다.

종이 위의 활자를 훑는 인하의 눈빛이 날카로워지자 앞에 앉아 있던 호형과 재민이 서로 눈을 맞추고는 고개를 끄덕였다.

인하의 시나리오 검토가 오래 걸릴 것 같자 호형과 재민은 각자의 일거리를 찾아 움직였다. 같은 공간 안에서 세 남자는 서로의 일에 집중했다.

탁, 마지막 장까지 읽은 인하가 손가락으로 피로한 눈을 누르며 시나리오를 테이블 위로 던졌다. 그 소리를 용케 들은 호형이 부리나케 그의 앞에 앉았다.

"어때? 괜찮지? 이번에는 20대 후반부터 30대를 타깃으로 찍을 거라서 연기 안 되는 아이돌 멤버는 일체 캐스팅 안 한다더라."

요즘 드라마나 영화 추세가 아이돌 가수 멤버 중 한 명을 꼭 캐스팅하는 것이다.

10대의 영향력이 어마어마해진 만큼, 아이돌 멤버 한 명이 시청률을 올리고 관객 수를 올린다.

하지만, 연기력이 검증되지 않은 아이돌을 인기만 따져 캐스팅해 말아먹은 적도 많다. 아이돌은 발연기로 욕을 먹고, 나중에는 연출자와 방송국까지 싸잡아 욕을 먹는다.

"그건 괜찮네. 그런데 소재가……."

"연출은 유해준 PD가 맡는다더라. 알지? 작년 연말에 드라마 연출상 받았잖아."

인하가 테이블 위의 시나리오에 다시 손을 가져갔다. 표지를 만지작거리는 폼이 시나리오는 꽤 마음에 드는데, 무언가가 걸리는 모습이다.

"알지. 그때 그 시상식에 나도 있었는데. 그런데 소재가……."

"작가도 알아주잖아. 이건 시청률은 이미 확보됐다고 봐야 해."

호형은 계속해서 되풀이되는 인하의 말을 끊어 냈다. 어떻게든 이 드라마를 찍게 만들겠다는 강한 의자가 엿보이자, 인하가 난감한 듯 입술을 깨물었다.

"남자 주인공인 태주는 내가, 여자 주인공인 소진은 혜원이가 캐스팅 1순위라고?"

점심을 먹고 느긋하게 쉬고 있을 때, 혜원의 매니저인 주영이 집으로 왔다. 그는 잠시 소속사에서 찾는다며 혜원을 데리고 갔다.

그로부터 2시간 뒤, 인하는 재민의 연락을 받고 그의 소속사로 와 무작정 손에 쥐어 주는 시나리오를 검토해야 했다.

"응. 부부가 같은 드라마에 주연으로 출연을 하는 거지."

"아직 확정하지 않았어. 그리고 소재가……."

"아주 대박일 것 같지 않아? 응?"

제발 말을 끊어 내지 말라는 시선으로 인하가 호형을 쳐다봤다. 찔끔, 찔리는 얼굴로 호형이 마지못해 고개를 끄덕인다.

"소재가 이혼이잖아."

"그래서? 소재가 이혼인데 뭐?"

아주 기자라는 짐승들에게 핏물이 빠지지 않은 고기를 통째로 던져 주는구나, 형이.

인하가 호형을 비뚜름히 바라보다 시나리오에서 손을 떼고 등을 소파에 기댔다.

"사장님, 이건 아니죠."

호형호제하던 사이를 갑을 관계로 바꾸는 인하의 말에 호형이 재민에게 손을 까딱였다. 재민이 호형의 손가락질에 입을 열었다.

"형님, 지금 형수님하고 이혼 소문이 나돌고 있어요. 별거 중이다, 곧 이혼이다. 이렇게요."

"그러니까. 지금 이 시기에 왜 이혼 소재를 다루는 드라마에 동반 출연해? 나 좀 조용히 연기하자. 응?"

이번에는 호형이 인하에게 재민의 이야기를 끝까지 들어보라는 눈빛을 보냈다.

"그걸 역으로 이용하는 거죠. 보란 듯이 이혼 소재를 다룬 드라마를 찍으면서, 그…… 뭐더라. 역이용? 반전? 촬영하는 내내 '우리는 사이가 아주 좋아요'를 보여 주고…… 그러니까……."

호기 있게 설명을 하던 재민은 생각만큼 매끄럽게 말이 나오지 않자 더듬더듬하다 입을 다물었다.

하지만, 재민이 무슨 의도를 담아 이야기하는 것인지 인하는 금세 눈치를 챘다.

"무슨 말인지 알겠어. 이혼 소문이 나도는 우리가 이 드라마를 찍으면서 소문을 잠재우자는 거지? 이혼이라는 소재와 달리 우리는 굉장히 행복하다, 잘살고 있다. 이혼 소재와 대비되어 그만큼 우리의 결혼은 행복하다는 걸 극대화시키자는 거잖아."

재민이 빠르게 고개를 끄덕였다. 호형도 동의의 의미로 고개를 끄덕였다. 인하는 다시 시나리오로 시선을 떨어트렸다.

시나리오만 보면 꽤 끌리는 작품이다. 작년에 그가 찍은 드라마는 로맨틱 코미디 장르였고 곧 개봉하는 영화는 액션, 지금 눈앞에 있는 시나리오는 정통 멜로.

그 무엇보다 다양한 장르를 중요시하는 인하는 비슷한 배역을 연달아 맡은 적이 없었다. 액션이든 멜로든 비슷한 배역은 늘 일정 기간을 두고 작품을 찍었다.

"오히려 이혼 소문만 더 키우면? 알잖아. 시청자들은 드라마를 사실로 받아들일 수도 있어. 진짜 이혼을 하는 걸로 알 수도 있다고."

간혹 드라마를 현실과 동일시하는 시청자들이 있다. 드라마 상에서 연인인 두 배우가 현실에서도 사귄다고 믿고, 소문도 많이 난다.

특히나 어르신들은 드라마가 방영되는 동안 배역을 진짜라고 여기는 사람이 많았다. 오죽하면 악역을 맡은 배우들이 드라마 내내 실생활에서 욕을 먹겠는가. 지나가다가 욕먹고, 식당에서 밥 먹다가 욕먹고.

인하는 혜원과의 이혼 소문이 더 무성해질까 싶어 고개를 저었다.

"드라마 방영할 때, 매 화마다 다음 편 예고가 끝나면 촬영 현장을 내보낼 거야. 알지? 간혹 NG 장면을 방영하는 것처럼."

인하와 혜원, 두 사람의 좋은 모습만 담을 거라고 호형이 인하를 설득했다.

끊이지 않는 이혼 소문을 이참에 전부 불식시키자는 그의 말에 인하가 고민이 되는 듯 턱을 쓰다듬었다.

"혜원이는?"

"아, 아마 너처럼 시나리오 검토하겠지?"

그래서 아침에 주영이 와서 혜원을 데려간 거였군. 인하가 파식 웃었다.

혜원이 이 시나리오를 보고 무슨 결정을 내렸을지 자못 궁금해졌다.

결혼 후, CF 말고는 단 하나의 작품도 찍지 않은 혜원은 하겠다고 했을지도 모른다. 드라마든 영화든 꽤 찍고 싶어 하는 눈치였으니까.

아니, 출연을 고사했을지도 모르겠다. 자신도 이혼 소재가 부담스러운데, 이런 면에서는 소심한 혜원이니 오죽 부담이 될까.

"일단 조금 더 생각해 볼게."

"그래. 그런데 빨리 답을 줘. 촬영 시작은 2월 말이나 3월 초래."

오늘이 1월 8일. 한 달하고 조금의 시간이 남았다. 꽤 촉박하다.

"그렇게나 빨리?"

"16부작인데 촬영 기간이 좀 긴 편이야. 방영 날짜가 4월이던가?"

방영 날짜까지 세어 보니, 촬영을 꽤 빨리 시작한다.

인하는 빨리 찍는 것보다 한 장면, 한 장면을 공들여 찍는 걸 더 선호한다.

타이트하게 작업이 진행되지 않을 거라는 말은 감독이 영상에 중점을 둔다는 말이나 다름없다.

인하의 관심이 더 커졌다는 걸 호형은 캐치했다.

시나리오에 대한 이야기는 접어두고, 2주 뒤에 개봉할 영화의 홍보 관련 스케줄을 이야기하다 보니 시간이 꽤 흘렀다. 인하는 스케줄을 핸드폰으로 전송받아 확인한 뒤, 이어서 혜원에게서 들어온 문자를 확인했다.

〈저녁, 어떻게 할까요?〉

집으로 와서 식사를 할 것인지, 아니면 식사를 하고 집으로 올 것인지를 묻는 말이다.

담백한 문자지만, 인하는 이 문자 속에 집으로 와서 같이 식사를 했으면 좋겠다는 뜻이 담겨 있다는 걸 알았다. 그의 아내는 늘 속뜻을 숨기지만, 매번 들키고 만다.

"이만 갈게."

지금 집으로 갈 거라는 답장을 보내면서 인하는 두터운 외투를 집어 들었다. 직접 차를 몰고 왔기에 재민이 움직일 필요가 없었으나 그도 따라 일어났다.

"너는 왜?"

인하는 졸졸 따라오는 재민에게 흘끗 시선을 던지며 물었다.

"눈이 왔잖아요. 위험하니까 제가 운전할게요."

골목길을 전전하며 암흑세계에 있었던 재민은 인하 덕분에 인생을 새로 살 수 있었다.

온몸에 상처를 입고 골목길에 쓰러져 있던 재민을, 기자를 따돌리느라 우연히 그곳을 지나가던 인하가 발견했고 직접 병원에 입원시킨 뒤 치료비를 전액 부담했다.

그 후로 재민은 생명의 은인이라며 인하를 따랐고, 그의 매니저가 되어 수족처럼 움직이고 있다.

"됐어. 나도 운전 잘해, 인마."

친근한 손길로 재민의 어깨를 툭, 친 인하는 손을 가볍게 흔든 뒤 걸음을 옮겼다.

눈 때문에 도로 사정이 좋지 않아 집에 도착했을 때는 7시가 넘어 있었다.

세대별로 지정된 구역에 주차를 한 인하의 눈이 옆에 주차된 혜원의 차를 흘끗 스쳐 지나갔다. 혜원이 차를 모는 일이 거의 없어 새것과 다름이 없었다.

기계를 오랫동안 방치하면 안 좋기에 간혹 가다 인하가 끌고 나가는 정도였다. 다음에는 혜원의 차를 사용해야겠다고 생각하며 그는 엘리베이터에 올라 16층 버튼을 눌렀다.

딩동, 딩동.

특별할 것 없는 단조로운 초인종이 울렸다. 얼마 지나지 않아 현관문이 열릴 것이라 생각하며 기다리고 있는데, 시간이 지나도 도통 열리지 않았다.

안에서 혜원이 뭘 하고 있을지가 현관문 너머로 빤히 보여 인하는 피식 웃으며 직접 도어 록을 해제하고 집으로 들어갔다.

방음이 얼마나 철저한지 현관문을 열고 들어서자마자 밖에서는 듣지 못했던, 고막이 찢어질 듯한 음악이 집 안에 가득 찼다.

음계가 한꺼번에 머릿속에 들어차고, 피부를 뚫고 들어와 온몸을 헤집는 짜릿한 감각.

최고급 오디오 플레이어는 그 값이 아깝지 않을 정도로 제 역할을 아주 제대로 하고 있었다.

혜원과 결혼을 하고, 신혼 초기에 그녀로 인해 깜짝깜짝 놀란 일이 한두 번이 아니었는데, 그중 하나가 이것이다. 음악 취향이 꽤나 얌전하지 않다는 것.

결혼 전, 혜원이 모친과 사는 집에 간 적이 있었다. 클래식을 즐겨 듣는다던 그녀의 방에는 그의 취향과는 거리가 먼 음악 CD가 선반에 가득했다. 그런데 결혼하고 나자 혜원은 자신이 정반대의 음악 취향을 가지고 있음을 선언했다.

가끔 사용하는 오디오 플레이어를 거실에 인테리어 겸 놓아 두었더니, 그걸 본 혜원이 평소에 사고 싶었던 앨범이 있는데 사도 되겠냐고 묻기에 고개를 끄덕였다.

인터넷 사이트에서 고르고 골라 하나를 사려는 걸 사고 싶은 거 다 사라고 했더니 눈을 초롱초롱 빛내며 갖고 싶었다던 앨범을 모조리 구매했다.

당연히 클래식 앨범일 것이라고 생각을 했는데, 최근에 잘나가는 아이돌 그룹 앨범부터 클럽에서나 들을 법한 노래까지 섭렵하고 있었다.

클래식을 좋아하지 않냐고 물었더니, 어머니가 만들어 주신 취향이란다.

그녀의 모친이 보통이 아니라는 걸 알았지만, 딸을 어떻게 교육시켜 왔는지 하나하나 알아 갈 때마다 속에서 화가 치밀어 올랐다.

잠깐 불쾌한 감정이 스미자 인하의 미간이 꿈틀거렸다. 거실로 들어선 그가 플레이어 리모컨으로 음악을 끈 뒤 부엌으로 향했다.

"당신 왔어요?"

앞치마를 걸치고 국자를 든 혜원은 '나 요리 중이었어요'를 한껏 보여 주고 있었다.

그 모습을 보고 인하는 말문이 턱 막혔다. 아니, 정확하게는 아내의 바뀐 헤어스타일에 말문이 막혔다.

"인하 씨. 여보?"

잘 불러 주지도 않는 여보 소리까지 하는 걸 보니, 혜원도 자신의 바뀐 헤어스타일이 인하에게 꽤 큰 충격을 주었음을 아나 보다.

인하가 말없이 가슴 아래 길이의 긴 머리카락을 훑었다. 그러자 혜원이 순한 미소를 지으며 그의 허리께 옷을 잡고 뒤꿈치를 든 뒤, 애교스럽게 입술에 뽀뽀를 했다.

"염색……했네."

시나리오를 검토하러 간 아내가, 오랜만의 외출에 신이 난 것인지 헤어숍에 가서 염색까지 하고 왔다. 오늘 아침까지만 해도 밝은 갈색이었는데, 지금은 어두운 갈색에 어깨 부근부터는 레드와 옅은 핑크로 물이 들어 있다.

청순했던 아내의 얼굴이 소위 잘 노는 언니처럼 확 바뀌어 보이자, 인하의 입가가 살짝 떨렸다.

결혼을 하고 놀란 또 한 가지는, 자신의 아내는 변화를 아주 좋아한다는 것이다. 외모부터 몸에 걸치는 액세서리와 옷까지, 스타일이 아주 다양하다.

결혼 전에는 흑발의 긴 생머리로 청순의 대명사였는데, 결혼과 동시에 그 모습을 볼 수가 없다.

"예쁘죠? 이상해요? 투톤염색, 한 번쯤은 해 보고 싶었거든요."

애쉬브라운에 밑에는 레드와 핑크가 섞인 자신의 머리색이 마음에 드는지, 혜원이 국자를 든 손으로 옅은 붉은색의 머리카락을 쥐었다.

국자가 머리카락에 닿을락 말락 가까워지자, 인하가 그녀의 손에서 국자를 빼앗아 들었다.

"예뻐. 어울린다."

칭찬에 부끄럽다는 듯 입가를 가리고 웃는 혜원의 이마로 인하의 입술이 닿았다 떨어졌다. 국만 데우면 된다는 아내의 말에 그는 국자를 돌려 준 뒤 욕실로 향했다.

식사 시간 내내 기분이 좋은지, 혜원의 젓가락이 반찬그릇과 인하의 밥그릇 위를 여러 번 지나갔다. 혜원이 밥 위로 올려 주는 반찬을 먹으며 인하가 피식 웃었다.

"좋은 일 있었어?"

"아! 낮에 머리하러 갔다가 윤 기자님 만났어요."

"아아, 윤 기자님."

인하는 알 만하다는 듯 입꼬리를 올리며 고개를 끄덕였다.

결혼을 하고 신혼 초부터 생긴 두 사람의 불화설은 잊혀질 만하면 다시 기사가 나기를 반복했다.

이제 결혼을 한 지 겨우 1년하고 5개월. 그사이에 손가락 개수를 넘는 불화설 기사가 보도되었다. 그런데 그런 불화설과 달리, 윤 기자는 다른 기사를 냈다.

인하는 며칠 전 TV에 나오는 것처럼 가게에서 치킨과 맥주가 먹고 싶다는 혜원을 데리고 호프집으로 갔다.

구석진 자리에서 모자를 푹 눌러쓰고 마주 보고 앉아 치킨을 먹고 있었는데, 주문을 받았던 아르바이트생이 그들을 알아본 것인지, 직원들이 번갈아 가며 왔다 갔다 했다.

직원들 사이에서 웅성거림이 커지자, 가게 안의 사람들도 정체를 눈치채기 시작했다. 가장 좋아하는 날개 두 개를 먹은 혜원의 접시로 살만 발라서 놓아 주는데, 테이블 앞으로 누군가가 와서 섰다.

친구들과 왔다는 윤 기자는 탐색하는 눈으로 인하와 혜원을 샅샅이 훑었다.

잠깐 앉아도 되겠냐는 윤 기자에게 고개를 끄덕인 뒤, 인하는 혜원의 옆으로 옮겨 앉았다. 맥주 500cc 하나를 시키고 그 잔을 다 비울 때까지 셋이서 대화를 나누었다.

계속해서 혜원에게 살을 발라 주는 인하와, 틈틈이 그에게 무와 샐러드를 먹여 주는 혜원을 좋게 본 것인지, 윤 기자는 다음 날 '행복한 신혼부부'라는 기사를 썼다.

야밤에 다정하게 데이트를 하는 모습이 담긴 사진까지 잊지 않고 올려 주면서.

혜원과 나란히 앉아 있는 모습이었으니, 윤 기자와 같이 왔다는 친구가 찍은 사진일 것이다.

윤 기자의 기사 아래로 그곳에 있었던 직원들과 손님들의 증언이 잇달아 달려서 그전보다 불화설이 잠잠해졌다.

그날의 만남에서 윤 기자가 보였던 호의 때문인지, 아니면 그 기사 때문인지 혜원은 윤 기자를 굉장히 좋은 사람으로 여기고 있었다.

"윤 기자님이 인하 씨랑 또 어디로 데이트 다니는지 물어서 새벽에 마트로 장 보러 다닌다고 했어요. 그랬더니 윤 기자님이 새벽 데이트 좋겠다고 부러워하시는 거 있죠?"

순진하긴. 딱 봐도 기사거리 하나 물려고 물어본 것일 터인데.

그들의 신혼집 근처에 24시간 영업을 하는 마트는 딱 하나다. 조만간 윤 기자가 새벽마다 그곳에 찾아가겠다는 생각을 한 인하는 숟가락 위로 올라온 동그랑땡을 입에 가져갔다.

커피머신으로 커피를 내린 인하는 설거지를 하는 혜원의 뒤로 섰다. 아직은 눈에 익지 않아 어색한 머리카락을 만지작거리다가 그녀의 허리를 감싸고 어깨에 얼굴을 묻었다.

"머릿결이 많이 상했어."

"탈색했으니까요. 그래도 최대한 상하지 않게 처리했는데. 약 냄새 나지 않아요?"

약품 냄새가 코를 찔렀지만, 인하는 더욱 고개를 묻고 혜원의 향을 찾았다. 슬쩍 그의 손이 그녀의 허벅지로 내려갔다. 손가락이 꼼지락거리며 혜원의 무릎 위 치맛자락을 끌어 올리자 허벅지가 반쯤 드러난다.

옷자락을 다 올리고 그의 커다란 손이 허벅지를 덮자, 혜원의 다리가 슬그머니 모아진다. 혜원이 약하게 몸을 흔들었지만, 인하의 손은 더욱 노골적으로 변해 그녀의 맞붙은 허벅지 사이를 파고들었다.

"인하 씨……."

혜원이 들고 있던 접시가 싱크대 안으로 떨어지면서 챙그랑 소리를 내자 허벅지 사이로 파고들었던 손이 아쉬운 듯 머뭇거리다가 빠져나갔다. 인하의 몸이 완전히 떨어지자 혜원이 뾰로통하게 그를 쳐다봤다.

"아쉬워? 침대로 갈까?"

"아니, 그게 아니라……."

발갛게 달아오르는 얼굴로 고개를 흔드는 혜원을 야릇한 눈길로 훑은 인하는 다 내려진 커피를 잔에 따르고 거실로 나갔다. 혜원의 몫을 테이블 위에 놓아두고 소파에 앉은 그는 TV를 켰다.

벽에 걸린 시계를 보고 8시가 넘은 걸 확인한 인하는 뉴스를 틀었다. KSM 8시 뉴스에는 연이은 눈으로 교통이 마비됐다는 내용과 폭설이 내린 지역에는 제설 작업이 한창이라는 보도가 흘러나왔다.

펑펑 쏟아지는 눈 속에서 두꺼운 파카를 입고 모자를 쓴 리포터가 자기의 신분을 알리는 마지막 멘트를 날리자 화면은 다시 스튜디오로 전환되었다.

단정한 정장 차림의 남녀 아나운서가 같이 화면에 잡혔다. 적절한 타이밍에서 여자 아나운서가 입을 열자, 그녀가 클로즈업되어 화면에 잡혔다.

"뭐 봐요?"

"뉴스. 그러고 보니, 당신 한국여대 신방과 나오지 않았어?"

설거지를 마치고 거실로 나온 혜원이 인하의 옆으로 앉으며 고개를 끄덕였다. TV로 시선을 둔 그녀의 얼굴이 미미하게 굳었지만, 인하는 그 얼굴을 보지 못했다.

"강지수 아나운서와 같이 졸업했겠네. 전에 들었을 때 당신하고 같은 학교에 동갑이던데."

"같이 졸업하지는 않았어요. 제가 재수를 했거든요."

처음 듣는 이야기에 인하가 고개를 돌려 혜원을 쳐다봤다.

대중들에게 알려진 것과는 달리 연애결혼이 아니었기에 서로에 대해 완전히 알지는 못했다.

결혼을 하고 신혼 생활을 하면서 하나하나 알아 가는 재미도 쏠쏠했기에 연애결혼이 아님이 문제가 되지는 않았다. 갑자기 툭 튀어나오는 의외의 이야기가 더 재미있는 법이니.

"그래? 재수까지 하고 한국여대 신방과를 갔어?"

한국여대 신방과가 재수를 할 정도로 수준이 높지는 않다. 서울권이기에 입학이 쉽지는 않지만, 더 높은 대학교는 많았기에 인하는 고개를 기울였다.

재수를 할 거면 더 알아주는 대학을 가는 게 나았을 텐데.

"어머니가 여대를 고집하셨는데, 제 성적에 그나마 갈 수 있는 여대가 한국여대였어요. 아나운서가 꿈이어서 신방과를 갔고요."

"아나운서는 누구의 꿈이었는데?"

혜원이 난처한 웃음을 흘렸다. 자신의 손에 들린 커피 잔을 탐내는 그녀에게 마시던 커피를 주고 인하는 테이블 위에 놓인 잔을 들었다.

무슨 심보인지 혜원은 그녀의 몫으로 내려진 커피보다는 항상 그가 마시는 커피를 탐낸다.

어머니의 바람대로 자라 온 혜원은 재수를 해서 한국여대 신방과를 갔다. 하지만, 적성에 맞지 않아 1학년 초부터 성적은 바닥이었다.

3학년 때 길거리 캐스팅으로 배우가 되지 않았다면 아마 아나운서 시험에 합격할 때까지 그녀의 모친인 지영에게 달달 볶였을지도 모른다. 그 길거리 캐스팅을 받고 지영이 혜원의 아나운서 꿈을 접은 건 천만다행이었다.

인하의 허벅지 옆에 놓인 리모컨으로 손을 뻗으며 혜원이 다른 채널을 틀어도 되냐는 듯 눈빛을 보냈다. 그녀는 작게 끄덕이는 그를 향해 화사하게 웃으며 채널을 돌렸다.

"시나리오 봤지?"

"아…… . 네. 읽었어요. 당신도 읽었어요?"

재작년에 인하가 찍었던 영화가 방영되고 있는 채널에서 리모컨을 멈춘 혜원이 슬쩍 그의 눈치를 살폈다. 그가 별말 없자 혜원은 채널을 고정했다.

"어땠어? 우리 쪽에서는 했으면 하던데."

"그래요? 우리 소속사도 했으면 하더라고요."

그게 끝이라는 듯 혜원은 더 이상의 이야기를 하지 않았다. 커피 잔을 비운 혜원이 또 인하가 마시던 커피를 탐낸다.

"당신은? 당신 생각을 이야기해 봐."

조금 전과 같이, 마시던 커피를 혜원에게 준 인하가 몸을 옆으로 틀어 소파에 팔을 올려 기댔다. 옆으로 기울어진 인하의 얼굴이 혜원에게 더 가까이 다가갔다.

"음…… 시나리오는 재미있었어요. 그런데 소재가……. 우리 기사가 계속 나올까 봐 걱정이에요."

역시나. 같은 문제를 고민하고 있는 혜원의 말에 동조한다는 듯 인하의 고개가 끄덕여졌다.

"나도 그 부분이 걱정이야. 시나리오는 꽤 좋은데."

"그럼 당신은 해요. 상대 여자 배우는 금방 구할 거예요. 워낙 시나리오가 재미있으니."

인하는 아무 말 없이 혜원을 응시했다. 진득한 그의 시선에 혜원의 미소 띤 입가가 떨리더니 조금씩 모습을 감췄다.

고개를 숙여 커피를 홀짝이는 혜원의 머리카락을 그가 만지작거렸다.

"당신, 그 시나리오 마음에 들었구나. 그럼 하자. 같이하자."

"같……이요? 그냥 인하 씨 혼자……."

"그럼 당신 혼자 할래?"

혜원의 고개가 빠르게 흔들렸다. 어떻게 감히 당신의 일을 빼앗을 수 있겠냐, 자신이 포기하겠다는 눈빛에 인하가 단호한 어투로 말했다.

"나도 그래. 당신 하고 싶은 일 빼앗고 싶지 않아. 한 사람이 포기하는 그런 거 싫어. 둘 다 포기할 바에는 같이하는 게 낫지 않아?"

호형에게 보였던 뜨뜻미지근한 반응과 달리 인하는 적극적으로 혜원을 설득했다. 시나리오가 마음에 들었다면서도 쉬이 포기하려 하는 혜원의 모습에 인하의 미간이 접혔다.

그래도 결혼을 하고 나서는 제법 자기 의사를 표출하더니, 이렇게 한 번씩 제 의견을 죽이고 몸을 사릴 때마다 짜증이 난다.

인하는 대답 없이 다시 커피를 마시는 혜원의 손에서 잔을 빼앗아 탁자 위로 던지다시피 놓았다. 잔이 넘어지면서 남은 커피가 테이블 위를 까맣게 물들였다.

혜원의 어깨를 잡아 누른 인하는 그녀의 위로 올라타고는 군더더기 없는 손놀림으로 원피스를 벗겼다. 눈을 크게 뜨고 그의 손을 잡아 막는 혜원을 인하가 쏘아봤다. 움찔 놀란 혜원이 고개를 옆으로 돌리며 손에서 힘을 뺐다.

갑작스런 전개에 어쩔 줄 몰라 하던 혜원이 가슴에 이는 통증에 신음을 흘렸다. 날카롭게 물린 가슴이 뜨거운 열기와 함께 무언가에 빨려 들어갔다.

눈을 감고 가슴을 애무하는 인하의 모습만으로도 몸에는 빠르게 열기가 감돌았다. 몸을 파고드는 아찔한 감각에 가죽 소파를 쥐었지만, 작은 손에 두터운 가죽은 잡히지 않았다.

조심스럽게 혜원의 손이 인하의 어깨를 쥐었다. 아래로 향하던 그의 얼굴이 멈칫하더니 서서히 상체를 들어 혜원과 눈을 맞췄다.

"인하 씨."

신음 소리를 내지 않으려, 잔뜩 억눌리고 발음이 부정확한 말에 그가 가소롭다는 눈빛으로 혜원을 내려다봤다. 가슴 위로 올라간 브래지어를 벗겨 내고는 이어서 아래 속옷까지 벗기자 환한 형광등 아래 매끄러운 맨몸이 드러났다.

움츠러들며 품으로 안겨 오는 혜원을 내리누른 인하는 노골적으로 그녀의 몸을 훑었다. 느릿한 손놀림으로 그가 바지 벨트를 풀자 혜원의 시선이 그곳에 닿았다. 그 시선에 그의 몸이 반응을 보였다. 아니, 이미 그의 분신은 부풀어 제 존재를 드러내고 있었다.

"신혜원."

그의 부름에 혜원의 손이 앞으로 뻗어졌다. 부끄러워하던 것과 달리 적극적으로 그의 옷을 벗기고 입을 맞춰 왔다.

결혼을 하고 알아낸 또 한 가지 의외의 사실. 혜원은 잠자리를 제법 즐긴다.

첫 관계 때 그녀가 처녀였다는 증거를 보지 못했다면, 혜원이 경험도 많고 꽤 이 방면에 능통하다고 생각했을 거다. 차근차근 기술을 배워 가더니 요즘은 먼저 잠자리를 요구하기도 한다.

작은 혀가 입안으로 들어와 보채자 인하가 그에 응했다. 서로의 타액이 얽히는 소리와 그들이 움직일 때마다 마찰이 일어난 소파 가죽의 소리가 거실을 채웠다. 거기에 젖은 피부가 부딪히는 소리가 더해졌다.

"아응……. 인하…… 씨."

단단한 어깨에 매달리며 혜원이 억눌렀던 신음을 내뱉었다.

빨라지는 허리 움직임에 한계에 달한 듯 혜원의 몸이 잔뜩 긴장했다. 마지막까지 놓치지 않으려 손에 잔뜩 들어갔던 힘이 풀리고 털썩 소파 위로 떨어졌다.

"하아…… 혜원아."

가까스로 빠져나와 그녀의 배 위로 욕정을 푼 인하가 자잘하게 키스를 했다. 마치 아까의 짜증은 욕정을 풀지 못해서 일어난 거였다는 듯이, 섹스 후 인하의 얼굴에는 아내를 향한 다정한 미소만이 남았다.

핸드폰 벨소리에 혜원의 눈이 번뜩 뜨였다. 재빨리 일어난 그녀는 핸드폰을 찾아 소리부터 죽였다. 아직 동이 트지 않았는지 캄캄한 방 안. 뒤척이던 인하가 다시 잠잠해지자 혜원은 조용히 전화를 받았다.

"여보세요."

—나다. 아직 자니?

지영의 못마땅한 목소리에 혜원이 귀에서 핸드폰을 떼고 시간을 확인했다. 8시 47분. 9시가 다 되어 가는 시간이다. 방 안이 캄캄한 이유가 암막 블라인드 때문이라는 걸 상기한 혜원이 목을 가다듬고 또렷한 소리를 내었다.

"일어났어요. 어머니."

—게으른 게 얼마나 안 좋은 줄 알면서 너는. 식사 거르지 말라고 했지? 불규칙적인 식사가 몸매를 망가뜨린다는 거 모르니? 너 운동은 하니?

"죄송해요. 앞으로는 식사 시간 지킬게요. 운동은 정해진 시간에 매일 하고 있어요."

호통에 기어 들어가는 목소리로 혜원이 대답을 했다. 못마땅한지 지영이 혀를 차고는 전화를 한 목적을 이야기했다.

—주영이에게 들었다. 드라마 어떻게 할 거니? 굳이 할 필요가 있겠니? 정 서방이 벌어다 주는 돈으로 조용히 살림만 하고 살아.

애초에 배우가 되는 것을 마다하지 않은 이유가 이거였다.

지영은 여자는 돈 잘 버는 남자, 또는 좋은 집안에 시집을 가서 고생하지 않고 살면 그만이라는 생각을 가지고 있었다.

아나운서라는 직업을 가지면 그런 배경의 남자를 만날 수 있다고 생각한 지영은 혜원을 재수시켜 가면서 여대의 신방과에 진학시켰다.

하지만 혜원의 성적이 좋지 않았다. 그에 골치를 썩고 있던 중 마침 길거리 캐스팅을 받았다. 배우가 재벌가로 시집을 가는 일이 종종 있기에 지영은 혜원의 장래를 배우로 바꾸었다.

인하의 직업이 같은 배우라는 것이 만족스럽지는 않았지만, 그의 집안이 재벌 못지 않은 터라 지영은 놓치지 않고 혜원을 기어코 시집보냈다.

머리가 좋고 성적이 좋아 자신의 바람대로 아나운서가 되었다면, 같은 배우가 아닌 정재계 집안으로 시집을 갈 수도 있었다고 지영은 늘 불만을 토했다.

혜원은 배우라고는 하지만, 연기력이 받쳐 주지 않았다. 그녀는 연기와 작품보다는 외모와 이미지로 인기를 끌고 CF를 찍어 간신히 인기를 유지하는 스타였다.

그래서 지영은 결혼을 하고 은퇴를 하라 했고, 실제로 은퇴 기자 회견까지 갔었다. 다행히 혜원은 인하의 도움으로 은퇴를 면했지만, 지영의 반대가 있어서 잠시 활동을 쉬고 있었다.

지영은 딸이 이대로 계속 집에만 있어 주기를 바랐는데, 혜원의 매니저인 주영에게 드라마 제의가 들어왔다는 이야기를 듣고 득달같이 전화를 건 것이다.

"그게……. 인하 씨가 같이 작품 하자고 해서요. 아마도 할 것 같아요."

지영이 반대를 하자 혜원은 뭔지 모를 오기가 생겼다. 늘 순종적이었기에, 지영에게 거스르는 말을 하면서 혜원은 겁이 나 이불을 쥐었다. 역시나 지영이 고래고래 소리를 질렀다.

—미쳤니? 연기도 안 되면서! 정 뭐라도 하고 싶으면 CF나 찍어!

반사적으로 '네, 어머니. 잘못했습니다'라는 말이 튀어나올 뻔했다.

입술을 잘근잘근 깨무는 혜원의 동공이 흔들렸다.

지금이라도 어머니의 말을 따라야 하는 건 아닌지 고민을 하는데, 귀에 있던 핸드폰이 쏙 빠져나갔다.

"장모님, 접니다."

—어머, 정 서방.

언제 일어난 것인지 인하가 핸드폰을 빼앗아 들고는 혜원의 입술을 매만졌다. 잔뜩 굳어진 얼굴을 보아하니, 핸드폰을 새어 나간 지영의 목소리를 들었음이 틀림없다.

"나와 결혼을 결심한 이상, 이제 장모님에게서 벗어나. 언제까지 줏대도 없이 장모님이 하라는 대로 할 건데? 친정 엄마한테 휘둘리는 아내, 딸의 결혼 생활까지 참견하려는 장모님. 딱 질색이야. 알았어?"

언젠가 인하가 차갑게 내뱉었던 말이 머릿속을 스치고 지나 갔다.

"무슨 일 있으십니까?"

―이야기 들었네. 드라마…….

"아, 네. 저희 그 드라마 찍기로 했습니다. 혜원이와 같이 일 할 생각을 하니 벌써부터 설레네요. 그런데 무슨 문제라도 있습 니까?"

이미 하기로 결정 난 일, 문제가 있더라도 밀어붙일 테니 참 견하지 말라는 감춰진 뜻을 지영은 읽었다.

―그래도, 우리 혜원이가…….

"장모님."

나지막하게 부르자 지영이 하려던 말을 멈췄다.

―그래. 알았네. 두 사람이 어련히 잘 알아서 할까. 그럼 끊 으세.

"네. 들어가세요, 장모님."

툭 끊긴 전화를 발치 어디쯤으로 던진 인하가 혜원을 낮게 불렀다.

"신혜원."

혜원이 약하게 떨며 고개를 들었다. 그녀를 향해 팔을 벌린 그가 다정스럽게 이야기했다.

"좀 더 자자. 이리 와."

품으로 들어오는 혜원을 안고 다시 침대에 누운 인하는 그녀 몰래 웃었다.

지영에게 반항을 하고 부들부들 떠는 모습이 귀여웠다. 그리고 그 작은 반항이 속 시원하다.

눈 위를 가볍게 스치고 지나가는 브러시와 메이크업 아티스트의 손. 마지막으로 픽서를 뿌리는지 촉촉한 물기가 얼굴에 닿았다. 다 끝났다는 메이크업 아티스트의 말에 혜원이 천천히 눈을 떴다.

　커다란 유리를 통해 평소보다 진한 눈을 보며 혜원이 만족스러운 듯 미소를 지었다.

　짙은 스모키 화장에 옅은 보랏빛이 도는 입술.

　평소 점막만 메우는 정도의 가는 아이라인과 옅은 핑크빛의 립글로스와는 다른 화장법이 그녀의 이미지를 확 바꾸어 놓았다.

　"다 끝났어?"

　"잠시만요, 오빠. 옷에 이것만 달고요."

혜원의 매니저인 주영의 재촉에 그녀의 스타일리스트인 서영이 대답을 했다. 시계를 확인하며 '빨리'를 외치는 주영에게 서영이 다 됐다는 습관적인 말을 내뱉고 꼼꼼하게 혜원의 옷을 살폈다.

"바로 나와!"

주영이 시동을 걸어 놓겠다며 먼저 나가고, 5분 뒤에 혜원과 서영도 숍을 나섰다.

"오빠, 많이 늦었어요?"

벤에 오르며 혜원이 주영에게 물었다. 차 안의 디지털시계를 흘끗 본 그가 서두르면 늦지는 않을 것 같다고 대답을 하고는 바로 차를 출발했다.

"서영아, 나 거울 좀."

"여기요, 언니."

몇 번이고 거울로 얼굴을 확인하는 혜원에게 서영이 예쁘다고 이야기를 했다.

끝을 올려 그려 치켜뜬 것 같은 눈매와 짙은 갈색의 눈두덩이. 아이섀도에는 반짝이는 펄도 들어갔다. 처음으로 시도해 보는 화장법이 어색할 법도 한데, 혜원에게 굉장히 잘 어울렸다.

짙은 파란색의 니트 원피스가 혜원의 굴곡진 몸매를 드러냈고, 작은 십자가의 패턴이 섞인 검정색 스타킹과 아찔한 높이의 힐이 각선미를 더욱 부각시켰다. 그 위에 걸칠 무스탕을 서영이 조심스럽게 품에 들고 있었다.

인하의 영화 시사회가 열리는 영화관에 도착을 하고, 혜원은 무스탕을 걸친 뒤 벤에서 내렸다. 지하 주차장에서부터 기자들 몇몇이 사진을 찍으며 따라붙자, 주영이 그들을 제지하며 양해를 구했다.

"죄송합니다. 지나갈게요."

몇 번의 사과와 양해 끝에 그들은 엘리베이터에 올랐다. 상영관 앞에 간소하게 차려진 포토존에 혜원이 서자 파파팟 플래시가 터졌다. 평소와 다른 스타일에 사방에서 기함을 토하는 탄성이 흘러나왔다.

첫사랑의 대명사이자, 청순한 신혜원이 아닌 섹시한 신혜원을 접한 기자들이 빠르게 셔터를 눌렀다.

짙은 화장에 몸매가 드러나는 원피스, 그리고 붉은색과 핑크색이 섞인 헤어까지. 멀찍이 구경을 하던 사람들 틈에서 '진짜 신혜원 맞아?' 하는 의문이 담긴 목소리가 흘러나왔다.

영화에 관련된 질문보다는 남편인 인하와의 결혼생활에 대한 질문이 더 많이 쏟아졌다.

"남편, 정인하 씨의 초대로 오셨나요?"

"오랜만의 외출이신데, 정인하 씨와의 신혼생활은 어떠신가요?"

결혼 후, 딱 하나 찍은 CF를 제외하고는 방송 출연은 자제했고, 간간이 초대된 시상식이나 패션쇼에만 잠깐 모습을 보였었다.

최근 6개월은 특히나 활동이 없었다. 작년 연말에는 인하가 상을 받을 거라는 확신이 있었음에도 시상식에 가지 못했다.

감기에 걸려 인하가 내린 외출 금지에 혜원은 집에서 방송으로 그가 상을 받는 걸 봤었다. 그로 인해 불화설이 더 크게 일었었다.

반년 동안 윤 기자에게 인하와 같이 치킨 가게에서 데이트하는 사진이 찍힌 것 외에는 오랜만에 모습을 드러내는 혜원이기에 기자들은 인하와의 관계에서 무언가를 캐내려 눈을 번뜩였다.

"영화 기대되네요. 재미있게 잘 보고 가겠습니다. 감사합니다."

능숙하게 영화에 대한 코멘트만 하고 혜원이 자리를 옮겼다.

상영관으로 들어가 안면이 있는 다른 배우들과 가볍게 인사를 나눈 혜원은 자리에 앉아 서영이 가져다 준 영화 팸플릿을 꼼꼼하게 읽었다. 주영은 친한 다른 매니저들과 따로 보겠다고 멀찍이 앉았다.

"어? 언니, 벌써 기사가 떴어요."

요즘은 실시간으로 기사가 올라오니 핸드폰으로 인터넷에 접속한 서영이 막 올라온 기사를 보여 주었다.

방금 전, 포토존에서 찍은 사진과 짧은 기사 몇 줄이 적혀 있었다.

〈남편 보러 왔어요.〉

배우 신혜원(29세)이 남편인 정인하(32세)의 영화를 보러…… 염색까지. 어떠한 심경 변화가 있었는지 관심이 쏠리고 있다.

영화를 보러 왔다는 이야기가 뜬금없이 바뀐 스타일로 흐르더니, 심경의 변화로까지 이어졌다. 얼토당토않은 문맥의 흐름에 혜원의 눈이 찌푸려졌다. 무슨 심경의 변화를 이야기하는 것인지 혜원이 고개를 기울였다.

"심경의 변화? 뭐야, 이게?"

서영이 미소와 찡그림, 그 중간의 애매한 웃음을 짓더니 가까이 몸을 숙여 혜원의 귀에 속삭였다.

"여자들이 실연을 당하거나 이별을 할 때 머리를 자르잖아요. 아니면 확 변화를 주든가. 그런 이야기인 것 같아요."

즉 인하와의 불화설이 또 도졌다는 거다. 남편의 영화를 보러 오랜만에 외출을 했는데, 왜 이런 기사가 바로 뜬 것인지. 이젠 억울함까지 들 지경이다.

혜원은 할까 말까 계속 고민을 하다가 유행이 수그러지자 뒤늦게 투톤염색을 했다. 굉장히 마음에 들었는데, 지금은 왜 염색을 했나 후회가 되었다. 그리고 공들여 한 짙은 화장도 지우고 싶어졌다.

"언니, 시작하나 봐요."

서영의 말에 혜원이 정면을 응시했다. 사회자의 부름 뒤에 커다란 스크린 앞으로 감독과 주연 및 조연 배우들이 줄지어 나와 섰다.

우렁찬 박수 소리와 함께 등장한 감독과 배우들이 허리를 깊이 숙여 인사를 했다.

감독의 즐겁게 감상하라는 인사 뒤에 인하가 마이크를 건네받았다.

"안녕하세요. 서이준 역할을 맡은 정인하입니다."

VIP 시사회 초대에 당첨이 되어 온 관객들 중 여자들이 손을 흔들며 소리를 질렀다.

핸드폰 또는 디지털 카메라를 들고 사진을 찍는 관객들을 향해 고개를 돌린 인하가 매력적인 웃음을 보이며 손을 마주 흔들자, '오빠'를 외치는 소리가 더욱 커졌다.

간략하게 영화를 소개하고 인사를 하자 마이크는 여배우에게로 넘어갔다. 비슷한 인사 뒤에 사회자가 영화 상영을 시작하겠다는 멘트를 했다.

"어? 언니, 인하 오빠가 언니 보는데요?"

굳이 서영이 가르쳐 주지 않아도 허공에서 인하와 눈을 맞춘 혜원이 작게 고개를 흔들었다. 그의 입꼬리가 위로 휘더니 혜원을 향해 윙크를 했고, 그 모습을 본 다른 배우들이 그의 옆구리를 찌르며 야유를 보냈다.

물론 때를 놓치지 않고 플래시가 연이어 터지며 그 모습을 사진에 담았다.

영화는 시작부터가 관객들의 시선을 확 끌었다. 묵직하면서도 빠른 음악, 어두운 좁은 골목, 거친 호흡 소리, 그리고 주르륵 내리는 가는 빗줄기. 앞으로 이어질 상황을 예상한 관객들은 숨을 죽이고 화면을 응시했다.

순식간에 화면이 바뀌고 인하의 얼굴이 스크린 가득 찼다. 행복한 미소. 하지만 섬뜩하리만치 감정이 실리지 않은 눈. 그 눈에 빨려 들어간 사람들은 영화가 끝날 때까지 스크린에서 시선을 떼지 않았다.

영화 중간중간에 삽입이 되었던 노래가 길게 이어지고, 촬영 현장 사진이 오른쪽 화면으로 작게 쏠리면서 왼쪽 검정 바탕으로 감독과 배우들의 이름이 차례로 올라갔다.

불이 들어오고 엔딩 크레디트가 올라가면 보통 자리에서 일어나는데, 모두들 움직일 생각을 하지 않았다.

아직 자리를 뜨지 않은 배우들을 향해 다시 사진을 찍던 관객들은, 배우들이 인사를 하고 빠져나가자 아쉬운 한숨을 내뱉었다.

"언니, 주영 오빠 왔어요. 어서 가요."

따라붙는 기자들을 헤치고 다가온 주영이 혜원을 보호하며 걸음을 옮겼다.

같이 영화를 봤던 관객들이 쫓아와 인사를 하고 악수를 청하자 혜원이 손을 뻗어 가볍게 악수를 했다. 주영의 얼굴이 굳어지는 걸 알면서도 혜원은 일일이 인사를 했다.

"신혜원 씨, 영화 어떠셨나요?"

영화와 관련된 질문에 혜원의 걸음이 느려지더니 그 자리에 섰다. 기자들이 놓치지 않고 그녀의 주위를 둘러쌌다.

"아주 잘 봤습니다. 구성이 탄탄하고 내용도 짜임새 있어 재미있었어요. 흥행 성공하시길 바랄게요."

"남편에게 응원 한마디만 해 주세요."

혜원이 질문을 한 기자를 향해 환하게 웃자, 기자가 얼굴을 붉히며 눈을 피했다. 어떤 의도로 물었든, 그녀는 카메라를 향해 차분하게 이야기를 했다.

"인하 씨, 고생한 만큼 좋은 결과 기대해도 될 것 같아요. 아주 잘 봤어요. 파이팅!"

작게 고개를 숙여 기자들에게 인사를 한 혜원은 주영, 서영과 빠르게 자리를 피했다.

지하 주차장으로 내려와 차에 올라탄 혜원은 핸드폰으로 인하에게 메시지를 보냈다. 영화 잘 보고 집으로 간다고 문자를 보내는 혜원에게 주영이 출발하겠다는 말을 하고는 시동을 걸었다.

"혜원아, 드라마 계약 때문에 내일 회사에 나와야 해. 낮에 데리러 갈게."

"네. 아, 주영 오빠. 저희 집에서 점심 같이하게 일찍 오세요."

"인하 씨, 내일도 영화 홍보 있어?"

혼자서 밥을 먹는 걸 싫어하는 혜원은 종종 주영과 서영을 집으로 초대했다. 인하가 촬영으로 바쁠 때에는 그 횟수가 제법 됐다.

"내일 일찍 부산으로 간다고 했어요."

"언니, 저도 가도 되죠?"

"그럼, 너도 와. 맛있는 거 해 놓을게."

머릿속으로 내일 점심 식사 메뉴를 생각하느라 조용하진 혜원에게, 그녀의 고민을 덜어 주려고 서영이 김치찌개를 외쳤다. 혼자 자취를 하면서 절대 요리를 하지 않는 서영은 늘 집밥이 그립다며 돼지고기를 많이 넣은 김치찌개를 해 달라고 했다.

"쟤는 매번 김치찌개래. 혜원아, 드라마 기사는 아마 다음 주에나 나갈 거야."

인하의 영화 홍보가 한창인 지금, 피해가 가지 않도록 하기 위해 혜원과 같이할 드라마 기사를 미뤘다. 이미 발 빠른 기자들은 부부인 두 사람이 동반 출연한다는 걸 알고 기사를 썼지만, 두 거대 기획사가 보도되지 않도록 기사를 묶어 놓았다.

내일 계약서에 도장을 찍은 뒤, 바로 대본이 나올 거라 했다.

맡은 배역의 캐릭터를 분석, 연구하고 연기 연습을 할 생각에 설레기도 하지만 걱정이 더 컸다.

그저 그런 연기력. 대중들에게 칭찬보다는 매서운 질책을 더 많이 받았다. 그래서 연기가 무섭다. 자신이 없다. 욕심만큼 따라 주지 않는 자신의 연기력이 한탄스럽다.

혜원은 이런 고민을 털어놓을 사람 하나 없다는 사실이 다시금 느껴지자 낮은 한숨을 내쉬었다. 늘 그랬듯이 혼자 아등바등 애써야겠지, 하는 생각을 하다가 인하를 떠올렸다.

그라면 이런 고민에 어떤 반응을 보일까. 안쓰러워하며 같이 고민해 주고 도와줄까. 아니면 연기가 무섭다는 자신을 이해하지 못하고 비웃을까.

남편이니 도와주겠지. 남편이니까. 기쁜 일이든 슬픈 일이든 함께하고, 서로를 의지하며 살아가자고 약속했으니까.

문득, 그가 보고 싶다.

띠리릭, 도어 록이 해제되자 인하는 최대한 소리를 죽이고 움직였다. 현관문을 닫는 그의 손도 조심스러웠다. 그가 늦은 시간에 귀가할 것을 배려해 거실의 불은 조도가 낮게 켜져 있었다.

인하는 거실을 지나면서 켜져 있는 불을 껐다. 눈이 어둠에 익숙해지자 그는 옷을 벗으며 거실 욕실로 들어갔다.

새벽에 들어오는 날이면 되도록 거실에서 씻었다. 방에 있는 욕실에서 씻으면서 물소리로 혜원을 깨울 때도 있지만, 그런 날은 일부러 혜원을 깨워 안기 위함이었다.

뜨거운 물로 씻었더니 욕실 안이 수증기로 자욱했다. 헤어드라이어로 머리를 말리고 욕실 문을 열자 온도가 낮은 공기가 가운 밖으로 드러난 그의 맨몸을 훑고 욕실 안으로 들어간다.

조용히 안방으로 들어간 그는 곧장 화장대로 향했다. 화장대 위에는 늘 바르는 순서대로 화장품이 놓여 있다. 어둠 속에서도 익숙한 손놀림으로 스킨로션을 바른 인하는 이불을 들추고 안으로 들어갔다.

"으음……."

"신혜원, 너……."

그의 아내는 가끔 엉뚱한 짓을 할 때가 있다. 이불을 들췄을 때, 옅은 향기가 난다 싶어 혜원의 몸을 손으로 더듬은 인하는 손에 착 감기는 맨살에 할 말을 잃었다.

향수만 뿌리고 실오라기 하나 걸치지 않은 채 잠을 잔다는 옛 서양 배우처럼 해 보고 싶었다던 혜원은, 모친과 살면서는 절대 실행에 옮길 수가 없었다고 했다.

지금은 하고 싶은 걸 맘껏 할 수 있으니 오죽 좋을까.

정식 시사회가 아니더라도 여러 극장에 들러서 간단히 인사를 하고 나왔다. 몰려드는 팬들과 관객들에게 종일 웃어 주고 악수를 하는 건 굉장한 에너지 소모가 따른다.

스케줄을 끝내고 근처 호텔에서 자려던 걸, 어차피 집과 거리가 비슷해 집으로 왔다. 피곤함에 씻고 누우면 바로 잠에 들려고 했는데, 혜원에게 뻗어진 손이 좀처럼 거둬지지가 않았다.

혜원이 그를 향해 모로 누운 탓에 이불을 내리자 한껏 모아진 탐스러운 가슴이 바로 드러났다. 부드럽게 가슴 옆을 희롱하던 손이 크게 벌어지며 가슴 전체를 담아내고는 힘껏 쥐었다. 손 아래에서 뭉글어지는 가슴으로 고개를 내린 인하가 정점을 머금어 혀로 살살 굴렸다.

"아홋…… 인하 씨?"

번쩍 눈을 뜬 혜원이 당황해하며 인하의 어깨를 잡아 밀어내다가 다리 사이를 파고드는 그의 허벅지에 손에 힘을 바짝 주었다. 단번에 파고든 튼튼한 허벅지가 은밀한 곳을 자극했다.

혜원의 허리를 잡아 끌어당긴 인하는 제 위에 혜원을 올렸다. 그의 가슴을 짚고 일어나려는 그녀의 등을 감싸 내리누른 뒤, 그녀의 가슴에 얼굴을 묻으며 그가 뜨거운 숨을 토해 냈다.

"오늘…… 못 들어…… 아앙…… 온다고……."

집에 못 들어올 것 같다던 남편이 늦게나마 귀가한 게 좋으면서도 말도 없이 이렇게 덮치기부터 하자, 혜원이 그에게서 벗어나려 몸을 바르작거렸다.

"당신 옆에서 쉬고 싶어서. 하아…… 혜원아."

탁하게 갈라진 그의 목소리에 혜원은 쉽게 무너져 내렸다. 혜원의 등허리를 따라 매끄럽게 흘러내린 그의 손이 그녀의 엉덩이를 갈랐다. 손가락이 젖은 곳으로 들락거리며 길을 냈다.

혜원을 바로 눕히고 군살 없는 허리와 복근에 자잘하게 키스를 한 그가 그녀의 다리를 벌리고 단숨에 파고들었다.

삽입과 후퇴가 감질날 정도로 느렸다. 모든 걸 빨아들이는 깊은 키스도 좋지만, 그가 주는 짙은 쾌감을 아는 몸이 그를 재촉했다.

"아흑…… 인하 씨, 조금 더……."

"크흑."

바짝 조여 오는 속살에 인하가 참지 못하고 빠르게 움직였다. 몸을 밀착한 혜원이 그의 가슴에 얼굴을 묻고 흐느끼듯 신음을 내뱉었다. 때에 맞춰 격해진 허리 놀림이 절정에 달한 듯 경직되더니 어느 순간 탁 풀렸다.

관계 후에도 인하는 혜원의 안에 머물러 후희를 즐겼다. 자잘한 키스와 깊은 키스를 이어 가면서 그녀의 몸을 만지고 품었다. 안을 휘젓던 그는 빠져나가면서까지 혜원에게 야릇한 쾌감을 선사했다.

"아, 이런."

신혼 초, 1년을 제외하고는 피임에 크게 신경을 쓰지 않았다. 신혼 1년이 지나면서 이쯤이면 아기를 가져도 될 것 같다고 서로 동의를 하고 피임을 하지 않았다. 하지만 같이 드라마에 출연을 하기로 한 이상, 당분간은 신경을 써야 했다.

"괜찮아요. 알잖아요."

얼굴을 붉히며 혜원이 인하를 향해 팔을 뻗었다. 침대 밖으로 내려선 그가 그녀를 안아 들었다. 생리가 끝난 지 이틀밖에 되지 않았다고 혜원이 붉게 달아오른 얼굴로 웅얼거리자 인하가 키득거리며 욕실로 향했다.

❀　　　❀　　　❀

한 주가 시작되고, 인하와 혜원의 기사가 보도되었다. 부부인 인하와 혜원이 드라마에 동반 출연한다는 것이 1차적으로 화제가 되었고, 결혼 후에 CF를 제외하고 활동이 뜸했던 혜원의 컴백이 2차적으로 이목을 끌었다. 마지막으로 두 사람이 찍는 드라마의 제목이 '그들의 이혼'이라는 사실이 대중의 관심을 확 끌었다.

"혜원아."

노트북 앞에 앉아서 마우스 휠을 내리던 혜원은 인하의 부름에 자리에서 일어났다.

부들부들한 러그의 느낌이 좋아 맨발로 있던 혜원은 러그에서 벗어나자마자 다시 러그 위로 올라섰다.

손과 발이 차가운 혜원은 겨울에는 늘 집에서 수면양말을 챙겨 신었다. 한동안 귀찮아서 수면양말을 신지 않았는데, 그저께 소파에 길게 누워 있던 혜원의 발치에 인하가 앉으며 그녀의 발을 매만졌다. 차가운 발에 놀란 그는 수면양말을 꺼내 신겨 주면서 챙겨 신으라고 당부했다.

벗어 놓았던 수면양말을 신은 혜원이 안방으로 다다다 달려갔다.

"불렀어요?"

인하는 어제 대전에 내려가 세 군데의 영화관에 들러 인사를 하고, 광주까지 가서 마찬가지로 세 군데의 영화관에서 관객들에게 인사를 하고 올라왔다.

하루 종일 차를 탄 것과 마찬가지라 자고 일어나니 온몸이 뻐근해 쉽게 침대에서 벗어날 수가 없었다.

"등 좀 밟아 줄래?"

"마사지 기계 하나 살까요?"

"내가 노친네도 아니고."

"30대잖아요. 당신, 20대 때와는 달리 차를 오래 타기 힘든가 봐요. 괜찮아요?"

수면양말을 벗고 침대 위로 올라오는 혜원을 인하가 어이없다는 듯 바라봤다. 놀리는 것인지, 걱정을 하는 것인지.

스물아홉으로 간신히 20대에 턱걸이를 하고 있는 아내가 혹여나 서른두 살인 자신을 늙은이 취급하는 건가. 께름칙한 기분에 인하의 미간에 주름이 잡혔다.

엎드려 누운 인하의 몸 위에 덮인 이불을 혜원이 시원하게 발치까지 젖혔다. 아래는 얇은 파자마 바지를 입었지만, 상체는 아무것도 걸치지 않았다. 그의 등 위로 가뿐하게 오르며 혜원은 균형을 잡았다.

맨발 아래로 인하의 단단한 몸이 밟힌다. 울퉁불퉁한 등 근육이 그녀의 발아래에서 노곤노곤하게 풀어진다.

조금 더 위로 올라가 어깨까지 혜원의 발이 닿았다. 발가락을 꼼지락거려 어깨를 꾹 누르자 그의 입에서 신음과 함께 한숨이 흘러나온다.

"시원해요?"

"응. 조금 더 세게 밟아 봐."

쿵쿵 뛸 수도 없는데 어쩌라는 것인지.

그의 몸 위에서 떨어질까 봐 잡히지도 않는 천장으로 길게 손을 뻗어 딛고 있던 혜원이 입을 삐죽였다. 그녀가 왼발, 오른발에 번갈아 가며 힘을 실었다.

"으윽. 아…… 좋다. 아래도."

등에서 허리로 조심스럽게 혜원이 이동을 했다. 남자에게 중요한 허리이기에 혜원의 움직임이 섬세했다.

허리 아래, 위로 솟은 엉덩이를 보자 장난기가 생겼다.

그녀가 슬쩍 발 하나를 인하의 엉덩이 위로 올렸다. 발가락으로 엉덩이를 누르자 말랑하게 들어가던 엉덩이가 탄탄해져 발가락을 튕겨 낸다.

"신혜원, 내려와."

"어? 인하 씨!"

인하가 몸을 움직이자 혜원의 균형이 흔들렸다. 그녀의 외침에 그가 움직임을 멈췄다. 인하의 몸 위에서 다시 균형을 잡은 혜원이 갑자기 움직이면 어떡하냐며 그의 엉덩이를 발로 쿡쿡 찔렀다.

"마누라야, 안 내려와?"

깔깔거린 혜원이 내려와서 그의 옆에 주저앉았다. 재미있는지 허리까지 접어 웃는 혜원의 옆으로 몸을 일으켜 앉은 인하가 고개를 저었다.

아침이면 잊지 않고 존재감을 드러내는 그의 분신이 다 가라앉았을 때 혜원을 불렀다. 그녀의 장난으로 반쯤 선 자신의 분신을 본 그가 침대로 엎어져 웃는 혜원의 허리를 낚아챘다.

"이젠 내가 마사지를 해 줄 차례인가?"

"꺅! 인하 씨!"

치마 아래로 쏙 들어간 인하의 손이 혜원의 엉덩이를 꽉 잡았다. 엎치락뒤치락 둘이 아웅다웅하면서 호흡이 거칠어졌다.

"하아, 하아. 항복! 인하 씨, 항복!"

혜원의 항복 선언에 쿡쿡 웃은 인하가 침대 밖으로 내려섰다. 팔을 위로 쭉 뻗으며 스트레칭을 하는 그의 뒤로 바짝 다가선 혜원이 기습적으로 그의 엉덩이를 툭툭 때렸다.

"씻고 나와요, 그럼."

재빠르게 거실로 뛰어나가는 혜원의 뒷모습을 멍하니 본 그는 그녀의 손이 닿은 엉덩이를 매만지며 욕실로 들어갔다.

인하가 쫓아 나오는 건 아닌지 귀를 쫑긋 세웠던 혜원은 그가 욕실로 들어가는 소리를 듣고는 어깨를 축 늘어뜨렸다. 그와의 장난이 재미있었던 터라 아쉬움에 자꾸만 뒤돌아 안방을 흘긋 거렸다.

아쉬움을 접고 늦은 아침 겸 이른 점심을 먹기 위해 앞치마를 두르고 냉장고를 연 그녀는 차근차근 재료들을 꺼내 식탁 위에 쌓았다.

탁, 탁, 탁. 전문 요리사처럼 빠른 칼질은 아니지만, 제법 야무진 소리가 난다. 어슷하게 썬 대파를 끓고 있는 뚝배기에 넣고 도마와 칼을 씻었다.

뚝배기가 좋다. 넘칠 듯 끓어오르는 찌개가 좋다. 넘치기 직전에 숟가락을 넣어 한 번 휘저으면 가라앉는다. 숟가락을 빼자 다시 보글보글 끓어오른다.

찌개와 몇 차례 기 싸움을 벌인 혜원은 다 씻었는지 티셔츠를 걸치고 나오는 인하를 보고 가스레인지 불을 줄였다. 그녀는 숟가락으로 순두부와 국물을 떠서 손으로 받고 호호 불며 그에게 다가갔다.

"순두부찌개예요."

인하가 고개를 숙여 호로록 국물과 순두부를 삼켰다. 숟가락 밑에 동그랗게 매달렸던 국물이 뚝, 혜원의 손바닥 위로 떨어졌다. 그녀의 손을 잡고 혀로 핥아 손바닥 위의 국물까지 삼킨 그가 고개를 끄덕인다.

"맛있다. 그런데 청양고추 좀 더 넣자."

"맵게 먹으면 속 버려요."

"매운 게 아니라 얼큰한 거지."

인하의 입매가 옆으로 늘어났다. 보글보글 끓고 있는 뚝배기 옆으로 송송 썰어진 청양고추가 눈에 들어왔다.

그걸 보고 씩 웃는 남편을 흘긴 혜원이 국그릇에 자신이 먹을 양만큼 찌개를 뜨고는 썰어 놓은 청양고추를 넣고 한 차례 더 끓었다.

"미팅이 몇 시랬지?"

"네 시요. 미팅 후에 저녁도 같이 먹겠죠? 아닌가?"

집에서 저녁을 먹게 된다면 요리하는 데 시간이 걸려 식사가 늦어질 텐데. 걱정을 하는 혜원에게 그럼 먹고 들어오자고 한 인하가 정갈하게 놓인 반찬을 훑었다.

접시에 두 사람이 먹을 딱 적당량의 반찬이 놓여 있다. 배추 김치, 열무김치, 갓김치, 검은콩 반찬, 멸치볶음, 콩나물무침, 시금치무침과 된장에 버무려진 이름 모를 나물까지.

검은콩 반찬과 멸치볶음은 혜원이 싫어하는 반찬이다. 하지만 그녀는 꼬박꼬박 먹는다. 편식하지 않는 게 좋기는 하지만, 억지로 먹는 걸 보고 있자면 기분이 썩 좋지는 않다. 전부 그녀의 모친인 지영이 길들여 놓은 습관이기에 더 마음에 들지 않는다.

그래서 혜원이 한 번 먹으면 자신이 두세 번을 먹어 빠르게 반찬을 비워 낸다.

"내가 할게."

큼직한 주방용 벙어리장갑을 양손에 끼우는 걸 본 인하가 자리에서 일어나 대신 손에 끼웠다. 뚝배기를 들고 식탁 위에 올려놓자 혜원의 시선이 끈질기게 따라붙는다. 벙어리장갑을 벗자 초롱초롱한 눈이 초승달로 접혀 보이지 않는다.

가끔 혜원은 이렇게 작은 도움을 주면 좋아한다. 도와줄 맛이 난다고나 할까.

"일어나서 뭐하고 있었어?"

조용조용 식사를 하던 두 사람은 결혼을 한 뒤로 바뀌었다. 아니, 혜원이 바뀌면서 인하도 자연스럽게 말이 많아졌다.

처음에는 같이하는 식사가 어색해서인지 혜원이 억지로 이야기를 꺼냈고, 그도 억지로 대꾸를 했다. 그게 쭉 이어지면서 이제는 자연스럽게 대화가 오간다.

"음. 식사 메뉴 고민하고, 인터넷을 했어요. 메일도 확인하고 카페도 들어가고 기사도 보고."

아직은 할 수 있는 요리가 많지 않지만, 혜원은 성실하게 식사 메뉴를 고민한다. 은근히 그걸 즐기는 것 같기도 하다.

"메일 막 열어 보지 말라니까."

이메일로 오는 팬레터를 혜원이 가끔 읽는다는 걸 안다. 좋지 않은 말도 많이 적혀 있을 텐데.

"그냥 얼마나 왔나 확인만 했어요."

"카페에서는 뭐래?"

팬 카페에서 성실하게 활동을 하는 걸 보면, 가끔 혜원이 그녀 자신의 팬이 아닐까 싶을 때도 있다. 웬만한 팬보다 더 많이 접속한다. 틈나는 족족.

올라오는 글을 모두 읽고 짧은 댓글도 남기고. 그래서 혜원의 팬 카페에 한 번 가입을 하면 웬만해서는 탈퇴가 없다고 들었다.

"저 드라마 찍게 된 거 많이들 좋아하던데요?"

"내 욕은 없고? 왜 하필 나랑 찍는 거냐, 더 잘난 배우랑 찍지 그러냐."

인하의 말에 혜원이 까르르 웃음을 터트렸다. 더 잘난 배우가 누구냐고 묻는 아내를 쏘아본 그는 젓가락으로 멸치반찬을 집어 혜원의 밥 위에 올려 두었다.

흠칫, 혜원이 놀란다. 가장 싫어하는 반찬을 숟가락으로 밥과 같이 뜨고 나직이 한숨을 내쉰다. 골려 주려고 한 행동에 즉각적인 반응을 보이자 인하가 웃음을 삼켰다.

"아."

상체를 앞으로 당기고 입을 벌리는 남편에게 냉큼 손가락을 물린 혜원의 모습이 또 웃음을 자아낸다. 이번에는 그가 혜원이 좋아하는 나물을 밥 위에 올려 주었다. 숟가락이 그녀의 입으로 쏙 들어간다.

"드라마 캐릭터 잡았어요?"

"대충. 꼼꼼한 작가님이라더니 캐릭터 잡기 수월하게 묘사해 놨던데."

"아, 당신 그 작가님 작품 해 본 적 없어요?"

"응, 없어. 민혁이가 바로 전 작품을 찍었었잖아. 물어보니까 적당히 애드리브해도 잘만 찍으면 넘어간다고 하더라."

대본 한 줄, 한 줄에 영혼을 담아내는 작가들 중에는 대본 그대로의 연기를 원하며 애드리브를 일절 싫어하는 작가도 있다.

"난 아직인데."

1, 2화의 대본이 벌써 나왔다. 가대본이고 수정이 있을 수도 있다고 했지만, 캐릭터를 분석하는 데에는 큰 지장이 없다. 개봉한 영화 홍보로 바쁜 인하도 벌써 캐릭터를 잡은 것 같은데, 집에 있는 자신은 아직이라는 생각에 혜원은 시무룩해졌다.

"당신은 오랜만에 하는 작품이잖아. 대본 연습은 쉽겠군. 서로 상대해 주면 되니까."

또르르, 혜원의 눈이 굴러간다.

고만고만한 연기력. 오히려 인하에게 폐가 될지도 모른다. 혜원은 연습마저 폐가 되면 어찌하나 걱정을 했다.

"싫어요. 나 혼자 연습할 거야."

"야박해라. 남편 퇴짜 놓는 것 좀 보라지. 누가 알겠어, 내가 집에서 아내에게 이렇게 버림받는다는 걸."

우울하게 이야기하는 모습에 혜원의 웃음이 또 터진다. 하루에도 몇 번이고 자신 때문에 웃는 그녀를 보고 그도 웃었다.

설거지를 하겠다는 인하에게 물이 튄다고 기어코 앞치마를 입힌 혜원은 그의 뒤에서 설거지가 끝날 때까지 앞치마의 끈을 풀었다가 묶기를 반복했다.

설거지를 마친 그가 커피를 커다란 머그잔 하나에 가득 담아 뒤에 졸졸 따라다니는 혜원을 달고 작은 방으로 향했다.

둘이 살기에는 큰 집은 딱 4개의 방이 있는데, 그 4개의 방

모두 비등비등하게 컸다. 하나는 안방, 하나는 운동기구로 가득 찬 방, 하나는 드레스 룸. 그리고 나머지 하나는 그들이 여가 시간을 보내는 방이다.

벽에 딱 붙은 폭신폭신한 다리 없는 소파. 맞은편 벽은 영화를 볼 수 있도록 스크린이 있고 한가운데에는 읽다가 만 책과 맞추다 만 퍼즐이 있다.

인하의 취미 중 하나가 퍼즐인데, 입체 퍼즐도 꽤 좋아하지만 가장 좋아하는 퍼즐은 백(白)퍼즐과 흑(黑)퍼즐이다.

이름 그대로 그림이 없이 퍼즐 조각이 모두 하얗고 까맣다. 모든 조각이 크기와 모양이 다른데 그냥 커다란 직사각형이 되도록 맞추면 되는 것이다.

그림이 없어 맞추기가 꽤 까다롭다. 일일이 조각 하나하나를 맞춰 봐서 옆에 놓일 짝을 찾아야 한다.

그가 가져다 놓은 퍼즐 박스에서 그 두 개를 본 혜원이 해 보겠다고 꺼냈다. 문제는 두 퍼즐을 한자리에 다 쏟아서 색을 섞어 놓았다는 거다.

인하가 두 색을 골라내 분리하는 걸 본 혜원이 섞어 놓은 채로 하겠다고 고집을 부렸다. 그 탓에 맞추는 데 더 오랜 시간이 걸리고 있다.

"많이 맞췄죠? 내가 다 했어요."

"어디가 많이 맞췄다는 거야?"

진정 맞추기는 했냐는 듯 놀리는 투에 약이 오른 혜원이 그의 발을 밟고 지나갔다. 털썩 바닥에 주저앉은 혜원의 발을 본 인하가 이맛살을 찌푸렸다.

"수면양말은?"

"아! 아까 당신 마사지해 주면서 벗었어요."

혀를 내밀며 앙큼하게 찡긋거리는 혜원의 옆에 머그잔을 놓
아두고 인하가 안방으로 향했다. 벗어 놓았다는 수면양말을 찾
아온 그가 손에 쏙 들어오는 작은 발에 양말을 신겨 주었다.

"가만 보면 발이 참 작아. 키가 크면 발이 크다던데. 168cm면
작은 키가 아니잖아?"

"에이, 키가 작아도 발 큰 사람 많아요. 230mm이면 그리 작
은 것도 아니에요. 평균?"

전체적으로 선이 가늘고 우아하다. 가는 팔과 다리, 개미허리
라 칭해지는 얇은 허리. 평균이라 우기는 혜원은 툭 건들면 쓰
러질 것 같아 처음에는 만지는 데 애를 먹었다. 힘을 주면 안 될
것 같아서.

"그래. 가슴이 평균이지."

"뭐라고요? 유일하게 가슴 사이즈는 평균 위거든요?"

작은 가슴은 아니다. 가장 자신 있는 신체 부위 중 하나가 탐
스러운 가슴인데 어딜 보고 작다고 하냐며 혜원이 투덜거린다.

"큭큭. 농담이야. 크지, 커. 손에 가득 차고도 넘치지."

"꺅! 인하 씨!"

당당하게 허리를 쭉 펴고 내민 가슴에 무례한 손길이 뻗어졌
다. 대담한 그의 손에 놀란 혜원이 몸을 뒤로 뺐다. 그냥 가슴
사이즈만 재 봤을 뿐이라는 듯 그가 능청스런 얼굴로 고개를 기

울인다.

　둘은 머리를 맞대고 커피를 나눠 마시면서 퍼즐을 맞췄다. 혼자 맞출 때보다 빠른 속도로 제 짝을 찾아가는 퍼즐을 보고 혜원이 신이 나 좌우로 흑백 퍼즐을 맞춰 나갔다.

3

히트텍 위에 두꺼운 니트를 걸치고 청바지를 입은 혜원의 뒤에 선 인하가 코트를 펼쳤다. 혜원이 코트 안으로 팔을 넣자, 그가 코트를 입혀 주고는 안으로 들어간 머리카락을 잡아 빼 줬다.

"재민 씨가 온대요?"

굳이 차 두 대가 움직일 필요가 없기에 인하의 매니저인 재민이 데리러 오기로 했고, 혜원의 매니저인 주영은 약속 장소에서 만나기로 했다.

"응. 모자 써야지."

"싫어요. 머리 눌린단 말이에요. 회의할 때는 모자 벗어야 할 텐데."

"감기 걸린다."

"감기 안 걸린다."

혜원이 그의 목소리를 따라 하듯 낮게 깔고 대꾸를 한다. 혜원의 거부에도 인하는 털모자 하나를 챙겨 들었다.

지하 주차장에는 이미 재민이 와서 대기 중이었다. 자동으로 스르륵 열리는 벤에 혜원이 먼저 올라탔다.

"재민 씨, 오느라 고생하셨어요. 날씨 많이 춥죠?"

"아닙니다. 담요 있으니 덮으세요. 시트 따뜻하죠? 히터 더 틀까요?"

"아니요, 괜찮아요. 점심은 드셨어요?"

"네. 뒤에 물이랑 간식거리 사다 놓았으니 드세요."

"권재민, 형님은 안 보이냐?"

혜원과 재민의 대화 사이로 인하가 툭 말을 내던졌다. 뒤늦게 그를 향해 몸을 틀어 고개를 숙인 재민이 설핏 웃음기를 내비쳤다.

"오셨어요, 형님."

"자식, 웃기는."

어린 시절 암흑세계에서 지냈다는 것이 무색할 정도로 재민은 어리숙하고, 웃음이 많다.

물론 처음부터 그랬던 건 아니다. 무겁게 무게를 잡았던 그는 인하와 생활을 하면서 많은 사람들을 만나느라 성격이 많이 바뀌었다. 인하가 한몫한 것도 있지만.

"인하 씨, 안전벨트."

착실하게 안전벨트를 착용한 혜원이 인하에게도 안전벨트를 착용할 것을 요구했다.

"혜원아, 목 베개. 잠깐."

혜원의 목 뒤로 목 베개를 놓아 주고 그녀의 시트를 뒤로 젖혀 준 뒤에야 인하는 안전벨트를 맸다. 그 모습을 백미러로 본 재민은 왜 이렇게 다정한 두 사람이 매번 불화설에 휩싸이는지 안타까웠다.

"출발할게요. 방송국이 아닌 카페에서 모인대요."

방송국 근처 카페에서 회의를 한 뒤, 다 같이 저녁 식사를 한다고 재민이 간략히 일정을 읊었다.

"인하 씨, 내 대본은요?"

두 사람의 대본을 인하가 챙겼다. 가는 길에 캐릭터 분석을 조금 더 해야겠다고 대본을 찾는 혜원에게 그는 움직이는 차 안에서 글자를 읽으면 멀미한다는 이유로 대본을 감췄다.

"자기는 대사도 다 외웠다 이거죠?"

"안 외웠어. 그냥 몇 마디 기억나는 것뿐이야."

"거짓말. 아까 퍼즐 맞추면서 대사 중얼거리는 거 들었거든요? 치사하다, 정말."

대본을 내놓아라, 줄 수 없다. 티격태격하다가 인하가 핸드폰에 이어폰을 연결한 뒤 혜원의 귀에 꽂아 주었다. 요즘 유행하는 댄스곡을 틀어 주자 그녀가 고개를 까딱이기 시작했다.

"나중에 앨범 내줄까?"

"나 노래 못해요."

인하가 흠, 낮은 소리를 내뱉었다. 신 나게 노래를 듣던 혜원이 무언가를 느끼고 그를 노려봤다.

"뭐예요?"

"아니, 뭐. 나중에 우리 애들 자장가는 내가 불러 줘야겠다 싶어서."

음치인 그녀를 놀리는 말에 혜원이 주먹을 말아 그의 어깨를 연달아 때렸다. 인하는 맞으면서도 끝까지 어디 가서 노래 부르지 말라고, 내가 들어 줄 테니 꼭 집에서만 부르라고 놀렸다.

혜원을 놀리고, 그녀가 토라지면 살살 달래고, 다시 또 놀리고 달래기를 반복하는 사이 약속 장소에 도착했다.

미팅 장소인 카페 2층은 룸 형식으로 되어 있었다. 가장 안쪽의 룸으로 들어가자 두 남자와 미리 와 있던 혜원의 매니저인 주영이 자리에서 일어나 그들을 맞이했다.

"안녕하세요. KSM 드라마 감독, 유해준 PD입니다. 이쪽은 박정욱 AD입니다."

"정인하입니다. 이쪽은 권재민 매니저입니다."

"신혜원이에요. 처음 뵙겠습니다."

혜원이 그녀의 매니저인 주영의 옆으로 앉고, 맞은편에는 인하와 재민이 앉았다. 그리고 그들 사이에 해준과 정욱이 앉으면서 디근 자 형태로 서로를 마주 보았다.

"작가님께서도 오시기로 하셨는데, 갑자기 일이 생겼다고 하시네요. 아마 고사 날이나 대본 리딩 때 뵐 수 있을 거예요."

해준은 이번 드라마의 캐스팅이 매우 흡족하다는 듯 입매를 길게 늘어트렸다. 지금, 대한민국의 대세 부부가 동반 출연하는 드라마를 자신이 만든다는 것에 그는 신이 나 있었다. 아니, 각종 연기상을 받은 인하와의 작업이 더 기대되는 듯했다.

"정인하 씨와 이렇게 작업을 하게 되는군요. 영광입니다."

"아닙니다. 제가 더 영광이죠."

해준의 고개가 혜원에게로 돌아갔다.

"신혜원 씨도 영광입니다. 오랜만의 작품인데 같이할 수 있게 되어서 기대가 크네요."

"감독님 말씀 많이 들었어요. 같이 작품을 하게 되어서 저도 영광입니다."

해준이 가볍게 고개를 끄덕이고는 다시 인하에게로 시선을 돌렸다.

훈훈한 분위기는 얼마 가지 않았다. 작품 이야기가 나오자 바로 눈빛을 달리하는 해준을 보고 인하는 이번 촬영이 꽤나 재미있을 거라 생각을 했다.

벌써부터 해준이 보이는 작품에 대한 애정과 기대가 꽤 컸다. 시놉시스는 물론이고, 자신이 생각해 둔 영상을 쭉 늘어놓으면서 그는 촬영 날이 다가오기를 손꼽아 기다리고 있다고 했다.

"아! 그런데 혜원 씨, 머리색은 바꿀 거죠?"

혜원에게로 고개를 돌리는 해준의 이마가 찡그려졌다.

"네, 캐릭터에 맞게 바꿀 거예요."

"그 머리가 예쁘기는 한데, 캐릭터에는 맞지 않으니까요."

해준이 다행이라는 듯 가슴을 쓸어내리더니 다시 드라마 내용에 대해 대화를 옮겨 갔다.

두 시간여의 회의 끝에 여섯 사람은 장소를 옮겼다. 회식은 무조건 고기라는 정욱의 말에 근처 고깃집에서 술과 함께 식사를 했다.

　식사를 하는 내내 혜원은 먹는 둥 마는 둥 해서 인하의 신경을 거슬리게 했다. 그가 구워진 고기를 직접 앞접시에 옮겨 주자 마지못해 먹었지만 젓가락이 느릿했다.

　"혜원아, 어디 안 좋아?"

　"아니요, 괜찮아요. 갑자기 술기운이 올라오나 봐요."

　두 사람이 나누는 이야기를 들은 것인지, 해준이 그들에게로 시선을 돌렸다.

　"혜원 씨, 어디 안 좋아요?"

　"괜찮습니다."

　"술 그만 드세요. 아, 인하 씨. 저번 영화에서 그 장면 있잖습니까."

　해준이 가장 인상 깊었던 장면이라고 하면서 인하에게 그날의 촬영 에피소드에 대해 물었다. 눈빛과 목소리, 말투와 표정은 어떻게 생각해 내고 연습을 했냐면서 그의 연기에 대한 칭찬을 아끼지 않았다.

　해준과의 대화 틈틈이 인하는 혜원의 얼굴을 살폈다. 눈이 마주칠 때마다 혜원이 미소를 보였지만, 인하의 눈빛은 조금씩 서늘해져 갔다.

　식사를 마치고 인사를 한 뒤 해준과 정욱이 방송국으로 향했다. 인하는 혜원을 데리고 같이 집으로 들어가겠다며 주영을 보냈고, 올 때와 마찬가지로 재민이 두 사람을 집에 데려다 주기로 했다.

저녁 식사가 꽤 길어졌다. 네 시간 가까이 식사를 하면서 이야기를 나누었더니 먹었던 것도 다 소화가 된 듯 속이 허했다.

"재민아, 저쪽에 차 좀 세워 봐."

"뭐 필요하세요?"

갓길에 주차를 하자 인하가 뒤에 있던 모자를 혜원의 머리에 씌우고는 자신은 점퍼에 달린 모자를 뒤집어썼다.

"내리게요?"

지나가는 사람이 많지는 않았지만, 누가 봐도 연예인이 타고 다니는 벤이기에 사람들의 시선이 모아졌다.

"어. 저쪽 분식점에 들르게. 라면이라도 먹고 가자."

재민이 말리기도 전에 차 문을 연 인하가 차에서 내리고는 혜원에게 손을 뻗었다. 빨리 나오라고 재촉하는 눈빛에 그녀가 그의 손을 살포시 잡고 차에서 내렸다.

"배고프면 집에 가서 밥해 줄게요."

"라면 먹는다니까."

"그럼, 가서 라면 끓여 줄게요."

"피곤하니까 사 먹고 가자."

인하의 말투에 작은 짜증이 섞였다. 그만 말대답하고 조용히 따라오기나 하라는 듯 그가 혜원을 내려 봤다. 그 시선에 혜원이 움찔거렸지만, 잡아당기는 힘에 속절없이 끌려갔다.

"정인하하고 신혜원 아니야?"

"맞는 거 같아. 야, 빨리 사진 찍어 봐."

작은 분식점으로 향하는 그들을 몇 명이 따라 들어갔다. 분식점 안에 있는 다섯 개의 테이블이 순식간에 가득 찼다. 가게 안으로 들어오지 못한 사람들은 밖에서 연신 기웃거렸다.

"인하 씨, 사람들이 몰리는데요."

"그러니까 빨리 먹고 가자. 난 라면. 당신은?"

인하의 질문에 혜원이 참치김밥을 이야기했다. 인하와 혜원이 제일 안쪽의 좁은 테이블에 나란히 앉아 있어 사람들을 헤치고 들어온 재민은 그들의 맞은편에 앉았다.

"권재민, 뭐 먹을래."

"진짜 먹고 가게요? 그럼 저는 라면이요. 죄송합니다. 사진은 찍지 말아 주세요. 부탁드립니다."

"됐어. 이미 다 찍혔는데."

인하는 모자를 뒤로 넘기고 사람들을 향해 근사한 미소를 지었다. 꺅 소리와 함께 여자들이 잘생겼다고 소리를 질렀다.

빨리 먹고 나가는 길밖에 없다는 걸 깨달은 재민이 라면 두 개와 참치김밥 하나를 시켰다.

"언니! 예뻐요."

누군가가 혜원을 칭찬했다. 혜원이 살짝 고개를 숙여 감사함을 전하자 또 한 번 소란이 일었다.

"떽! 시끄럽게 할 거면 나가! 요것들이 주문도 안 하고. 누구 장사 말아먹으려고 작정했나! 안 사 먹을 거면 나가!"

작은 주방에서 나이 드신 할머니가 호통을 치자 소란이 가라앉았다. 불평 섞인 소리가 흘러나왔으나 매서운 할머니의 눈초리에 다들 찔끔 놀라더니 주문을 했다.

"여기, 라면 두 개랑 김밥. 연예인인가? 잘생겼네. 여기는 아주 듬직하니 좋구만."

그들의 앞으로 그릇을 내려놓는 할머니의 눈에는 늘씬한 인하보다는 덩치가 곰만 한 재민이 더 쏙 들어왔는지, 어깨를 툭툭 내리치며 많이 먹고 가라는 말을 남기고 주방으로 들어갔다.

"와, 살다 보니 매니저에게 지는 날도 있구나."

인하의 웃음기 섞인 말에 재민이 민망하다는 듯 목덜미를 긁적였다. 그 웃음에 들어올 때보다는 기분이 풀린 건가 싶어 혜원이 인하를 바라봤다.

"뭐해, 당신도 먹어."

숟가락에 라면 몇 가닥을 올려 호호 불어 식힌 그가 혜원의 입 앞으로 가져갔다. 자연스럽게 받아먹는 모습에 분식점 안에 있던 사람들이 부럽다는 듯 그녀를 쳐다봤다.

사람들의 시선을 받으면서 식사를 하는 건 상당히 불편했다. 그러나 인하는 별 상관을 하지 않고 라면 절반을 먹여 주었다.

"혜원아, 여기 물."

다 비워진 혜원의 잔을 본 인하가 자신의 물 잔을 건넸다. 그의 물까지 싹 마신 혜원을 일으킨 인하가 사람들에게 미소로 인사한 뒤 분식점을 나섰다. 앞에 모인 사람들에게도 손을 흔들어 웃는 그를 따라 혜원 역시 인사를 했다.

"와. 역시, 라면은 밤에 먹어야 해요."

야식에 가장 만족한 사람은 재민인 듯했다.

아파트 지하 주차장에서 내린 혜원은 재민에게 조심히 가라고 인사를 한 뒤 걸음을 옮겼다. 혜원과 같이 걷던 인하가 잠깐 재민에게 이야기할 게 생겼다고 뒤돌아 걸어갔다.

인하가 운전석 앞까지 되돌아오자 재민이 의아한 얼굴로 창문을 내렸다. 멀찍이 서서 기다리고 있는 혜원을 보고 인하가 재민에게 낮게 말했다.

"너 유해준 PD에 대해서 알아봐."

"네? 왜요? 어떤 거를 알아봐요?"

"이번 드라마에 관한 거랑 같이. 뭐, 캐스팅에 관한 거나 그런 거."

"아……. 형님도 느꼈어요?"

인하가 깊은 한숨을 내쉬었다.

묘하게 해준이 혜원을 마땅치 않아 한다는 게 느껴졌다. 긴가민가했는데 재민까지 느꼈다고 하니, 더 예민한 혜원도 분명히 느꼈을 거다.

혜원이 저녁을 먹는 둥 마는 둥 할 때에는 짜증도 나고 화도 치밀었다.

유해준 PD도 거슬렸고, 눈치 보는 혜원도 거슬렸다. 저렇게 기가 죽어 남들 눈치를 살피기 일쑤니 매번 이리 휘둘리고 저리 휘둘리지.

"형수님이 기다리시는데 어서 가 보세요."

"어. 조심히 가라."

가볍게 손을 흔들고 인하는 혜원에게로 다가가 그녀의 어깨에 팔을 걸쳤다.

입을 모으고 휘파람을 부는 인하를 혜원이 올려다보다가 눈이 마주쳤다.

"왜 그렇게 봐?"

"아니에요. 피곤하죠?"

인하의 입꼬리가 슬며시 올라갔다. 띵, 열린 엘리베이터 밖으로 내려선 그는 도어 록을 해제하고 먼저 집 안으로 들어갔다. 뒤에서 혜원이 따라 들어오는 소리를 들으며 그는 안방으로 들어가 곧장 욕실로 향했다.

손에 잡히는 대로 입욕제를 붓고 물을 틀었더니, 하필이면 가장 싫어하는 라벤더 향이다. 자신이 라벤더 향을 싫어하는 탓에 혜원도 사 놓고 몇 번 안 썼다. 그 때문인지 다른 입욕제에 비해 많은 양이 남아 있다.

"신혜원!"

그의 부름에 다다다 발소리가 들린다. 혜원이 모습을 드러내자 인하가 팔을 잡아당겼다.

"불렀어요?"

"씻자. 옷 벗어."

혜원이 그의 눈치를 보며 머뭇거리자 인하가 자신의 옷을 벗다 말고 아내의 옷에 손을 가져갔다. 니트 밑자락을 잡아 위로 쑥 올리자 한 번에 옷이 벗겨졌다. 청바지 버클까지 그가 끄르자 혜원이 한 걸음 물러났다.

"제가 벗을게요."

뒤돌아선 그녀가 차근차근 옷을 벗자 인하도 제 옷을 다 벗은 뒤, 물이 차오르기 시작하는 욕조 안으로 들어섰다.

늘 욕조와 물의 온도가 맞춰져 있었기에, 적당한 뜨거움이 하반신을 감쌌다. 절로 나른한 소리가 터져 나온다.

허리쯤에서 찰랑거리는 물이 차오르는 걸 보는데 새하얀 다리가 조심스럽게 안으로 들어왔다. 시선을 올리자 가는 허벅지와 탄력적이고 포동포동한 엉덩이가 눈에 들어온다.

그의 시선을 느낀 것인지 혜원이 재빠르게 앉았다.

"라벤더 향."

남편이 싫어하는 향. 혜원이 몽글몽글 생겨나는 거품을 손에 쥐었다. 다시 맡아도 라벤더 향이다.

"당신 라벤더 향 싫어하잖아요."

혜원의 목소리가 떨린다. 인하의 심기가 좋지 않다는 걸 알기라도 하듯이.

결혼을 하고 난 뒤에 혜원은 인하를 거스르지 않기 위해 노력했다. 눈치를 보고 행동하는 걸 인하가 싫어한다는 사실을 알면서도 그건 고쳐지지 않았다.

그에게 미움 받지 않기 위해서였는데, 오히려 그게 그를 불쾌하게 했다. 지금은 많이 좋아졌다고는 하지만, 인하의 기분이 좋지 않다는 걸 알게 되면 자동으로 눈치를 보게 된다.

"신혜원은 좋아하지 않나?"

꽤 시니컬하게 내뱉어진 그의 말에 혜원의 기가 팍 죽었다. 혀를 찬 인하가 그녀의 어깨를 감싸 안았다. 손쉽게 끌려가지 않겠다는 듯 몸에 힘을 주는 모습에 인하가 피식 웃음을 터트렸다.

혜원은 모를 것이다. 자신이 얼마나 죽이고 죽여 짜증과 화를 참아내는지. 진짜 화내는 모습을 보면 기절할지도 모르겠다. 늘 품어 주겠다고 혼인 서약을 했으니, 이쯤 하고 품어 줘야지 어쩌겠는가.

"혜원아, 예쁜 내 마누라."

부드러운 목소리와 이끌림에 혜원의 등이 그의 가슴에 닿았다. 조금 더 편안하게 해 주려는 듯 인하가 자세를 바꿨다.

"화내지 말아요."

작은 원망이 담긴 말에 인하가 아내의 머리에 손가락을 튕겼다.

"화나게 하지를 말든가."

"내가 뭘 했다고요?"

"모르면 말고. 내가 속이 좁은 놈인가 보지. 별거 아닌 거에 삐치고."

삐쳤다고 시인하는 말에 혜원이 작은 웃음을 터트렸다. 그게 아닌 것 같은데, 정말 화가 난 것 같은데 하면서도 혜원은 그의 장난에 쉽게 풀렸다.

"물 빼고 다른 입욕제 뿌릴까요?"

"아니, 됐어. 당신이 좋아하는 향인데, 뭐."

정말로 물을 빼려는 듯 혜원이 몸을 일으키자 인하가 양팔로 어깨를 감싸 움직이지 못하게 안았다. 꼼짝 없이 잡힌 상태로 버둥거리다 포기했는지 혜원이 온전하게 그의 가슴에 기댔다.

"당신은 싫어하잖아요."

"당신은 좋아하잖아."

"싫어하면서."

"좋아하면서."

끝이 나지 않을 다툼이라는 걸 깨달았는지 혜원이 입을 다물었다. 가슴까지 차오르자 인하는 물을 잠그고 혜원의 어깨를 주물렀다.

인하는 자신의 감정을 풀고 나니 혜원의 감정도 풀어 주고 싶었다. 그래서 라벤더 향도 참고 부드럽게 혜원의 몸을 주무르며 마사지를 해 주었다.

그의 마사지 솜씨가 제법 괜찮았는지 혜원이 낮은 신음을 터트리며 만족스러운 미소를 지었다.

"당신은 무슨 향을 제일 좋아해?"

"음……. 딸기 향 빼고는 다 좋아요."

아아, 딸기 향. 인하가 기억을 하겠다는 듯 혜원의 대답을 반복했다.

"라벤더의 효능이 뭐지? 무슨 효능이 있다고 들었는데."

맥주 안주인 땅콩도 효능이 여러 가지다. 먹는 것뿐만 아니라 몸에 바르거나 맡는 향도 다 제각각의 효능이 있다는 걸 상기한 인하가 문득 궁금해져 혜원에게 물었다.

"글쎄요? 저기 통에 적혀 있나?"

두 사람 모두 정확히 모르기에 대화가 끊어졌다.

뜨거운 물에 몸을 담근 데다가 인하가 노곤노곤하게 몸이 풀리는 마사지를 해 줘서인지 혜원의 눈이 스르륵 감겼다.

"그만 씻고 자자."

그가 제 가슴에서 혜원을 떼어 놓고 일어났는데, 혜원은 그대로 욕조 턱에 팔을 기대어 얼굴을 묻었다.

"어이, 아가씨. 여기서 이러시면 안 돼요."

"푸홋, 개그 따라 한 거예요? 순 엉터리. 손님, 여기서 이러시면 안 됩니다. 이거잖아요."

"그래, 그래. 손님, 여기서 이러시면 안 됩니다."

혜원의 장단에 맞춰 주며 인하는 입욕제 통을 집어 들었다. 뒤에 작은 글씨를 눈으로 읽다가 효능을 찾아 소리 내어 읽기 시작했다.

"효능. 심신 안정, 불면증 해소, 피부 트러블…… 오, 생리통에도 좋다네. 당신 생리통 심하지 않아? 이거 자주 써야겠네."

라벤더 향도 계속 맡다 보니 괜찮다는 말을 마지막으로, 인하는 가차 없이 물을 뺐다. 회오리를 일으키며 욕조가 빠른 속도로 비워졌다.

물이 빠지자 비척비척 자리에서 일어나던 혜원은 인하의 다리 사이를 보고는 황급히 고개를 돌렸다.

왜 혜원이 고개를 돌렸는지 알겠다는 듯 인하가 짓궂은 미소를 흘리고는 유리문을 열고 들어가 샤워기 밑에 섰다.

"뭐해? 들어와."

샤워기를 틀고 물 온도를 맞춘 인하가 혜원에게 손을 내밀었다. 머뭇머뭇 혜원이 그 손을 잡고 안으로 들어서자 그는 유리문을 닫고 그녀를 앞에 세웠다.

방금까지 욕조 안에 있었던 것과 달라진 게 없지만, 아까와는 달리 피부가 따끔거리고 몸이 잘게 떨렸다. 사방이 막힌 좁은 유리 공간 안에 단둘이 있자 호흡이 가빠지기 시작한다.

인하가 손을 앞으로 뻗어 거치대에 있는 샴푸를 손에 덜어 내는 과정에 두 사람의 몸이 스쳤다. 아니, 그의 분신이 혜원의 엉덩이에 닿았다. 그녀가 앞으로 한 걸음 걸어 몸을 떼자 인하가 다시 그녀를 뒤로 잡아당겼다.

"머리 감겨 줄게."

"제가 할게요."

"가만히 있어."

차가운 샴푸가 정수리 위로 떨어졌다. 그의 손길에 의해 거품이 생겨나고, 두피에 압박이 가해졌다. 부드럽게 비비고, 손끝으로 꾹꾹 눌러 마사지까지 한 인하가 물이 떨어지는 샤워기 안으로 혜원을 밀어 넣었다.

혜원이 머리의 거품을 걷어 내는 사이, 인하도 머리를 감더니 씻으려는지 샤워기 밑으로 상체를 숙였다. 샤워기와 그의 사이에 갇힌 혜원은 이내 곧 자신의 머리와 얼굴 위로 떨어지는 거품에 재빨리 손으로 얼굴을 가렸다.

"인하 씨!"

애써 다 씻었는데, 인하가 헹구면서 그 거품과 물이 모조리 다시 혜원에게로 떨어졌다. 큭큭 웃으며 그는 다시 머리를 헹구는 혜원의 어깨를 앙물었다.

"일부러 그랬죠?"

"설마. 씻다 보니 그렇게 된 거지."

"못됐어, 정말. 그보다 인하 씨, 잠깐만 뒤로……."

어깨로 맞닿은 그의 가슴을 밀며 혜원이 바디워시로 손을 뻗었지만, 중간에 인하의 손에 붙들렸다.

"나중에 마저 씻자."

탁하게 낮아지는 목소리가 귓가에 울리더니 몸이 옆으로 돌려지고 벽과 마주했다. 그의 분신이 엉덩이를 가르고 조금씩 몸 안으로 밀고 들어왔다. 특별한 전희가 없었음에도 쉽사리 그가 내부를 채운다.

힘들지 않게 그녀의 안으로 들어선 인하가 웃음을 흘렸다. 짓궂은 웃음에 혜원의 얼굴이 붉게 타올랐다.

"아앙…… 아흑."

느릿하게 밀고 들어오더니 더 느릿하게 빠져나간다. 들어올 때보다 나갈 때 더 애가 탄다. 그를 자신의 안에 가둬 두고 싶다.

그가 거의 끝까지 빠져나가자 혜원이 손으로 벽을 짚고 엉덩이를 뒤로 뺐다. 빠져나가지 말고 들어오라는 그녀의 몸짓에 인하가 빠르게 그녀를 채워 나갔다.

침대에 누워 잠들어 있던 인하가 벌떡 몸을 일으키며 양손으로 귀를 막았다.

순식간에 폭격을 맞은 듯 귀가 멍했다. 분명 폭탄이 터지는 듯 굉장히 큰 소리가 났다. 그런데 지금은 적막이 흐르고 있다. 서서히 귀에서 손을 떼어 내는데 그 어떠한 소리도 나지 않고 조용하다.

비어 있는 자신의 옆자리를 본 그는 침대에서 내려서 성큼성큼 걸어 안방 문을 확 열었다.

몇 걸음 걸어 나오자 혜원이 플레이어 앞에서 허리를 숙인 채로 멀뚱멀뚱 그를 쳐다본다. 손가락 하나가 플레이어 전원 버튼 앞에 놓여 있었고, 그녀는 그 상태로 얼어 있었다.

"일어……났어요?"

"방금 그 소리, 당신이야?"

"미안해요. 아무 생각 없이 노래를 틀었는데. 소리가 그렇게나 클 줄은 몰랐어요."

잔뜩 미안한 얼굴로 혜원이 허리를 폈다. 노래를 들으려고 플레이어를 켰다가 쾅, 귀를 울리는 굉장한 소리에 재빨리 껐다. 그녀도 놀라 그대로 굳었는데 역시나 그 소리에 깬 인하가 놀라서 뛰쳐나온 것이다.

"당신, 일부러 그랬지?"

"진짜 몰랐…… 인하 씨!"

약이 바짝 오른 얼굴로 인하가 다가오자 혜원이 타다닥 그를 피해 몸을 움직였다. 탁자를 사이에 두고 서로 신경전을 벌이다가 그가 움직이면 혜원이 재빨리 반대쪽으로 내달렸다.

"신혜원, 이리 안 와?"

"진짜 모르고 그랬어요! 나도 깜짝 놀랐다고요!"

"난 전쟁 난 줄 알았다! 폭탄 떨어진 줄 알았다고!"

다리가 긴 인하가 아예 테이블을 뛰어 넘어 혜원을 덮쳤고, 두 사람은 소파 위로 넘어졌다. 혜원은 벗어나야겠다는 일념으로 한껏 인하를 밀쳤다. 밀린 그가 혜원의 팔을 잡은 채로 소파 아래로 굴러 떨어지면서 그녀도 같이 떨어졌다.

떨어지면서 혜원을 끌어안느라 인하는 온전하게 두 사람의 무게를 받아 냈다. 그가 몸 전체에 와 닿는 둔탁한 아픔에 낮은 신음을 흘렀다.

"어떡해! 괜찮아요?"

그의 가슴을 짚고 일어난 혜원이 눈을 동그랗게 키우고 호들갑을 떨었다. 많이 아프냐고, 어디를 다쳤냐고 묻는데 인하가 조용히 제 얼굴을 손으로 가렸다.

"울어요? 많이 아파요?"

"혜원아, 허리만 안 다치면 돼. 허리 다치면 큰일 나잖아. 다쳤나 안 다쳤나 한번 확인해 볼까?"

"네! 확인해 봐요. 어떻게 확인을……."

혜원이 허둥지둥 어찌할 바를 모르겠다는 듯 허공에서 손을 움직였다. 먼저 일으켜야겠다는 생각에 그의 어깨를 잡아 들어 올리는데 인하가 몸에 힘을 주고 버텼다. 못 일어나겠다는 힘없는 목소리에 혜원이 119를 부를까 물었다.

"우리끼리 확인해도 될 것 같아. 일단 내 파자마를 벗기고."

인하의 말에 파자마 바지에 손을 가져가던 혜원이 고개를 획 돌렸다.

분명 손가락 틈으로 눈이 마주쳤다.

"지금 웃고 있죠? 나 놀리는 거죠?"

인하가 들켰다는 듯 얼굴을 가린 손을 뗐다. 그의 얼굴에는 웃음이 가득했다. 또 당했다는 허탈함에 혜원이 놀란 가슴을 진정시키고 그를 노려봤다. 씩씩거리며 쏘아보는 그녀의 눈초리에도 인하는 웃음을 그치지 못했다.

"큭큭, 미안. 다시는 안 그럴게. 큭큭."

그의 배를 손바닥으로 때린 혜원이 일어나더니 부엌으로 쿵쿵 걸어갔다. 자리에서 일어난 인하는 그녀의 뒤를 따르며 혹시 모르니 허리가 괜찮은지 진짜 확인을 해 보자고 끝까지 놀려 댔다.

"가만 보면, 나 놀리려고 결혼한 것 같아."

뒤를 획 돌면서 혜원이 허리에 손을 올렸다. 아니라는 대답을 하지 않고 모르는 척 고개를 옆으로 돌리는 인하의 태도에 혜원이 입을 앙다물었다.

"아, 배고프다. 내가 볶음밥 해 줄까?"

"진짜 나 놀리는 게 재미있어요?"

끝까지 아니라는 대답이 없는 인하의 정강이를 발뒤꿈치로 야무지게 찬 혜원은, 차인 정강이를 잡고 팔팔 뛰는 그를 두고 다시 거실로 나갔다.

"아침은!"

"볶음밥 한다면서요. 나 아침 할 기분 아니야!"

볶음밥 해 준다는 말은 안 흘려듣지. 귀엽기는.

아침밥을 할 기분이 아니라는 사모님을 모시기 위해 인하는 앞치마를 찾아 목에 걸었다.

4

1, 2화의 대본을 테이블 위에 내려놓고 시각을 확인한 혜원이 드레스 룸으로 향했다.

"옷 다 갈아입었어요?"

"응."

막 후드티를 머리 위로 뒤집어쓰며 인하가 뒤로 물러났다. 혜원은 서랍에서 기모로 된 치마레깅스를 꺼내고, 행거에 가득 걸린 옷을 뒤적거렸다.

혜원이 뒤적거리는 옷을 보고는 인하가 피식 웃었다. 그녀가 신중한 얼굴로 고르고 있는 것은 다름 아닌 그의 옷이었기에.

"나도 후드티 입어야지."

혜원이 옷을 꺼내기 위해 까치발을 했다. 행거의 높이 때문에 그녀보다는 키가 훨씬 큰 인하의 옷이 주로 위쪽에 걸려 있었다. 닿지 않아 애를 쓰던 혜원이 도와 달라는 눈으로 그를 돌아봤다.

"부탁할 때는 말로 해야지."

혜원의 저런 얼굴과 눈빛을 받는다면 모든 남자가 두 팔을 걷고 도와주려 할 것이다. 인하는 그녀가 깜찍하면서도 쉬이 움직이지 않았다.

"저 옷 꺼내 줘요."

"애교 있게. 꺼내 주세요, 서방님."

"꺼. 내. 주. 세. 요. 서. 방. 님."

인하는 또박또박 끊어 말하는 혜원이 귀여워서 터지는 웃음을 죽였다. 행거에서 옷을 꺼내 주고는 감사의 인사로 볼에 뽀뽀까지 받은 인하가 기어코 혜원을 또 건드렸다.

"이 오빠랑 그렇게도 커플티를 하고 싶었어?"

그녀의 볼을 톡톡 손가락으로 건드리고는 갈아입고 나오라고 말을 한 뒤, 그가 드레스 룸을 나섰다.

그녀가 고른 옷은 인하가 입은 옷과 디자인은 다르지만, 브랜드가 같다. 순간 혜원은 다른 옷을 입을까 고민을 하다가 고개를 흔들고는 입고 있던 옷을 벗었다.

큼직한 인하의 후드티에 혜원의 몸이 파묻혔다. 팔 기장이 길어서 손바닥을 다 덮어, 혜원은 옷소매를 팔목까지 돌돌 말아 올렸다.

"옷 늘어난다."

"그럼 내 거 하죠, 뭐."

앙큼하게 눈을 찡긋하는 혜원의 머리를 헝클어트리던 인하가 아깝다는 듯 그녀의 머리카락을 손에 쥐었다.

"진짜 자르게?"

"탈색 때문에 머릿결이 많이 상해서 다시 염색하면 완전 거지 몰골이 될지도 몰라요. 자를 거예요."

학생 때에도 두발 자유화로 짧은 머리를 해 본 적이 없는 혜원이 과감한 결정을 내렸다. 자른 뒤에 굵은 웨이브를 넣을 거라며 미리 헤어스타일도 생각해 두었다.

"그런데 진짜 같이 갈 거예요?"

"응. 당신 스타일 바뀌는 거 내가 제일 먼저 볼 거야."

헤어숍에 정말로 따라가려는지 인하가 패딩을 걸치고 자신의 대본과 혜원의 대본을 들었다. 혜원은 어깨를 한 번 으쓱인 뒤에 패딩을 들고 그를 따랐다.

이번에는 지하 주차장에 혜원의 매니저인 주영이 기다리고 있었다. 그는 혜원에게 가볍게 손을 흔든 뒤 인하에게 깍듯이 허리를 숙여 인사를 했다.

"뒤로 타세요."

주영이 뒷좌석 문을 열고 차 앞을 돌아 운전석에 올라탔다. 뒷좌석 문이 열리자 안에 타고 있던 서영이 차에서 내리고는 인사를 했다.

"안녕하세요. 아, 인하 오빠도 같이 가시는 거예요?"

"응. 오래 기다렸어?"

고개를 흔드는 서영에게 화사한 미소를 지은 혜원이 먼저 차에 올랐다.

"안녕, 서영이는 살 빠진 것 같은데."

"아, 요즘 언니가 드라마에서 입을 옷 협찬 받고 준비하는 것 때문에 바빴거든요."

드라마 한 회당 배우들은 수많은 옷을 갈아입는다. 특히 여자 배우들은 남자 배우들에 비해 몇 배는 더 많은 옷을 갈아입는다.

소소한 장신구까지 하나하나 놓치지 않고 준비하는 스타일리스트도 굉장히 많은 체력을 요구하는 직업이다. 밤샘 작업도 많기에 서영은 요즘 꽤 살이 빠졌다.

인하가 고생한다는 듯 어깨를 툭툭 두드리고 차에 올라탔다. 서영까지 조수석에 올라타자 차는 곧바로 숍으로 출발했다.

"달리는 차 안에서 그러다가는 멀미한다. 시력도 나빠진다고."

"당신도 차 안에서 대본 보잖아요. 지금은 환해서 시력 안 나빠져요."

타박을 하면서도 인하가 옆으로 몸을 기대며 혜원의 대본을 훔쳐봤다. 몇 번이나 보고 또 보았는지, 대본은 혜원의 손길로 밑 부분이 구겨져 있었다.

포스트잇 플래그로 중요 페이지마다 표시를 해 두어 대본 옆이 빨주노초파남보로 화려했다. 그뿐인가, 대본 안에는 작은 글씨로 빼곡히 무언가가 적혀 있었다.

"뭘 보는 거예요? 당신 거 봐요."

"치사하다. 같은 대본 가지고."

혜원이 그가 보지 못하도록 대본을 슬쩍 옆으로 돌리자 더 보고 싶어진 인하가 고개를 쭉 뺐다.

"옆에 당신 거 있잖아요!"

"순순히 보여 주지? 그럴수록 더 보고 싶다는 거 몰라?"

"싫어요. 창피해요."

"별게 다 창피하다. 우리 못 볼 거 다 본 사이거든? 우리 사이에 뭘 그리 감춰?"

아예 대본을 덮고 옆으로 감추는 걸 인하가 기어코 뺏겠다는 듯 혜원을 덮쳤다.

"크흠. 흠."

앞에서 들리는 주영의 헛기침에 인하와 혜원이 앞을 쳐다봤다. 서영이 두 사람을 몰래 훔쳐보다가 붉어진 얼굴로 고개를 재빨리 돌렸다.

곰곰이 자신들이 나누던 이야기를 떠올린 혜원이 얼굴을 붉히며 인하의 가슴을 밀었다.

"거기서 왜 그런 이야기가 나와요!"

"그러게 그걸 왜 안 보여 줘."

인하도 멋쩍어 손가락으로 볼을 긁적였다. 혜원이 그를 한 번 흘기고는 다시 대본을 펼쳐 들었다. 혼자만 보는 밉상 짓에 인하가 괘씸하게 그녀를 보더니 대뜸 벗어 두었던 자신의 패딩을 혜원의 다리 위에 올렸다.

"응? 나 안 추워요."

인하는 혜원의 말을 들은 체 만 체 하더니 가슴 아래까지 덮어 주고는 패딩에 달린 모자를 올려 목 아래까지 덮었다.

뭐하는 것인가 가만히 보던 혜원은 패딩 아래로 그의 왼손이 들어오자 눈을 크게 떴다. 놀라 인하에게 뭐하는 거냐고 말을 하려는데 그가 오른손 검지를 입에 가져갔다.

"쉿."

눈까지 찡긋한 그가 검지로 앞을 가리키며 주영과 서영에게 들키지 않도록 조용하라는 무언의 메시지를 보냈다.

무릎 언저리를 맴돌던 그의 손이 조금씩 위로 올라와 치마 밑단을 만지작거렸다.

"그만해요!"

바짝 허벅지를 붙여 그의 손이 파고들지 못하도록 막으며 혜원이 속삭였다.

"왜."

왜라니. 앞을 힐끔거리며 그만하라고 인상을 쓰고 혜원이 단호하게 고개를 저었다. 씩 웃은 인하가 기어코 치마레깅스 아래의 허벅지를 손으로 덮었다.

뜨거운 온기가 허벅지 전체로 퍼져 나갔다. 갑자기 서영이 뒤를 돌아보자 혜원이 대본으로 얼굴을 가리고 집중하는 척을 했다. 느긋한 얼굴로 눈을 감은 인하는 스르륵 손을 뺐다. 혜원이 낮게 숨을 내뱉었다.

안도한 것도 잠시, 인하가 후드티를 들추고 허리를 간질였다. 놀라서 혜원이 굳은 사이, 그의 손이 과감하게 위로 올라오더니 브래지어 위의 가슴을 감쌌다. 긴 팔을 꺾어 가며 만지는 탓에 가슴을 덮은 패딩에 달린 모자가 들썩였다.

탁탁, 혜원이 대본을 돌돌 말아 그의 팔을 때리자 인하가 손을 뺐다.

"언니, 왜 그래요?"

서영이 또 뒤를 돌아보며 고개를 갸웃거리자 혜원이 말린 대본으로 자신의 주변을 탁탁 내리쳤다. 인하의 다리 위도 때리며 중얼거렸다.

"아니, 거미가…… 있기에. 이제 괜찮아."

어색한 미소를 흘리자 서영이 미심쩍은 눈초리를 했지만, 다시 정면으로 고개를 돌렸다.

서영에게 궁색한 변명을 한 혜원이 인하를 찌릿 노려보았다. 가늘게 눈을 뜨고 그 모습을 구경하던 그는 눈이 마주치자 도로 눈을 감고 시선을 피했다.

숍에 도착을 하고 차에서 먼저 내린 인하가 혜원에게 손을 내밀었지만, 그녀는 그 손을 외면했다.

"기자 있는데."

인하의 말에 재빨리 그의 손을 잡고 차에서 폴짝 뛰어내렸다. 머리 위로 인하의 웃음소리가 들렸다.

"기자 없죠?"

"어. 내가 잘못 봤다."

앞서 걸어가는 그의 등을 혜원이 대본으로 탁탁 때렸다. 성에 차지 않는지 남은 손으로 주먹을 쥐고 번갈아 가며 때렸다.

"오셨어요?"

문을 열고 들어가자 앞에 서 있던 윤가연 원장이 웃으며 그들을 맞이했다. 인하의 등을 때리던 혜원이 재빨리 손을 내리고 인사를 했다.

"오늘은 어떻게 두 분이 같이 왔네요? 안쪽으로 모실게요."

결혼을 하고 난 뒤에 인하는 원래 다니던 숍이 아닌 혜원이 다니는 숍으로 옮겼다. 그전에 다니던 숍의 원장이 해외로 나가게 되면서 자연스럽게 아내를 따라 옮기게 됐다.

"인하 씨도 머리할 거예요?"

"아니요. 와이프만. 저는 이따가 메이크업만 가볍게 봐 주세요."

오늘은 첫 대본 리딩이 있는 날이다. 대본 리딩 현장도 요즘에는 모두 기사가 나가는 추세다. 기자들이 와서 사진을 찍기에 가볍게 준비는 하고 가는 게 좋다.

혜원은 유해준 PD의 지적이 신경 쓰였는지, 대본 리딩 현장에 헤어스타일을 바꾸고 가기 위해 일찍 숍을 찾았고, 그런 그녀를 인하가 따라나선 것이다.

"그럼 인하 씨는 앉아서 기다려요. 잡지 가져다 드릴까요?"

"아니요. 괜찮습니다."

가장 안쪽의 룸으로 들어간 혜원은 거울 앞에 앉았고, 인하는 뒤쪽에 있는 소파에 앉아 느긋하게 다리를 꼬았다. 혜원이 윤 원장에게 자신이 생각해 온 헤어스타일을 설명하면서 뒤따라온 서영에게 들고 있던 대본을 건넸다.

"그럼 먼저 자를게요. 염색은 뿌리만 하면 될 것 같고, 그 뒤에 펌 들어갈게요."

윤 원장의 설명을 마지막으로 혜원의 머리카락은 어깨 아래로 과감하게 잘려 나갔다. 그 모습을 보던 인하는 옆에 앉은 서영을 작게 불렀다.

"서영아, 대본 줘 봐."

서영은 혜원의 대본을 건네주고는 커다란 가방에서 스크랩북을 꺼내 집중하기 시작했다. 혜원이 입을 옷을 골라내고 스타일을 만들어 가는 서영을 흘끗거린 인하는 혜원의 대본을 펼쳤다.

"흐음."

대본에 표시가 된 것을 본 인하의 입에서 묘한 소리가 흘러나왔다. 과거의 어느 시점을 떠올리며 그는 입꼬리를 올렸다.

분석을 얼마나 철저하게 했는지 빈 곳이 없을 정도로 대본은 혜원의 메모로 가득했다. 심지어 그의 캐릭터도 분석을 하고 그의 대사도 호흡을 표시해 두었다.

인하는 혜원이 끊어 놓은 호흡대로 속으로 대사를 읊었다. 그가 연습할 때와 비슷하게 호흡이 끊어져 있었다.

"이야, 감동인데."

흥미로웠던 인하의 눈빛이 날카로워졌다. 혜원의 메모와 대사를 번갈아 읽으며 인하는 감탄을 하면서도 미간을 찌푸리기도 했다. 분명 캐릭터 분석은 잘해 놓았다. 다만, 배역의 감정선을 다 잡지 못한 게 눈에 띄었다.

"이 드라마 안 했으면 서운해서 어쩔 뻔했대."

그동안 집에서 대본을 잡고 살더니, 그녀의 노력이 고스란히 대본에 남아 있다. 소속사에도 몇 번 가서 연기 지도를 받고 왔다고 들었다. 부디 이번 드라마에서 혜원이 진정한 연기자로 거듭나기를 바란다.

인하는 대본을 서영에게 돌려주고는 잡지를 찾아 펼쳤다.

위이잉, 드라이어가 마지막 발악을 하듯 크게 울리더니 꺼졌다. 감았던 눈을 뜨자 윤 원장이 헤어 에센스를 손에 덜어 비비고는 머리카락 끝을 매만졌다. 다 됐다는 듯 윤 원장이 고개를 끄덕였다.

"수고하셨습니다."

"감사합니다."

혜원이 만족스러운 미소로 의자에서 내려섰다. 거울 앞에 바짝 붙어 고개를 돌려 가며 새로 바꾼 헤어스타일을 확인했다.

"오, 예쁜데. 남편이 아주 좋아하겠어."

어느새 뒤로 선 인하가 혜원의 어깨에 팔을 걸치고는 장난스레 말을 했다. 단발에 굵은 웨이브가 들어가 한층 더 성숙했다. 단순히 나이가 들어 보이는 게 아니라, 세련되면서도 도회적인 분위기가 철철 흘렀다.

"예뻐요?"

인하가 주위를 쓱 둘러보더니 귀에 대고 작게 속삭였다.

"그대 남편이 오기 전에 번호 좀 줄래?"

정말 번호를 따겠다는 듯 인하가 주머니에서 핸드폰을 건네고 주위를 살폈다.

"푸홋, 장난 그만해요."

"누가 데리고 사는지. 참 부럽네."

장난 그만하라고 혜원이 그의 가슴을 때렸다. 인하는 대뜸 혜원이 입은 후드티에 달린 모자를 씌우고는 예쁜 모습은 자기만 봐야 한다고 우겼다. 모자의 끈까지 꽉 졸라매자 혜원의 얼굴만 드러났고, 귀여움에 인하가 그녀의 볼을 꼬집었다.

"메이크업…… 할게요."

잠시 자리를 비웠던 윤 원장이 두 사람을 보고는 멈칫했다. 인하는 태연하게 웃으며 끈을 풀고 모자를 벗겼다.

"두 분, 정말 사이가 좋으신데요?"

"하하. 한창 신혼이라. 못 본 척해 주세요. 우리 혜원이가 부끄러움이 많아서."

윤 원장은 이해한다는 자애로운 미소를 지었다.

두 사람 다 피부가 깨끗하고 매끄러운지라 기초와 선크림을 다시 바르는 선에서 끝났다. 거기에 혜원은 새끼손톱의 절반만큼만 베이스를 더 발랐을 뿐이었다.

"언니, 이거 시계만 찰게요."

서영이 혜원의 손목에 시계를 채우는 선에서 스타일을 끝냈다. 촬영이 아닌, 연습을 하는 자리인 만큼 자연스러움이 목적이기에 옷도 협찬 대신 그들의 것을 입기로 했다. 실상은 혜원이 편안하게 가고 싶다고 서영에게 옷을 준비하지 말라고 한 것이지만.

"출발할까요?"

언제 온 것인지 주영이 차를 대기해 놓았다며 그들을 불렀다.

숍에서부터 방송국까지는 멀지 않았다. 주차를 하고 차에서 내리면서 혜원은 숨을 깊이 들이마셨다. 오랜만에 방송국에 온 그녀는 긴장감이 온몸을 타고 흐르는 걸 느꼈다.

방송국 건물 안으로 들어가고, 엘리베이터에 오르자 심장이 빠르게 뛰었다.

"신혜원 씨."

인하가 정중하게 부르자 혜원이 멀뚱하게 그를 올려다봤다. 그의 얼굴은 진지했다. 동료 배우를 보듯, 시선에는 정중함만이 담겨 있었다.

"신혜원 씨, 잘 부탁합니다. 앞으로 잘해 봐요."

인하가 악수를 청했다. 앞으로 뻗어진 그의 손. 길고 고운 손. 혜원의 작은 손이 그의 손에 닿았다. 인하가 그녀의 손을 꽉 잡았다. 그의 손안에 잡힌 작은 손이 살짝 떨린다.

"잘 부탁드립니다, 선배님."

인하가 손을 놓으려는 찰나, 혜원이 그의 손을 꽉 잡았다.

"선배님, 말씀 놓기로 하셨잖아요. 편하게 말씀하세요."

"아…… 그랬었지."

한 방 먹었다는 얼굴로 인하가 피식 웃었다. 혜원이 먼저 그의 손을 놓고 정면을 향해 몸을 돌렸다. 그녀의 얼굴에도 작은 미소가 남았다.

모두가 모인 회의실은 긴장감이 흘렀다. 유해준 PD는 자리에서 일어나 먼저 인사를 했다. 그의 소개로 한 명씩 일어나 인사를 했고, 인사 뒤에는 박수가 따랐다. 마지막으로 주연 배우인 인하와 혜원의 인사가 끝나고, 기자들이 들어와 조용히 사진을 찍었다.

대본 리딩은 순조롭게 진행이 되었다. 중간에 조연 배우의 애드리브에 한 차례 큰 웃음이 터졌다. 배우들의 화기애애한 모습은 기자들의 카메라에 고스란히 담겼고, 그들의 펜과 손에 의해 더욱 화기애애하게 표현이 되었다.

대본 리딩을 마치고 유해준 PD의 요청에 의해 기자들이 먼저 회의실을 나섰다. 배우들을 쭉 둘러본 해준은 크게 박수를 쳤다.

"제가 지레 겁먹었나 봅니다. 이대로 촬영에 들어가도 되겠는데요?"

해준의 말에 또 웃음이 터졌다. 마지막으로 서로 인사를 하고 해산하기로 했다. 첫 촬영까지는 시일이 많이 남았다. 그전에 날을 잡아 고사를 지낸 뒤, 워크숍을 가자는 의견이 나왔다.

배우들과 촬영진들 모두 친해질 기회를 갖자는 의견에 다들 스케줄을 맞춰 보기로 하며 이야기를 마무리했다.

"감독님, 수고 많으셨습니다."

"네, 수고 많으셨습니다."

혜원의 인사에 해준은 선한 미소로 인사를 되돌렸다. 미소와 달리, 그녀를 훑는 눈은 날카로웠다. 바뀐 헤어스타일을 유심히 본 그는 인하에게도 인사를 하고 회의실을 정리했다.

"먼저 집으로 가. 난 회사에 들러야 해."

"네. 집에서 봐요."

그를 데리러 온 재민에게 작게 고개를 끄덕여 인사를 한 혜원이 서영과 함께 주영을 따라 나섰다.

"형님, 우리도 가시죠."

"그래."

재민과 함께 주차장으로 내려와 차에 올라탄 인하는 시트에 몸을 묻었다. 벌써 1월 중순이 지났다. 눈을 감고 날짜를 세는 그를 재민이 불렀다.

"형님, 캐스팅 말이에요."

재민이 말을 잇지 않고 머뭇거리자 인하가 상체를 세웠다.

"말해."

"형님하고 형수님이 캐스팅에서 맨 처음으로 거론이 된 건 맞아요. 그런데 유해준 PD가 반대를 했대요. 여주인공을 다른 배우로 하고 싶다고."

해준은 연기력이 검증된 배우와 일을 하고 싶다고 했단다. 혜원은 뛰어나지도 부족하지도 않은 어중간한 연기력이라고 반대를 했지만, 방송국 국장이 해준의 의견을 잘라 냈다고 한다.

"혜원이 마음에 들지 않았다는 거군. 소속사에서는?"

혹시나 소속사의 강압이 들어갔냐는 질문에 재민이 고개를 흔들었다. 혜원의 소속사는 캐스팅에 관해 아무런 의견 표명을 한 적이 없고, 방송국 국장 및 간부들의 의견이 혜원으로 통일되었다고 했다.

"그럼 캐스팅에는 문제가 없는 거네."

모든 PD가 자신이 원하는 배우를 쓸 수 있는 건 아니다. 원하는 배우가 캐스팅이 됐다가도 무산이 되는 경우가 많다. 그 과정에 소속사의 강압이 있는 경우도 있다.

가령 '우리 배우를 쓰고 싶다면 신인 배우도 같이 끼워 줘야 한다', '그 배우가 출연한다면 우리 배우는 절대 출연 안 할 테니, 그 배우를 빼라'와 같은 강압이.

혜원의 경우 PD는 아니지만 방송국에서는 원하는 배우였고, 소속사의 개입도 없다. 그렇다면 앞으로 혜원이 어떻게 해 나가냐에 달렸다. PD의 눈에 드나, 안 드나는 혜원의 노력에 달린 것이다.

"우리 혜원이 고생하겠네."

안타까운 듯 미간을 찌푸린 인하는 언제 그랬냐는 듯 곧장 편안한 얼굴로 시트에 몸을 묻었다.

수정된 대본과 함께 3화 대본까지 나왔다. 꽤 빠른 속도로 대본이 만들어지고 있어서 4화 대본도 빠른 시일 내에 나온다고 했다.

3화 대본을 다 읽은 혜원은 기지개를 켜며 드러누웠다. 거실에서 인하가 대본을 읽기에 그녀는 그를 피해 방으로 들어왔다.

나란히 앉아 대본을 읽고 연습하는 게 아직은 어려웠다. 괜히 그에게 지적을 당할 것 같고, 안 좋은 소리를 들을 것 같아 피했다.

"인하 씨는 다 읽었나?"

침대에서 일어난 혜원은 문을 열고 조용히 걸어 나왔다. 발소리를 죽이려 했는데, 미끄럼 방지용 수면양말이 바닥에 쩍 붙었다가 떨어지는 소리가 나자 당황했다. 이왕 들킨 것, 혜원은 조심성을 버리고 걸음 소리를 내며 거실로 나왔다.

"인하 씨? 없네?"

소파에 앉아서 대본을 읽던 인하가 보이지 않아 혜원은 그를 찾아 작은방으로 갔다. 빼꼼히 문을 열어 확인을 했지만, 바닥에는 맞추다 만 퍼즐만 덩그러니 놓여 있을 뿐이다.

남은 방은 드레스 룸과 운동기구가 있는 방. 어느 쪽에 그가 있을지 투시라도 하듯 혜원이 뚫어져라 두 방을 번갈아 봤다.

"운동하나?"

종종종, 혜원이 거실을 가로지르고 걸어가 방문을 열었다. 러닝머신 위에서 인하가 달리고 있는 걸 본 혜원이 옆에 섰다.

"나도 운동할래요."

"스트레칭부터."

러닝머신 위에서 빠른 속도로 달리며 거친 호흡을 내뱉는 인하가 옆에 나란히 있는 또 다른 러닝머신 위에 올라서는 혜원에게 고개를 저었다.

꽤 뛰었는지 땀에 젖은 옷이 몸에 착 달라붙어 그의 탄탄한 상체를 드러냈다. 혜원은 그의 말대로 물러나 뒤쪽에 놓인 요가 매트 위로 올라서 스트레칭을 시작했다. 부드럽게 쭉 몸을 늘이면서 한 자세로 대본을 읽느라 굳은 몸을 풀었다.

서서 스트레칭을 하던 혜원은 매트 위에 앉아 다리를 찢었다. 앉아서 하던 스트레칭은 누워서 하는 자세로 이어졌다. 누운 김에 복근 운동을 해야겠다는 생각으로 혜원이 다리를 올렸다가 내리기를 반복했다.

다 뛴 것인지 인하가 러닝머신 속도를 내렸다. 흘린 땀으로 달라붙은 옷을 그는 단번에 벗고 수건으로 땀을 닦아 냈다.

"흐음."

호흡을 고르며 운동을 하는 혜원을 내려 보던 그의 눈에 장난기가 스며들었다. 그녀의 옆에 주저앉은 그가 혜원의 배 위로 손을 올렸다. 다리를 올리며 배에 힘이 들어갈 때 그가 손으로 누르며 복근에 힘이 들어가는가를 확인했다.

"누르지 마요. 힘……들어."

인하가 손을 떼자 혜원이 다리를 털썩 내리고 숨을 골랐다. 몇 번 하지 않았는데도 배가 땅기고 호흡이 가팔라졌다.

"인하 씨?"

분명 천장이 보였는데 남편의 얼굴이 정면으로 들어오자 혜원이 그의 어깨를 밀었다. 어느새 그는 그녀를 다리 사이에 가두고, 양손은 혜원의 얼굴 옆을 짚었다.

"뭐……해요?"

"운동."

팔굽혀펴기 자세를 한 그가 팔을 굽혀 혜원의 얼굴에 바짝 얼굴을 붙였다. 반사적으로 혜원이 눈을 질끈 감자 그가 웃음을 흘리더니 다시 팔을 폈다.

"눈을 왜 감아? 키스해 줘?"

혜원이 번쩍 눈을 뜨자 인하가 다시 팔을 굽혔다. 이번에는 그의 입술이 그녀의 입술에 닿았다가 떨어졌다.

"또, 장난."

"운동도 하고, 키스도 하고. 일석이조지."

인하가 팔을 굽히는 것에 맞춰 혜원이 눈을 감았다.

짧게 닿았다가 떨어지기를 몇 차례. 입술이 길게 닿는가 싶더니 그가 아예 덮쳐 왔다. 입술을 깨물고, 혀로 입술을 가른다. 그의 체취가 가득한 땀 냄새가 폐부 깊숙이 들어온다.

방금 전의 운동으로 잔뜩 긴장된 그의 근육을 훑어 내리는 손길에는 유혹이 가득했다. 결혼생활 2년차, 이제 두 사람은 서로의 몸을 잘 안다.

인하는 일찍이 알아낸 혜원의 성감대를 찾아 자극했다. 귀에 숨을 불어넣자 그녀가 바르작거린다. 가슴을 쥐고 옆구리를 만지는 그의 손은 거침이 없었다.

혜원은 신혼 초에 인하가 직접 알려 주었던 그의 성감대를 찾아 손을 움직였다. 갈라진 가슴 중앙을 손가락으로 깃털처럼 가볍게 쓸어내리자 그가 하체를 가까이 붙이며 신음을 흘렸다.

"방으로 갈까."

"아……니요. 여기서."

허스키하게 가라앉은 목소리가 가슴 언저리에 흩어지자 혜원이 고개를 젖히며 대답을 했다. 혜원의 대답을 끝으로 방 안은 그들의 짙은 신음 소리만으로 가득 채워졌다.

5

고사 날짜가 잡혔다. 첫 촬영이 설이 지난 2월 중순 이후라, 고사를 설 전에 하기로 결정이 났다. 고사를 지내고 설을 이용한 잠깐의 휴식 뒤에 바로 촬영에 들어가기로 최종 스케줄이 나왔다.

소속사에서 연기 연습을 마치고 스케줄을 확인한 혜원은 먼저 차로 내려가 주영을 기다리고 있었다. 한참을 기다려도 주영이 내려오지 않아 그녀가 핸드폰을 꺼내 들 때쯤 벌컥 차 문이 열리고 서영이 올라탔다.

"언니, 방금 듣고 왔는데요. 설 전주에 1박 2일 워크숍을 간다고 하던데요?"

"아, 워크숍. 말이 없기에 안 가는 줄 알았는데. 설 전주면, 다음 주?"

"네. 배우들 시간 맞추기가 힘들어서 이제 막 날짜 잡았대요. 아마도 갈 수 있는 인원만 최대한 모아서 가나 봐요. 워크숍 다녀오고 이틀 뒤에 고사 지내고요."

혜원이 변경된 일정을 핸드폰을 꺼내 메모한 뒤 주영은 언제 오는지를 물었다.

갑자기 방송국에서 전화가 와 일정이 추가되는 탓에 주영이 늦게 내려오고 있다고 전한 서영은 차에서 내려 혜원에게 인사를 했다.

"집에 안 가?"

"저는 일해야죠. 아! 언니 고사 날에 입을 옷, 제가 준비할게요."

"왜? 그냥 내 옷 입어도 되는데."

"기자들 많이 올 텐데요. 제가 준비할게요."

혜원은 협찬 받아 입는 옷을 불편해했다. 자신의 옷이 아니기에 행동이 조심스러워야 했고, 되돌려 줄 때도 혹여나 흠집이 난 건 아닌지 걱정이 많았다.

서영이 그렇게 신경 쓰지 말고 편하게 입으라고 했지만, 혜원의 성격상 그건 무리였다.

되도록이면 편하게 자신의 옷을 입고 싶었던 혜원이었지만 서영이 저렇게 강력히 나오니 마지못해 고개를 끄덕였다.

"언니, 마음 상한 건 아니죠? 알잖아요. 옷 때문에 욕먹는 일이 많은 거예요. 저 대표님께 혼날까 봐 그래요. 저번 대본 리딩 때 사진을 보고 대표님이 뭐라고 하셨거든요."

"혼났어?"

"그 정도는 아니고요. 어? 주영 오빠 내려오네요. 언니, 조심히 가요."

서영이 손을 흔들고 달려갔다. 혜원은 주영이 차에 올라타자 시트에 몸을 묻고 한숨을 내쉬었다.

"무슨 걱정 있어? 땅 꺼지겠다."

"대본 리딩 때, 기사 사진을 보고 대표님이 서영이 혼냈어요?"

"서영이? 아니, 왜?"

혜원은 서영이 했던 말을 주영에게 전해 주면서 그녀 혼자 혼이 났던 것 같다고 미안한 기색을 내비쳤다. 혜원이 골라서 입은 옷이지만, 혹여 스타일이 나빴다면 욕을 먹는 건 스타일리스트다.

"글쎄. 나는 기사 사진에 너랑 인하 씨랑 커플룩이 좋았다는 댓글이 많았던 걸로 기억하는데. 대표님도 별 말씀 없으셨고."

주영은 자신은 잘 모르겠다고 대답을 하고는 차를 출발했다. 운전을 하면서 그는 이미 혜원이 서영에게 들은 변경된 일정을 다시 설명했다.

펼쳐진 캐리어에 차곡차곡 옷을 넣던 혜원이 넣었던 옷을 다시 뺐다.

다시 텅 비워진 캐리어를 두고 자리에서 일어난 그녀는 다른 가방을 찾았다. 마땅한 크기의 가방이 보이지 않자 다시 캐리어 앞에 앉아 한숨을 내쉰다.

"이삿짐 싸는 것도 아니고, 아직이야?"

들어오려다 말고 문설주에 기대선 인하가 혜원을 내려다봤다. 주변에 널린 옷들과 텅 빈 캐리어. 혜원이 화들짝 놀라더니 다시 캐리어에 옷을 넣었다.

"뭐가 문젠데?"

"가방이 너무 커요."

옷을 다 넣은 혜원이 한쪽이 텅 빈 캐리어를 손가락으로 가리켰다. 1박 2일이기에 잘 때 입을 옷과 다음 날 입을 옷, 혹시나 모를 여벌의 옷 하나와 속옷을 챙겨 넣었음에도 캐리어 한쪽이 텅 비었다.

"가방 작은 거 없어?"

"캐리어는 이거 하나예요. 다른 가방은 작고. 다 애매해."

그냥 가지고 가자니 캐리어가 워낙에 커서 공간만 잡아먹는 짐이 될 것 같고, 남들이 보고 고작 1박 2일인데 누가 여배우 아니랄까 봐 유난을 떤다고 쑥덕거릴지도 모른다는 생각에 혜원이 울상을 지었다.

"화장품은? 더 가져갈 거 없어?"

혜원이 옷 사이에 끼워 넣은 파우치를 꺼내 달랑 흔들었다. 이게 다라는 듯이. 인하는 문설주에서 등을 떼고 먼저 한쪽에 챙겨 두었던 자신의 캐리어를 들고 와 펼쳤다.

그의 캐리어 크기는 조금 더 작았다. 인하는 자신의 짐을 빼고 혜원의 캐리어에 옮겨 담았다. 두 사람의 짐을 다 넣고도 캐리어에 조금의 공간이 남았지만, 인하는 이 정도면 충분하다는 듯 고개를 끄덕였다.

"가방은 하나만 가지고 가자. 다른 거 챙길 거 없나 생각해 봐."

"칫솔! 당신 것도 가지고 올게요."

"여행용으로 가지고 와. 어디에 있는지 알지?"

벌떡 일어나 드레스 룸을 나가는 혜원의 등 뒤로 크게 말하던 인하는 그녀가 챙긴 옷가지를 보고는 눈을 가늘게 떴다.

가장 위에 있는 티를 들고 펼치자 여자의 옷이라고 하기에는 꽤 큰 사이즈였다. 그의 옷이었다. 밑에 있는 지프 맨투맨도 마찬가지였다.

"혜원아! 이거 네 짐 맞아?"

다다다, 혜원이 달려와 여행용 칫솔을 캐리어 위로 툭 던지고는 손가락으로 한쪽을 가리켰다. 인하가 들춘 옷 밑에 있는 자신의 속옷을 가리키며 고개를 끄덕이자, 그는 다시 옷을 개켜 넣고 정리했다.

"위의 옷은 다 내 건데?"

"당신 옷이 편하니까요. 잘 때는 이거 하나만 걸칠 거예요."

인하는 짐은 이게 끝인 것 같다는 혜원의 말에 캐리어를 닫았다. 캐리어를 번쩍 들어 거실로 나가는 그의 뒤를 그녀가 종종 따랐다.

어제 늦게 잠에 들고, 일찍 일어난 탓인지 혜원이 하품을 하다가 인하에게 들켰다. 그는 눈을 동그르르 돌리며 시선을 피하는 그녀를 보고 픽 웃음을 흘렸다.

"어제 내가 늦게까지 퍼즐 맞출 때부터 알아봤다. 그러니까 일찍 자자고 했지?"

"안 졸려요. 그냥 산소가 부족해서 하품이 난 건데?"

어이가 없다는 듯 자신을 내려다보는 남편의 시선을 슬쩍 피하며 혜원이 안방으로 들어갔다. 볼일이 있는 것처럼 안방으로 들어온 그녀는 괜스레 핸드크림을 한 번 바르고 방을 둘러본 뒤 다시 거실로 나왔다.

"가스불이나 확인해 봐. 이제 내려가야 해."

혜원이 가스 밸브가 잘 잠겼나 확인을 하는 사이, 인하는 모든 방의 창문과 콘센트를 확인했다.

밤사이 눈이 내리면서 날씨가 더 추워졌다. 다운패딩을 입고 목도리와 장갑으로 완전 무장을 하고 집을 나서면서 인하가 일괄 소등 버튼을 눌렀다.

지하 주차장에는 주영과 서영, 재민과 진주가 와서 기다리고 있었다. 오랜만에 만나는 인하의 스타일리스트인 진주에게 인사를 한 혜원은 서영과 같이 차에 올랐다.

"혜원아, 너는 짐 없어?"

가뿐한 걸음으로 차에 올라타고 출발을 기다리는 혜원에게 주영이 물었다.

"인하 씨가 챙겼어요. 캐리어 하나."

"그래? 그럼 출발하자."

주영이 물러나며 문을 닫으려 하는데, 그의 뒤로 인하가 서더니 잠시 비켜 달라 청했다. 인하는 문 쪽에 앉은 서영에게 큼직한 보온병을 건넸다.

"가면서 마셔. 혜원이 자면서 잔기침을 하기에 사 오라고 했어."

혜원이 감동받은 얼굴로 쳐다보자 그가 씩 웃고는 자신의 차로 걸어갔다. 그녀가 서영에게 보온병을 달라고 손을 흔들었다. 서영이 건네주자 그녀가 소중한 보물처럼 조심히 받아 들었다.

"인하 오빠가 언니 많이 신경 써 주네요."

"아닌 척해도 자상하다니까."

"인하 오빠야 원래 동료들이나 팬들에게도 자상하잖아요. 오히려 가끔 언니한테 얄궂게 구는 게 이상한 거 아니에요?"

뚱한 말투에 혜원이 의아한 얼굴로 서영을 바라봤다. 서영은 이내 고개를 흔들며 웃었지만, 왠지 모를 꺼림칙함에 혜원의 얼굴이 미미하게 굳었다.

밤새 내린 눈으로 길이 좋지 않아, 평창까지 가는 데 시간이 꽤 걸렸다.

예상보다 한 시간가량 더 늦어졌고, 인하의 차가 도착을 하고 20분쯤 뒤에 혜원의 차가 펜션에 도착했다.

먼저 도착해서 동료 배우와 스태프들과 인사를 나누던 인하가 주차를 하는 혜원의 차를 보고 다가갔다.

문이 열리고 서영이 먼저 폴짝 내렸다. 인하는 혜원이 내리기 전 앞을 막아서고 다정한 손길로 목도리를 둘러 주었다.

"장갑은? 산이라 그런지 여기가 서울보다 더 춥다."

"언니 장갑 여기 있어요."

옆에 서 있던 서영이 내리면서 챙긴 혜원의 장갑을 들고 흔들었다. 혜원이 끼기 좋게 들어 장갑을 펼치는데, 인하가 자신이 하겠다며 서영의 손에서 장갑을 빼 들었다.

서영은 장갑을 끼워 주는 인하와, 잠이 덜 깬 얼굴로 춥다고 투덜거리는 혜원의 모습을 보고는 휙 돌아갔다.

"아침에 안 졸린다던 사람이 휴게소에 도착했는지도 모르고 자더라?"

"휴게소?"

중간에 차가 휴게소에 한 번 들렀었다. 마찬가지로 휴게소에 먼저 도착했던 인하는 혜원을 보고 갈 겸 기다렸었다.

하지만 혜원이 곤히 잠들어 있어, 기다린 보람도 없이 잠든 얼굴만 보고 출발해야 했다. 어찌나 새근새근 잘 자는지 깨울 수가 없었다.

인하는 혜원의 손을 잡고 차에서 내리는 걸 도와주었다. 눈길이 미끄러운지 그의 손을 잡는 혜원의 손에 힘이 들어갔다.

두 사람은 밖에 나와 있는 배우들과 스태프들에게 인사를 하고 무리 속으로 섞여 들어갔다. 사람들은 벌써 고기를 구울 준비를 했고, 일부는 추우니 몸을 데워야겠다는 핑계로 소주를 들이켜고 있었다.

꽤 자유분방한 분위기에 혜원도 조금씩 신이 나기 시작했고, 앞으로 계속 마주쳐야 할 사람들이기에 친해지기 위해 없는 사교성을 꺼냈다.

지금 이 순간만큼은 배우와 스태프의 경계가 흐트러졌다. 수

많은 사람들이 먹어야 했기에 끊임없이 고기가 구워져야 했는데 배우, 스태프 할 것 없이 돌아가면서 고기를 구웠다. 인하도 목장갑을 끼고 고기를 굽는 대열에 동참했다.

"감독님! 술 많이 드셨어요?"

홀짝홀짝 술을 마셔서인지, 아니면 추위 때문인지 혜원의 볼이 발그레했다. 환하게 웃는 그녀의 얼굴을 가까이에서 본 해준은 저도 모르게 미소가 지어지자 헛기침을 하면서 얼굴을 가렸다.

"뭐, 조금요. 혜원 씨가 더 많이 마신 것 같은데."

술잔의 수로 따진 게 아닌, 서로의 몸이 견딜 수 있는 알코올의 한계를 생각해서 한 말이다. 해준은 여기서 조금 더 마시다가는 혜원이 취하겠다는 생각이 들었다.

"제가 한 잔 드릴게요."

잘 보이려는 것인지, 친해지자는 것인지 해준은 가늠을 하듯 그녀를 뚫어지게 보면서 잔을 내밀었다. 찰찰, 투명한 소주가 가득 채워졌다.

"저도 주세요."

제 잔을 들며 예쁜 미소를 날리는 혜원의 잔에 해준은 자신이 받은 양의 1/3 수준만 소주를 따랐다.

"잘 부탁드립니다."

"네, 저도요."

쨍, 부딪혔던 작은 소주잔이 각자의 입에 탈탈 털어졌다. 싸하게 올라오는 알코올에 해준은 미간만 찌푸렸지만, 혜원은 재빨리 물을 찾아 입안을 헹궜다. 딱 봐도 '나 술 잘 못 마셔요'다.

같이 술 한 잔을 나눴으니 혜원이 원래의 자리로 되돌아가겠지 싶었는데, 꼼짝 않고 옆자리를 지킨다. 그렇다고 해서 다시 술을 마시는 것도 아니었다. 해준은 앞에 앉은 동료들과의 이야기에 집중하려 했지만, 옆에 앉아 있는 혜원 때문에 번번이 흐름이 끊겼다.

배우들이야 질리도록 본 그들이지만, 혜원은 그들이 본 배우 중에 손에 꼽을 수 있을 정도로 외모가 출중했다.

거기에 인하와의 결혼 전에 났던 스캔들 말고는 단 한 차례도 스캔들이 없었다. 나쁜 소문이 없었기에 업계에서는 좋은 평이나 있었다.

청순하고 청초한 이미지였던 그녀는 모든 남자들의 이상형이었다. 그녀의 주위로 몰려든 스태프들은 혜원의 얼굴을 보느라 대화에 집중을 하지 못했다.

"혜원 씨, 피부 진짜 곱네요. 관리 어떻게 해요?"

예전부터 혜원의 팬이었다고 입버릇처럼 이야기하고 다니던 스태프 하나가 조심스럽게 물었다. 모두의 관심이 혜원에게로 쏠렸다. 여자 스태프들도 궁금한 눈초리인지 조용히 그쪽으로 시선을 돌린다.

"여드름 하나만 나도 바로 피부과로 직행했죠. 어렸을 때에는 이마에 한두 개씩 꼭 났거든요. 거의 매일 팩을 했고, 비타민C도 챙겨 먹었어요. 왜, 있잖아요. 약국에서 파는 노란 가루로 된 거.

신 거."

뭔지 알겠다는 듯 사람들이 고개를 끄덕였다. 한쪽에서 제품명이 나오자 혜원이 맞다고 주억거렸다.

"지금도 그거 먹어요. 요즘은 다행히 여드름이 나지 않아요."

"오, 인하 씨가 잘해 주나 봐요. 여자는 사랑을 받으면 피부도 좋아지고 예뻐진다던데."

이쪽에 꽤 오랫동안 몸을 담아 일을 한 스태프가 장난이 가득한 말을 했다. 와하하하, 사람들이 크게 웃었다. 한편으로 몇몇은 혜원의 눈치를 봤다. 속뜻이 야한 말이라 혹여나 그녀가 화를 낼까 걱정을 했다.

고상한 여배우들 앞에서는 말조심을 하고 또 말조심을 해야 한다. 한순간에 돌변해서 자신에게 모욕을 줬다고 성질을 낼지 모르니.

"잘해 주죠! 오늘도 저 기침한다고 대추랑 꿀 섞은 차를 챙겨 줬어요. 아, 전에는 제가 몰래 팩을 하고 있었거든요? 근데 갑자기 들어오는 거예요. 그때 얼굴 전체에 초록색 팩을 바르고 있어서 완전 슈렉이었거든요."

인하 이야기가 나오자 갑자기 혜원의 입이 빨라졌다.

팩을 하고 있던 모습을 들켜서 창피했다느니, 인하가 무슨 팩이냐고 묻더니 같이 팩을 했다느니, 서로 슈렉이라고 놀렸다느니……. 소소한 인하와의 일상을 다 끄집어냈다.

중간중간 인하가 얼마나 자상한지도 빼놓지 않고 칭찬했다. 인하와의 일화가 다 이어지지 않고 뜬금없이 툭툭 튀어나왔음에도 다들 웃으면서 경청했다.

"혜원 씨 아주 남편 자랑에 바쁘네, 바빠. 인하 씨가 그렇게 다정해요?"

스태프의 질문에 돌연 혜원이 손을 저었다. 내내 칭찬을 하던 혜원이 갑자기 상체를 앞으로 당겼다. 이에 모두가 작당모의를 하듯 상체를 앞으로 모았다.

"이거 비밀인데요. 인하 씨 잘 삐쳐요. 거기에 뒤끝도 작렬. 전에 시상식에서 민혁 씨가 인기상 받았잖아요. 인하 씨는 못 받고. 제가 민혁 씨 대단하다고 했더니 삐쳐가지고. 그 뒤로 나만 보면 자기는 남우주연상 받았다고, 민혁 씨와는 비교가 안 된다고. 거기까지면 내가 말을 안 해요. 뻔히 알면서 나 받은 상이 뭐냐고 묻는 거 있죠?"

"어? 그때 혜원 씨 시상식에 참석 안 하지 않았어요?"

"그러니까요. 너는 상 못 받았는데, 난 받았다. 삐기는 거죠. 못됐어, 정말. 난 그때 활동도 안 했는데 말이에요."

혜원의 말에 모두들 배를 잡고 크게 웃었다. 그러면서 더 꺼내 보라는 듯 혜원을 부추겼다. 인하에게 그런 모습이 있는 줄 몰랐다며, 그가 더 인간적으로 느껴진다는 말에 혜원이 곰곰이 생각을 하다가 다른 이야기도 꺼냈다.

의외로 털털한 혜원에게 다들 호감을 느낀 것인지, 처음과 달리 편하게 많은 이야기가 오갔다. 그 옆에 앉아 있던 해준은 벙찐 얼굴로 혜원을 봤다.

정말 이미지와 다르다. 청초한 얼굴 뒤에는 수다스러움이 숨겨져 있었고, 조신한 행동 뒤에는 약간의 허당기가 보였다. 집중해서 이야기하는 도중에 갑자기 엉덩이를 들썩이며 흥분을 하다가 의자에서 떨어질 뻔한 걸 붙잡아 줬다.

"뭐가 그렇게 재미있어요?"

고기 굽는 자리는 다른 배우에게 양보를 하고 인하가 시끌벅적한 무리로 끼어들었다. 갑자기 뚝 소란이 끊기더니 다들 술잔을 집어 들거나 다 식은 고기를 집어먹었다. 마치 그를 따돌리기라도 하듯.

스태프 하나가 인하의 얼굴을 보고는 풋 웃음을 터트렸다. 이에 그의 한쪽 눈썹이 위로 올라갔다. 무언가를 감지한 그가 혜원의 옆자리를 비켜 주는 스태프에게 고맙다고 말하며 모두를 쓱 훑었다.

"제 이야기 하고 있었나 봐요?"

슬금슬금 혜원이 거리를 벌이다 탁, 어깨에 올려지는 인하의 손에 화들짝 놀란다. 그 모습을 본 스태프들이 동시에 웃음을 터트렸다.

"마누라, 남편 체면 좀 생각해 주라. 응? 어디까지 이야기했어."

가만두지 않겠다고 인하가 장난스럽게 으르렁거리더니 스태프들에게 혹시 혜원의 버릇을 아냐고 입을 뗐다. 자세한 이야기가 나오지 않았음에도 혜원은 자신의 불리함을 감지한 것인지 인하의 입을 틀어막았다.

이거 놔라, 나만 이렇게 당할 수는 없다.

아니다, 나는 당신의 좋은 말만 했다.

거짓말하지 마라.

잘못했다, 다시는 그러지 않겠다.

입을 틀어막는 혜원과 그 손을 가뿐하게 잡아채 말을 할 듯 말듯 약 올리는 인하의 싸움에 스태프들은 인하의 편을 들어 주었다. 어서 혜원에 대한 이야기를 꺼내라는 듯 압도된 분위기에 혜원도 싸울 의지를 잃었다.

될 대로 되라는 식으로 혜원이 포기했다.

"큭큭. 에이, 우리 혜원이의 버릇은 저만 알아야죠. 그 버릇도 예쁜데."

모두가 집중을 한 가운데 인하가 분위기를 팍 식히는 말을 던졌다. 잠시의 정적 끝에 모두들 야유를 보내고는 인하를 타박했다.

인하는 한 번 봐줬다는 듯 혜원을 강하게 쏘아본 뒤 자연스럽게 다른 이야기로 유도했다. 다들 혜원에게 들은 이야기로 만족을 하며 다음을 기약했다. 인하가 없을 때를.

낮부터 시작된 술자리는 밤늦게까지 이어졌다.

고기가 다 떨어지자 더는 추워서 안 되겠다고 술을 바리바리 싸들고 모두들 펜션 안으로 들어왔다. 그 탓에 자고 있던 사람들이 강제로 기상해 술판에 동참되었다.

혜원은 6시가 조금 넘어 인하의 손에 이끌려 펜션 2층의 맨 끝 방에서 잠이 들었었다. 시끄러운 소리가 2층까지 올라오자 그녀도 차츰 잠에서 깨어났다.

"으음, 머리 아파."

잘 마시지 못하는 술을 홀짝홀짝 마셨더니, 술이 깨는지 머리가 아파 왔다. 목이 말라서 괴로운 얼굴로 일어났는데, 옆에 놓인 물병과 컵이 보였다.

벌컥벌컥, 물 한 컵을 다 비운 혜원은 자신이 어떻게 이 방에 오게 되었나를 떠올렸다.

신 나게 놀다가 술을 많이 마시고 밖에 오래 있었다는 이유로 인하의 손에 이끌려 펜션 안으로 들어왔다. 1층의 방들은 이미 술에 취한 사람들로 가득했고, 간신히 비워진 2층 끝 방을 찾았다.

이부자리를 펴고 자신을 눕힌 인하가 옆에 있었던 것 같은데. 언제 잠이 들었는지를 모르겠다.

"덥다. 더워."

난방을 어찌나 잘해 두었는지 목이 건조하고 더웠다. 알코올 때문인지 속이 뜨겁다.

혜원은 자리에서 일어나 패딩을 들고 방 밖으로 나왔다. 계단으로 내려갈수록 사람들의 목소리가 커졌다. 누군가가 술을 엎질렀는지 술 냄새도 진동했다.

"어? 일어났어?"

그 틈에서 술을 마시고 있던 주영이 혜원을 발견하고 아는 체를 했다. 그 무리에는 재민도 있었다.

"응. 인하 씨는요?"

주위를 두리번거리며 인하를 찾자, 재민이 바람을 쐰다고 나갔다고 말해 주었다. 앉으라고 주영이 자신의 옆자리를 툭툭 때리는데, 혜원은 고개를 젓고 밖으로 나갔다.

"헉, 너무 춥다."

밤이 되자 기온이 급격히 하락했는지 굉장히 추웠다. 문을 열었다가 놀란 혜원은 번쩍 드는 정신에 눈을 크게 떴다. 어둑한 밖이 무섭게 느껴지기도 했다.

용감하게 한 발 내딛고 문을 닫자 옆으로 등이 켜져 길이 나 있는 걸 발견했다. 혜원은 미끄러운 길을 조심스럽게 걷다가 비스듬한 내리막을 미처 못 보고 발을 헛디뎠다.

"꺅!"

버둥거리는 팔을 누군가가 강하게 잡더니 확 끌어당겼다. 간신히 넘어지는 걸 면한 혜원이 놀란 가슴을 쓸어내렸다.

"괜찮아요?"

"네? 네. 감사합니다, 감독님."

해준을 피해 뒤로 물러나던 혜원의 몸이 기울었다. 다시 해준이 잡아 주자 민망한 얼굴로 배시시 웃는다. 해준은 손에 들고 있던 담배를 혜원의 반대쪽으로 멀찍이 떨어뜨렸다.

"왜 나왔어요? 추운데."

"안이 더워서요."

혜원에게 담배 연기가 가지 않도록 고개를 돌리고 담배를 피우던 해준이 옆에 있던 재떨이에 담배를 비벼 껐다. 그는 손을 휘저어 연기를 허공으로 휘날리고는 혜원을 내려 봤다.

"속은 괜찮아요? 술 많이 마신 것 같던데."

"네, 괜찮아요."

설풋 웃으며 대답을 하다 해준의 시선에 혜원이 고개를 숙였다. 그냥 무심히 보는 거였는데, 혜원은 괜히 찔렸는지 작게 뒷말을 이었다.

"머리만 조금 아파……요."

"아, 머리."

해준이 그러냐는 듯 무심히 대꾸하자 혜원은 또 작게 속삭인다. 마치 해준이 더 말해 보라고 한 듯, 추궁했다는 듯.

"그리고 또, 음……. 속도 뜨겁고."

"아, 네. 속이 뜨겁고."

혜원이 고개를 들더니 더 이야기해야 하냐는 듯 쳐다봤다. 순간 해준은 혜원이 아픈 증상을 이야기하는 것 같은 느낌을 받아 마치 자신이 의사가 된 듯한 착각이 들었다.

해준이 '이건 뭐야' 하는 시선으로 바라보는데 혜원은 그 시선을 잘못 보고는 또 입을 연다.

"속도 좀 울렁거리는……."

"됐어요. 풋, 그만 이야기해요."

주사를 맞기 싫은데 엄한 의사의 눈빛에 마지못해 아픈 증상을 다 이야기하듯 하는 혜원이 귀여워 웃음이 터졌다. 가만 보니까 정말 다르다. 매체에서 보던 것과 많이.

사람들과 같이 있을 때에는 잘 몰랐는데, 해준과 단둘이 있으니 혜원은 그가 불편했다. 첫 만남 때 좋지 않은 기억 때문인지 해준이 조금은 무섭게 느껴지기도 했다.

뭐랄까, 엄한 직장 상사 같은 느낌? 지금 해준의 입에서 '누가 보고서 작성을 이렇게 해!' 라는 큰 소리가 나와도 어색하지 않을 것 같은.

"혜원 씨."

"네, 네?"

해준의 부름에 놀란 혜원의 목소리가 커졌다. 혜원이 재빨리 자신의 입을 손바닥으로 막았지만, 이미 소리가 다 새어 나간 뒤였다.

"깜짝이야."

"죄송합니다. 제가 딴생각을 하느라."

'나 다른 생각 중이에요' 라는 걸 이미 해준은 눈치채고 있었다. 정말 속을 감출 수 없는 사람이구나. 그 생각을 한 해준의 입매가 느슨해졌다.

"들어가요. 추우니까."

"네, 먼저 들어가세요. 저는 조금만 더 있다가 들어갈게요."

그럼 그렇게 하라고 고개를 끄덕이고는 해준이 먼저 몸을 돌렸다. 몇 걸음 가지 않았는데 뒤에서 목소리가 들렸다.

"혜원아? 추운데 왜 밖에 나와 있어?"

"당신 찾느라요. 어디 갔다 왔어요?"

뒤돌아선 해준의 눈에 혜원의 패딩을 단단하게 여며 주는 인하의 모습이 들어왔다. 고개를 드는 인하와 시선이 마주쳤다.

인하의 차갑게 느껴졌던 시선이 부드럽게 풀리더니, 살짝 고개를 숙였다가 올린다. 해준도 마찬가지로 고개를 까딱이고는 몸을 돌려 펜션 안으로 들어갔다.

펜션으로 들어가는 해준의 뒷모습을 본 인하가 다시 혜원에게 집중했다.

"장갑은? 손 차갑다. 밖에 얼마나 있었어?"

"5분도 안 됐을걸요?"

인하는 자신의 장갑을 벗어 혜원의 손에 끼웠다.

혜원을 2층에 재우고 자신을 찾는 사람들 때문에 바로 밖으로 나왔다가, 밖이 캄캄해지고 급격히 추워지자 정리를 하고 다 같이 펜션으로 들어왔다.

누군가가 2층으로, 특히 남자가 2층으로 올라가면 자신도 자리에서 일어나 따라 올라갔다. 혹여나 혜원이 잠든 방문을 여는 건 아닌가 걱정이 되어 여러 번을 왔다 갔다 했다.

아무도 못 들어가게 방문을 잠그고 싶었지만, 술에 취한 사람을 방에 두고 문을 잠그는 게 굉장히 위험하다고 들어 그럴 수가 없었다.

혜원을 혼자 두고 있자니 신경이 쓰이는데 여기저기에서 술을 권했다. 몇 번 연달아 받아 마셨더니 술기운이 돌았다.

술도 깰 겸 밖으로 산책을 나왔다가 홀로 재워 둔 혜원이 걱정이 되어 다시 펜션으로 돌아오던 참이었다. 그런데 혜원의 놀란 목소리가 들려 급히 달려왔더니, 혼자 서 있는 혜원과 조금 떨어진 곳에 서 있는 해준이 보였다.

혹시나 해준이 무슨 짓을 한 건 아닌가 생각이 들었지만, 마주친 해준의 눈은 무덤덤했다.

인하는 혜원이 눈치채지 못하게 밖에 얼마나 나와 있었는지를 물어 그녀가 해준과 같이 있던 시간을 알아냈다. 채 5분도 되지 않았다는 말에 그는 조금 안도했다.

"들어가자."

"조금만 더 있다가요."

"추워. 감기 걸린다. 벌써 코가 빨개졌어."

"딱 5분만. 그런데 어디 갔다 왔어요?"

그냥 바람을 쐤다고, 주위에 별거 없다는 인하의 말에 혜원이 흥미를 잃었다.

혜원이 요구한 5분을 꽉 채우고 인하는 그녀를 데리고 펜션 안으로 들어왔다. 1층을 빠르게 지나 2층으로 올라와 혜원이 잠들었던 방으로 향했다. 그곳에 미리 가져다 놓았던 캐리어를 열어 그가 짐을 꺼냈다.

혜원이 입고 자겠다는 큰 셔츠와 여분의 바지, 속옷을 꺼내고 세안용품도 꺼냈다.

"그냥 이것만 입고 자고 싶은데."

"불편하더라도 혹시 모르니 바지도 입어. 씻으러 가자."

2층에 있는 욕실 두 개 중, 방들과 가장 멀리 떨어진 곳에 혜원을 들여보낸 인하는 먼저 씻고 나오라고 하고서는 닫힌 문 앞에 주저앉았다. 혹여나 누군가 씻는다고 이곳으로 올까 봐. 물론 안에서 혜원이 문을 잠그기는 했지만 그는 꿋꿋이 욕실 문 앞을 지켰다.

물소리가 들리자 그는 눈을 감았다.

지금쯤이면 샴푸로 머리를 감을 테고, 린스를 하고, 몸을 씻 겠군. 음, 세수하나? 세수하는 것 같은데. 물소리가 끊긴 걸 보 니 이젠 수건으로 닦나 보다.

마치 보고 있는 것처럼 혜원의 씻는 모습을 머릿속으로 떠올 린 인하는 동시에 떠오르는 그녀의 새하얀 나신에 번쩍 눈을 떴 다.

얼마 지나지 않아 욕실 문이 열리고 혜원이 나왔다.

"설마 기다렸어요? 여기서?"

"응. 머리 빨리 말려야겠다. 아까 다른 방에 있던 드라이어 챙겨 놨어. 방에서 말려."

혜원과 다시 방으로 들어온 인하는 자신이 갈아입을 옷을 챙 겼다. 문을 잠그고 머리를 말리고 있으라는 그의 말을 혜원은 착실하게 따랐다.

꽤 빠른 시간에 씻고 온 인하까지 머리를 말리고 두 사람은 불을 끄고 누웠다.

"다들 아직까지 노는 것 같은데, 우리 여기서 먼저 자도 괜찮 아요?"

"응. 다들 취해서 누가 빠졌는지 모를걸."

한 번 잠이 들었다 깬 혜원은 잠이 오지 않는다고 눈만 끔뻑 였다.

"오늘 재미있었어? 꽤 신 나게 놀던데 말이야."

고기를 굽는 와중 틈틈이 혜원이 있는 곳을 보자 옆에서 같이 고기를 굽던 배우가 타박을 놓기도 했었다. 그렇게 떨어지기 싫으냐고. 대답 없이 웃기만 했다.

한참 고기를 굽다가 지나가는 다른 배우에게 집게와 목장갑을 건네주고 갔더니, 혜원이 생각보다 많이 술을 마신 것 같아 걱정이 들면서도 꽤 즐거워 보여 저도 웃음이 났었다.

솔직히 그는 걱정을 했다. 사교성이 좋지 않은 혜원은 낯을 가리는 편이었기에. 하지만 알코올의 힘인지 사람들과 꽤 잘 어울렸다. 사람들 틈에서 분위기를 주도하기도 하고.

"네, 재미있었어요. 많이 친해진 것 같아서 다행이에요. 그렇죠?"

"응. 우리 마누라 사교성이 어찌나 좋던지. 그 사교성 발휘하는 데 남편을 팔아먹지만 않았더라면 더 좋았을걸."

"역시. 뒤끝 작렬."

어째 넘어가는가 싶었더니. 중얼거리는 혜원의 말을 고스란히 다 들은 인하가 혹시 사람들에게 그런 이야기를 했었던 거냐고 추궁하기 시작했다.

"몰라요. 난 아무 말 안 했어."

캐면 다 나오니 자수해서 광명 찾으라는 인하와 입에 지퍼를 건 혜원, 두 사람의 토닥거림이 다시 시작되었다.

똑똑똑, 노크 소리에 인하가 눈을 떴다. 제 팔을 베고 곤히 잠든 혜원의 머리 밑으로 조심스럽게 베개를 넣어 준 그는, 제 옷 속으로 들어와 있는 혜원의 팔을 꺼내고 자리에서 일어났다.

똑똑, 또 노크 소리가 울리자 인하는 문으로 향했다.

조심스럽게 문을 열자 서영이 서 있었다.

"왜?"

잠에서 막 깬 그의 목소리가 위험하리만치 낮게 가라앉아 있다. 흠칫, 서영이 몸을 굳히고는 인하의 시선을 피했다.

"다들 일어나서 해장 라면 먹는대요. 그만 일어나시라고……. 그런데 혜원 언니는요?"

"아직 자."

인하가 문을 조금 더 열고 몸을 틀자, 서영이 빠르게 잠든 혜원을 살폈다. 꼼꼼하게 보는가 싶더니 뭔지 모를 안도의 한숨을 내쉬는 그녀를 인하가 이상하게 바라봤다.

"아, 어제 잘 때 언니가 보이지 않아서 걱정이 됐었거든요. 그럼 나오세요."

서영이 빠르게 걸어가는 걸 본 인하가 다시 문을 닫고 혜원을 깨웠다. 둘이서 토닥거리느라 늦게 잤더니, 혜원을 깨우는 데 시간이 걸렸다. 가볍게 세수를 하고 내려와 끓여진 해장 라면을 먹고 모두 해산 준비를 했다.

고사 날에 보기로 인사를 하고 배우들의 차가 하나씩 떠났다. 인하는 혜원을 자신의 차에 태우고 혜원의 차에 진주를 보냈다.

휴게소에 들를 때를 제외하고는 서울에 도착할 때까지 인하는 목 베개를 베고, 혜원은 그의 어깨에 기대 잠을 잤다.

집에 도착을 해서도 짐을 풀기는커녕, 쏟아지는 잠에 두 사람은 낮잠을 잤다.

다 자고 일어나서 짐을 풀며, 혜원이 나이가 들어 노는 것도 기력이 달린다고 한탄했다. 내년에 30대가 되면 보약 한 채 지어 먹어야 되는 거 아니냐는 말을 했다가, 이미 30대인 인하의 눈총을 샀다.

6

　고사 날 아침. 혜원은 서영이 가지고 온 옷을 입었다. 블랙진
에 시스루 블라우스를 입고 숍에서 헤어와 메이크업을 마친 뒤
바로 고사 장소로 향했다.

　방송국 내부 세트장에서 진행을 하기로 해서 혜원은 도착하자
마자 대기실로 향했다. 워크숍으로 부쩍 가까워진 동료들과 스
태프들에게 인사를 한 뒤 차분하게 앉아서 고사가 시작되기를
기다렸다.

　똑똑, 문을 열고 혜원의 대기실로 들어온 인하는 짙은 남색진
에 옅은 베이지 니트로 캐주얼한 복장을 했다. 혜원의 옆으로 의
자를 가지고 와 앉은 그는 손에 들고 있던 흰색 봉투를 건넸다.

　"돈이에요?"

　"응. 방긋 웃고 있는 돼지 입에 꽂아야지."

봉투 안으로 후, 바람을 불어 안을 살피는 혜원을 보고 인하가 낮게 웃었다.

"머리 묶었네."

낮게 묶어 앞으로 길게 뺀 머리가 단아하고 차분하면서도 성숙한 느낌이다.

고사가 끝나고 오랜만에 밖에서 밥을 먹고 들어가자는 그의 말에 혜원이 고개를 끄덕였다.

"혜원아, 인하 씨. 곧 시작한대요."

주영이 짧은 노크 뒤에 벌컥 대기실 문을 열고 그들을 불렀다. 인하를 찾아 나서던 재민까지, 네 사람은 같이 세트장으로 향했다.

배우들이 나란히 서자 제법 모인 기자들은 연신 셔터를 누르며 사진 찍기에 바빴다.

배우들과 해준은 방긋 웃고 있는 돼지의 입과 귀, 콧구멍에 봉투와 돈을 꽂으며 무사히 촬영을 마칠 수 있도록 도와 달라고 빌었다. 그렇게 고사는 무사히 마쳤다.

고사를 마치자마자 대기실로 돌아온 혜원은 서영에게 옷을 달라고 했다.

"어떤 옷이요?"

"아, 갈아입을 옷 없어?"

집에 입고 가면 내일 자신이 가지러 가겠다고 서영이 말했지만, 혜원은 불편해서 빨리 갈아입고 싶었다. 인하와 데이트 약속을 했기에 빨리 준비를 해야 했다. 활동하기는 불편하지만 어쩔 수 없지 하는 심정으로 코트를 걸치는데 인하가 왔다.

뾰로통한 얼굴로 코트를 입는 혜원에게 인하가 무슨 일이 있냐고 묻자, 그녀는 옷이 불편하다고 투정을 부렸다.

"상의만이라도 갈아입을래? 나 니트 있거든. 재민아, 가서 옷 좀 가지고 와라."

재민이 바로 인하의 옷을 가지고 오자 혜원이 탈의실로 가서 갈아입고 나왔다. 조심스럽게 서영에게 블라우스를 건네주고는 한결 편하고 가벼운 얼굴로 코트와 가방을 챙겼다.

"혜원아."

인하가 혜원을 부르더니 큭큭거리며 웃었다. 기장이 길어서 모든 걸 가렸다.

코트를 걸치기 전 가려진 팔을 꺼내 준 그가 곱게 손목까지 접어 줬다. 자신의 옷을 입은 걸 한두 번 본 것도 아닌데, 볼 때마다 귀여워 웃음이 난다.

"가자. 차 따로 가지고 왔어. 우리끼리만 움직이면 돼."

두 사람은 대기실에서 나와 엘리베이터로 향했다. 시간이 어중간한데 뭘 할지 고민을 하다가 곧 설이라는 걸 상기하고는 쇼핑을 하기로 했다.

"올해는 가방 어때요? 어머님, 가방 사셔야 될 것 같던데. 아버님 서류 가방도 많이 낡으셨어요."

재산이 많아 남들보다 월등히 부유하게 살면서도 인하의 부모님은 검소하셨다. 물건을 허투루 구매하지 않았고, 한 번 구매한 물건은 닳도록 썼다.

두 분 다 가방을 새로 바꿔 드리는 게 좋을 것 같다는 말에 인하가 '그럼 그러든지' 하며 동의를 했다.

작년 설에 옷을 사 드렸을 때 시어머니께서는 뭘 이런 걸 사 오냐고 하면서도 굉장히 기뻐하셨다. 인하가 아들이라 그런지 이런 면에 있어서는 무심하다고 하시면서 역시나 딸이 살갑다 며 좋아하셨다.

시아버지께서도 내색을 하지는 않으셨지만, 훗날 전화로 남은 겨울이 다 가도록 그 옷을 즐겨 입었다고 시어머니께 들었다.

"올해는 소고기를 조금만 사고, 해산물을 많이 사 가요. 보니까 아버님 너무 고기만 드셔. 그리고 문어도 사요. 어머님이 문어 좋아하신대요. 부드럽게 푹 삶은 문어."

"문어? 그랬나?"

고개를 갸웃거리는 인하에게 어떻게 자기 엄마가 좋아하는 음식을 모를 수 있냐고 혜원이 타박을 놓았다. 매번 아버지 식성에 맞춰 음식이 올라오다 보니 잘 몰랐던 거라고 변명을 하는 그를 혜원이 흘겨봤다.

"어? 혜원아."

문어는 백화점이 아닌 산지에서 주문을 하는 게 좋지 않겠냐, 어디서 주문을 해야 할까, 설 선물을 고르며 걷는 두 사람을 누군가가 불렀다. 아니, 정확하게는 혜원을 불렀다.

단정하고 깔끔한 치마 정장. 무릎까지 오는 치마에 목까지 단추를 채운 블라우스. 촌스럽고 고리타분한 게 아닌, 굉장히 정적이고 금욕적인 느낌을 선사하고 있다.

세련되어 보이기까지 하는 단아한 느낌의 여자는 머리를 단정하게 묶었고, 목에 사원증을 걸고 있었다.

"아, 지수야."

현재 KSM 방송국의 간판 아나운서라고 불릴 정도로 대중들에게 인기가 많은 강지수 아나운서. 대학을 졸업하기 전에 방송국에 입사를 했고, 지금은 KSM 8시 뉴스의 메인 아나운서를 맡고 있었다.

"안녕하세요, 혜원이 오랜 친구예요. 강지수입니다."

"혜원이 남편, 정인하입니다."

곧게 뻗어 인하에게 먼저 악수를 청하는 지수의 모습에서 커리어우먼의 느낌이 물씬 풍겼다. 반짝반짝 빛나는 눈빛과 곧은 자세. 실패를 겪어 본 적이 없는, 성공의 길만 걸어온 사람답게 당당했다.

짧게 허공에서 흔들렸다가 떨어지는 두 사람의 손을 본 혜원이 인하의 옆에 바짝 붙어 섰다.

"혜원이는 정말 오랜만에 보네. 대학 졸업하고는 처음인가? 너 배우 되고 나서는 학교에서 가끔 본 게 다였지?"

"응, 오랜만이다. 그러고 보니 네가 여기 방송국 아나운서였지."

반가워하는 지수와 달리 혜원은 데면데면하게 굴었다. 그걸 아는지 모르는지 지수는 은은한 미소를 지으며 혜원의 어머니가 잘 지내는지까지 물었다.

"아, 참. 총동창회 한다고 하더라. 올 수 있으면 와. 다들 너 보고 싶어 하니까. 인하 씨, 그거 알아요? 신입생 때 꼭 해야 하는 과제 같은 게 있어요. 다른 대학 신방과랑 같이 영상도 만들고 기사를 작성하는 작업을 해야 하는데, 그때 혜원이 때문에 난리 났잖아요. 다른 대학 남자들이 혜원이를 놓고 싸웠대요. 워낙에 소문이 많이 나서 전 학년을 넘어 교수님들도 알 정도였어요."

"그랬겠죠."

순순히 인정을 하며 인하가 혜원의 머리에 손을 올리고 쓰다듬었다. 아내와 눈이 마주치자 사랑스러워 미칠 것 같다는 눈빛을 보내더니 대뜸 고개를 숙여 그녀의 이마와 콩 부딪쳤다.

다정한 두 사람의 모습을 본 지수가 잠깐 당황해하더니 시계를 확인하고는 혜원에게 인사를 건넸다.

"나 방송 준비해야 하거든. 갑자기 아나운서 한 명이 아프다고 해서 대타로 라디오 진행해야 해. 다음에 보자. 인하 씨, 다음에 봐요."

반듯한 걸음으로 그들을 지나친 지수는 바쁘다는 말과 다르게 걷는 속도는 빠르지 않았다. 일정하게 울리는 구두 소리를 뒤로하고 인하는 혜원의 손을 잡아끌었다. 엘리베이터에 오르고 두 사람밖에 없자 그가 질문을 했다.

"강지수 아나운서랑 친해?"

"그냥 알아요. 학교 선배니까요."

"흐음, 학교 선배인데 장모님 안부까지 묻나?"

무언가를 숨기는 듯한 혜원의 기색에 인하가 단번에 기분이 나쁘다는 표시를 했다. 부드러운 어조가 시니컬하게 변하자 혜원이 최대한 부드럽게 이야기를 꺼냈다.

"어머니가 지수의 어머니와 고등학교 동창이세요. 어렸을 때부터 알고 자랐어요. 그래서 아는 것뿐이에요. 대학교랑 과만 같았지, 그전엔 다 다른 학교를 졸업했어요."

혜원의 말은 사실이었다. 학창 시절에 같은 학교를 다니지는 않았지만, 그녀는 늘 어머니에게 지수에 대한 이야기를 듣고 자랐다. 중학생 때 딱 한 번 같은 학원에 다닌 적이 있었는데, 그때 처음으로 서로의 얼굴을 알게 되었다.

혜원은 대학교에서 지수를 학교 선배로 다시 만났다. 하지만 학년이 달라 많이 마주치지도 않았다. 그러다 배우로 데뷔를 하고 나서는 거의 보지 못했다.

"그래, 이번 참에 잘 지내 봐. 아나운서 친구 좋네."

혜원은 침묵을 유지했다. 인하는 그녀가 지수를 별로 달가워하지 않는다는 걸 깨닫고는 더는 이야기를 꺼내지 않았다.

트렁크 가득 곱게 보자기로 포장된 선물을 싣고 뒷좌석에도 쇼핑백을 싣고 나서야 시댁으로 출발을 했다. 설 주문이 밀려 문어가 제때에 도착하지 못할까 봐 전전긍긍했는데, 다행히 재민의 아는 사람 도움으로 시댁에 가는 당일 새벽에 받을 수 있었다.

"가서 음식 한다고 이것저것 다 돕지 마. 전 부치지도 말고. 아주머니들이 다 하니까."

"어떻게 그래요."

"작년에 손 뎄던 거 생각 안 나?"

작년은 처음으로 시댁에서 맞는 설이라 많이 긴장을 했다. 설에는 친척들이 모두 인하의 집으로 모이기에 많은 음식을 준비해야 했다.

아주머니들이 와서 음식을 하기는 하지만, 하나뿐인 며느리인 혜원도 마냥 보고만 있을 수가 없어 도왔는데, 긴장을 한 상태에 정신없이 움직이다 보니 전을 부치다가 작은 화상을 입었다.

전을 부치면서 잠깐 다른 일을 하는 사이 전이 타들어 갔고, 연기에 놀라서 가스 불을 끄다가 달궈진 팬에 손을 뎄다. 순식간에 붉어지는 손등에 당사자보다 인하와 시부모님이 더 기겁을 했었다.

"그땐 잊어 줘요. 창피해."

그 일을 무마하고자 추석에는 실수 없이 음식 장만을 하려 했는데, 인하의 집은 추석을 새지 않았다. 정확하게는 추석에는 시부모님이 인하의 외가로 가는데, 그의 외가는 저 멀리 뉴욕에 있었다.

인하가 촬영 때문에 바빠 추석에 한국을 떠날 수가 없었고, 인하를 잘 챙겨 달라는 시부모님의 부탁으로 그녀도 한국에 남았다.

"아, 우리 선물은 잘 도착했겠죠?"

인하와 혜원은 같이 찍는 드라마 촬영 스태프들에게 작은 선물을 보냈다. 혜원은 잘 부탁한다는 작은 메모까지 직접 적어 보냈는데, 이미 주영과 재민에게서 배송 완료 확인을 했음에도 혹시나 누군가 빠지지 않았는지 걱정을 했다.

"걱정하지 마. 매번 이렇게 설을 보내다가는 등골 휘겠다."

인하는 워낙 발이 넓어 챙겨야 하는 사람들이 많았다. 혜원도 인연이 있는 몇몇 사람들을 챙기다 보니 꽤 많은 사람들에게 선물을 보냈다.

"우리도 많이 받았잖아요."

집에 가득 쌓인 선물들은 감사의 문자와 전화를 한 뒤, 두 사람이 먹을 양만 남기고 모두 근교의 양로원과 고아원 같은 복지시설로 보냈다.

차가 많이 막혀 같은 서울권의 시댁에 오는 데에 평소보다 두 배의 시간이 걸렸다. 차고에 주차를 하고 짐을 하나하나 내리는데, 인혁과 은정이 마중을 나왔다.

"어서 오너라. 뭘 이렇게 많이 사 왔어."

"어머님, 잘 지내셨어요? 아버님, 추우신데 뭐하러 나오셨어요."

다정하게 혜원의 손을 잡고 반가워하는 은정과 달리, 인혁은 말없이 양손에 짐을 들었다.

"아버지, 저랑 혜원이가 들면 돼요."

"여자한테 무거운 짐 들게 하는 거 아니다."

겉은 무뚝뚝하지만 속은 한없이 다정한 인혁이 짐을 들고 앞장섰다. 인하가 남은 짐을 들었고, 혜원은 쇼핑백 두 개를 들고 은정과 집 안으로 향했다.

음식을 하고 있던 것인지 기름 냄새와 각종 음식 냄새가 진동했다. 집안일을 도와주시는 분들께도 인사를 한 혜원은 인혁과 인하가 내려놓는 선물을 차근차근 설명했다.

"이거는 조기고, 이건 대게예요. 이거는 대하. 이게 소고기던가? 그리고 이건 문어예요. 어머님, 문어 좋아하시잖아요."

"어머, 그걸 어떻게 또 기억을 하고. 고맙다."

아주머니들이 물건을 정리하는 사이 네 사람은 거실로 옮겨와 소파에 앉았다. 쇼핑백을 앞으로 놓으며 혜원이 선물이라 하자, 은정이 바로 쇼핑백에서 물건을 꺼냈다.

"어머나, 가방이구나. 그렇지 않아도 가방 바꿀 때가 되었는데. 당신도 가방이네요? 어떻게 알았니? 네 아버지도 서류 가방이 다 낡았거든."

"혜원이가 가방 바꿔 드려야겠다고 하더라고요. 마음에 드세요?"

"마음에 들다마다. 고맙다, 아가."

은정의 것을 흘끗 보고는 자신의 가방이 흡족한지 인혁이 고맙다며 혜원에게 자상한 눈빛을 보냈다.

"그럼 저는 옷 갈아입고 내려와서 일 도울게요."

설 연휴 며칠 전부터 인혁은 며느리가 오기 전에 음식 장만을 다 하라고 엄포를 놓았다. 작년에 혜원이 다쳤던 게 마음에 걸리는지, 꼭 아들 내외가 오기 전에 음식 장만을 끝내야 한다고 채근했다. 그에 어제 새벽 일찍 아주머니들이 와서 음식 장만을 시작했다.

오늘은 아주머니들이 전만 부치고 마무리를 하기로 했는데, 아주머니들이 오기도 전부터 일어나 빨리 일을 마무리하라고 또 재촉을 했다.

행여나 아들 내외가 일찍 올까 봐 몇 번이고 안방과 거실을 왔다 갔다 하더니, 차고 문이 열리면서 아들 내외의 방문을 알리자 왔구나 하며 쏜살같이 밖으로 나갔다.

인하 하나만 키울 때부터 딸을 갖고 싶어 하더니, 며느리인 혜원을 어찌나 예뻐하는지. 혜원이 옷을 갈아입고 내려오겠다고 하자 눈치를 준다.

"아니다, 아가. 거의 마무리돼 가. 괜찮으니 편한 옷 갈아입고 내려오렴."

"크흠. 그래. 옷 갈아입고 와서 차나 한잔하자꾸나."

마침 아주머니들이 음식 장만이 끝났다고 말을 했다. 이제 만족하냐고 인혁을 흘겨보는 은정을 본 인하는 속으로 웃음을 삼키고 혜원과 2층으로 향했다.

"며느리가 그렇게도 예뻐요? 왜요? 들어와서 살라고 그러지 그래요?"

2층으로 올라가는 아들 내외에게서 눈을 못 떼는 남편에게 기어코 은정이 한마디를 내뱉었다.

"애들이 들어와서 살까? 둘 다 드라마 촬영 들어가면 바쁠 텐데. 아니다, 새아기가 집안일 신경 안 쓰게 들어오라고 할까? 당신이 한번 넌지시 이야기 꺼내 봐."

솔깃한 이야기인지 인혁이 은정에게 애들을 설득해 보라는 말을 했다. 꼭 이런 건 자신에게 시킨다고, 당신이 하라고 팽 토라진 은정은 남편에게서 등을 돌렸다.

시부모님과 티타임을 갖는 사이 친척들이 하나둘 모이기 시작했다. 큰집이라 해마다 설이 되면 이곳에서 모였다. 인혁의 동생들과 작은집 가족들, 그들의 배우자와 조카들까지. 집 안이 시끌벅적했다.

정신없이 저녁 식사가 끝나고, 내기가 섞인 윷놀이까지 하자 하루가 빠르게 지나갔다. 시간이 자정을 향해 가자 모두들 잠자리에 들고, 인하와 혜원도 예전 인하의 방으로 건너왔다.

씻고 나와 막 잠자리에 들려고 이불을 들추는데, 침대 헤드에 기대고 있던 인하가 몸을 일으켰다.

"이리 와. 안마해 줄게."

시부모님의 배려로 음식 준비를 하지는 않았지만, 많은 친척들의 식사를 차리고 치우느라 고생을 했다.

혜원은 인하의 세심하면서도 부드러운 손길에 뭉친 근육이 풀어지자 살 것 같은 얼굴로 눈을 감았다.

"피곤하지? 고생했어."

"괜찮아요. 그보다 당신 윷놀이 진짜 못하던데요. 어떻게 하면 매번 져요?"

"일부러 져 드린 거지. 아버지가 얼마나 승부욕이 강하신지 알아? 내가 이기면 그 두 배는 더 이겨야 만족하신다고. 일찍이 져 드리는 게 편해."

"에이, 내가 이겼을 때는 아버님이 패배를 인정하셨는데?"

인하가 떨떠름한 얼굴을 했다.

며느리와 같이 윷놀이를 해 보라는 작은아버지의 말에 못 이기는 척 과일을 깎던 혜원을 부르더니 아주 재미나게도 게임을 하셨다. 티는 안 내려 하셨지만 일부러 져 주시기까지 했다.

혜원이 이기자 허허 웃으시며 지갑을 아낌없이 탈탈 털어 주셨다.

좋겠다. 시아버지 사랑은 며느리다 이거군.

속으로 빈정거리면서도 인하는 자신의 부모님께 예쁨 받는 혜원이 기특했다.

다음 날 아침 일찍, 한복을 입고 내려와 어르신들께 새해 인사를 드리고 두 사람은 다시 집으로 돌아왔다. 처가로 가기 전 선물을 챙겨야 했기에 인하는 그들의 집으로 차를 돌렸다.

"장모님께 내가 전화 드릴게."

"점심 먹고 갈까요? 어머니 음식 하시려면 힘드실 텐데. 점심 먹고 간다고 말씀드려요."

혜원이 짐을 챙기는 사이 인하는 지영에게 전화를 걸었다. 지금 출발한다는 말에 지영은 짧게 '알았네, 점심 준비하겠네'라는 대답을 하고 바로 전화를 끊었다.

"혜원아, 점심은 가서 먹어야겠는데?"

인하의 말에 시계를 확인한 혜원이 서둘렀다. 시댁에서 챙겨 준 음식까지 가져가려니 짐이 많아졌다.

짐을 모두 싣고 친정으로 가는 길. 혜원의 얼굴이 밝지는 않았다.

지영이 홀로 사는 아파트에 도착하자 혜원의 낯빛은 더 어두워졌다. 지영은 문을 열어 주고는 두 사람을 무덤덤하게 바라본 뒤 인사는 됐으니 옷 갈아입고 나오라며 돌아섰다.

"장모님, 그래도 인사는 받으셔야죠. 앉으세요."

인하가 이야기하자 지영은 어쩔 수 없다는 듯 앉아서 그들의 절을 받았다. 인하가 선물로 준비한 가방과 옷을 보고는 마음에 든다는 듯 고개를 끄덕인 지영은 바로 부엌으로 향했다.

평상복으로 갈아입고 나와 부엌으로 간 혜원은 깜짝 놀랐다.

"음식 하셨어요?"

식탁 위에는 갈비와 잡채, 각종 반찬들이 가득했다. 그동안 설과 추석에는 모두 나가서 외식을 했었다. 그랬기에 기대를 하지 않았는데.

"정 서방 입에 맞을지 모르겠네."

지영이 수저를 들자 인하도 수저를 들고 뭇국을 떠먹었다. 밥을 떠먹고 반찬을 먹는데, 지영과 눈이 마주쳤다. 갈비와 잡채, 반찬들을 골고루 먹고 인하가 입을 열었다.

"혜원이가 장모님 음식 솜씨를 닮은 거였네요. 맛있습니다, 장모님."

지영이 혜원을 한 번 쳐다봤다. 그리고는 조용히 식사를 이어 갔다. 인하의 본가에서와는 달리 조용하고 차분한 식사 시간이었다.

TV를 보면서 차를 마시고, 저녁을 먹었다. 이쯤 되면 그만 가보라는 말이 지영의 입에서 나와야 한다. 아니, 저녁을 먹기 전에 이 말이 나왔을 텐데.

"자고 갈 거지? 방에 보일러 틀어 놓았다."

예상치 못한 말을 내뱉은 지영이 안방으로 들어갔다. 단 한 번도 처가에서 자 본 적이 없는 인하는 혜원이 사용하던 방 침대에 앉아 감회에 젖은 얼굴을 했다.

"장모님, 뭔가 변하신 것 같지 않아?"

"여기서 자고 가는 거 불편하죠? 제가 어머니께 말씀 드리고……."

지영에게 가려는 듯 일어나는 혜원의 팔을 잡은 인하가 고개를 흔들었다.

불편하지는 않다. 놀랐을 뿐.

예전에 탈탈 털듯 방을 모조리 구경했던 인하가 다시 여기저기를 털었다. 꽂아진 책을 꺼내 보고, 혜원의 졸업앨범을 보고, 감춰 둔 일기장도 찾아 읽었다.

일찍이 불을 끄고 누웠지만, 혜원은 쉽사리 잠에 들지 못했다. 이곳에서 처음 잠을 자는 인하는 편안하게 잠이 든 듯했지만, 정작 오랜 시간 생활을 해 온 혜원은 이 방이 낯설고 불편했다.

몇 차례 뒤척였더니 인하도 잠결에 뒤척인다. 이대로는 그를 깨울 것 같아 혜원은 조심히 몸을 일으켜 거실로 나왔다.

"안 자니?"

은은하게 불이 켜진 부엌에서 지영이 와인을 마시고 있었다.

"잠이 안 와서요. 어머니는요?"

"앉아라. 잠이 안 오면 너도 한 잔 마셔."

"아니요. 전 괜찮아요."

마주 보고 앉았지만 대화가 없어 불편한 정적이 흘렀다. 다시 자러 갈까 고민을 하는데 지영이 빈 잔을 내밀었다. 혜원은 와인 병을 들고 잔을 반쯤 채웠다.

"다음 주부터 촬영 들어간다고? 주영이에게 들었다."

또 얼마나 주영을 들들 볶았을지. 혜원의 얼굴에 빠르게 감정이 스쳐 지나갔다.

"지수 만났다고 들었다. 방송국에서 만났다며?"

"네."

"걔는 요즘 아주 잘나가더구나. 8시 뉴스 메인 아나운서에 라디오까지. 들어 보니까 예능에서도 찾는다더구나."

"그래요."

아무 감정 없는 혜원의 동의에 지영의 눈살이 찌푸려졌다.

"아주 좋은 선 자리도 많이 들어온다더라. 대기업에 다니는 사람부터 사업가까지. 이름만 들으면 알 만한 집안 자제들도 지수를 탐낸다고 하더구나. 아직은 일이 더 좋다고 거절하고 있다지만. 너도 아나운서가 됐다면 지수처럼 그럴 수 있었을 텐데. 얼마나 보기 좋으니. 자기 일 똑 부러지게 하고, 당당하고."

여자는 남자 잘 만나 시집 잘 가서, 남편이 벌어다 주는 돈으로 고생하지 않고 살면 그만이라고 할 때는 언제고.

능력 있어 남자를 차고 다니는 지수를 두둔하며 비교를 하자 혜원은 기분이 팍 상했다.

"어머니, 저도 다시 일해요."

혜원의 말에 지영은 못마땅한 눈으로 딸을 바라봤다.

순전히 돈만 따진다면 지수보다 훨씬 더 많은 금액을 번다. 지수와는 비교도 되지 않는 인지도를 가지고 있고, 대중들의 사랑도 더 많이 받고 있다. 뭐가 부족하다는 걸까.

혜원은 그만 잠자리에 들겠다고 조용히 일어나 방으로 들어갔다.

❖　　　❖　　　❖

최근에 새로 단 전자 도어 록의 비밀번호를 꾹꾹 누르는 여아의 얼굴이 신중하다. 비밀번호가 틀리면 띠띠띠띠, 큰 소리가 울리기에 혹여나 틀릴까 봐 신중을 가한다.

띠리릭, 현관문이 열리자 여아는 어깨를 튕겨 등에 멘 커다란 가방을 올리고는 안으로 들어섰다.

"어? 아빠 신발이다."

아이는 아빠의 신발을 보고 신이 나 안방으로 향했다.

"성미 남편은……."

"제발! 그만! 그만 좀 해! 친구의 남편이 뭐!"

아빠의 고함에 아이는 놀라서 뚝 걸음을 멈췄다. 아이는 살금살금 걸어가 열린 문틈으로 안을 몰래 훔쳐봤다. 엄마와 아빠는 멀찍이 떨어져 서로를 노려보고 있었다.

"알았어요. 그만해요. 그보다 우리 혜원이 미술도 시켜야겠어요."

"미술? 그림 그리고 싶대?"

딸 이름이 나오자 남자의 목소리가 한결 누그러졌다. 하나뿐인 딸을 위해서라면 뭐든지 다 해 줄 수 있는, 다른 아빠들과 다를 바가 없는 남자는 아내의 말을 경청했다.

"요즘은 뭐든 다 할 줄 알아야 한대요. 미술도 시켜요, 우리 딸."

"혜원이가 하고 싶다고 먼저 이야기한 거 아니지? 또 어디서 여편네들 말 듣고 와서 이러는 거지?"

"지수는 피아노랑 미술을 같이 배운대요. 들어보니까 재능이 많아서……."

"잠깐, 지수라면 당신 친구 성미 딸 아니야? 그만 좀 하자! 날 그 여자 남편하고 비교하는 것까지는 참겠는데, 딸한테도 그래야겠어?"

지영은 땅이 꺼져라 한숨을 내쉬었다. 한심하다는 뉘앙스가 담겨 있는 그 한숨에 남자는 끝내 자리를 박차고 일어나 문을 확 열었다. 그리고 문 앞에 있는 어린 딸을 발견했다.

"아빠."

"……혜원아, 언제 왔어. 이리 와, 우리 딸."

무릎을 꿇고 앉은 남자는 놀란 딸을 품에 안고 달랬다.

혜원은 곧게 펴진 엄마의 새끼손가락에 자신의 새끼손가락을 걸었다. 엄지로 도장까지 찍자 착하다는 듯 지영이 머리를 쓰다듬었다. 환하게 웃는 엄마를 보고 기분이 좋아진 혜원은 빨리 아빠가 오기만을 기다렸다.

"아빠 오셨다."

"아빠!"

저녁이 훌쩍 넘은 시간의 늦은 퇴근에 남자의 어깨에는 피로가 가득 쌓였다. 하지만 고운 아내와 눈에 넣어도 아프지 않을 딸이 앞에 서서 맞이해 주자 입이 귀에 걸리며 피로를 단숨에 떨쳤다. 덥석 달려드는 딸을 안아 들자, 볼에 뽀뽀까지 해 준다.

"우리 딸, 저녁 먹었어?"

"응! 아빠는?"

"아빠도 먹었지."

아빠의 뽀뽀를 받던 혜원은 엄마와 눈이 마주쳤다. 작게 고개를 끄덕이는 엄마의 눈치를 보던 혜원이 손가락을 꼬며 아빠를 불렀다.

"아빠, 나 미술 학원 보내 주면 안 돼? 나도 그림 배우고 싶어."

남자는 곧장 아내를 노려봤다. 딸이 눈치를 보며 작게 아빠를 부르자, 남자가 한숨을 내쉬었다.

"그래, 우리 혜원이가 다니고 싶다면 보내 줘야지. 우리 혜원이 그림 배우고 싶었구나. 아빠가 미술 학원 보내 줄게."

자상한 목소리로 약속을 한 남자는 딸을 내려놓고 아내에게 따라 들어오라는 눈짓을 했다. 방으로 들어간 그는 욱 치미는 화를 누그러뜨리며 따라 들어온 아내에게 낮은 목소리로 물었다.

"당신이 시켰어? 이젠 하다 하다 애를 이용해?"

"이용이라니요. 혜원이 쟤가 하고 싶다고 저런 것을."

하아, 남자가 연신 한숨을 내뱉었다. 간신히 부도 위기를 넘긴 회사는 여전히 사정이 좋지 못했다. 그런 사실을 뻔히 알면서도 아무것도 모르는 척 행동하는 아내가 원망스러웠다. 하지만 남자는 여태까지 늘 그래 왔듯, 딸의 교육 때문이라는 이유에 한발 물러섰다.

"학원비가 얼마인데?"

처음으로 지영이 머뭇거리더니 액수를 이야기했다. 더불어 미술 용품을 사야 한다는 것도.

검은 상복을 입은 엄마의 얼굴은 처연했다. 사람들이 위로를 했지만, 엄마는 아무것도 듣지 못하는 듯 공허했다.

액자 속에 갇힌 아빠의 얼굴. 아빠는 죽었다. 더는 세상에 없다. 더는 볼 수가 없다.

"사고였대. 들어보니까 그 오밤중에 돈 번다고 나갔다가 교통사고 당했다더라."

"어휴, 회사 부도 위기 넘기지 않았어? 회복세였다며."

"아니, 딸 때문이었다더라. 딸 학원비 때문에. 저 여자가 얼마나 딸 교육에 유난이었어? 그 돈이 다 어디에서 나왔겠어. 남편만 불쌍하지. 아내 욕심 때문에 죽은 거나 다름없지."

속닥속닥, 모여서 이야기를 하던 아주머니들은 혜원이 나타나자 황급히 입을 다물었다.

혜원을 보는 그녀들의 시선에는 아빠를 잃은 아이에 대한 동정심보다, 앞으로 엄마의 등쌀을 어찌 버티나 하는 안타까움이 담겨 있었다. 혜원은 주위의 시선을 느끼면서도 꿋꿋이 엄마에게로 향했다.

"엄마."

멍하니 남편의 사진을 보던 지영은 울기 직전인 딸의 얼굴을 봤다. 사람들이 수군거리는 소리를 그녀라고 듣지 못했을 리가 없다. 지영은 혜원을 품에 안았다.

"엄마가 미안해, 혜원아……. 우리 혜원이, 엄마가 많이 미안해……. 미안해. 여보, 미안해……. 미안해. 미안해……."

지영은 어린 딸의 어깨에 얼굴을 묻고 참았던 눈물을 흘렸다.

새로운 집으로 이사를 하고 두 사람만의 생활에 적응을 하는 데 애를 먹었다. 그러는 동안 엄마와의 유대가 강해졌지만, 그 유대는 얼마 가지 않았다.

상상도 못 할 정도로 큰 액수의 사망 보험금과, 남편의 회사를 처분하고 생긴 돈으로 삶은 그렇게 팍팍해지지 않았다. 겉으로는.

지영은 친구의 사업에 투자를 하면서 돈을 불렸고, 친구들과 어울리기 시작했다. 그리고 다시 혜원의 교육에 열을 올렸다.

"하아……. 반을 바꿀 수는 없대? 지수는 A반이라던데. 못해도 B반은 갔어야지!"

고개를 푹 숙이는 딸을 보고 답답한 것인지 지영이 제 가슴을 때렸다. 그래도 어쩌겠는가. 요즘 돈이 있는 엄마들이 보내고 싶어 하는 학원인 걸.

사전에 시험을 치르고 성적에 따라 반이 나뉘는 학원. 혜원은 C반으로 배정이 되었다. 그리고 그곳에서 처음으로 엄마 친구인 성미의 딸, 지수를 만났다.

성미와 지영은 고등학교 동창이었다. 학교를 넘어 그 지역에서 미인으로 소문이 난 지영에게 성미는 늘 자신보다 아래였다.

외모뿐만 아니라 공부도 그랬다. 더군다나 지영이 아주 잘생긴 젊은 벤처 사업가에게 시집을 가면서 그 간극은 커졌다.

그리고 얼마 뒤 성미도 선을 보고 결혼을 했다. 남편은 외모가 아주 형편없었기에, 티는 내지 않았지만 지영은 그녀를 속으로 비웃곤 했다. 하지만 이게 웬걸, 알고 보니 남자의 집안이 알아주는 갑부였다.

결혼을 하고 난 뒤 성미는 확 변했다. 더 이상 지영에게 꿀릴 것이 없었고 당당했다.

그때부터 지영의 질투가 시작되었다. 그 질투는 같은 해에 같이 딸을 낳으면서 심해졌다. 성미가 좋은 아기 용품을 쓰면 지영은 그것보다 더 좋은 용품을 샀다.

아이들이 크면서 교육에 있어서도 비교를 하며 어떻게든 서로를 이기려 했다.

너무 과한 욕심에 남편을 잃고 수그러들었던 지영은, 성미를 포함한 친구들과 어울리게 되면서 다시 예전의 모습으로 돌아 갔다.

혜원은 그런 엄마를 이해할 수 없었다. 그냥 자신과 둘이 행복하게 살면 될 걸.

"안녕? 네가 혜원이지? 나야, 지수. 네 이야기 많이 들었어. 우리 친구 할래?"

C반까지 찾아와 인사를 하는 지수를 보고, 혜원은 조금이나마 엄마를 이해할 수 있을 것 같기도 했다.

처음 만났지만, 보란 듯이 A반 친구들을 데리고 온 지수가 얄밉게 느껴졌다.

그녀의 친구들이 고까운 눈으로 혜원을 쳐다봤다. 한 아이는 작게 '정말 저 애랑 친구하게?' 하며 지수를 말리기도 했다. 지수는 그런 친구들에게 웃으며 고개를 끄덕였다.

"싫어."

자신의 대답에 지수는 놀라 눈을 동그랗게 키웠고, 나머지 아이들은 얼굴을 일그러트렸다.

❖　　　　❖　　　　❖

눈을 번쩍 떴다. 초점이 잘 맞춰지지 않았음에도 인하가 자신을 내려다보고 있다는 걸 알았다. 잠시 시간이 지나자 그의 표정까지도 보였다. 걱정스러우면서도 황당한 얼굴.

172

"왜 그렇게 봐요?"

"뭐가 싫은데?"

"네?"

"무슨 꿈을 꿨기에 싫다는 말을 반복해."

내가 싫다는 건가. 꿍얼거리며 침대에서 내려선 인하가 목을 좌우로 비틀어 스트레칭을 했다. 혜원은 벌떡 일어나 인하의 허리를 감싸고 그의 등에 얼굴을 묻었다.

"싫지 않아요. 좋아요."

"아침부터 왜 이리 뜨거우실까. 나도 그 생각이 들지만, 장소가 장소인지라."

혜원의 팔을 풀고 뒤돌아선 인하는 멈칫했다. 울기 직전의 얼굴. 그는 품에 그녀를 가득 안고 등을 쓸어내렸다. 그리고 토닥토닥, 부드럽게 두드려 주었다.

"악몽 꿨구나."

"응. 무섭고 외로웠어요."

쉬이, 괜찮아. 어르고 달래는 그의 다정한 목소리에도 혜원이 진정되기까지는 오랜 시간이 걸렸다.

7

닳고 닳도록 대본을 읽었다. 결혼 후 첫 드라마. 결혼 전에도 한동안 광고만 찍었던 터라 오랜만의 촬영은 부담감과 긴장감을 불러왔다. 머릿속이 새하얘졌다.

혜원은 다시 대본을 펼쳤다.

"언니, 이거요."

대본을 보는 혜원의 귀에 두 개의 귀걸이를 번갈아 대어 본 서영이 하나를 골라 주자, 대본에서 눈을 떼지 않으며 혜원이 귀걸이를 걸었다.

서영은 다음 신에서 입을 옷을 정리하며 혜원을 흘끗거렸다.

대본을 덮은 혜원이 입으로 중얼거리더니 다시 대본을 펼쳐 든다.

"언니, 인하 오빠랑 연습 안 했어요?"

"응. 이따가 리허설할 텐데."

"그래도 집에서 미리 맞춰 보지 그랬어요. 그게 더 좋지 않아요? 긴장도 덜 되고."

그렇지 않아도 인하가 내내 대사를 맞춰 보자고 했지만 혜원이 피해 다녔다. 남편이라고 해서 다 편하고 좋은 건 아니었다. 서영은 이해하지 못하겠다는 얼굴을 하다 이내 자신의 일에 집중했다.

"신혜원 씨, 스탠바이해 주세요."

소형 무전기를 들고 온 스태프가 곧 촬영에 들어간다는 걸 알려 주었다. 재빠르게 다가온 서영이 의상을 봐 주고 화장까지 꼼꼼하게 살폈다.

세트장 바닥은 수많은 전선들과 물건들로 가득했다. 그것들을 피해 조심스럽게 걸어간 혜원은 신발을 벗고 세트 안으로 들어섰다.

자신이 움직여야 할 동선을 확인한 혜원은 한 몸처럼 손에 붙어 있는 대본을 다시 살폈다.

"첫 촬영이네, 신혜원 씨와는."

웃음기가 섞인 목소리에 혜원이 고개를 들었다. 촬영 때문에 메이크업을 한 인하가 싱긋 웃으며 앞에 서 있었다. 그의 손에는 소품으로 쓰일 꽃다발이 들려 있다.

"인하 씨. 후아, 어떡하죠? 나 너무 긴장돼."

"그러니까 어제 내가 맞춰 보자고 했잖아."

인하를 보자마자 혜원은 울상을 지으며 약한 소리를 했다. 주영과 서영에게는 하지 않은 투정을 부리는 그녀의 모습은 곧 살려 달라는 말이라도 할 것처럼 절박했다.

"카메라 갑니다! 오디오 체크하고. 리허설 먼저 갈게요!"

해준의 말에 스태프들이 후다닥 움직이더니 숨소리마저 죽였다. 혜원은 손에 들고 있던 대본을 감추고 해준의 큐 사인을 기다렸다. 인하도 마찬가지로 자리를 잡고 서서 대기했다.

"큐!"

해준의 사인 뒤에 리허설이 시작되었다. 카메라는 카메라대로, 조명은 조명대로, 음향은 음향대로. 모든 스태프가 동시에 점검에 들어갔다.

방문이 열리고 태주가 걸어 들어온다. 그의 시선이 아내인 소진에게로 곧장 향했다.

"다녀왔어."

"오셨어요."

짧은 인사. 소진의 시선은 그가 아닌, 다른 곳을 향해 있다. 테이블 위에 놓인 서류 봉투. 태주는 애써 그것을 외면했다. 아내의 앞으로 걸어가 다정스럽게 포옹을 한 뒤, 들고 있던 꽃다발을 안겼다.

"튤립이네요. 보라색 튤립. 예쁘다."

꽃 한 송이, 한 송이를 매만지는 소진의 손길이 애틋하다. 가장 예쁘게 핀 꽃 한 송이를 조심스럽게 빼서 남편에게 건넨다. 태주는 익숙한 듯 한 송이의 꽃을 받아 든다.

소진이 꽃다발을 침대 위에 올려놓고 걸음을 옮겼다. 테이블 앞에 선 소진이 머뭇거리다가 서류 봉투에 손을 뻗었다. 봉투를 집어 들고도 한참을 고민한다. 이내 결심한 듯 소진이 돌아섰다.

태주는 미동도 하지 않고 가만히 서서 아내를 바라봤다.

"태주 씨, 우리 이혼해요."

매주 금요일이면 소진은 서류 봉투를 내민다. 벌써 소진의 입에서 이혼 소리가 나온 지 두 달이 넘었다.

들고 있던 튤립 한 송이를 침대 위에 던진 태주가 성큼성큼 걸어가 소진의 앞에 섰다.

오늘도 무참히 찢길 서류 봉투를 예상했건만, 태주가 평소와 달리 고분고분하게 서류 봉투를 받아 든다. 그리고 봉투를 열어 이혼 서류를 꺼냈다.

혼인 신고서와 비슷한 서류. 이름만 다를 뿐, 안을 채우는 내용은 비슷하다.

"그래, 이혼하자."

소진이 그의 손에 들린 이혼 서류를 뚫어져라 쳐다본다. 그녀의 눈이 흔들린다.

"컷! 조명 조금만 더 조도 낮춰 주고, 오디오 어때요?"

오디오 감독이 손가락으로 동그라미를 그렸다. 해준은 다른 것도 일일이 다 체크를 한 뒤에 배우들을 불렀다. 리허설을 본 촬영처럼 마친 인하와 혜원은 작은 모니터로 그들의 연기를 모니터 했다.

인하는 완벽한데, 자신의 연기는 한없이 부족해 보인다.

해준의 표정이 그리 좋지 않다는 걸 확인한 혜원은 조마조마한 얼굴로 어떤 점이 부족한지, 어떻게 촬영을 해 나가야 할지 생각하려 했지만, 이미 머릿속이 하얘져 눈만 깜빡이고 있었다.

"꽃다발을 받을 때와 꽃 한 송이를 태주에게 건네줄 때, 마지막에 이혼 서류를 볼 때 얼굴이 다 달라야 해요. 그러니까 감정이 다 같은 게 아니라……."

해준은 설명을 하다가 혜원의 어찌할 바 모르겠다는 얼굴을 보고는 말문이 막혔다. 아니, 할 말을 잃었다.

촬영을 하면서 배우들에게 '이런 감정을 보여 줘야 한다' 라고 요구를 한 적은 제법 있다.

하지만 말 그대로 요구이지, 지금처럼 차근차근 설명을 하지는 않았다. 무엇보다 이런 미묘한 감정을 말로 설명하는 것은 어렵다. 신인 연기자도 아니고, 촬영 전에 감정선을 제대로 분석해 오지 않으면 어쩌자는 건가.

첫 촬영부터 고행을 예감한 듯 스태프들의 표정이 좋지 않았다.

인하는 다시 세트장 안으로 걸어갔다. 혜원이 뒤따라오자 인하가 그녀의 대본을 꺼내 펼쳤다. 가득 채워진 메모를 보고 그가 한곳을 가리켰다.

"분석 잘했네. 이렇게 표현하면 돼. 남편의 선물이 기쁘지만 이혼을 요구하는 거야, 넌."

"감정이 잘 안 잡혀요."

표정만으로 감정을 드러낼 때 혜원의 얼굴이 클로즈업된다.

감정을 다잡으려는지 혜원이 꽃다발과 이혼 서류를 번갈아 봤다.

"신혜원. 그만하자, 우리. 더는 못 하겠다."

혜원은 인하가 자신의 연기에 실망해서 화를 내는 것인가 싶어 철렁한 마음으로 그를 올려다봤다. 눈이 마주쳤다. 감정이 스미지 않은 눈빛. 아니, 그의 눈이 일렁인다. 이 감정을 참을 수 없다고 그의 눈이 말한다.

한참 그의 얼굴을 보던 혜원이 무언가를 깨닫더니 크게 고개를 끄덕였다.

"아! 알겠어요, 어떤 감정인지."

인하가 얼굴을 풀고 혜원에게 대본을 돌려주었다. 혜원은 다시 대본을 살피면서 감정을 잡았다. 인하가 그만하자고 했을 때 느꼈던 그 참담함과 암담함, 그리고 그의 눈빛. 그 감정을 가지고 그와 같이 연기를 하면 된다.

"자! 스탠바이. 큐!"

해준의 큐 사인에 맞춰 본 촬영이 시작되었다.

으레 그러하듯 세트 촬영은 몰아서 하기 때문에 신에 맞춰서 옷을 갈아입어야 했다. 걸쳤던 옷과 액세서리, 가방, 신발 등 일일이 체크를 하는 서영은 정신이 없었다. 혜원의 헤어스타일과 화장까지 신경을 써야 했기에 마지막 컷 소리와 함께 그녀도 힘이 다 빠졌다.

"서영아, 혜원이 옷 먼저 받아 주고. 협찬 받은 것들 빠트리지 말고 챙겨."

주영은 서영을 채근하면서도 손에서 핸드폰을 놓지 않았다. 드라마 촬영이 시작되면서 잡힌 인터뷰와 일부 예능 스케줄을 조정하느라 정신이 없었다. 그것은 인하의 매니저인 재민도 마찬가지인 듯했다.

모니터를 끝내고 배우들이 모조리 빠져나가자 스태프들이 빠른 속도로 세트장을 정리하기 시작했다. 뚝딱 만들었던 세트장이 눈 깜짝할 사이에 허물어졌다. 세트장은 그들만 사용하는 것이 아니기에 매번 만들었다 허물기를 반복해야 했다.

"어? 이거 누구 대본이지?"

물건을 옮기던 스태프가 대본 하나를 주워 주위를 두리번거렸다. 이미 배우들은 다 빠졌고, 스태프만 있는 상황이라 그는 머리를 긁적였다.

"뭐해? 빨리 치워. 내일 야외 촬영 준비할 거 많아. 빨리 움직여."

지나가던 해준이 빨리 치우라고 목소리를 높였다. 스태프는 주운 대본을 해준에게 맡기고 다시 물건을 들고 사라졌다. 해준은 정욱에게 마무리 잘하라는 말을 남기고 세트장을 빠져나왔다.

"아, 대본."

손에 들고 있는 두 개의 대본 중 자신의 것이 아닌 대본을 펼친 해준의 얼굴에 놀라움이 스쳤다.

걸음을 멈추고 벽에 등을 댄 그는 빼곡히 적힌 메모를 하나하나 읽었다. 캐릭터 분석에 얼마나 열의를 갖고 심혈을 기울였는지, 대사 하나하나까지 철저하게 분석했다. 간혹 그가 생각하던 것과 다른 해석이 흥미로웠다.

정성이 가득한 대본을 보자 사그라졌던 열정이 몽글하게 피어오르고 과거가 떠올랐다.

그는 선배의 소개로 대학생 때 드라마 촬영 스태프 아르바이트를 했다. 대본도 받지 못하는 자잘한 일을 돕다, 누군가가 놓고 간 대본을 주워 집에 가서 혼자 연구를 했다.

이 장면은 이렇게 찍고, 카메라는 이쪽에서 잡고, 조명은 조도를 낮게 설정하고. 그렇게 혼자 상상을 하며 꿈을 키웠다.

진짜 촬영 때 감독이 어떻게 지시를 하는지 보고, 몰래 감독의 대본을 훔쳐보다가 걸려서 혼이 나기도 했다.

그러나 이쪽에 꿈을 갖고 있다는 걸 안 감독이 막바지에는 새 대본을 던져 주기도 했다. 어떻게 찍을지 연구해 보라며 던져 준 깨끗한 대본을 품에 안고 설레는 마음으로 집으로 돌아와 밤새 연구를 했다.

그때 그의 대본도 지금 들고 있는 이 대본처럼 빈 공간 없이 가득 찼었다. 해준은 자신의 대본을 펼쳤다. 예전과는 달리 짤막한 몇 개의 단어가 적혀 있다. 그의 나이 34세. 벌써 열정이 사그라진 건가 하는 쓸쓸함이 차오른다.

"그보다 이건 누구 거야?"

해준은 주인을 찾아 주기 위해 다시 대본을 살폈다. 주로 여자 주인공인 소진의 분석에 초점이 맞춰진 걸 확인한 그가 묘한 표정을 지었다.

혜원의 대기실 앞에 선 해준이 머뭇거리다 노크를 했다. 문을 열고 들어서자 그를 확인한 혜원이 곧장 자리에서 일어났다. 옷을 갈아입은 혜원이 차분하게 그의 앞으로 걸어가 섰다.

"감독님, 무슨 문제가 생겼나요?"

무표정한 해준의 얼굴에 혜원이 불안한 얼굴로 물었다. 혹시 촬영한 것 중에 문제가 생긴 것인지, 자신의 연기가 마음에 들지 않아 한 소리를 하러 온 것인지 조마조마한 눈으로 그를 바라봤다.

"아닙니다. 여기 대본 가져다주러 왔어요."

"아, 감사합니다. 그렇지 않아도 찾고 있었거든요."

해준이 건네준 대본을 펼쳐 확인한 혜원은 자신의 것이 맞다고 고개를 끄덕였다. 무언가 더 할 말이 있는 듯 머뭇대던 해준은 내일 보자는 말을 남기고 뒤돌아 걸어갔다. 뒤에서 청량한 목소리로 '수고하셨습니다' 라는 인사가 들렸다.

첫 촬영이 끝났다는 안도감, 아직은 어려운 연기와 자신의 부족함에 대한 실망감, 작은 허무함.

그런 감정들이 뒤섞여 피곤함에도 눈이 감기지 않았다. 그렇다고 해서 대본에 손이 가지도 않는다.

"언니, 감독님께 무슨 말 들었어요? 왜 이렇게 힘이 없어요."

"아니야. 그냥 피곤해서 그래."

말과는 다르게 몸은 축 늘어져 있었지만 그녀가 아니라고 하니 서영은 더 묻지 않고 조용히 입을 닫았다.

혜원을 아파트 지하 주차장에 내려 준 주영은 서영과 같이 소속사로 향했다.

집으로 들어온 혜원은 소파 위에 누웠다. 내일 일찍 나가야 하기에 빨리 씻고 자야 하지만, 온몸을 짓누르는 무기력함에 손 하나 까딱하기 싫었다.

회사에 들렀다 돌아오는 인하를 위해 야식이라도 해 놓을까 하는 생각이 들었지만, 그 역시 생각으로 그쳤다.

혜원은 오디오 플레이어의 리모컨을 찾아 작동시켰다.

쿵쿵, 커다란 노래를 들으며 발만 까딱이던 혜원의 눈이 스르르 감겼다. 까딱까딱, 두 번의 움직임 끝에 발도 멈춘다. 게슴츠레 눈을 떴다가 감으면서 여기서 잠들면 안 된다는 생각을 끝으로 그녀는 암흑에 휩싸였다.

순식간에 기절하듯 혜원이 잠들고, CD가 다시 처음으로 돌아갔을 때 현관문이 열렸다. 쿵쿵 울리는 노랫소리에 들어오던 인하가 멈칫했지만, 곧바로 플레이어를 껐다.

"혜원아, 어디에 있…… 여기 있네."

뒤돌아서며 혜원을 찾던 그는 소파 위에 늘어져 잠든 그녀를 보고 피식 웃었다.

화장도 지우지 않고 옷도 벗지 않은 채 잠이 든 걸 본 그는 조용히 발소리를 죽이고 걷다가 그냥 터덜터덜 걸어갔다. 귀를 멍하게 만드는 노랫소리에도 잘 자던 혜원이 고작 이깟 발소리에

깰까.

조심스러운 손길로 혜원의 외투를 벗긴 인하는 그녀를 안아 들고 방으로 향했다.

늦은 시간에 들어와 씻는 물소리에 설핏 잠에서 깨곤 하는 아내가 안아 들고 이동하는데도 미동이 없자, 인하는 누가 납치해 가도 모르겠다고 속으로 웃었다.

그냥 자게 내버려 둘까. 하지만 화장은 지워야겠고. 욕실에 데려가서 눕힌 채로 화장을 지워 줄 수는 없고. 결국 깨워야겠군.

"혜원아, 일어나 봐."

깨우는 손을 피하려는지 혜원이 반대쪽으로 돌아눕는다. 인하는 끈질기게 혜원을 깨웠고, 실랑이 끝에 그녀가 눈을 떴다.

"……왜요?"

혜원이 보이는 약한 짜증에도 인하는 은은하게 웃으며 그녀를 일으켰다.

멍한 얼굴로 앉아 있던 혜원은 인하가 옷을 벗으며 욕실로 향하는 걸 보고 나서야 자신의 옷차림을 깨달았다. 인하가 안방 욕실에서 씻고 있으니, 씻으려면 거실로 가야 했다.

"귀찮아."

낮게 투덜거린 그녀는 옷을 벗고 흔들흔들 안방 욕실로 들어갔다.

세면대 옆의 대리석 선반에 있는 클렌징 오일을 손에 가득 붓고 마사지를 하며 화장을 지우던 혜원이 유리문을 열었다.

인하가 씻고 있었기에 물이 그녀에게로 튀었다. 눈을 감은 채

클렌징오일로 화장을 지우며 들어오는 그녀를 그가 어이없다는 얼굴로 바라봤다.

"와, 결혼하면 남편이 큰일을 봐도 막 들어온다더니."

"당신 큰일 보는 게 아니라 씻고 있잖아요. 나 씻을 때 자기도 막 들어왔으면서."

오일로 미끈해진 얼굴을 샤워기에 대고 말끔하게 씻어 내는 걸 본 인하가 고개를 절레절레 흔들었다.

세수를 하면서 정신이 조금 든 혜원은 샴푸를 짜내어 머리를 감았다. 인하가 샤워타월에 바디워시를 짜서 풍성한 거품을 만들자 머리를 감던 혜원이 그걸 빼앗아 들고는 먼저 씻기 시작했다.

"머리부터 감지?"

"한꺼번에 씻고 잘래요. 졸려."

왠지 약이 오른 인하가 샤워타월을 뺏으려 손을 뻗었다.

"잠깐! 1분만, 아니, 나 다리만!"

인하가 어림도 없다는 듯 샤워타월을 빼앗았다.

혜원이 아깝다는 듯 그의 손으로 들어간 샤워타월과 거품이 묻지 않은 왼쪽 다리를 봤다. 머리에서 흘러내리는 샴푸가 눈을 따갑게 하자 혜원이 재빨리 샤워기에서 떨어지는 물 밑으로 섰다.

거품칠을 끝낸 인하가 비키라고 달려들자 한 차례 실랑이가 더 이어졌다.

서로 먼저 씻겠다고 밀치는 싸움은 누가 샤워기를 차지하는 건가로 이어졌다. 샤워기를 손에 넣은 인하가 의기양양한 얼굴로 팔을 번쩍 들었다. 자신에게만 물이 떨어지게 팔을 움직이는 인하를 본 혜원이 그의 몸에 바짝 붙어 자신의 몸에 있는 거품을 묻혔다.

"신혜원! 너 후회할 텐데."

"그러니까 나 먼저 씻을래요."

그의 몸에 어떠한 변화가 일어나는지도 모른 채 혜원은 샤워기를 달라고 손을 내밀었다. 순순히 그녀의 손에 샤워기를 들려준 인하는 대뜸 그녀의 가슴에 손을 가져갔다.

"꺅! 뭐해요?"

"후회할 거라 했잖아."

노골적으로 양 가슴을 손에 쥐고 주무르는 인하가 손가락 사이로 모습을 드러낸 유두를 입에 머금었다. 혜원이 뒤로 밀리면서 서늘한 타일에 등을 기댔다.

촉촉하게 젖은 가슴을 빨아들이며 인하가 옆으로 손을 뻗어 물을 잠갔다. 혜원의 손에 들린 샤워기가 밑으로 떨어지며 둔탁한 소리를 냈다.

"으음……. 아…… 인하 씨."

이로 잘근잘근 유두를 깨물고 탄력적인 가슴을 맘껏 희롱한 그의 입술이 아래로 향했다. 혜원이 숨을 크게 들이쉬자 갈비뼈가 도드라졌다. 무릎을 꿇고 앉은 그의 시선에 더 홀쭉해진 복근이 들어왔다.

허벅지를 붙이고 저항하는 혜원을 돌려세운 그가 폭 들어간

오금을 손가락으로 훑었다. 혜원의 다리가 접히면서 엉덩이가 아래로 내려왔다. 그때를 놓치지 않고 그가 조그마한 한쪽 엉덩이를 이로 물었다.

깨물었다가 혀로 쓸고, 한쪽 엉덩이는 손으로 주물럭댄다. 다리에 힘이 풀리고 은밀한 곳은 이미 젖어서 지끈거린다.

고개를 돌리고 내려 보자, 눈을 지그시 감고 애무에만 집중한 그의 얼굴이 지나치게 색정적이다.

혜원의 허벅지가 벌어졌다. 힘이 풀린 다리가 부들부들 떨리는 걸 본 인하가 자리에서 일어났다. 그가 뒤에서 혜원의 몸 안으로 강하게 밀고 들어갔다.

드라마를 같이 찍는다고 해서 매일 함께 있는 건 아니다. 이혼 후의 이야기라 두 사람이 만날 때까지는 따로 촬영이 진행되었다.

가끔 과거의 부분을 촬영할 때나 세트장에서 만났다. 오늘도 따로 촬영을 하는데, 혜원은 서울을 벗어나 춘천에 와 있었다.

"눈이 너무 많이 와서 촬영 시작을 못 하나 봐요. 밖에 엄청 추워요."

펜션 하나를 빌려 그중 방 하나를 대기실로 사용했다. 밖에 잠시 나갔다가 들어오는 서영의 머리와 어깨에 흰 눈이 쌓였다.

"그래? 큰일이다. 주영 오빠, 오늘 다 못 찍으면 어떻게 돼요?"

"내일까지 연장할 것 같다던데. 야, 박서영. 눈 털고 들어와야지."

187

잔소리하는 주영을 흘기며 서영은 차에서 가지고 온 손난로를 꺼냈다. 펑펑 내리던 눈이 약하게 흩날리자 스태프들이 촬영 준비를 재개하고 있었다. 서영은 빠르게 손난로를 뜯어 세차게 흔들었다.

"언니, 이거는 등에 붙일게요. 그리고 이건 안쪽 주머니. 아, 바지 주머니에도 하나 넣으세요."

"뜨거운데."

"밖에 바람 장난 아니에요."

혜원은 서영이 챙겨 주는 난로를 몸에 지니고 뜨거움에 울상을 지었다. 스태프가 들어와 빨리 촬영에 들어가야 한다는 말을 전하자 혜원은 나가기 전, 컨닝을 하듯 대본을 눈으로 빠르게 훑었다.

펜션 밖으로 나오자마자 매서운 겨울바람이 온몸에 상처를 낼 듯이 날카롭게 때린다.

눈송이가 들어와 질끈 두 눈을 감은 혜원이 겨울바람에 놀라 진저리를 쳤다. 작은 눈송이들이 바람을 이기지 못하고 어지러이 한쪽 방향으로 흩어진다.

눈발이 조금이나마 약해졌을 때 찍어야 하기에 모두들 분주했다.

"자! 들어갑니다."

배우들이 자리를 잡자 곁에 있던 스타일리스트가 배우의 몸에서 담요를 빼앗아 황급히 카메라 밖으로 사라졌다. 부스럭거리는 소리가 가라앉자 해준이 모니터를 진하게 응시했다.

"큐!"

해준의 사인 뒤로 조연 배우인 가을의 대사가 이어졌다. 천천히 걸어가면서 대화를 나누는 신을 찍는데, 갑자기 바람이 크게 일었다.

스태프들 중 누군가가 들고 있던 A4용지를 놓친 것인지, 종이들이 바람을 타고 휘리릭 날려 카메라 안으로 들어왔다. 배우들이 발치에 나뒹구는 종이들을 발로 꽉 밟았다.

"컷! 뭐야!"

"죄송합니다. 죄송합니다."

해준의 고함에 스태프 두 명이 빠르게 들어와 종이를 챙겼다. 그 와중에 계속 부는 바람을 타고 종이가 흩어졌다. 혜원은 다른 배우들과 처음 위치로 돌아갔다. 다시 정적이 흐르고 촬영이 시작되었다.

계속 바람이 불자 촬영이 원활하게 진행되지 못했다. 눈발이 너무 무질서하게 흩날려 영상도 제대로 따기가 어려웠다. 거기에 배우들은 입이 얼어 대사까지 꼬였다. 연이은 NG 끝에 해준이 결국 촬영 중단을 선언했다.

달려온 서영이 담요를 둘러 주고 들고 있던 난로로 혜원의 얼굴을 감쌌다.

혜원이 바들바들 떨면서 바람을 피하려 고개를 푹 숙였다. 차가운 바람을 계속 맞은 얼굴이 붉게 트고, 전체적으로 창백했다. 립스틱을 발랐음에도 입술이 새파랗게 질린 게 보인다.

서영이 도움을 청하듯 주영을 보자 주영이 입고 있던 파카를 벗어 혜원의 몸에 걸치고 부축을 했다.

"언니, 괜찮아요? 힘들면 말하지 그랬어요."

무언가 말하려는 듯 혜원이 입을 달싹이다가 다물었다.

어떻게 대사를 했는지도 모를 정도로 너무 추워 이성이 날아 갔다. 머릿속에는 빨리 따뜻한 곳에서 몸을 녹이고 싶다는 생각 만 가득했다. 촬영 중단을 한 해준이 고맙게 느껴질 정도였다.

펜션 안으로 들어서자 훈훈한 공기에 닿은 몸이 따끔따끔한 다. 접히지 않는 다리를 조심히 접어 의자에 앉자 서영이 보온 병을 가지고 왔다.

"언니, 여기 유자차요."

고맙다는 말이 나오지 않아 혜원은 작게 고개만 끄덕였다. 겨 울 촬영이 처음은 아니었지만, 이렇게 매서운 바람이 불고 눈이 많이 오는 지역에서의 야외 촬영은 처음이었다.

눈이 많이 오는 지역답게 계속 폭설이 내렸고 바닷가 저리 가 라 할 정도로 바람이 세찼다. 찬바람에 장시간 노출되었던 혜원 의 눈은 건조로 인해 따끔따끔한 통증과 함께 핏발이 서서 벌겠 다.

혜원의 주머니에서 난로를 꺼낸 서영은 벌써 식어 제 기능을 잃은 난로를 버리고 찜질팩을 가지고 와 혜원의 배와 허벅지 위 에 올렸다. 챙겨 온 족욕기에도 물을 넣고 온도를 조절한 뒤 혜 원의 발치에 놓았다.

"혜원아, 괜찮아? 지금 다른 배우도 동상 걸릴 것 같다더라. 아무래도 촬영은 접을 것 같아. 스태프들도 다 앓아눕게 생겼어."

밖에서 해준과 촬영 진행 여부에 관해 이야기를 하고 온 주영이 오늘 촬영은 끝이니 쉬라는 말을 하고는 룸을 나갔다.

혜원의 양말을 벗긴 서영이 바지를 걷고 그녀의 발을 족욕기에 넣었다. 뜨겁게 느껴지는 온도에 혜원의 발가락이 움츠러든다.

"언니, 따뜻한 물에 씻고 옷 갈아입는 게 나을 것 같아요."

"응."

대답을 한 혜원이 입에 잔뜩 바람을 넣고 볼을 부풀렸다. 얼굴이 마비가 온 듯 감각이 없다. 눈을 질끈 감았다가 뜨고, '아에이오우'를 번갈아 말하며 얼굴 근육을 풀었다.

코트를 벗고, 위의 옷을 두 개 벗었지만 안에서 또 다른 옷이 나왔다. 몇 겹이나 겹쳐 입었기에 벗는 것도 여간 힘든 일이 아니었다.

족욕기에서 발을 빼고 수건으로 물기를 없앤 혜원이 갈아입을 옷을 들고 욕실로 들어갔다. 그사이 서영은 그녀가 입었던 옷을 정리했다. 내일 촬영 때도 입어야 했기에 눈에 젖은 옷을 말려야 했다.

따뜻한 물에 씻고 나오자 한결 나았다. 주영이 가져다준 도시락을 앞에 놓고 혜원은 또 대본을 읽었다. 서영이 도시락 포장을 뜯고 젓가락을 쥐어 주었음에도 대본에서 눈을 떼지 못한다.

"언니, 먹고 봐요. 배 안 고파요?"

서영의 재촉에 혜원은 대본을 덮고 도시락에 시선을 주었다. 이미 미지근하게 식어 온기를 잃은 도시락이지만 막상 보니 군

침이 돈다.

혜원은 천천히 도시락을 비워 냈다. 밥을 먹은 뒤 서영은 어느새 친해진 스타일리스트와 할 이야기가 있다며 밖으로 나갔다. 혜원이 연기 연습을 할 수 있게 눈치껏 자리를 비켜 준 것이었다.

한참 대본을 보는데 핸드폰이 울렸다. 주섬주섬 핸드폰을 쥐고 잠깐 대본에서 눈을 떼 발신자를 확인한 혜원이 반색을 했다.

"인하 씨!"

─큭큭. 어, 나야. 들었어. 그쪽은 촬영 중단했다며?

"네. 바람이 많이 불어서요. 인하 씨는 촬영 끝났어요?"

─응. 나는 내일 촬영 없어. 당신 촬영 끝나면 모레 합류할 예정.

춘천의 촬영 때문에 일정이 하루씩 늦춰졌다. 이럴 경우를 대비해서 일찍 촬영을 시작했다고는 하지만, 언제 또 이렇게 일정이 늦춰지는 일이 발생할지 모른다. 나중에 가서 죽어라 촬영을 하게 될지도 모르니 마냥 좋다고 할 수는 없다. 하지만, 당장 쉰다는 인하가 부러워 혜원이 어깨를 축 늘어뜨렸다.

"나는 눈이랑 바람 다 맞아 가며 일하는데, 누구는 집에서 쉬고."

─그러니까 내일 아침에 촬영 다 마치고 빨리 와. 그럼 저녁에는 같이 쉴 수 있잖아.

누구는 그러고 싶지 않아서 이러나.

툴툴대는 혜원에게 인하는 몸 상태가 어떤지를 물었다. 찬바람을 많이 맞아 가며 촬영했다는 걸 들었기에 걱정이 되어 자신의 촬영이 끝나자마자 전화를 한 것이었다.

그의 촬영이 끝나고 나서야 혜원 쪽의 상황을 전달한 재민은 인하에게 한 방 얻어 터졌다.

"피곤할 텐데 쉬어요. 내일 봐요."

─당신도 쉬어. 내일 보자.

전화를 끊자 뭔지 모를 허전함이 몰려왔다. 핸드폰을 손에서 놓지 않고 만지작거리던 혜원은 다시 통화 버튼을 누르려다가 고개를 저었다. 모처럼 인하가 쉬는데 방해하고 싶지 않았다.

혜원은 핸드폰을 내려놓고 자리에서 일어나 창에 걸린 커튼을 들췄다. 눈이 그치고 고요한 어둠이 찾아든 펜션은 제법 운치가 있었다.

펜션 내에 카페가 있었던 걸 상기한 그녀는 외투와 대본을 챙겼다. 어차피 펜션 전체를 예약한 터라 외부인은 없을 것이었다. 혜원은 주영이나 서영 없이 밖으로 나갔다.

내리던 눈은 그쳤고, 바람 또한 가라앉았다. 대부분 남들이 내어놓은 길로만 다녔기에 소복소복 눈이 쌓인 곳이 많았다.

특이한 눈의 결정이 소리 전달을 막아 세상을 고요하게 만든다고 했던가. 이런 걸 무슨 효과라고 했는데.

"어? 어디 가요?"

"아, 카페가 있다고 들어서요."

"저쪽이에요. 저기 하늘동 아래에 있어요."

지나가던 스태프가 알려 준 카페로 향하면서 혜원은 눈이 가져다준 고요함을 즐겼다.

정적과 고요함은 묘한 차이가 있다. 고요함은 편안함과 외롭지 않은 조용함. 정적은 불편하면서 외로운 조용함. 고요함과 정적의 정의를 나름 내리며 혜원은 카페 문을 열었다.

딸랑, 작은 종소리가 은은하게 퍼진다. 안으로 들어서자 열 개가 넘는 유리병과 커피포트가 보인다. 주인이 없는, 스스로 찻값을 치르고 직접 타서 마시는 카페. 혜원은 고민을 하다가 따뜻한 율무차를 선택했다.

"아, 돈을 안 가지고 왔다."

주머니는 텅 비어 있었다. 무슨 배짱으로 돈도 없이 카페에 온 것인지. 다시 주머니를 확인해 보지만, 동전 하나 나오지 않는다.

조용한 카페에서 홀로 차를 마시고 있던 해준은 카페에 들어와 주머니를 탈탈 털어 가며 난처한 얼굴을 하는 혜원을 보고 주머니에서 천 원을 꺼내 자리에서 일어났다.

"한 잔 마셔요."

"어? 감사합니다."

돈을 받는 바구니에 천 원을 떨어트리자 혜원이 눈을 동그랗게 뜬다. 마치 놀란 사슴 같은 눈망울을 보고 해준은 다시 제자리로 돌아갔다.

커피포트로 물을 끓인 혜원은 뒤집어져 있는 머그잔 하나를 골라 율무차 분말을 덜어 냈다.

포르르르, 커피포트에 물이 끓으면서 요란한 소리를 낸다. 머그잔에 물을 담자 하얀 김이 솟아오른다. 스틱으로 저어 율무

분말을 다 풀어 낸 혜원은 몸을 돌렸다.

바깥을 향해 일자로 놓인 테이블에 해준이 앉아 있다. 고민을 하던 혜원은 해준에게로 걸어갔다.

"감독님 혼자 계셨네요?"

"네. 몸은 괜찮아요? 추위 많이 타던데."

옆에 앉으며 눈치를 살피는데, 다행히 해준의 얼굴에 거부감은 보이지 않았다. 혜원은 옆자리에 앉아 테이블 위에 대본을 올려 두고는 두 손으로 머그잔을 감싸고 호호 불며 대답했다.

"괜찮아요. 감독님은요? 보니까 스태프들도 힘들어하던데요. 아, 가을 씨가 괜찮은지 걱정이에요."

추운 바람을 맞으며 같이 연기했던 배우들을 걱정하는 모습에, 특히나 조연 배우인 민가을을 걱정하는 모습에 해준이 입매를 비틀었다.

오늘 촬영 NG의 대부분을 가을이 냈다. 그것도 일부러. 추워서 촬영을 하기 싫다는 티를 팍팍 내더니 일부러 NG를 낸 것이다.

바람이 너무 불어서 머리가 날려요, 눈송이가 자꾸 눈에 들어가요, 바람에 손이 얼 것 같아요, 입이 얼었어요, 눈 때문에 미끄러워서 걸을 수가 없어요.

NG가 날 때마다 어찌나 우는 소리를 하던지. 덩달아 혜원을 포함해 다른 배우들이 더 고생을 했다.

가을을 불러다가 그렇게 연기할 거면 빠지라고 소리치고 싶었지만, 다들 극한 상황에서 촬영을 하느라 힘들었기에 굳이 분위기를 망쳐서 더 힘들게 하고 싶지 않아 꾹꾹 참았다.

혜원은 가을이 일부러 NG를 냈다는 걸 아는지 모르는지 그녀를 다독여 가며 촬영을 이어 갔었다.

"눈이 그쳐서 다행이에요. 내일 촬영은 수월하겠죠?"

"아마도. 내일은 바람도 많이 안 불 거라고 하더군요."

작은 소리로 다행이라고 말을 하고는 혜원이 율무차를 홀짝였다. 두 사람은 조용히 바깥을 보면서 차를 마셨다. 그러다 혜원의 대본을 흘끗 본 해준이 손가락으로 가리켰다.

"그거 봐도 돼요?"

"……네."

머뭇거리며 건네주는 폼이 아무리 그가 감독이라고 해도 내어주기 싫은 기색이다. 그걸 모르는 체하며 해준은 대본을 펼쳤다.

혜원의 메모를 보면서 해준의 입가에 미소가 스쳐 지나갔지만, 입에서는 무뚝뚝한 말이 흘러나왔다.

"감정선은 더 확실히 갔으면 좋겠어요. 소진이 가지는 복잡 미묘한 감정."

"네."

해준은 대본을 돌려주고는 다시 밖을 봤다. 혜원이 자꾸만 대본을 흘긋대는 게 그가 말한 부분을 훑어보고 싶은 눈치다.

"조용하네요. 눈이 와서 그런가."

"그렇죠? 아, 혹시 아세요? 눈의 결정이 소리 전달을 막아서 고요하게 한다는 거. 무슨 효과라고 들었던 것 같은데……."

"정음효과?"

"아! 그거였나요?"

말을 하고도 해준은 정확한지 모르겠다고 고개를 옆으로 기울였다. 혜원도 고개를 갸웃거렸다.

"내일 아침 일찍 촬영이니 그만 일어나죠."

"아, 네."

해준은 혜원이 마신 머그잔까지 들고 일어났다. 혜원이 '어, 어……' 하며 어정쩡하게 손을 뻗었지만, 그는 성큼성큼 걸어가 반납대 위에 머그잔을 올려 두었다.

카페 문을 열고 나오자 차가운 공기가 피부에 닿는다. 서늘한 공기가 꽤 청량해 기분이 좋다. 해준과 혜원은 두어 걸음 떨어져 걷다가 갈림길에서 인사를 하고 서로 반대 방향으로 걸어갔다.

8

일찍 일어나 씻고 나왔을 때까지도 밖은 어둑했다. 아직은 밤
이 긴 시간. 드라이어로 머리를 말리고 화장을 시작하려는데 막
동이 터 오른다.

새카맣던 밖이 검푸른 색으로 변한다. 그리고 푸르게 변하더
니 순식간에 환해졌다. 펜션 뒤로 넓은 공터와 산길이 나 있었
는데, 사람의 발길이 닿지 않아 새하얀 눈이 보석처럼 반짝였다.

해가 직접 비추는 빛보다는 새하얀 눈이 반사시키는 빛이 더
찬란하게 빛난다. 알싸하게 동공을 찌르는 빛에 혜원이 손을 올
려 이마 앞으로 그늘을 만들었다. 손등을 간질이는 빛이 따사롭
다.

커튼을 걷자 환한 빛이 안으로 불쑥 침범한다. 기꺼이 그 빛
에 공간을 내어주고 혜원은 다시 화장대 앞에 앉았다.

"언니, 기초만 바르세요. 메이크업은 제가 해 드릴게요."

서영의 말에 미스트를 쥐었다. 얼굴에서 일정 간격 떨어뜨리고 손가락에 힘을 주자 미세하게 분사되는 미스트가 얼굴을 적신다.

잔뜩 침범한 햇빛에 그 미세한 물방울들이 공기 중으로 분산되는 게 보였다가 자취를 감춘다.

서영은 전문 메이크업 아티스트처럼 꽤 솜씨가 좋다. 꼼꼼하게 오가는 손이 느껴지지 않아 눈을 뜨자 서영은 다 끝나지 않았다고 고개를 젓는다.

다시 눈을 감지만, 한참 손길이 느껴지지 않는다.

"뭐해? 다 안 끝났다며?"

"네? 아, 네. 잠깐 졸았어요."

놀라며 다시 부지런히 손을 움직이는 서영 때문에 혜원이 작게 웃었다.

메이크업을 끝내고 서영이 준 옷으로 갈아입은 혜원은 어제보다 더 많은 핫팩을 지니고 밖으로 나왔다.

벌써 촬영 스태프들은 준비를 마쳐 가고 있었다. 아침을 챙겨 먹을 시간도 없이 바로 촬영에 들어갔다. 따사로운 햇볕 덕분에 추위는 제법 견딜 만했다.

해준이 굳은 얼굴로 배우들에게 다가갔다. 그가 다가가자 스타일리스트가 싹 빠져나갔다.

"어제 촬영, 다시 찍는 게 나을 것 같아요. 재촬영이 달갑지 않다는 거 알아요. 그래도 한 번만 더 갑시다."

어제 찍은 영상을 돌려보고 또 돌려봐도 쓸 만한 게 없어 해준은 과감한 선택을 했다. 단번에 가을이 얼굴을 찡그렸지만, 그 외의 배우들은 내키지 않는 표정을 감추고 고개를 끄덕였다.

어쩌겠는가. 감독을 믿고 따라야 좋은 장면이 나오는 것을.

"NG 없이 가면 오후까지 해서 촬영을 마칠 수 있을 거라 생각해요. 그러니 조금만 더 힘냅시다."

혜원은 서영에게 손짓을 했다. 재빠르게 대본을 들고 달려온 서영이 잠시나마 혜원을 따뜻하게 하기 위해 담요를 그녀의 어깨 위에 걸쳤다.

"어제 촬영한 거 다시 찍는대요?"

"응. 신이 그리 많지 않으니까 늦게 끝나지는 않겠지?"

"어제처럼 NG가 나지 않는다면 그렇지 않을까요? 오늘은 어제에 비해 날씨가 굉장히 좋으니까 핑계 댈 것도 없겠죠."

혜원이 무슨 말이냐고 묻듯 서영을 쳐다봤다. 서영이 슬쩍 가을을 흘겨보자 혜원이 미소 지었다.

그러고 보니 어제 가을 씨가 NG를 많이 내고는 날씨 탓을 했었다.

"촬영 시작합니다!"

정욱이 큰 소리로 외치자 순식간에 정적이 흘렀다. 해준의 큐 사인이 떨어지고 촬영이 시작되었다.

주차를 한 주영이 차에서 내리고, 뒤에 타 있던 서영과 혜원도 따라 내렸다. 혜원의 짐을 주영이 들고 앞장서자 서영도 자잘한 짐을 들고 뒤따랐다.

오는 내내 차 안에서 잠을 잤던 혜원은 도착하자 잠기운을 떨쳐 낸 듯 쌩쌩했다. 혜원은 엘리베이터에서 내리자마자 뛰듯이 걸어가 현관 비밀번호를 누르고 문을 활짝 열었다.

"왔어?"

마침 거실에 앉아 있던 인하가 비밀번호 누르는 소리를 듣고 혜원을 맞이했다. 종아리까지 올라오는 길이의 부츠를 벗는 혜원의 손길이 분주하다.

"아, 주영 씨랑 서영이도 왔네."

인하에게 인사를 한 주영이 혜원보다 더 빨리 집으로 들어와 거실에 짐을 내려놓았다. 성큼성큼 걸어가 서영에게서 나머지 짐도 받아 거실에 놓고는 도로 신발을 신었다.

"들어와서 따뜻한 차라도 한잔하고 가지 그래?"

"아니에요. 저희도 빨리 집에 가서 쉬는 게 좋죠."

주영은 부드럽게 인하의 제안을 거절하며 서영과 함께 집을 나섰다. 그들이 나가고 현관문이 닫히자 혜원은 다다다 달려 인하의 목에 팔을 감았다.

"오호, 이 정도로 내가 보고 싶었나? 난 저 부츠 벗지도 않고 달려드는 줄 알고 깜짝 놀랐네."

현관문이 열리고 자신을 본 혜원의 얼굴이 활짝 피더니 눈동자가 초롱초롱해지는 걸 보고 웃음이 났다. 저를 보고 어찌나 좋아하는지.

"이상해요. 촬영 때문에 떨어져 있던 게 하루 이틀도 아닌데."

타지에서 남편 없이 고생을 한 건 처음이라서일까. 촬영이 다 끝나고 수고하셨습니다, 라고 인사를 하는데 가슴이 싸해졌다.

문득, 인하의 따뜻한 품이 간절해졌다. 그의 품에서 느른하게 쉬고 싶다는 생각이, 머리가 아닌 가슴에서 피어올랐다.

짐을 다 챙기고 다른 배우들보다 일찍 출발을 했다. 오는 내내 추위에 지친 몸이 잠을 요구해서 죽은 듯 잤지만, 집에 도착했다고 서영이 깨우자 번쩍 눈이 떠졌다. 그리고 눈을 뜨자마자 머릿속은 인하의 생각으로 가득 찼다.

"어디 보자. 추운 날 고생 많았어. 거기는 더 추웠을 텐데."

살짝 몸을 떼고 인하가 얼굴을 쓰다듬자 혜원이 그 손에 얼굴을 비비며 눈꼬리를 휘었다.

오늘 재촬영까지 했다고, 정말 고생했다는 걸 알아 달라는 듯 혜원이 입을 조잘거린다. 인하는 그 말을 다 들어 주면서 그녀를 안방으로 이끌었다.

"내가 물 받아 놨지. 식을까 싶어서 온도 조금 뜨겁게 올려 놨어. 옷 벗고 들어가자."

욕실 안은 달달한 향기로 가득했다. 상의를 벗은 인하가 팔을 넣어 온도를 확인하고는 찬물을 틀었다. 넘실넘실 물이 차오르자 다시 온도를 확인하고 찬물을 잠갔다.

인하와 같이 따뜻한 물에 몸을 담그고 나오자 허기가 몰려온 혜원이 배를 문질렀다. 낮에 식은 도시락을 절반쯤 먹은 게 다다.

냉동실에 얼려 놓았던 밥을 해동시켜 있는 반찬들로 늦은 저녁을 먹은 두 사람은 침대에 누워 잠깐의 휴식을 취했다.

혜원은 침대 헤드에 베개를 세우고 등을 기대앉은 인하의 허벅지에 누워 나른하게 눈을 감았다 떴다.

딱히 하는 거 없이 그냥 그대로 누워 있었다. 머리를 쓰다듬는 커다란 손. 잠이 솔솔 오는데 혜원은 자는 게 아까워 버티고 있었다.

"졸리면 자."

싫다는 듯 허벅지에 얼굴을 비벼 대고는 바짝 다리를 끌어안는다. 인하가 낮은 웃음을 내뱉고는 혜원의 어깨를 토닥였다.

"나 안 자요."

"그럼 뭐하는데."

혜원이 몸을 일으키고는 무릎걸음으로 인하에게 가까이 다가갔다. 그의 배와 가슴을 짚고 오르더니 덥석 안겨 들고는 그의 목덜미에 얼굴을 묻는다.

"오늘따라 왜 이러실까."

그에 대한 애정을 감추지 않고 온전하게 드러내자 인하가 키득키득 웃었다. 안겨 드는 혜원을 가만히 두고만 보자 그녀가 빨리 안아 달라는 듯 몸을 흔든다. 그래도 그가 가만히 있자 직접 그의 팔을 제 몸 위에 툭 얹는다.

"이왕이면 이런 거 말고 조금 진하게 안겨 오지?"

욕정 하나 섞이지 않은 순수한 포옹을 원하는 아내를 보고 그가 낮게 투덜거린다. 그러자 혜원이 그보다 더 크게 투덜거린다. 좀 안아 달라고.

그래, 오늘은 전체 관람가다.

졌다는 듯 그의 팔이 혜원을 바짝 끌어안았다.

해준은 거침없이 복도를 걸어가다가 한순간에 옆으로 확 발을 꺾었다. 벌컥, 손잡이를 돌리고 들어간 곳은 좁은 편집실이었다.

의자를 끌어와 털썩 주저앉자 오래된 의자가 삐그덕거렸다.

그는 곧장 영상을 틀고 편집기를 조작했다. 앞으로 휙 돌렸다가 뒤로 휙, 배속으로 흘러가는 영상을 보는 그의 눈이 매섭다. 어느 순간 그의 손이 탁, 버튼을 눌렀다.

영상은 어제 찍었던 것이다. 오늘 재촬영을 했고 마음에 드는 영상을 땄다. 그러니 어제 영상은 모조리 잘라 내어도 되는데 그는 굳이 그 영상을 틀었다.

흩날리는 눈발이 바람이 부는 방향을 알려 주고 있었다. 그 속에 배우들이 연기를 하고 있다.

해준의 시선이 혜원의 얼굴에 닿았다. 추위에 창백해져 가는 얼굴. 핏기가 가시는 입술. 덜덜 떨리는 얼굴. NG를 외치는 그의 목소리에 움찔거리는 것까지.

해준은 반복되는 혜원의 연기를 감상했다. 무언가를 캐내려는 듯.

"하아, 단조로워."

혜원의 연기가 나쁘지는 않다.

해준은 촬영에 들어가기 전, 혜원이 예전에 찍었던 드라마를 찾아봤다. 그때에 비하면 혜원의 연기는 좋아졌다. 철저한 캐릭터 분석이 한몫했을 거다. 그리고 소진이라는 캐릭터가 혜원, 그녀의 원래 분위기와 맞아떨어지는 면도 있다.

하지만 감정선이 약하다. 확 와 닿지가 않는다. 해준은 욕심이 났다. 혜원의 연기에 욕심이 생겼다. 그녀가 조금 더 감정선을 잡아 줬으면 싶었다.

이미 드라마에 대한 대중들의 관심이 크다. 벌써부터 방송국 내에서는 드라마가 시청률이 꽤 나올 거라고 결과를 짓고 있었다.

인하와 혜원, 화제의 부부가 동반 출연. 그것도 이혼을 소재로 한 내용. 방송 전부터 대박 조짐이 보인다. 하지만 해준은 이 드라마가 그들이 기대하는 그 이상의 결과를 얻었으면 했다.

그는 오늘 찍은 촬영 분을 틀었다.

"역시나 여기 계셨네요."

정욱이 사 온 커피를 해준의 앞에 놓아두고는 의자를 끌어다 앉았다. 그는 속으로 좀 쉬지, 벌써부터 편집이냐고 투덜거린 뒤 조용히 화면을 응시했다.

"와, 예쁘기는 진짜 예뻐요. 실물은 더 예쁘지만 촬영 내내 정신이 없어서 예쁜지도 몰랐는데."

띄엄띄엄 정욱의 입에서 몇 번이고 예쁘다는 말이 흘러나왔다.

해준은 조용히 잘라 내야 할 부분을 머릿속으로 체크했다. 그러면서 이때 이랬으면 더 좋았을걸, 이렇게 찍었다면 혜원이 더 돋보였을걸, 하는 생각을 했다.

"그래도 괜찮지 않아요?"

"뭐가?"

"신혜원 씨요. 선배가 신혜원 씨 탐탁지 않아 했잖아요."

해준의 얼굴이 설핏 굳었다. 혹시 아직도 그녀를 탐탁지 않아 하는 건 아닌지 정욱이 탐색하는 눈으로 그를 봤다.

손가락을 뻗어 혜원을 가리키며 정욱이 그녀를 두둔했다.

"이것 봐요. 화면에 아주 예술적으로 잡히네. 연기도 저기 민가을 씨보다 훨씬 낫고. 어디가 마음에 안 들어요?"

"시끄러워. 도울 거 아니면 나가."

해준의 딱딱한 말에 정욱이 금세 수그러든다.

컷 소리가 나고 혜원이 화사하게 웃는다. 옆의 배우에게 수고했다고 다가가는 장면을 끝으로 화면이 까맣게 바뀌었다.

"영상 지금 따요? 드라마 홍보 영상 빨리 제작하라고 하던데."

"어제 정인하 씨 촬영한 거 틀어 봐."

이혼을 한 태주와 소진이 다시 만나기까지 각자 살아가는 모습을 촬영 중에 있다. 찍는 족족 바로 편집을 구상했다. 홍보 영상이야 뚝딱 만들 수 있으니 해준은 조급히 굴지 않았다.

"NG가 거의 없어서 빨리 끝났대요. 그래서 다음에 찍기로 한 신까지 끌어다 미리 찍었다고 하던데요."

인하 쪽은 조금 더 타이트하게 촬영을 잡아도 되겠다는 생각을 하며 해준은 영상에 집중했다.

인하는 이미 태주다. 완벽하게 태주를 만들어 낸다. 연기에 흠 잡을 곳이 없다. 그래서일까, 혜원의 연기가 더욱 아쉽다.

살릴 부분은 살리고, 통으로 잘라 내기까지 하면서 해준은 본격적으로 편집에 들어갔다.

한참 여러 대의 카메라로 찍은 영상을 붙이고 잘라 내는데 옆에서 정욱이 크게 하품을 한다.

한 번씩 멀리 촬영을 다녀오면 며칠의 피로가 누적된 듯한 피로감이 몰려온다.

해준도 몸이 뻐근해지자 중지 버튼을 누르고 정욱에게 그만하자는 눈치를 줬다. 그의 모습에 정욱이 쏜살같이 정리를 했다.

"숙직실에서 주무실 거죠?"

"응. 먼저 가서 자라."

담배를 꺼내 입에 물고 해준이 흡연실로 향했다.

워낙에 골초들이 몰려 있는 건물이다 보니 층마다 흡연실이 있었다. 흡연실로 들어가자 직전에 누군가 담배를 피우고 간 것인지 진한 니코틴이 공기 중에 남아 있었다.

해준은 소파가 아닌 창문으로 걸어가 턱에 엉덩이를 걸치고 앉았다.

"젠장, 라이터가……."

당연히 주머니에 있는 줄 알았더니 담뱃갑 말고는 잡히는 게 없다.

매번 잃어버리는 터라 아예 담뱃갑에 라이터를 같이 넣어 놔야지 하면서도, 새 담배를 사면 꽉 차 있어서 그냥 주머니에 넣고 다니다가 잃어버린다.

근처 사무실이나 회의실에 쳐들어가서 라이터 하나를 집어와야 하나 싶어 해준이 제 머리를 헤집었다.

"오, 주님."

누군가가 놓고 간 것인지 라이터가 떡하니 소파 앞 테이블 위에 놓여 있었다. 해준은 라이터를 집어 들고 딸깍딸깍 불을 켰다. 몇 차례 끝에 불이 올라와 해준은 물고 있던 담배를 재빨리 가져다 대고 빨아들였다.

붉은 불씨가 생기더니 잠잠해진다. 그는 미련 없이 라이터를 다시 테이블 위로 던지고 창문 앞으로 걸어갔다.

어둑한 밤하늘을 보는데 하얀 눈송이가 떨어진다. 지긋지긋한 눈이 끊이지 않는다. 내일도 야외 촬영이다. 다행히 멀리까지는 나가지 않지만, 저 눈 속에서 촬영을 할 생각을 하니 벌써부터 진저리가 쳐진다.

"눈의 결정."

문득 혜원이 한 말이 떠오른다.

눈이 주는 고요함. 아주 잘 알고 있다. 그 눈 속에 혼자 있었던 적이 한두 번이 아니라. 그 고요 속에서 홀로 누군가를 기다린다는 건 지독히도 무섭고 외롭다.

유난히도 조용해지는 날. 눈이 오는 날이 싫다. 눈이 싫다.

해준은 길게 담배를 빨고는 폐부 깊숙이 연기를 집어넣었다. 매캐한 연기가 몸 안을 휘젓고 뇌를 채운다. 정신이 아찔해질 정도로 깊이 머금은 연기를 내뱉었다.

그는 주머니에서 핸드폰을 꺼냈다. 촬영 중에 왔던 문자 메시지를 다시 찾아 읽고 픽, 조소를 내뱉는다.

〈아들이라고는 너 하나인데 계속 이럴 거냐.〉

쯧쯧, 해준은 낮게 혀를 차고는 문자 메시지를 삭제했다.

"누가 아들이라는 거야."

꽤 재미있다는 듯 그의 입꼬리가 올라가 있다.

해준은 다 태운 담배를 재떨이에 짓이겨 끄고 새 담배를 꺼내 입에 물었다. 라이터를 다시 집어 들고 담배에 불을 붙인 그는 이번에는 그 라이터를 주머니에 챙겼다.

왠지 쉽사리 잠이 오지 않아 계속 담배를 찾을 것 같은 예감에.

도착했을 때에는 어떻게 알았는지 사람들이 카페 앞에 가득 모여 있었다.

카페에서의 신을 찍은 뒤 장소를 옮겨 촬영을 하면 오늘의 일정은 끝이다. 그리고 하루를 쉬고 그다음 날 제작발표회가 있다.

"일단 내리지 마. 스태프들이 나온다고 했으니까."

사람들이 길까지 막아 버리는 바람에 차를 카페 근처에 세울 수가 없었다. 통제가 이루어지지 않아 카페 안에 들어갈 수나 있을지 걱정이었다.

주영이 누군가에게 전화를 하자, 스태프들이 카페에서 나와 사람들을 통제했다. 어딘가에서 왜 막아 서냐는 시비가 뒤따랐다.

차도에는 서 있지 말아 달라고 협조를 요구하는 간곡한 외침에 간신히 사람들이 비켜 섰다.

주영이 기어가는 속도로 차를 이동시켜 최대한 카페에 가까이 섰다. 뒷문이 열리자 사람들이 다들 고개를 쭉 내밀었다. 서영이 내리자 실망하는가 싶더니 따라 내리는 혜원의 모습에 소리를 지르며 손을 뻗었다.

"빨리 들어가세요!"

스태프들이 간신히 튼 길 사이로 주영이 혜원을 감싸고 들어갔다. 카페 안으로 들어서고 나서 탁, 문이 닫히자 멍한 정신이 돌아온다.

"세상에나. 잠깐 촬영할 건데 어떻게 알고 다들 모였대요?"

"요즘 SNS 하는 사람들이 몇인데. 누가 뭐 하나 올리면 순식간에 퍼지지."

서영이 혜원의 흐트러진 옷을 정리하면서 투덜거리자 주영이 대꾸했다. 혜원은 지나가는 스태프들에게 일일이 인사를 하고 해준에게도 도착했다는 걸 알렸다.

"정인하 씨는 먼저 도착했어요. 2층에서 촬영할 거니까 올라가세요."

정욱이 목에 커다란 헤드셋을 끼고 지나가다가 혜원을 발견하고는 말했다. 그의 말대로 2층에는 인하가 먼저 와서 대기 중이었다.

"왔어?"

상체를 숙이고 메이크업 수정을 받고 있던 인하가 혜원에게 가까이 오라는 손짓을 했다.

진주가 혜원에게 인사를 한 뒤 빠른 손놀림으로 그의 얼굴 위를 오간다. 진주의 손이 인하의 어깨를 스치고, 단추까지 직접 채워 준다.

탈탈 털어 내는 손길에는 사심이 전혀 섞여 있지 않았음에도 혜원은 거슬렸다. 아주 많이.

"왜 서서 메이크업을 받아요. 앉아서 받지. 진주 씨 힘들게."

인하가 숙이고 있던 상체를 들자 그와 진주의 사이가 조금은 멀어졌다.

혜원은 진주에게 살포시 웃어 보인 뒤 인하의 옆에 섰다. 진주가 마지막으로 시계까지 그의 손에 채우고 사라지자 혜원은 진주가 있던 자리에 섰다.

진주의 손이 스쳤던 그의 몸 위로 혜원의 손길이 닿았다. 인하가 상체를 숙이더니 혜원과 눈을 맞춘다.

"신혜원 씨, 누가 보면 당신이 내 스타일리스트인지 알겠어."

진즉 혜원의 질투를 눈치챈 인하가 웃음기 섞인 말투로 놀렸다. 혜원은 아닌 척하면서 묻지도 않은 먼지를 털어 낸다며 탁탁 그의 몸을 때렸다.

"신혜원 씨, 잠깐 저 좀 보죠."

언제 올라온 것인지 해준이 혜원을 따로 불러냈다. 인하는 갔다 오라는 듯 혜원의 등을 밀어내고는 진주를 다시 불렀다. 진주가 그에게 다가가는 걸 보면서 혜원은 머뭇머뭇 해준을 뒤따랐다.

"감독님, 무슨 일로 부르셨어요?"

"신혜원 씨, 연기 계속할 마음 있습니까?"

무뚝뚝하게 내뱉는 질문에 혜원이 당황했다.

자신의 연기가 마음에 들지 않는 것인가.

혜원은 소진이라는 역할에 정성을 쏟아부었다. 대본을 수십 번 보고, 대사도 수십 번 되뇌었다.

첫 촬영을 하고 난 뒤로는 부끄럽고 창피해도 인하를 붙잡고 연습했다.

집에서 그와 단둘이 하는 리허설은 더욱 어색했다. 얼굴 근육이 제멋대로 움직여 자꾸만 찡그려지고, 혀는 마비가 온 것처럼 잘 움직이지 않아 말을 더듬었다.

인하가 그런 그녀를 보고 웃음을 터트리거나, 웃음을 참는 기색을 내보였다면 혜원은 그와의 연습을 도중에 그만뒀을지도 모른다.

다행히도 그는 비웃지 않고 조용히 기다려 주었고, 연기에 몰입할 수 있도록 최대한 조력했다.

"죄송합니다. 제 연기가 마음에 안 드신다면 연습을 더 해서 오겠습니다."

고개를 푹 숙이는 혜원을 보고 해준은 낮은 숨을 내쉬었다.

"제 말은 그게 아니었습니다. 신혜원 씨의 연기는 많이 좋아졌습니다. 그런데 자꾸만 만들어진 소진이에요. 정인하 씨는 태주인데, 신혜원 씨는 소진을 흉내 내는 신혜원 씨입니다."

혜원은 입술을 깨물었다.

얼마나 더 노력을 해야 소진이 될 수 있다는 건가. 눈앞이 암담했다. 이렇게 감독에게 지적을 당한 게 오랜만이라 얼굴이 화끈거렸다.

"태주는 보이는데, 소진이 안 보여요. 인하 씨와 연기 연습하죠? 그걸 그대로 연기하면 어떡합니까. 인하 씨가 맞춰 주는 대로 하잖습니까. 혜원 씨도 인하 씨에게 맞춰 줘야죠."

혜원이 멍하니 해준을 바라봤다. 인하와 연습을 한 대로 연기를 한 게 무슨 잘못이냐는 듯, 뭐가 잘못됐는지 모르겠다는 얼굴에 해준이 답답한 표정을 지었다.

"정인하 씨가 신혜원 씨에게 맞춰 주는 게 다 보입니다. 정인하 씨가 왜 혜원 씨 연기에 맞춰 가면서 연기를 해야 합니까? 자신보다 낮은 상대에게 맞춰 주는 게 때로는 독이 될 수도 있습니다. 수준이 똑같이 낮아지니까. 신혜원 씨가 올라와서 정인하 씨에게 맞추도록 하세요. 이렇게 남편이 맞춰 주는 대로 계속 살 겁니까? 혼자서는 안 돼요?"

해준의 말에 혜원은 충격을 받았다.

그녀 때문에 인하가 낮아졌다는 말, 인하가 그녀에게 맞춰 준다는 말, 혼자서는 못 하냐는 말.

모든 말이 콕콕 심장에 박혀들었다. 한심한 눈으로 쳐다보는 해준과 도무지 눈을 맞출 수 없어 혜원은 고개를 푹 숙였다. 민망함에 얼굴이 달아오르면서도 자존심이 상하자 혜원은 해준에게 작게 항의를 했다.

"인하 씨가 뭘 맞춰 준다는 거예요? 문제없이 촬영해 왔잖아요."

"그럼 오늘 보여 주죠. 촬영 들어갑시다."

작게나마 혜원이 반발을 했지만, 그는 바로 보여 주겠다며 가 버리더니 굳은 얼굴로 빠르게 촬영을 지시했다.

"언니, 괜찮아요? 왜 그래요?"

서영이 다가와 걱정했지만, 혜원은 말없이 카메라 안으로 들 어섰다.

인하는 그녀의 얼굴을 보고 미간을 접었다. 해준과 무슨 이 야기를 했는지 혜원의 얼굴에 열이 올라 있고, 눈빛은 흔들리고 불안정해 보였다.

"혜원아, 왜 그래?"

"아무것도 아니에요. 촬영 시작하겠어요. 앉아요."

테이블을 사이에 두고 두 사람은 마주 앉았다. 혜원은 마음을 다잡는 듯 숨을 깊이 들이쉬고 차분하게 촬영을 기다렸다. 정욱 이 신 번호를 외치자 해준의 큐 사인이 떨어졌다.

이혼 후, 다시 만난 두 사람. 태주가 뚫어지게 소진을 바라본다. 소진도 태주를 복잡한 얼굴로 바라본다. 그리고 이어지는, 서로 잘 지냈냐는 인사.

"컷! 다시 갑니다."

NG 날 곳이 없었는데 해준이 촬영을 끊었다. 그의 얼굴은 잔뜩 굳어져 있다. 스태프들이 해준의 눈치를 봤다. 정욱이 다시 신 번호를 외치고 촬영을 시작했다.

"컷! 다시 갑니다."

"컷! 다시!"

"컷!"

같은 장면에서 해준은 계속 재촬영을 요구했다. 그럴수록 혜원의 얼굴이 더 창백해졌다. 인하도 슬슬 화가 올라오는지 해준을 강하게 노려봤다.

"뭐가 문제입니까, 감독님."

"정인하 씨, 신혜원 씨에게 맞추지 말고 연기하세요. 난 내 드라마가 그저 그런 드라마가 되는 거 싫습니다. 주인공 둘 다 죽을 바에는 한 사람만이라도 살기를 바랍니다. 지금 두 분 다 형편없습니다."

정인하의 연기력은 이미 이 바닥에 정평이 났다. 각종 영화제와 연말 시상식에서 받은 상만 해도 셀 수가 없는데 해준이 딱 잘라 형편없는 연기라 비난을 했다.

스태프들은 숨을 훅 들이켜면서 해준과 인하를 번갈아 응시했다. 해준이 왜 두 배우를 비난하는 것인지 알지 못하는 그들은 조마조마한 마음으로 기도했다.

부디 감독이든 배우든 누구 하나가 촬영장을 뛰쳐나가는 일이 발생하지 않기를.

연기가 형편없다는 해준의 말에 인하가 주먹을 꽉 쥐었다가

폈다. 그리고는 혜원을 살폈다. 혜원의 얼굴이 붉어지더니 눈에 옅은 물기가 스몄다.

"잠시 쉬었다 가죠."

"그럽시다. 5분간 휴식!"

인하가 한발 물러나고 해준이 그걸 받아들이자 스태프들이 안도의 숨을 내쉬었다. 감독과 배우의 신경전이 휴식으로 일단 멈추자 다들 들고 있던 장비를 내려놓으며 최대한 조용히 자리를 비켰다.

"혜원아, 잠깐 대사 맞춰 보자."

"인하 씨, 나한테 맞춰 주지 말고 인하 씨 연기해요. 감독님 말대로."

"너 무슨 말을 들은 거야?"

"나 더 비참하게 만들지 말고, 인하 씨 연기하라고요."

"신혜원. 무슨 말 들었을지 얼추 짐작이 가는데, 도와줄게."

"뭘 돕는다는 건데요? 당신이 나한테 맞춰 주다가 같이 욕먹는 거?"

인하의 얼굴이 급속도로 굳어졌다. 거부감이 강하게 실린 혜원의 눈빛에 그도 서서히 분노가 올라왔다.

자리에서 일어난 혜원은 그의 부름에도 돌아보지 않고 화장실을 향해 걸어갔다. 뒤에서 인하가 거칠게 머리를 쓸어 넘기며 그런 혜원을 응시했다.

혜원이 사라진 곳을 바라보는 인하의 시선을 해준이 가로막았다. 허공에서 두 사람의 눈빛이 만나면서 파르르 공기가 진동했다.

"정인하 씨, 연기에 집중하세요. 와이프 매니저로 왔습니까? 배우로서 프로 의식을 가지고 촬영에 임하란 말입니다. 신혜원 씨가 걷지 못하고 기어간다고 해도 전 그대로 갈 겁니다. 정인하 씨라도 걸어가세요. 부디 내가 정인하 씨의 캐스팅도 후회하지 않게."

해준의 단호한 말은 인하에게 일침을 가했다. 인하가 복잡한 얼굴로 해준을 응시했다.

혹여나 혜원과 차이가 많이 날까 봐 몸을 사리며 연기를 했던 건 사실이다. 그걸 해준이 단번에 간파했다.

해준의 지적에 인하는 불쾌함도 불쾌함이지만, 배우로서의 자존심에 스크래치가 갔다. 얼굴이 확 달아오른다.

5분의 휴식 뒤에 다시 촬영이 시작되었다. 무겁게 가라앉은 분위기에 다들 제대로 촬영이 될지 의문 섞인 눈으로 배우들을 바라봤다.

휴식 시간에 인하와 혜원이 다투는 걸 보았기에 스태프들 모두 난처한 얼굴을 했다. 배우의 싸움에 부부의 싸움이 섞인 것 같아 그 누구도 중재를 하지 못했다. 부부의 문제는 타인이 이래라 저래라 할 수가 없기에.

"촬영 시작하겠습니다."

정욱이 어떻게든 분위기를 살려 보려 활기차게 큰 목소리로 말했지만 그의 말 뒤에 무거운 정적이 흘렀다. 분위기 전환을 포기한 눈으로 정욱이 해준을 봤다. 곧 해준의 입에서 큐 사인이 떨어졌다.

지금까지와는 분위기가 확 바뀐 태주의 모습으로 인하가 혜원을 응시했다. 그의 시선과 작은 몸짓, 그리고 내뱉는 말.

혜원은 멍하니 인하를 바라봤다. 그리고 압도되었다.

"컷! 오케이."

단번에 해준이 오케이 사인을 내뱉었다. 혜원은 혼란스러운 눈으로 인하를 응시했다. 그리고 해준에게로 고개를 돌렸다.

해준의 눈빛이 말하고 있었다. 이제 알겠냐고, 네 수준을. 언제까지 인하가 맞춰 줄 거라 생각했느냐고. 이대로 너 혼자 밑에 있을 거냐고.

집으로 돌아온 혜원은 곧장 작은방으로 향했다.

털썩, 발 없는 소파에 앉은 그녀는 촤르륵 대본을 펼쳤다. 그녀는 태주와 소진이 만나는 장면을 눈으로 천천히 읽었다.

감추는 그리움, 서로를 애틋하게 바라보는 시선, 서로가 아프지 않고 잘 지내 왔다는 안도감.

그 장면을 머릿속에 그릴 때 그 어디에도 분노는 없었다. 그런데 인하는 작은 분노를 나타냈다.

혜원은 대본을 멀리 던져 버리고 세운 무릎에 얼굴을 묻었다. 분노, 억울함, 참담함, 서러움 등의 모든 감정이 밀려든다. 두근두근 빠르게 뛰는 심장이 조이며 아프다.

왈칵 눈물을 쏟으면서 혜원은 서럽게 울었다.

인하는 고요한 눈으로 혜원을 내려다봤다. 혜원이 왜 우는지 짐작이 가기에.

그녀는 그의 연기를 보고 짙은 패배감과 모욕감, 자괴감을 느꼈다. 확연하게 차이가 나는 연기력.

방송이 시작되면 혜원은 내내 시달리게 될 것이다. 그와의 비교에.

해준의 도발에 응해서 혜원에게 상처를 준 걸 후회해서는 안 된다. 당연히 그래야만 했다. 하지만 대본을 뚫어져라 읽으며 공부하는 혜원의 사랑스러운 모습에 잠시 잊고 있었다.

혜원에게 맞춰서 연기를 하는 건, 해준의 말대로 다 같이 죽자는 거다. 그런 식으로는 혜원이 절대 성장할 수가 없다. 그래서 잔뜩 짓밟았다.

이 세계는 잔혹하다. 고작 한 번의 짓밟힘으로 주저앉아서는 안 된다. 스스로 일어서야 한다. 그래야 이 세계에서 살아갈 수가 있다. 그랬기에 해준의 도발에 기꺼이 응했다.

하지만, 통곡하다시피 우는 혜원을 보자 안쓰러움과 씁쓸함에 속이 쓰리다.

인하는 혜원의 앞에 한쪽 무릎을 꿇고 앉아 그녀의 어깨에 손을 올렸다. 혜원이 작게 몸을 흔들며 거부를 한다.

"혜원아, 고개 들어."

무릎을 감싸는 팔에 힘이 들어가고, 더욱더 얼굴을 묻는다.

인하는 억지로 어깨를 잡아 세운 뒤 그녀의 턱을 쥐고 고개를 들게 했다. 눈물로 젖은 얼굴과 원망을 담은 눈동자에 인하의 눈에 깃든 안쓰러움이 더해졌다.

천천히 고개를 숙인 인하의 입술이 이마에 닿았다. 맑은 눈물이 흐르는 눈으로 입술이 옮겨 가자 혜원이 눈을 감았다.

그녀의 눈두덩이 위에 닿았던 입술이 또르르 눈물이 굴러 떨어지는 눈꼬리에 닿는다.

광대와 콧날, 콧방울을 걸쳐 반대쪽 눈에도 그의 입술이 닿았다. 눈물로 젖은 얼굴을 훑은 입술이 혜원의 입술에 길게 머무른다.

부드러운 손길로 그녀를 잡아끈 인하가 품에 안아 달랬다. 조금씩, 천천히 진정이 되어 가는 듯 울음소리가 잦아든다.

"나, 궁금한 게 있어요."

젖은 목소리에 인하가 눈을 찡그렸다. 그의 어깨를 짚고 일어선 혜원이 씩씩하게 손등으로 눈물을 훔치고는 호전적으로 그를 쏘아본다.

"뭐가 궁금한데?"

"왜 태주가 화를 내는 거죠? 사랑했던 전처를 다시 만났는데 왜 화를 내죠?"

"사랑했으니까. 사랑하니까."

혜원이 이해할 수 없다고, 더 자세히 설명하라고 그를 노려봤다. 인하가 희미한 웃음을 머금고 혜원에게 말했다.

"잘 지내지 못했다면 속상하겠지. 하지만, 난 네가 나 없이 잘 지냈다면 그것도 화가 날 것 같아."

태주의 말인지, 인하의 말인지 경계가 모호하다. 혜원은 그의 말을 듣고 무언가를 깨달은 듯 멍하니 그를 봤다.

잘 지냈다고 편한 미소를 짓는 소진. 그 미소에 태주는 안도
감과 분노를 느꼈던 거다. 자신이 없이도 너무 잘 지내는 소진
이 원망스러운 것이다, 태주는.

"울지 마, 혜원아."

또르르 흐른 눈물이 혜원의 턱 끝에 매달렸다. 다시 시작된
울음은 한참이나 이어졌다.

9

인하가 슬쩍 혜원의 허리를 감싸고 몸을 붙였다. 찰싹, 매서
운 손길이 그의 팔을 때리더니 냉정하게 떼어 낸다.

부운 눈 위에 수건으로 감싼 얼음 팩을 올려놓고 잠자는 숲
속의 공주처럼 가지런히 누운 혜원의 옆에 모로 누워 얼굴을 괸
인하가 다시 슬그머니 손을 뻗었다.

"손대지 말아요."

해준의 도발에 응한 죄로 인하는 혜원에게 미움을 받는 중이
다. 억울한 얼굴로 그녀를 바라봐 봤자, 눈을 감고 그 위에 얼음
팩을 올린 혜원이 볼 수 있을 리가 만무하다.

"내가 뭘 어쨌다고."

혜원이 슬쩍 얼음 팩을 들고 곁눈질로 노려보자 인하가 내쳐
진 손을 들어 항복의 표시를 했다.

그녀도 그에게 괜한 화를 내고 있다는 걸 알지만, 얄미운 건 얄미운 거다.

"붕어. 붕어 같았어."

"뭐가요?"

"울어서 부은 두 눈이. 숨도 제대로 못 쉴 정도로 울어서 얼굴도 붉어졌는데, 그 빨간 금붕어 알지? 그 붕어처럼 못났…… 귀엽더라."

혜원이 벌떡 일어나서 쏘아보자 인하가 재빨리 말을 바꿨다. 혜원이 던지는 얼음 팩을 솜씨 좋게 받아 낸 인하가 씩 웃었다.

혜원이 그에게서 돌아누우며 흐느꼈다.

"뭐야, 또 울어? 혜원아, 내가 잘못했어. 응? 다시는 안 놀릴게."

흐느끼는 소리가 더 커졌다. 어르고 달래던 인하는 얼굴을 계속 감추는 걸 보고는 설마 하는 생각으로 혜원의 옆구리를 찔렀다.

"꺅!"

화들짝 놀라며 옆구리를 감싸는 혜원의 얼굴이 맑다. 눈물 하나 없이 그저 한없이 맑은 눈만 동그랗게 뜨는 걸 보고 인하의 미간이 꿈틀거렸다.

"흠흠. 놀리지 않는다고 약속했어요."

"두고 보자, 신혜원."

이를 악물고 말한 인하가 털썩 누웠다. 떼구르르 반 바퀴 구른 혜원이 그의 옆구리에 찰싹 붙어 파고들었다.

손대지 말라고 밀어낼 때는 언제고.

인하가 콧방귀를 끼면서도 다시 모로 누워 혜원의 허리에 착, 팔을 올렸다. 다리도 척 하니 올렸다.

"지금 몇 시예요?"

"1시 넘었나?"

"모처럼 쉬는데 데이트해요."

"모처럼 쉬는데 부부의 시간을 갖는 건 어때?"

은근하게 하체를 비비자 혜원이 엉덩이를 뒤로 쭉 뺀다.

"그럼 뭐하자고?"

"장 보러 가요. 이것저것 막 다 사면서 스트레스 풀 거야."

인하는 별로 내키지 않았지만, 혜원의 재촉에 무거운 몸을 일으켰다.

새벽 2시가 넘어가는 시각. 차에서 나오는 강한 헤드라이트 빛만이 도로를 밝혔다. 신호등의 노란불이 깜빡인다. 천천히 속도를 줄여 그곳을 지나가자 인하가 다시 속도를 높였다.

몇 분 걸리지 않아 도착한 대형마트. 24시간 영업되는 충만 환하게 불이 켜져 있다. 비상등을 켜고 지하 주차장으로 들어간 인하가 텅텅 비어 있는 곳에 주차를 했다.

똑같은 모자를 푹 눌러쓰고 차에서 내인 두 사람은 자동문을 지나 에스컬레이터에 올랐다.

경사진 에스컬레이터에 오르자 인하가 혜원의 뒤로 손을 뻗고는 손잡이에 손을 올렸다. 그의 팔에 살짝 허리를 기댄 혜원이 주머니에서 종이를 꺼냈다.

"휴지는 꼭 사야 해요. 샴푸랑 린스도."

스트레스를 풀겠다고 떵떵거린 것치고는 사고자 하는 물건이 소박하다.

에스컬레이터가 다 올라가자 직원으로 보이는 몇몇 사람이 눈에 띄었다. 모자를 눌러쓰고 있다고는 하나, 눈썰미가 좋은 사람들은 그들이 누구인지 눈치를 채고는 웅성거렸다.

혜원의 어깨에 팔을 올리고 느긋하게 걸음을 옮기는 인하는 사람들의 시선을 느끼면서도 모르는 척 고개를 돌리지 않았다.

직원이 직접 빼 주는 카트를 인하가 끌고, 혜원이 그의 팔에 팔을 끼웠다.

"뭐부터 사죠?"

식료품 코너가 바로 앞이다. 인하는 별 고민 없이 그쪽으로 카트를 밀었다. 신선한 식료품을 위한 차가운 공기에 혜원이 바짝 그에게로 붙어 선다. 신중한 눈길로 청포도의 상태를 확인하는 혜원의 뒤에 서서 기다리던 인하는 다른 시선을 느꼈다.

연예인을 봤다는 신기함과 감탄, 호기심과는 다른 시선. 끈질기게 따라붙는 시선은 날카롭고도 따갑다.

인하는 다른 과일을 보는 척 몸을 돌려 주위를 쭉 훑었다.

'윤 기자.'

오랜만에 혜원과 마트에 왔는데, 설마 하니 정말 윤 기자를 만날 줄은 몰랐다. 마트에 오는 건 한 달 내지는 두 달에 한 번. 윤 기자의 인내와 끈질김에 인하는 혀를 찼다.

"여보, 이거."

처음 마트에 왔을 때, 혜원은 생각 없이 인하를 크게 불러 그들이 여기 있다고 광고를 했다.

모르는 척 구경만 하던 사람들이 그 행동에 정체를 숨기지 않는다고 생각했던 것인지 거리낌 없이 다가와 사인을 요구했다.

그 일을 겪은 뒤로, 그녀는 마트에 오면 인하를 꼭 여보라고 불렀다.

"뭐야, 청포도 사려던 거 아니었어?"

"갑자기 이게 먹고 싶어서요. 여보는 포도 먹을래요?"

혜원이 큼직한 석류 세 개를 일회용 봉투에 담아 카트에 쏙 넣었다. 인하는 아무거나 상관없다는 듯 고개를 저었다.

카트와 자신 사이에 혜원을 가둔 그는 모든 코너를 싹 돌았다. 굳이 살 게 없어도 가서 물건들을 보고 들었다 놓았다 확인했다.

"여보, 여기 새가 있어요."

새로 생긴 것인지 매장 한가운데에 여러 개의 새장과 어항이 있었다. 쌍으로 있는 새도 있고, 홀로 새장을 지키는 새도 있다. 새장 밑으로는 햄스터와 이구아나, 고슴도치가 있는 작은 철창이 놓여 있다.

"우리도 애완동물 하나 키울까요?"

"어떤 거?"

"으음, 당신은 어떤 게 좋아요? 강아지? 고양이?"

"키우기 수월한 거."

인하가 쭉 둘러보더니 손가락으로 하나를 가리켰다. 혜원의 시선이 뾰족해진다. 그가 가리키고 있는 것은 금붕어였다. 다른 예쁜 물고기도 많은데 굳이 금붕어를 가리킨 것이다.

"정인하 너 혼자 키워라!"

"뭐어? 정인하? 이젠 맞먹지, 진짜."

차마 크게 말하지 못하고 작게 투덜거리는 걸 들은 인하가 성큼성큼 걸어오자, 혜원이 그를 피해 쭉 돌아 반대편으로 도망갔다.

인하가 팔짱을 끼고 이쪽으로 오라고 손가락을 까딱해도 혜원은 모르는 체 반대쪽에 있는 어항을 구경했다.

장을 보러 온 것인지, 놀러 온 것인지.

마트에 온 지 한 시간이 넘어가자 인하가 그만 집으로 가자고 혜원의 허리를 감쌌다. 마지막으로 잊지 않고 휴지까지 카트에 담아 계산대로 향했다.

인하가 계산대 옆에 있는 사탕 하나를 집어 계산대에 올린 뒤 차근차근 다른 물건들을 올렸다. 바코드가 찍히는 사이 그는 먼저 계산이 끝난 사탕 껍질을 벗겨 혜원의 입에 물렸다.

"맛있다."

사탕을 물고 있는 한쪽 볼이 동그랗게 폭 솟아난다. 인하가 카트 안으로 물건을 다시 집어넣는 걸 멀뚱멀뚱 보던 혜원이 미간을 찌푸리며 턱에 힘을 실었다.

반 토막이 난 사탕을 꺼낸 혜원은 전자서명을 하는 남편의 입속으로 쏙 하니 그 사탕을 집어넣고는 카트를 끌고 앞장섰다.

"어?"

앞으로 걸어가던 몸이 뒤로 휘청거렸다. 뒤를 돌아보자 인하가 옷자락을 꽉 잡아당기고 있었다.

"정인하 혼자 버리고 가니까 좋아?"

아까 전에 '정인하'라고 불렀던 게 앙금이 남았는지 인하가 인상을 쓰고 노려본다. 내내 말이 없기에 지나가는 줄 알았더니. 진짜 쪼잔하다.

"놔요. 안 놔요?"

"안 놓으면 뭐?"

앞으로 가려는 혜원과 가지 못하게 붙잡는 인하. 그는 입안에 있는 사탕을 와그작 씹어 막대기를 빼 옆에 있는 쓰레기통에 투척했다.

"진짜 왜 이래요? 집에 안 갈 거예요?"

"카트 넘겨."

혜원이 벗어나려 아등바등하는 걸 여유롭게 보던 그는 마음이 풀렸는지 옷자락을 놓았다. 유유자적 카트를 밀고 가려는 그의 옷을 잡아 똑같이 당겼지만, 되레 혜원이 질질 끌려갔다.

"옷 늘어난다."

"내 옷도 늘어났거든요?"

"지금 그대가 입고 있는 옷이 내 거거든요?"

자신이 입고 있는 옷을 내려다본 혜원이 슬그머니 잡은 옷을 놓고 인하의 팔을 잡았다.

에스컬레이터를 타고 지하 주차장으로 내려가 물건들을 차에

실은 인하는 혜원을 조수석에 태우고 운전석에 올라 시동을 걸었다.

"졸려요."

"얼른 가서 자자."

촬영을 하고, 울고, 쇼핑하고. 피곤할 만도 하지. 어차피 내일은, 아니, 오늘은 쉬기에 그들은 느긋한 마음으로 집으로 향했다.

❈   ❈   ❈

차의 흔들림이 느껴지지 않아 혜원은 고개를 들었다. 서영이 분주하게 이것저것 챙기는 걸 보고 그녀도 내릴 준비를 했다.

"안녕하세요."

스태프들에게 일일이 인사를 하는 혜원은 아직은 불편한 분위기가 남아 있음을 깨닫고 더욱 환하게 웃었다. 그저께 촬영 내내 분위기가 좋지 않았다.

압도적으로 연기를 하는 인하와 간신히 따라가는 그녀. 그리고 사소한 NG도 놓치지 않았던 해준.

"안녕하세요, 감독님."

혜원은 해준에게 다가가 인사를 했다. 무뚝뚝하게 고개를 끄덕이고 돌아서는 그의 팔을 조심스럽게 잡은 그녀가 정중하게 허리를 숙였다.

"그날은 죄송했습니다. 제가 오만하게 굴었어요. 감독님 덕분에 많이 느끼고 알았어요, 제가 얼마나 부족한지. 깨닫게 해 주셔서 감사합니다. 앞으로 더 노력할 테니 지켜봐 주세요."

해준이 혜원의 얼굴을 살폈다. 차분한 미소와 또렷하게 반짝이는 눈빛. 그가 다시 고개를 끄덕였다.

배우의 자존심을 내세울 줄 알았는데 그녀가 먼저 다가와 인사를 하고 정중하게 사과를 하자 해준의 눈매가 풀어졌다.

해준의 굳은 얼굴이 풀리는 걸 본 혜원이 다행이라는 듯 설풋 웃으며 돌아섰다. 이번에는 해준이 그녀를 잡았다.

"신혜원 씨."

"네, 감독님."

"솔직히 신혜원 씨의 연기가 나쁜 건 아닙니다. 하지만 전 인기 있는 배우를 앞세워 화제성만 생각하는 그저 그런 드라마를 만들 생각은 없습니다. 그나마 정인하 씨가 있어서 절반이나마 괜찮은 드라마가 만들어질 거라고 봅니다."

혜원은 해준의 적나라한 말에도 기분 나쁜 기색을 보이지 않았다. 오히려 동조를 하듯 고개를 끄덕였다. 그녀도 인하와 연기를 하면서 느꼈다.

"정인하 씨와 차이가 분명히 납니다. 아직은 정인하 씨에게 시선이 갑니다. 하지만, 전 신혜원 씨도 그만큼 해낼 수 있을 거라 봅니다. 그러니까 같이 잘해 봐요."

"네. 인하 씨가 아닌, 저를 볼 수 있도록 열심히 하겠습니다."

해준이 미소를 보였다.

상대 배우에게 기가 팍 죽었을 텐데도, 감독이 배우로서의 자존심을 헤집었는데도 혜원은 굳건하게 일어났다. 조금은 대견하게 느껴진다.

곧 한 발짝을 떼고 걷는 걸 넘어서 뛸지도 모른다는 생각에 해준은 피식 웃었다.

해준과 이야기가 잘 끝난 것 같아 혜원은 조금 더 가벼운 마음으로 다른 스태프들에게 인사를 했다. 동료 배우들에게도 인사를 한 그녀는 인하를 찾아 나섰다.

바로 옆 대기실에서 만난 그는 진주의 도움을 받아 재킷을 걸치고 있었다.

"나 왔어요."

"응. 저 멀리서부터 당신의 신이 난 발소리가 들리더라. 기분 좋나 봐?"

"네. 감독님께 인사드리고 왔어요."

잘 이야기가 되었는지 혜원의 표정이 밝다. 인하는 그녀의 볼을 살짝 건드리고는 씩 웃었다.

제작발표회가 열리는 방송국 내의 강당은 기자들로 가득 찼다. 여러 대의 카메라가 삼각대 위와 기자들의 어깨에 올려져 있었다. 노트북을 앞에 둔 기자들은 이미 빠른 손놀림으로 기사를 작성하고 있었다.

"그럼 지금부터 KSM 새 월화 드라마 '그들의 이혼' 제작발표회를 시작하겠습니다."

사회자의 신행에 따라 주연 배우인 인하와 혜원이 먼저 걸어 나갔다. 그들이 등장을 할 때부터 기자들이 빠르게 사진기의 셔터를 눌렀다.

계단을 올라갈 때 인하가 한 손으로는 혜원의 손을, 다른 손으로는 그녀의 허리를 잡고 오르자 플래시가 연달아 터진다.

포토 존에 서서 좌우와 정면을 바라보고 다정스러운 장면도 연출했다. 차례로 다른 배우들도 사진을 찍고 물러나자 스태프들이 빠른 속도로 기다란 책상을 세팅했다.

책상이 놓이고, 그 위로 마이크와 배우들이 마실 생수가 놓이는 시간을 틈타 기자들이 하나둘씩 기사를 올렸다. 빠르게 타자를 치는 소리가 시끄럽게 울렸다.

맨 가장자리에 해준이 앉고 그 옆으로 인하, 혜원, 조연 배우들 순으로 앉았다. 배우들이 자리하자 기자들의 손이 더 빠르게 움직인다.

목이 말랐는지 혜원이 물병에 손을 뻗자 인하가 빼앗아 들고는 생수병을 따 줬다. 그 사소한 행동도 놓치지 않겠다는 듯 사진 기자들이 셔터를 눌렀다. 물을 마시는 것조차 부담이 될 정도로 플래시가 터지자 혜원이 머뭇거리다가 인하의 뒤에 숨어 한 모금을 들이켰다.

감독과 배우들의 짧은 인사와 드라마 소개가 끝나고 기자들의 질문이 이어졌다.

"촬영 중 재미있는 에피소드 없었나요?"

으레 나오는 질문에 조연 배우 하나가 적당한 에피소드를 던져 주었다.

"아내나 남편이 카메오 출연을 하는 경우는 가끔 있어도 부부가 드라마에 동반 출연을 하는 것은 흔치 않는데, 어떠신가요?"

본격적으로 인하와 혜원에게 질문이 날아들었다. 인하가 상체를 마이크 가까이 기울이며 대답했다.

"좋습니다. 아내가 돈을 벌어 오니까요. 둘이 버니까 통장에 제법 돈이 쌓이겠네요."

기자들이 재미있다는 듯 한바탕 웃음이 터졌다. 혜원은 오랜만에 찍는 드라마에 이렇게 남편과 출연하게 되어서 영광이라는 대답을 했다.

"소재가 이혼이에요. 연기하시는 데 힘들지 않았나요?"

예상했던 질문이 이어졌다. 불화설이 끊이지 않았던 부부인지라 기자들의 눈이 날카롭게 변했다. 작은 살점 하나 놓치지 않고 물어뜯겠다는 듯 날카로운 송곳니를 드러내고 으르렁거린다.

"힘들었습니다. 연기라고는 하지만, 아내한테 이혼하자는 말을 들으니까 가슴이 철렁하더군요. 그리고 공과 사를 구분해야 하는데, 예쁜 아내 얼굴을 보면 집중이 흐트러져요."

사랑이 가득한 눈으로 혜원을 한 번 바라본 인하가 씩 웃었다. 혜원이 입을 가리고 웃으며 그의 어깨를 툭 쳤다.

조금 곤란한 질문은 인하가 유연하게 대답을 했다. 기자들은 그날, 드라마 제목과 달리 두 사람의 행복한 모습만 담을 수밖에 없었다.

촬영을 바쁘게 이어 가는 중에 드라마 방영이 시작되었다.

배우들과 스태프들은 촬영 때문에 본방송을 보지 못했는데, 다음 날 첫 화 시청률이 16%로 동시간대 1위라는 소식을 받았다. 이른 새벽부터 진행된 촬영 도중에 자축을 했고, 모두들 신이 나서 촬영에 임했다.

"뭐해?"

"우리 드라마 보려고요."

내일도 일찍 나가야 하는데 유료결제를 한 혜원이 졸린 눈을 비벼 가며 드라마를 재생했다. 시간이 없어서 1, 2화를 보지 못하고 기사로만 틈틈이 반응을 확인했다.

첫 방송이 끝나자마자 인하의 연기에 대한 칭찬 기사가 쏟아졌다.

반면 혜원의 연기에 대한 기사는 많지 않았고, 그녀의 외모나 그녀가 입은 옷, 그녀가 사용한 화장품에 대한 기사가 나왔다.

그런 반응을 먼저 확인했기에 그녀는 부담을 내려놓고 편안하게 드라마를 보기로 마음먹었다.

넓은 소파 위에 길게 누운 혜원의 뒤쪽에 자리를 잡고 누운 인하가 드라마 감상에 동참했다.

"떨린다. 어, 나 나온다."

가장 첫 촬영이었던 장면. 두 사람은 조용히 화면을 응시했다.

두 사람은 2화까지 연달아 모니터를 했다. 드라마가 다 끝나자 혜원이 조용히 TV를 껐다.

완성된 영상으로 보니 인하와의 연기력 차이가 확연하게 느껴졌다. 해준의 말대로 보는 내내 인하에게 시선이 갔다. 단번에 확 몰입을 시키고 물 흐르듯 자연스러운 그의 연기.

"혜원아."

소파에서 벗어나더니 안방으로 홀로 걸어가는 혜원을 인하가 조심스럽게 불렀다. 휙 몸을 돌린 혜원이 허리에 손을 올리더니 호기 있게 말했다.

"인하 씨보다 더 뛰어난 연기를 보여 줄 테니까 기대해요."

의외의 말에 재미있다는 듯 그녀를 보던 그가 벌떡 일어나 혜원을 안아 들었다.

꺅, 작은 소리를 지르는 아내의 기분을 풀어 주기 위해 그는 빙빙 돌았다. 어지럽다고 혜원이 웃음을 터트렸다.

멈춰 선 인하의 몸이 잠시 흔들렸다. 늙어서 균형을 잘 못 잡냐고 깔깔대는 혜원을 그가 퉁명하게 내려 보고는 땅에 내려놓았다.

혜원이 꼿꼿하게 서지 못하고 한쪽으로 기우뚱거렸다. 그때를 놓치지 않고 인하가 똑같이 놀렸다.

빵빵, 조용하게 진행되던 촬영이 갑자기 끼어든 견적 소리에 중단되었다. 허탈한 웃음을 토해 내고 스태프들이 들고 있던 장비를 내려놓았다. 연기를 중단한 배우들은 낮은 탄식을 내뱉었다.

"음향 감독님! 소리 들어갔어요?"

"응. 꽤 크게 들어갔어. 재촬영해야겠다."

정욱이 어떻게 하냐는 시선으로 보자 해준이 손목시계를 확인했다. 벌써 저녁 시간이 훌쩍 지났다.

새벽까지 진행될 예정이었기에 잠시 쉬기로 하며 촬영 중단을 선언했다.

"오늘 밥차는 정인하 씨 팬클럽에서 보내 주었습니다! 모두들 뒤쪽 공터로 모이세요!"

스태프들이 환호성을 지르며 뒤쪽 공터로 몰려갔다. 해준은 그런 스태프들을 헤치며 대본을 들고 곧장 혜원에게로 향했다.

"많이 춥죠? 이걸로 손 녹여요. 여기 이 부분, 조금만 더 세게 갔으면 좋겠어요. 꽃다발을 신경질적으로 받아 들고. 무슨 말인지 알겠죠?"

"네. 반가움을 감추며 태주에게 짜증을 내고 귀찮은 반응을 보이라는 거죠?"

자신의 주머니에 있던 손난로 하나를 혜원에게 건네준 해준이 대본의 한 부분을 손으로 가리켰다.

대본 하나를 두고 머리를 맞대는 해준과 혜원을 인하가 응시했다.

혜원을 무뚝뚝하게 대하고 거리를 두던 해준이 언제부터인가 그녀를 많이 챙기기 시작했다. 초반에 연기에 대해 대놓고 지적을 했던 그가 요즘은 가끔씩 혜원의 연기에 칭찬을 한다.

혜원의 감정선이 묻어 나오는 부분은 몇 번이고 다시 찍는 등 공을 들여서 좋은 장면을 따 냈다.

물론 좋은 일이다. 첫 방송 때와는 달리 6화까지 방영이 되면서 혜원에 대한 평이 날이 갈수록 좋아졌다. 특히나 저번 화에서는 꽤 호평을 받아 자신감이 생긴 혜원의 연기는 기대 이상으로 나아지고 있다.

다만 신경이 쓰이는 건, 혜원에게 보이는 해준의 선의가 단순히 감독이 배우에게 보이는 호의처럼 느껴지지 않는다는 것이었다.

두 사람 사이에는 분명한 거리가 존재했다. 혜원은 해준을 감독 그 이상으로 대하지 않았다. 그것은 해준도 마찬가지였는데 최근에 무언가가 변했다.

혜원을 보는 시선. 처음에는 긴가민가하며 헷갈렸는데, 지금은 확연하게 보인다. 해준은 혜원을 다른 시선으로 보고 있다.

"혜원아."

들고 있던 촬영 소품인 꽃다발을 스태프에게 건네고 인하가 혜원에게로 걸어갔다. 손난로로 손을 비비며 혜원이 그를 향해 활짝 웃었다.

"감독님, 식사하시죠. 혜원아, 우리도 밥 먹으러 가자."

자연스럽게 해준을 떨쳐 낸 그가 혜원의 손에서 손난로를 빼앗았다. 그녀의 양손에 하, 하고 따뜻한 입김을 불어 주고는 언 손을 녹여 주었다.

"손이 많이 차갑다. 발은?"

"발도 차가워. 피가 안 통하나 봐요."

높은 구두를 신고 있는 혜원을 안쓰럽게 본 그가 서영을 불렀다. 담요와 운동화를 가지고 오라는 부탁을 한 그는 입고 있던 코트 앞자락을 풀고 혜원의 몸을 감싸 안았다.

"손 넣어."

"차가울 텐데요."

혜원의 손이 꼬물거리더니 인하의 스웨터 안으로 들어갔다. 뜨거운 그의 체온에 얼었던 손에 온기가 스며들어 따끔거린다.

그의 복근에 손을 비비며 체온을 빼앗아 가던 혜원은 해준의 시선을 느끼지 못했다. 다정한 두 사람의 모습을 보다 미간을 잔뜩 구기고 돌아서는 해준을.

"여기 운동화랑 담요요."

서영이 가져다준 담요를 인하가 받아 들고는 혜원의 허리에 둘러 준 뒤 흘러 내려가지 않도록 꼼꼼하게 여몄다.

무릎을 굽히고 앉아 직접 구두를 벗겨 주는 그의 어깨를 혜원이 잡고 중심을 잡았다. 구두를 벗겨 내고 검정 스타킹에 쌓인 작은 발을 인하가 정성껏 주물렀다.

"그러지 마요."

혜원이 발을 뺐지만, 인하가 더욱 힘을 줘 당기자 중심이 흐트러졌다. 어깨를 잡은 손에 힘을 잔뜩 주고는 그녀가 민망한 얼굴로 옆에 있는 서영을 봤다. 서영이 못 본 척 고개를 돌렸다.

운동화를 신고 지상으로 내려온 혜원을 데리고 그는 뒤쪽 공터로 향했다. 이미 스태프들이 자리를 잡고 앉아 식사를 하고 있었다.

뜨끈뜨끈한 김이 모락모락 피어오르는 밥차 위로 커다란 플래카드가 걸려 있다. 인하의 팬클럽에서 왔다는 걸 한눈에 알 수 있었다. 그의 사진과 응원 메시지가 적힌 플래카드를 혜원이 감탄 어린 눈으로 봤다.

"와, 당신 팬들 대단해요."

"저번 주에는 당신 팬클럽에서 간식 보내 줬잖아. 스티커도 붙여서."

혜원이 서영에게 맡겼던 핸드폰을 찾았다. 인증 샷을 찍어서 올려야 한다며 서영이 준 핸드폰으로 밥차 사진을 찍고는 인하를 그 밥차 앞에 세웠다.

혜원이 사진을 다 찍을 때까지 기다린 인하가 식판을 찾아 들고 배식을 받았다.

"여기 앉으세요."

정욱의 부름에 인하와 혜원이 식판을 들고 그 테이블로 향했다. 테이블에는 정욱 말고도 해준과 조명 감독이 앉아 식사를 하고 있었다.

"많이 추워요?"

발목까지 담요로 감싸고 종종걸음으로 걸어오는 혜원에게 해준이 물었다. 인하가 흘끗 그를 보고는 대신 대답을 했다.

"우리 혜원이가 추위를 잘 타요. 손발도 차고. 겨울이면 이렇게 꽁꽁 감싸서 데리고 다녀야 해요."

"하하하, 와이프 감기 걸릴까 걱정되나 봐? 내가 이따가 혜원 씨에게 조명 무지하게 쏴 줄게."

"얼굴 타지 않게 피해서 잘 부탁드려요."

조명 감독의 말을 인하가 넉살 좋게 받아쳤다. 조명 감독과 말을 하면서도 그는 혜원이 담요가 허리를 너무 조인다고 매듭 부분을 만지작거리자 직접 풀었다가 다시 묶어 주는 다정한 모습을 보였다.

"아니, 두 사람이 왜 불화설이 있는지를 모르겠다니까. 그렇지 않아, 유 PD?"

조명 감독이 동조를 구하자 해준이 작게 고개를 끄덕였다. 더불어 정욱도 두 사람을 보면 결혼하고 싶을 정도라고 덧붙였다.

"만인의 첫사랑인 혜원이를 제가 차지해서 다들 배 아프신가 봐요."

혜원은 얼굴을 붉히며 인하의 옆구리를 찔렀다.

"하하, 그렇기야 하지. 혜원 씨 결혼할 때 남자들이 울었지, 엉엉. 인하 씨는 좋겠어."

"좋죠. 눈뜨면 세상에서 제일 예쁜 혜원이 얼굴부터 보는데요."

더없이 사랑스럽다는 그의 시선에 조명 감독은 야유를 보내면서도 고개를 끄덕였다. 늦잠 잔다고 무시무시하게 노려보는 마녀가 아닌, 혜원 같은 마누라를 얻었다면 아침에 일찍 눈을 뜰 텐데, 하며 과하게 한탄을 하자 다른 스태프들이 동의한다며 크게 웃었다.

편집을 하던 해준이 탁, 일시 정지 버튼을 눌렀다. 환하게 웃고 있는 혜원과 그런 그녀를 지그시 바라보는 인하.

다시 재생 버튼을 눌렀다가 또 일시 정지를 했다. 추워서 잔뜩 웅크린 그녀의 어깨에 직접 담요를 둘러 주는 인하의 모습.

매 화가 끝나면 짤막하게 촬영장의 모습을 끼워 넣는데, 대부분이 혜원과 인하의 다정한 모습이었다. 생생하게 와 닿는 두 사람의 다정한 모습에 해준의 미간이 접혀 들어갔다.

"미쳤군."

잠시 인하의 자리에 자신을 끼워 넣고 상상을 하던 해준이 머리를 흔들며 욕을 내뱉었다.

그는 언제부터인지 혜원에게 다른 감정을 품어 가는 자신을 알아차렸다. 캐스팅 때부터 마음에 들지 않았던 혜원이었기에, 그런 그녀에게 이런 감정을 가지리라는 생각은 전혀 하지 못했다.

워크숍에서 보기와는 달리 수다스럽고 활기차다는 걸 알았을 때에도 그냥 자신의 드라마에 캐스팅이 된 배우일 뿐이었다.

마음에 차지 않았지만, 캐릭터를 분석하며 배역에 애착을 보이는 혜원의 모습에 안도를 했다. 그런 노력이라면 터무니없는 연기를 하지는 않겠다고 안심했다.

그러다 혜원의 촬영 분을 편집할 때, 이곳에서 혜원의 영상을 보며 조금은 그녀의 연기에 호감을 가졌다. 아니, 그 추운 날 불평 하나 없이 촬영에 임했던 모습에서 호감을 가졌다.

물론 그 호감은 순전히 배우를 향한 호감이었다. 추위에도 굴하지 않고 연기에 임하는 모습에 감독으로서 감사했다.

그래서 그녀가 더 앞으로 나아갔으면 했다. 그렇게나 노력하는데, 더 잘되었으면 했다.

이 드라마로 연기력이 좋다는 평가를 받았으면 했다. 자신이 만드는 드라마에서 그저 그런 연기자가 아닌, 진짜 연기자로 거듭나기를 바랐다.

그러기 위해서는 자기 자신에 대해서 잘 알아야 한다. 그래서 일부러 인하와의 차이를 일깨웠다. 그녀가 인하와 연기를 비교해서 느끼기를 바랐다.

하지만, 인하와의 비교에 자존심만 상하고 수치심을 느낀다면 포기를 하고 그냥 열심히만 찍어 달라고 할 참이었다.

그런데 혜원은 자신의 부족함을 인정하고 발전하기 위해 노력했다. 그런 모습이 예뻤다.

"그때부터인가."

제작발표회 때, 먼저 와서 열심히 하겠다고 인사를 하는 모습이 흐뭇했다.

아, 이 여자는 정말 괜찮은 사람이구나, 좋은 배우가 될 수 있겠구나 싶었다.

그 뒤로도 혜원은 먼저 다가와서 연기 자문을 구하고, 몇 번이고 재촬영을 요구하는데도 짜증 한 번 없이 무엇이 부족한지를 물어 오며 연기했다.

연기에 대한 욕심과 열정이 오히려 더 자신을 자극했다. 더 좋은 연기를 끌어내고 싶어졌고, 더 좋은 장면을 찍어 주고 싶어졌다.

자꾸만 노력하는 혜원에게 시선이 향했다. 한두 번 향했던 시선이 이제는 줄곧 혜원만을 향한다. 배우를 위한 감독으로서의 애정이 조금씩 바뀌고 있다.

간혹 자신의 드라마 주인공에게 애정이 생겨 사생활로 이어지는 감독도 있다. 하지만, 자신은 단 한 번도 그런 감정을 느낀 적이 없었다.

"그래도 이건 아니지."

혜원의 옆에는 인하가 있다. 불화설이 있다는 게 믿기지 않을 정도로 두 사람은 사이가 좋았다. 알 듯 모를 듯 살뜰하게 혜원을 챙기는 인하와, 그런 그의 보살핌을 받는 그녀.

처음에는 인하가 주로 혜원을 찾는 것 같았는데, 가만 지켜보면 혜원이 그를 먼저 찾는 경우가 많았다.

매니저와 스타일리스트에게 인하가 어디 있는지를 묻고 그의 행방을 알고 나서야 촬영에 임했다. 촬영을 쉴 때면 인하에게로 조르르 달려가 활짝 웃었다.

자신과 이야기를 하다가도, 촬영장에 인하가 도착했다는 말을 들으면 단번에 달려가 그를 반겼다.

"그러니 포기해야지. 시작도 말아야지."

남편이 좋아 죽는 여자를 좋아해서 어쩌자는 건가.

"뭐하냐?"

"아, 선배."

일시 정지된 모니터에 시선을 박고 생각에 잠긴 그를, 지나가던 민대성 PD가 보고는 편집실 문을 열고 들어왔다.

"편집하냐?"

"네."

"이 녀석, 왜 이렇게 다운되어 있어? 무슨 일 있냐? 촬영 잘 안 돼? 지금 시청률 1위라며. 일 때문은 아닐 것 같고…… 여자?"

"여자는 무슨. 아니에요, 아무것도."

"오호, 여자 맞는가 본데? 누구? 배우냐? 아니면 스태프? 이왕이면 같은 업종에서 골라라. 너도 빨리 장가가야지."

대성이 쓸데없는 걱정을 쏟아 내고 사라지자 해준은 담배를 들고 자리에서 일어났다.

흡연실에 있는 사람들 중 안면이 있는 사람들에게 고개를 살짝 숙여 인사한 그는 창가에 걸터앉아 담배에 불을 붙였다.

빨리 촬영이 끝났으면 좋겠다. 그럼 혜원을 보지 않을 테고, 이 감정도 자연스레 사라질지 모른다.

해준은 담배를 빨아들일 때보다 더 긴 호흡을 연기와 함께 뱉어 냈다.

10

시청률이 연일 1위를 달리면서 각종 예능에서 섭외가 물밀 듯이 들어왔다. 토크 식으로 진행되는 예능에 출연을 한 이후로 드라마는 물론이고, 인하와 혜원의 인기가 치솟았다.

특히 두 사람의 결혼 생활에 관련된 에피소드에 시청자들은 좋은 반응을 보였다.

예능뿐 아니라 연예 프로그램에서의 인터뷰 역시 잇달았다. 촬영 중간에 짬짬이 인터뷰에 응해야 했는데, 오늘은 KSM 연예 프로그램 인터뷰가 잡혔다. 세트장 한쪽에 의자를 놓고 조명과 카메라가 세워지면서 인터뷰 준비가 한창이었다.

"안녕하세요."

큰 키에 늘씬한 몸매의 여자가 화사하게 웃으며 스태프들에게 인사를 했다. 먼저 촬영이 끝나 의자에 앉아 있던 혜원이 자리에서 일어나자 여자가 다가와 악수를 청했다.

"오늘 인터뷰를 진행할 진소하 리포터예요. 신혜원 씨는 처음 뵙네요. 반가워요."

모델 출신답게 소하는 보통 남자도 고개를 들고 봐야 할 정도로 키가 컸다. 혜원이 힐을 신었음에도 소하의 얼굴이 한참 위에 있었다.

추운 겨울인데도 소하의 옷은 가벼웠다. 가슴을 강조한 드레스는 깊게 파여 가슴골을 드러냈고, 길이는 허벅지 위로 올라가 꽤 짧았다.

치마 아래로 화려한 장미 넝쿨이 새겨진 스타킹과 아찔한 높이의 킬힐이 보였다. 그녀의 얼굴이 한참 위에 있는 이유가 있었다.

"신혜원입니다. 잘 부탁드려요."

혜원이 소하의 손을 잡았다. 소하의 긴 손이 혜원의 손을 감싸더니 힘을 꽉 주었다.

소하의 손가락에 끼워졌던 반지들과 긴 손톱이 혜원의 손을 파고들었다. 날카로운 통증에 혜원이 놀라 소하를 올려다보자 비릿한 웃음을 지은 그녀가 손에서 힘을 풀었다.

일부러 그랬다는 듯 차갑게 내려다보고는 먼저 자리에 앉아 긴 다리를 꼬고 인터뷰 대본을 훑는다.

처음 만나는 여자가 보이는 적대감에 혜원이 불쾌한 시선으로 소하를 바라봤다.

"혜원아."

촬영을 마친 인하가 인터뷰를 하기 위해 다가왔다.

"어머! 인하 씨."

자리에서 벌떡 일어나 그를 반갑게 부르는 목소리에 인하가 잠시 멈칫했다.

그보다는 살짝 아래에 있는 소하를 눈만 내려 흘끗 본 인하는 짧게 고개만 끄덕이고는 혜원의 옆에 서 그녀의 허리를 감싸 안았다. 그 모습을 본 소하가 노골적으로 혜원을 노려봤다.

"아는 사이예요?"

적대적인 시선에 혜원이 인하에게 물었다. 인하가 부드럽게 웃고는 짧게 고개를 끄덕였다. 그게 다인 듯, 덧붙이는 말없이 그는 혜원을 자리에 앉혔다.

잔뜩 반가운 기색으로 자리에서 벌떡 일어난 자신을 대놓고 무시하는 그의 태도에 소하가 분에 찬 얼굴을 했다.

"인하 씨, 우리 오랜만인데……."

"네, 오랜만이네요."

딱 잘라 소하의 말을 끊은 그는 큰 목소리로 서영을 불렀다. 서영이 달려오자 그는 담요를 가져다 달라 청했다.

"인하 씨."

"응. 뭐 더 필요해?"

서영이 가져다준 담요로 혜원의 다리를 감싸며 그가 눈을 맞췄다. 부드럽게 미소를 짓고 있지만, 그의 눈은 제법 매서웠다. 혜원이 그 시선에 하려던 말을 멈추고 고개를 흔들었다.

"인터뷰 빨리 시작하죠."

빈자리에 앉으며 인하가 연예 프로그램 감독에게 빨리 촬영을 시작할 것을 요구했다. 점심 식사도 해야 하고 촬영이 많이 밀린 탓에 빠르게 인터뷰를 끝내야 했다.

소하와 인하, 혜원이 나란히 앉아 준비를 마치자 바로 촬영에 들어갔다.

"안녕하세요! 진소하입니다. 오늘은 화제의 드라마 '그들의 이혼'에서 활약 중이신 두 분을 모셨습니다."

조금은 호들갑스럽다고 느낄 만한 소하의 소개에 인하와 혜원이 카메라를 향해 고개를 숙여 인사했다.

짝짝짝, 박수를 친 소하가 들고 있던 대본을 보며 바로 질문을 이어 갔다.

"요즘 드라마 인기가 굉장해요. 어떠세요?"

소하가 자신이 들고 있던 마이크를 인하의 입에 직접 대 주었다. 인하는 부드럽게 웃으며 슬쩍 그녀의 손을 밀어내고는 혜원이 들고 있던 마이크를 가지고 대답을 했다.

짧은 인터뷰 내내 소하는 모든 질문을 인하에게 물었다. 혜원에게 가야 할 질문도 인하에게 묻자 감독이 혜원에게 돌리라고 사인을 보냈음에도 그녀는 무시했다. 그러다 마지막 질문을 남기고 드디어 혜원에게 마이크를 넘겼다.

"마지막 질문 드릴게요. 가수는 자신이 부른 노래를 따라가고, 배우는 자신이 연기한 배역을 따라간다는 말이 있어요. 이혼 소재를 다룬 드라마에 출연을 하시는데, 걱정 안 되세요? 두 분 불화설이 끊이지 않잖아요. 정말 이혼하시면 어떡해요?"

되지도 않는 질문에 분위기가 싸하게 가라앉았다. 구경을 하던 드라마 스태프들도 놀랐고, 질문을 받은 당사자인 혜원도 놀랐다. 어서 대답해 달라는 듯 소하만이 환하게 웃고 있었다.

"죄송합니다. 인터뷰 마치죠."

불쾌함을 감추지 않고 인하가 자리에서 일어났다.

연예 프로그램 감독이 뛰쳐나와 소하에게 왜 대본에도 없는 질문을 하냐고 질책을 퍼부은 뒤 인하와 혜원에게 허리를 숙여 사과를 했다.

놀라서 눈만 깜빡이는 혜원을 일으킨 인하는 앞으로 인터뷰 질문은 사전에 검사를 하라고 괜한 재민을 타박하며 혜원을 데리고 자리를 떴다.

"인하 씨."

"왜."

자신의 대기실로 혜원을 데리고 온 인하는 소파에 앉아 쇼핑백에서 도시락을 꺼내 포장지를 뜯었다. 혜원의 몫까지 뜯은 그는 고개를 들어 서 있는 혜원을 봤다.

"아까 그 리포터랑 어떻게 알아요?"

"그냥 알아. 앉아. 밥 안 먹어?"

딱딱하게 굳은 얼굴과 차가운 시선. 비틀린 입매와 시니컬한 말투. 그의 기분이 상당히 저조함을 드러내고 있었다. 하지만 혜원도 그 못지않게 화가 났다.

"어떻게 아는 거냐고 물었잖아요."

"그냥 안다고. 앉으라고 했지."

"왜 화를 내요?"

"신혜원. 앉아. 별거 아니니까."

혜원이 가만히 선 채로 내려다보자 인하가 들고 있던 젓가락을 던지고는 벌떡 일어났다. 혜원의 손목을 강하게 끌고 억지로 앉히려고 하자, 그녀가 손에서 벗어나려 몸을 비틀었다.

"누군데요? 그 여자가 누군데 그래요?"

"꼭 알아야겠어? 별로 이야기하고 싶지 않아."

"말해 줘요."

"말하기 싫다고."

인하의 목소리가 낮아졌다. 서늘해진 그의 눈에도 혜원은 굴하지 않고 계속 물었다.

"그냥 예전에 잠깐 만났어. 됐어? 속이 시원해?"

인하는 그녀를 노려보고서는 문 쪽으로 걸어갔다.

"그게 다가 아니죠?"

"그만하자. 밥 먹고 있어. 바람 좀 쐬고 올게."

인하가 문을 열고 나가 버리자 혜원은 눈을 감고 울음을 삼켰다.

지금 화를 낼 사람이 누구인데.

자신이 처음이 아니라는 건 알고 있었다. 하지만, 남편의 과거 여자를 직접 마주하는 것은 꽤나 역했다. 속에서 쓴물이 올라오고, 그 여자를 향한 맹렬한 분노가 솟아오른다.

딸깍, 문소리가 들리자 인하가 돌아온 건가 싶어 돌아서던 혜원은 문설주에 기대어 자신을 노려보는 소하를 보곤 얼굴을 군혔다.

"어머, 인하 씨 대기실이기에 들어왔는데 그쪽이 있네요."

"무슨 일이시죠?"

"인하 씨 보러 왔죠."

당당하게 걸어 들어온 소하는 대기실을 쓱 훑어보더니 물건을 손끝으로 만졌다. 인하의 메이크업 도구와 그가 입는 옷을 손으로 스치듯 만진다.

황당한 시선으로 그 모습을 보던 혜원이 그녀의 손등을 쳐 냈다.

"뭐하는 짓이에요? 제 남편 물건에 손대는 거 불쾌하네요."

"웃겨. 남편? 남의 남자를 빼앗아 가 놓고는 꽤나 당당하네요."

피식 웃으며 혜원을 내려다보는 그녀의 시선에는 비웃음이 가득했다. 혜원은 손끝이 차게 식는 분노를 느꼈다. 이 여자는 인하의 과거일 뿐이다, 그리 생각을 하면서 마음을 다잡으려 해도 여자의 태도에 동요가 되었다.

"나가 줘요. 되도 않는 말 하지 말고 ."

"맞잖아, 내 남자 그쪽이 빼앗아 간 거. 두 사람, 그 기사만 아니었어도 결혼할 일 없었잖아. 연애결혼? 웃겨. 인하 씨는 나랑 연애하고 있었거든? 그날 호텔에서 밤을 보냈던 여자는 나야, 그쪽이 아니라."

소하의 말에 혜원의 입가가 떨렸다. 할 말을 잃은 채 멍하니 보며 입만 달싹일 뿐 말을 뱉지 못했다. 차갑게 식은 피가 사고까지 얼려 버렸다.

인하와 밤을 보내는 사이였다는 여자의 적나라한 말에 혜원은 숨이 턱 막혔다.

"그날 사진이 찍혀야 했을 사람은 나야. 그쪽이 아니라. 지금 인하 씨 옆에 있어야 할 사람은 나라고!"

"혜원 씨, 뭡니까."

두 사람 사이를 파고드는 목소리에 소하와 혜원이 동시에 고개를 돌렸다. 열린 문 앞에 해준이 서 있었다. 해준은 흘끗 소하를 보고는 인상을 썼다.

"뭡니까? 지금 그쪽 스태프들 다 철수했는데."

해준의 축객령에 소하는 황급히 얼굴 표정을 바꿔 화사한 미소를 지으며 아까의 무례에 대한 사과를 하러 왔다는 거짓말을 했다.

마지막까지 혜원을 노려본 그녀는 허리를 꼿꼿이 세운 채로 대기실을 나갔다.

"언제 오셨어요?"

해준이 언제 온 것인지, 어디서부터 들은 것인지 몰라 혜원이 불안한 눈으로 그를 봤다. 해준은 대화 내용은 못 들은 건지, 태연하게 인하가 어디에 있는지 물었다.

바람을 쐬러 나갔다는 말에 그는 이따가 다시 오겠다며 돌아갔다. 해준까지 나가고 홀로 남겨진 혜원은 떨리는 다리로 간신히 소파로 걸어가 털썩 주저앉았다.

옥외 정원에서 담배를 피우는 몇몇 사람들이 인하를 흘긋댔다. 평소 보기 힘든 그를 눈앞에서 보자 설레어 사인이라도 받고 싶었지만, 방송 관계자라는 직업상 대놓고 그럴 수가 없어서 다들 구경만 했다.

"형님, 그만 들어가시죠."

인하가 대기실에서 나오는 걸 보고 따라 나온 재민은 사람들의 시선이 모이자 그만 들어갈 것을 청했다.

인터뷰를 처음부터 끝까지 보았던 재민은 소하라는 여자가 인하와 과거에 관계가 있었음을 눈치챘다.

인터뷰 내내 노골적으로 인하를 향해 교태 어린 눈빛을 보내는 걸 봤다. 그리고 혜원에게 대놓고 적대적인 시선을 보내는 것도.

"알던 사이입니까?"

인하의 매니저를 하면서 그를 도와 왔다지만, 사생활은 절대 관여하지 않았다. 여자를 만나는 것만 알고 있을 뿐, 상대가 누구인지는 알지 못했다. 묻지도 않았다.

"왜, 너도 궁금하냐?"

꽤나 짜증 섞인 말투에 재민이 고개를 흔들었다.

차가운 바람이 얼굴을 수차례 때리고 지나간다. 정신이 번쩍 든다. 뒤늦게 혜원에게 화를 내고 뛰쳐나온 제 모습이 옹졸하게 느껴진다.

소하를 만났을 때, 저도 꽤나 놀랐다. 그리고 혜원의 눈치를 보게 됐다. 감이 좋은 그녀가 소하와 자신의 관계를 눈치채는 것 같아 불안했다.

적당히 반가운 척을 했다면 유연하게 넘어갔을지도 모르는데, 혜원의 굳은 얼굴을 보자 소하에게 꽤 날카로운 반응이 나가 버렸다.

대기실에서 혜원이 소하와의 관계를 묻자 화가 났다. 혜원에게 시시콜콜 과거의 여자에 대해 이야기하는 것도 싫었고, 그로 인해 혜원이 기분 상할 것이 끔찍이도 싫었다.

"형님, 바람피우다가 딱 걸린 얼굴입니다."

"죽을래?"

재민의 복부에 주먹을 꽂아 넣은 그가 터덜터덜 건물 안으로 들어갔다. 혜원의 기분을 풀어 주고 사과를 해야겠다는 생각을 하며 걷는데, 다시는 마주하고 싶지 않은 여자가 앞을 가로막았다.

"오랜만인데 나 이렇게 보낼 거야?"

"그럼? 따귀라도 한 대 때려서 보낼까?"

인하의 비틀린 미소에 소하가 다가가던 걸음을 멈췄다. 당장이라도 그가 뺨을 후려칠 듯 낮게 으르렁거린다.

험악한 그의 기세에 눌린 소하가 억지로 입술 끝을 끌어올렸지만, 더욱 사나워지는 그의 시선에 결국 눈을 피했다.

"인하 씨, 우리……."

"내 이름 부르지도 말고, 우리라는 단어로 엮지도 마."

더는 상대하기 싫어 인하는 그녀를 지나쳐 성큼성큼 걸었다.

"내가 기자들에게 당신과의 사이 다 불어 버릴 거야. 그리고

254

당신과 그 여자와의 거짓 결혼도. 당신들 연애결혼이 아니라는 거, 모조리 다 불어 버릴 거야."

인하가 뒤돌아 빠른 걸음으로 걸어왔다. 바짝 다가오는 인하의 모습에 소하가 저도 모르게 뒷걸음질을 쳤다.

"불어? 불어 봐. 아직도 정신 못 차렸나 봐? 네가 패션쇼에 발도 못 붙인 이유를 아직도 몰라? 지금 스폰서 하나 잡고 리포터로 간신히 활동하나 본데. 아예 매장시켜 줄까?"

조금씩 일거리가 줄었다. 그러다가 갑자기 모든 일이 뚝 끊겼었다. 어린 모델들이 넘쳐 나기에 그런 줄로만 알았다.

소속사에서도 내쳐질 위기였는데, 간신히 나이 든 영감의 스폰을 받아 리포터로 전향할 수가 있었다. 그마저도 KSM의 프로그램 하나만 겨우 맡고 있었다.

"당신이…… 그랬어?"

"네가 사진 기자 매수해서 호텔 앞에 불렀던 거 모르는 줄 알았어? 혜원이와 찍혔기에 망정이지, 너하고 찍혔다고 상상만 해도 소름이 끼쳐."

"당신이 그랬냐고!"

"그래. 기자든 혜원이든 입만 벙긋해 봐. 너 가만 안 둔다. 내 손으로 죽여 버릴 거야."

그의 눈이 형형하게 빛났다. 잔뜩 비틀린 입매와 구겨진 눈살. 으드득 갈리는 잇소리. 꼭 쥐어진 주먹.

정말 그의 손에 죽을지도 모른다는 위압감에 소하가 몸을 잔뜩 움츠렸다.

방금 전, 혜원에게 퍼붓고 온 말을 떠올린 그녀는 뒷걸음질을 치다가 뒤돌아 뛰어 도망갔다.

"형수님과 찍힌 사진, 저 여자와 관련 있는 거였습니까?"

멀찍이 떨어져 두 사람의 대화를 듣고 있던 재민이 물었다. 인하는 깊은 한숨을 내쉬고는 고개를 끄덕였다.

"저 여자와 사진이 찍혔다면, 저 여자와 결혼을 했겠군요."

"내가 미쳤다면 모를까, 혜원이니까 한 거야. 쓸데없는 소리 말고 앞으로 진소하와 마주치는 일 없도록 프로그램 리포터 미리미리 확인해."

앞으로 마주치지 않으면 될 거라는 생각을 하고 인하는 대기실로 걸음을 옮겼다.

문을 열고 들어섰을 때, 텅 비어 있는 자신의 대기실을 보고 그가 마른세수를 했다. 손도 대지 않은 도시락을 본 그는 옆에 있는 혜원의 대기실로 향했다.

노크도 없이 벌컥 문을 열자 서영이 놀랐는지 가슴을 쓸어내렸다.

"혜원이는?"

"네? 언니요? 같이 계시는 거 아니었어요?"

싸늘하게 굳어 가는 제 얼굴을 매만지며 인하가 혜원을 찾아나섰다.

세트장으로 향하는데 화장실에서 막 나오는 혜원을 발견했다. 마주 걸어오는 그를 보고 고개를 획 돌린 그녀는 그대로 지나치려다 팔을 잡혔다.

"울었어?"

눈가가 젖어 있다. 인하에게 잡힌 팔을 뿌리친 혜원은 곧장 대기실로 들어가 버렸다. 복도에 홀로 남겨진 그는 짜증이 가득한 눈으로 혜원이 들어간 대기실을 노려봤다.

남은 촬영 내내 두 사람은 데면데면했다. 인하는 어떻게든 혜원의 기분을 풀어 보려 말도 걸고 장난도 걸쳤지만, 그녀가 반응을 보이지 않고 무시를 하자 이내 그만두고 입을 닫았다.

스태프들이 두 사람 사이에 무거운 분위기가 흐르는 걸 감지할 정도였다.

보통 서로의 촬영이 남아 있으면 기다렸다가 같이 집으로 가는 두 사람이었는데, 혜원은 먼저 촬영이 끝나자 인하를 기다리지 않고 집으로 가 버렸다.

늦은 시간까지 촬영을 계속한 인하는 피곤도 쌓이고, 소하 때문에 짜증이 났다. 물론 그중에서도 집에 먼저 가 버린 혜원이 가장 그의 신경을 곤두서게 했다.

집에 들어섰을 때, 늘 불이 켜져 있던 거실이 어둑하자 울컥 화가 치밀었다.

"신혜원, 일어나."

방으로 들어와 불을 켠 그는 이불을 뒤집어쓰고 누워 있는 혜원을 깨웠다. 입고 있던 코트를 벗어 바닥에 던진 그는 미동도 없는 혜원의 어깨를 강하게 잡아당겼다.

"아……."

"일어나라고."

"놔요."

그의 어깨를 밀친 혜원이 스스로 자리에서 일어나 앉았다. 서로를 노려보는 눈빛이 심상치 않다.

인하가 먼저 입을 열었다.

"그만하지? 예전에 잠깐 만났던 사이일 뿐이라고."

"당신 행동은? 그 여자를 보고 당신 행동이 어땠는지 알아요?"

헤어졌던 남녀가 다시 만나 어색한 게 아니었다. 그 이상의 반응을 인하가 보였기에 더 신경이 쓰이는 것이었다. 그리고 소하가 한 말도 굉장히 충격이었다.

"내 행동이 어땠는데? 별거 아니라고. 그냥 넘어갈 순 없어? 앞으로 내 과거 여자들 만날 때마다 이럴 거야?"

"과거 여자들이요?"

혜원의 눈이 흔들렸다. 말을 내뱉고 아차 싶은 인하가 거칠게 제 머리를 헝클어트렸다. 물기가 차오르는 혜원의 눈을 본 그가 자리에서 일어났다.

더는 대화를 하지 않겠다는 듯 돌아서는 그의 태도에 혜원이 목소리를 높였다.

"과거의 여자들이 얼마나 많은데요?"

"말이 헛 나왔어. 내일 이야기하자. 쉬어. 방금 한 말은 내가 심했어."

순순히 사과를 하는 모습이 더 약 올랐다. 그런 식으로 넘어

가려는 듯해 혜원은 결국 이야기를 꺼냈다.

"그날, 그 여자랑 호텔에서 나오던 거였다면서요?"

셔츠 단추를 풀던 인하가 천천히 뒤돌았다. 혜원이 무슨 말을 하는지 단번에 알아들은 그는 마른침을 삼키고 눈을 지그시 감았다가 떴다.

"누구한테 들었어?"

"그 여자가 당신 대기실에 와서 그러던데요? 말해 봐요. 내가 당신을 빼앗은 거야?"

"아니야. 그렇게 깊은 사이 아니었어. 사이라고 할 것도 없어. 잠깐…… 하아. 그날 잠깐 즐긴 것뿐이야."

소하와 깊은 사이가 아니었다고 혜원에게 제대로 설명을 해야 하는데, 가볍게 놀아나는 남자였다고 제 스스로 말하는 것과 다름없어 인하가 얼굴을 구겼다.

그는 더 이야기를 이어 가지 말라는 경고가 섞인 눈으로 매섭게 혜원을 봤다. 그 시선에 흠칫하면서도 혜원은 기어코 말을 꺼냈다.

"사진. 사진 때문에 결혼한 거 아니냐고, 원래는 자기랑 찍혔어야 했던 사진이래요."

"그만해."

"그 여자랑 사진이 찍혔다면, 지금 이 방에 그 여자가 있었을지도……."

"신혜원!"

인하가 크게 고함을 질렀다. 혜원의 양 어깨를 잡아 세운 그가 거칠게 흔들었다.

"그래서 무슨 말이 듣고 싶은 건데?"

"나랑 왜 결혼했어요?"

"사진 때문이지. 이제 됐어? 사진만 아니었다면 우리가 이렇게 결혼을 하고 몸을 섞을 일도 없었을……."

짝, 인하의 얼굴이 오른쪽으로 돌아갔다.

그가 혜원에게서 손을 떼고 한 걸음 물러나 자신의 뺨을 매만졌다. 헛웃음을 흘리며 천천히 고개를 바로 한 그가 무섭게 혜원을 쏘아봤다.

맞은 인하보다 더 놀란 혜원은 멍하니 자신의 오른손을 보았다. 그러다 그와 시선이 마주치자 소스라치게 놀랐다.

후드득, 혜원의 눈에서 눈물이 떨어졌다. 가득 고인 눈물이 떨어지기가 무섭게 새로 눈물이 차올랐다.

"너야말로 나랑 결혼한 이유가 뭔데."

"난…… 나는……."

말을 잇지 못하는 혜원을 두고 인하는 방을 나갔다. 그가 나가자 혜원은 얼굴을 가리고 주저앉아 엉엉 울었다. 그녀의 흐느낌이 안방을 벗어나 거실까지 새어 나왔다.

막 현관문 손잡이를 잡았던 인하가 쓴웃음을 짓더니 현관에서 물러났다. 다시 거실로 들어온 그는 안방으로 향하지 않고 그 자리에 서서 혜원의 울음소리를 들었다.

한참 뒤에야 흐느낌이 잦아들었다. 천천히 걸음을 옮긴 인하는 방문에서 한 발짝 떨어져 발을 멈췄다. 안으로 들어서지 못

하고 바닥에 주저앉아 우는 혜원을 내려다봤다.

"어쩌겠어. 우리 시작이 그런 걸."

인하는 복잡한 얼굴로 천천히 손을 들었다. 허공에 양손을 펼치고 앞으로 내밀었다.

"혜원아, 이리 와."

혜원이 그의 다정한 부름에 손에 묻고 있던 얼굴을 들었다. 혜원의 손바닥은 눈물로 젖었고, 그 눈물이 팔을 타고 흘러내려 팔 전체가 젖었다. 얼굴도 마찬가지였다.

눈을 깜빡이자 고여 있던 눈물이 떨어지고 시야가 선명해졌다. 안쓰러운 얼굴로 저를 내려다보는 남편을 보고 그녀의 눈에 또 눈물이 고였다.

"인하…… 씨."

잔뜩 갈라지는 목소리로 부르자 그가 고개를 끄덕인다.

"이리 와, 혜원아. 어서."

바닥을 짚고 자리에서 일어나려 다리에 힘을 주던 혜원이 다시 고꾸라졌다. 인하는 그녀가 스스로 일어나는 걸 지켜만 봤다.

간신히 자리에서 일어난 혜원이 흐느적거리며 인하에게 걸어 갔다. 손을 뻗어 그의 손끝을 잡고 한 발짝씩 걸어가 그의 목에 팔을 감았다.

"미안……해요. 흐윽."

"괜찮아."

그의 목덜미에 얼굴을 묻었던 혜원이 고개를 들고 자신이 때렸던 뺨을 조심스럽게 매만졌다. 큰 소리가 날 정도로 세게 때려서 그의 뺨이 붉게 변해 있었다.

혜원의 이마에 입을 맞춘 인하가 괜찮다고 속삭였다. 그리고는 저도 미안하다고 사과를 했다.

혜원이 진정이 되었다고는 하나, 그냥 넘어가서는 안 된다는 걸 알았다. 그래서 인하는 소하의 이야기를 꺼냈다.

소하와는 잠깐 만나던 사이였고 소하가 그날 호텔 앞에 사진 기자를 부른 것과, 우연히 지나가던 혜원과의 사진을 찍은 것까지.

"소하와 사진이 찍혔다고 해도 절대 결혼 안 했어."

"정말이요?"

"응. 맹세하지. 소하와는 절대……."

"그만. 알았으니까 그 여자 이름 말하지 마요."

혜원이 손으로 인하의 입을 막았다. 노골적으로 질투를 하는 혜원의 모습에 인하가 슬쩍 웃음을 흘렸다.

"신혜원. 혜원아. 혜원아."

혜원의 이름을 여러 차례 부르며 그가 그녀의 손가락 하나하나에 입을 맞췄다. 살짝 손가락을 깨물자 그녀가 슬쩍 손가락을 말아 준다. 새하얀 손에 투명하게 비치는 푸른 핏줄을 그가 혀로 핥았다.

"인하 씨, 뭐……해요."

"혜원아, 혜원아. 신혜원 이름 부르는 중."

끊임없이 혜원의 이름을 부르면서 그는 손등에 입을 맞추고 혀로 핥았다. 손등을 지나 손목에도 입을 맞추더니 그 손을 뒤집어 안쪽을 깊게 빨아들였다. 쪽 소리와 함께 그의 입이 떨어진 자리에 붉은 자국이 남았다.

"자국 남잖아요."

"긴팔 입는데 뭐."

한쪽 팔 전체에 그의 입술이 닿은 것 같다. 입술이 닿았던 곳에서 열꽃이 피어난다. 팔꿈치 안쪽을 그의 혀가 스치더니 안쪽의 여린 살을 깨물고 빨아들인다.

"아아…… 아파요."

팔에 닿는 그의 입술이 뜨겁다.

둥근 어깨까지 올라온 그의 입술을 내려다보는 혜원의 얼굴을 그가 반대쪽으로 돌렸다. 드러나는 새하얀 목덜미에 그가 입에 고이는 침을 삼켰다.

푹 들어간 쇄골에 작은 점이 하나 있다. 그걸 혀로 더듬은 그가 쇄골을 잘근잘근 씹었다. 목덜미를 타고 올라간 입술이 귓불을 집어삼킨다.

"아흣, 그만."

"그대로 있어 봐."

몸을 뒤트는 혜원을 붙잡아 고정시킨 인하가 살살 그녀를 달랬다.

인하의 입술이 닿았던 팔 한쪽이 움직이지 않는다. 마비라도 온 듯 꼼짝 않는다. 인하의 입술이 볼에 닿았다. 옆으로 돌려진 고개를 손수 돌려 주며 그가 눈을 맞춘다.

"왜 그렇게 봐요?"

"내가 어떻게 보는데?"

온기가 스민 그의 눈동자를 향해 혜원이 손을 뻗었다. 부드럽게 눈언저리를 쓰다듬는 손을 잡은 인하가 다른 팔에 했던 것과 똑같이 입을 맞췄다.

손가락부터 시작한 입맞춤이 손목을 지나 계속해서 위로 이어진다. 어깨를 지나 쇄골까지 그의 입맞춤이 계속되었다.

상체를 들어 올린 인하가 시선을 내려 울긋불긋해진 목덜미와 팔을 쓱 훑었다. 부드러운 손길로 머리카락을 쓸어 넘겨 주고는 손등으로 얼굴선을 훑는다.

"혜원아."

"왜요?"

혜원의 몸 위에서 내려온 인하는 그녀의 옆에 모로 누웠다. 한쪽 손으로 얼굴을 괸 그는 혜원을 내려다보며 부드럽게 그녀의 얼굴을 쓸어내렸다.

"울어서 눈 부은 것 좀 봐."

"또 금붕어라고 하기만 해 봐. 진짜 가만 안 둬."

인하가 고개를 숙여 눈 위에 짧게 입을 맞췄다.

"속상하다."

"싸워서요? 나도 속상해요."

혜원이 원래의 피부색으로 돌아온 그의 뺨을 매만졌다.

"울어서. 네가 울어서 속상하다. 울보야."

"울보는 아니거든요?"

그가 묘하게 웃더니 손을 아래로 움직였다. 쓱 내려간 손이 혜원의 허리 위에 올려졌다. 살짝 옆구리를 만지는가 싶더니 손가락이 빠르게 움직였다. 간질간질 손가락이 움직이자 혜원이 웃음을 터트리며 몸을 꼬았다.

"꺅! 그만해요! 간지러워."

"울보가 아니라는 걸 보여 줘. 더 웃으라고."

웃느라 얼굴이 붉어진 혜원이 도리질을 치며 인하에게 반격을 가했다. 단단한 그의 옆구리를 똑같이 간질이는데 인하는 아무렇지도 않은 듯 다시 양손으로 혜원을 간지럽혔다.

나중에 가서는 혜원이 끅끅거리며 숨까지 벅차 하자 인하가 간지럼 태우는 걸 멈췄다.

"웃어. 그렇게 웃어, 혜원아."

아직도 미안해하는 그의 입술을 혜원이 삼켰다. 입술이 벌어졌다 다물리며 입술을 머금는다. 고개를 꺾어 더 깊이 파고들면서 혀를 들이밀었다. 인하는 그 혀를 받아 핥으며 혜원의 몸을 끌어안았다.

"당신도 웃어요."

긴 키스 끝에 혜원이 입술을 떼고 말했다. 인하가 입술 끝을 끌어 올리며 미소를 지었다.

"억지로 말고요. 진짜로 웃어요."

"지금은 웃음이 안 나."

눈을 가늘게 뜨고 그를 보던 혜원이 손을 뻗었다. 간질간질 간지럼을 태웠지만, 방금과 마찬가지로 인하는 반응을 보이지 않았다.

"나 간지럼 안 타는데."

"그럼 어떻게 하면 웃음이 나요?"

인하가 손으로 혜원의 볼을 꼬집었다. 그가 혜원의 입술 양끝을 손가락으로 누르며 위로 올렸다. 그의 손에 의해 우스꽝스러운 얼굴로 웃는 그녀를 보고 인하가 대답을 했다.

"이렇게 신혜원이 웃으면 나도 웃지."

"노아저요."

어눌한 발음으로 놓아 달라고 말을 하는 혜원의 얼굴을 본 인하가 웃음을 터트렸다. 그가 손을 떼자 우스꽝스럽게 눌러졌던 볼이 다시 부풀어 올랐다.

"거짓말. 나한테 장난을 치면 웃음이 나는 거겠죠."

눌렸던 볼을 만지며 새초롬하게 말하는 혜원을 인하가 품에 가득 안았다.

11

조용하던 촬영장이 컷 소리와 함께 소란스러워졌다. 다음 촬영 장소로 이동하기 위해 스태프들이 분주하게 움직였다. 그 틈을 헤치고 가던 해준이 혜원을 불렀다.

"신혜원 씨, 잠깐만요."

해준의 부름에 혜원이 빠른 걸음으로 다가갔다.

그녀가 해준의 앞에 거의 다다랐을 때 바닥에 있던 전선이 힐에 걸려 몸이 앞으로 넘어질 듯 기울었다. 균형을 잃는 모습을 본 해준이 잡아 준다는 게 그만 그녀를 품에 안아 버렸다.

팔과 가슴에 무게감이 실리더니 혜원이 풍기는 부드러운 향이 확 끼쳐 왔다. 서늘한 공기가 일순 따뜻해지는 듯 몽롱한 기운이 스몄다.

"어머, 죄송합니다."

"괜찮아요?"

혜원이 자신의 품에서 벗어나는 순간 저도 모르게 빠져나가지 못하도록 잡을 뻔했다.

해준은 턱관절에 힘을 주고 표정을 굳혔다. 주먹을 꽉 쥔 그는 혜원의 말간 얼굴을 외면했다.

"저기, 감독님. 무슨 일로 부르셨어요?"

꽤 친해졌다고 생각을 했는데, 해준이 갑자기 예전의 모습으로 돌아갔다. 그가 예전처럼 딱딱하게 돌아간 것은 소하와의 인터뷰가 있었던 다음 날부터였다.

혜원은 해준이 모든 이야기를 들었다는 걸 알아차렸다. 그래서 조마조마했다. 해준이 소하의 이야기를 듣고 어떤 생각을 했을지, 혹여나 다른 사람에게 그 이야기를 꺼내는 건 아닌지 걱정됐다.

혜원과 인하는 대중들에게 연애결혼을 한 것으로 알려져 있었다.

호텔 앞에서 찍힌 사진으로 큰 파란을 일으켰던 두 사람은 연애 중이었고, 결혼을 전제로 만나고 있다고 보도했다. 그리고 얼마 뒤, 공표를 하며 결혼을 했다.

대중들과 마찬가지로 그렇게 알고 있었을 해준이 소하의 이야기를 듣고 그들의 거짓 연애결혼을 알아 버렸다는 사실에 혜원은 겁이 났다.

인하에게 해준이 알게 된 것 같다고 이야기를 해야 하나 고민을 했지만, 해준이 딱딱하게 구는 것 말고는 별다른 반응을 보이지 않아 알리지 않았다.

해준이 그날, 소하의 이야기를 들었다고 직접적으로 말을 하지 않았기에 섣불리 말을 꺼내 인하를 신경 쓰이게 하고 싶지 않았다.

"감독님?"

물끄러미 쳐다만 보는 시선에 혜원의 동공이 불안정하게 흔들렸다.

"소진과 태주의 베드신이 들어갈 것 같아요."

"베드신이요?"

16부작 드라마인 '그들의 이혼'은 현재 10화까지 방영이 되었다. 대본은 13화까지 나온 상태인데, 베드신은 보지 못했다. 없던 베드신이 생기자 당황하면서도 혜원은 알겠다는 듯 고개를 끄덕였다.

"그럼 다음 대본에 있는 건가요?"

"아니요. 대본이 수정되어 올 겁니다. 수정되는 대로 그 장면 먼저 촬영을 하게 될 것 같아요."

"아, 네. 알겠습니다."

할 말은 끝이라는 듯 해준이 바로 뒤돌아섰다.

"저기, 감독님."

혜원은 저도 모르게 해준을 붙잡았다. 소하와의 대화를 들은 것인지 묻고 싶었으나 말이 나오지 않았다. 머뭇거리는 그녀를 무심하게 본 해준은 다음 촬영 장소에서 보자며 가 버렸다.

혜원은 낮은 한숨을 쉬고는 자신의 벤으로 향했다.

"언니, 가면서 식사해야 될 것 같아요. 괜찮겠어요?"

"응. 도시락 줘."

촬영이 많을 때 이동을 하면서 식사를 하는 일은 다반사였다. 입맛은 없었지만, 혜원은 도시락을 받아 들고 포장지를 뜯었다. 하필이면 소화가 잘 되지 않는 튀김이다.

돈가스와 새우튀김을 뒤적거리는 혜원을 보며 서영이 입맛이 없냐고 물었다. 서영은 몸을 앞으로 빼고 주영에게 근처 편의점에서 간편하게 타서 먹는 수프를 사 오라고 했다.

"혜원아, 입맛 없어도 일단 조금이라도 먹어."

주영이 백미러로 혜원을 보며 이야기했다. 혹시 컨디션이 좋지 않거나 아픈 거면 바로 말하라는 그에게 혜원이 작게 고개를 끄덕였다.

촬영장에 도착한 혜원은 인하도 도착했다는 말에 벤에서 내렸다. 인하의 벤으로 걸어가면서 그녀는 바삐 움직이는 스태프들을 구경했다.

지금까지 별 탈 없이 무난하게 촬영이 진행되어 왔다. 겨울 막바지에 눈이 한꺼번에 쏟아져서 촬영이 조금 지체됐던 것 말고는 큰 사고도 없었다.

4월인 지금은 매일 날씨도 좋아 한층 촬영 여건이 좋았다.

"어딜 보고 걸어."

"아, 인하 씨."

벤에서 내려 기지개를 켜며 몸을 풀던 인하는 다른 곳을 보며 걸어가다 자신을 지나치는 혜원을 붙잡았다.

깜짝 놀라는가 싶더니 그녀가 그를 보고 활짝 웃었다. 하지만, 그 웃음을 본 인하가 미간을 접었다.

"어디 아파? 얼굴이 창백해, 너. 손도 차고."

여름에도 혜원의 손발은 찬 편이다. 워낙 추위에 약해 에어컨을 맞으면 한여름에도 손발의 온도가 급격하게 떨어진다.

그런 체질이라고는 하지만 그래도 오늘따라 유독 손이 차다. 그녀의 손을 잡은 인하가 비벼 대면서 온기를 나눠 주었다.

"조금 피곤한가 봐요. 요즘 촬영이 많았잖아요."

오랜만인 데다가 그동안 추위 속에서 촬영을 진행해 온 터라 몸에 무리가 갈 만도 했다. 드라마가 끝나면 휴양지로 여행이라도 다녀와야겠다는 생각을 하는데, 두 사람에게로 해준이 걸어왔다.

"어디 아픕니까? 안색이 안 좋습니다."

괜찮다고 대답을 하며 고개를 푹 숙이는 혜원의 얼굴을 해준의 시선이 끈질기게 따른다.

인하가 슬쩍 그녀의 허리를 감싸 당기고 해준에게 부드럽게 웃으며 왜 자신들을 찾아왔는지 물었다. 해준은 그제야 근처에 행사가 있어서 촬영을 빨리 시작해야 하니 바로 준비해 달라는 말을 남기고 떠났다.

"혜원아, 감독님하고 무슨 일 있어?"

"네?"

초반에는 혜원을 눈에 차지 않아 하던 해준은, 그녀의 노력을 알고 난 뒤로 그녀를 배우로 봐 주고 있었다.

해준은 혜원의 감정선을 최대치로 끌어 올려 그녀가 더 좋은 연기를 할 수 있도록 도와주었고, 그런 그에게 혜원은 감사함을 느끼고 더 열심히 연기를 했다.

해준을 내내 잘 따르던 혜원이 요즘은 눈도 마주치지 못하고 있다. 두 사람의 사이가 서먹해진 건 알았지만, 내색하지 않았다. 은근히 그걸 반겼기에.

그런데 저렇게 눈에 띄게 두 사람이 내외하는 모습도 달갑지 않다. 왜 그리도 서로를 의식하는 것인지.

"무슨 일 있잖아. 뭔데?"

"아, 아무것도."

인하의 미간이 단번에 접혀 들어가고, 눈빛이 서늘해졌다. 숨기지 말고 말하라고 다시 채근을 하는 그에게 혜원은 고민을 하다가 결국 털어놓았다.

그날 소하가 대기실에서 사진과 그들의 결혼에 관한 이야기를 했는데, 해준이 다 들은 것 같다고.

인하가 난감한 얼굴로 뻐근해져 오는 뒷목을 두드렸다. 소하 때문에 부부싸움을 한 것도 마뜩치 않은데, 해준까지 알게 된 데다 그로 인해 계속해서 신경을 쓰는 혜원에게 미안함도 들었다.

"신경 쓰지 마. 누구한테 말할 거였으면 진즉 했겠지. 드라마를 생각하면 섣불리 말하지도 못할 거야. 입은 무거워 보이던데."

크게 별일은 없을 거라는 인하의 말에도 혜원은 불안한 듯 손가락을 꼼지락거렸다.

지금 두 사람은 불화설이 언제 있었나 싶게 잉꼬부부로 소문이 나 있었다. 이혼이라는 소재를 다룬 드라마를 찍으면서 우려했던 것과는 달리 두 사람의 불화설은 잠잠해졌다.

다정한 모습이 많이 공개되면서 그들을 보는 대중들의 시선이 많이 달라진 것이다.

이런 상황에 소하가 나타났고, 해준이 그들이 연애결혼이 아닌, 호텔 앞에서 찍힌 사진 때문에 합의 하에 결혼을 했다는 걸 알게 되자 혜원은 몽글몽글 피어오르는 불안감에 초조했다.

"가자. 촬영 준비해야지."

멀리서 서영이 달려오는 걸 본 인하는 혜원을 데리고 걸음을 옮겼다.

작은 트럭 하나가 촬영으로 인해 통제된 곳으로 진입을 시도했다. 재빨리 스태프가 달려가 트럭을 막았다. 운전자가 창문을 내리고 무어라 이야기를 하자 스태프가 다른 스태프를 불렀다.

운전자는 스태프들의 안내를 받아 한쪽에 주차를 하고는 차에서 내려 바삐 움직이기 시작했다.

트럭 뒤쪽에 올라 한쪽을 개방하더니 플래카드를 꺼내 붙이기까지 했다. 능숙하게 트럭의 위와 옆에 잔뜩 무언가를 붙이고 일을 끝낸 듯 다시 트럭에 올랐다.

스태프는 잠시 촬영이 중단된 틈을 타 해준에게 달려가 트럭을 가리키며 무언가를 말했다. 해준이 트럭을 보더니 인하와 혜원을 쳐다봤다.

"쉬었다가 갑시다!"

해준의 말에 모두들 궁금했던 트럭으로 몰려갔다. 스태프 한 명이 얼른 트럭에 대해 소개했다.

"정인하 씨와 신혜원 씨 팬클럽에서 푸드트럭을 보냈답니다! 커피랑 샌드위치 드세요!"

한창 배가 고팠던 스태프들은 환호성을 지르더니 인하와 혜원에게 잘 먹겠다는 인사를 했다.

잘나가는 배우들과 촬영을 하니 틈틈이 간식이 배달된다고 좋아하는 스태프들의 인사를 받으며 두 사람도 푸드트럭으로 향했다.

푸드트럭에서는 향긋한 원두향이 진하게 흘러나왔다. 기호에 맞게 아메리카노부터 카라멜 마끼아또, 카라멜 모카 등 일반 카페에서 파는 웬만한 종류의 커피는 다 있었다. 바리스타의 손이 바쁘게 움직였다.

바리스타는 일회용 커피 잔에 커피를 담고 뚜껑을 닫은 뒤 두꺼운 종이로 만들어진 컵홀더를 끼웠다.

스태프들 모두가 커피를 받아 들면서 종이에 적힌 글귀를 보고 흐뭇하게 웃었다.

"와, 이것도 팬들이 만들었나 본데?"

"뭐라고 적혔어요?"

아직 커피를 받지 못한 스태프들이 주목했다. 스태프가 커피 잔을 감싼 컵홀더를 빼고는 글귀를 읽었다.

"'그들의 이혼' 촬영 스태프들 파이팅! 좋은 드라마 만들어 주셔서 감사합니다! 시청률 연속 1위 축하! 우리 인하 오빠와 혜원 언니 잘 부탁드려요!"

여러 팬들이 보낸 응원 메시지를 한데 모아 인쇄를 했는지 간간이 인하와 혜원에게 고백하는 글귀도 있었다.

곱게 포장이 된 샌드위치에는 드라마의 영상이 스티커로 인쇄되어 붙어 있었다. 스태프들 중 일부가 커피와 샌드위치를 두고 핸드폰을 꺼내 사진을 찍었다.

"인하 씨, 우리 인증 샷 찍어서 올려요!"

팬들이 보내 준 선물에 감동한 혜원이 인하의 팔을 잡아끌었다. 각자의 팬이 번갈아 가면서 밥차와 간식을 보내 준 적은 있었지만, 이렇게 두 팬클럽이 합심해서 보내 준 것은 처음이었다.

결혼 이후, 묘하게 두 팬클럽은 서로를 견제했다. 인하의 팬클럽은 혜원을 그의 아내로 인정하지 않았고, 혜원의 팬클럽은 인하를 그녀의 남편으로 인정하지 않았다.

인하의 팬클럽이 혜원의 안티로 활동을 하기도 했고, 혜원의 팬클럽이 인하의 안티로 활동하기도 했다. 드라마 초반에는 팬들이 서로의 스타를 치켜세우고 상대를 깎아내리는 작은 소동도 있었다.

하지만 인하와 혜원이 보이는 다정한 모습에 팬들의 마음이 조금씩 열리기 시작했다.

예능 프로그램에서 인하는 혜원에 대한 애정을 스스럼없이 보였고, 혜원도 그에 대한 애정을 드러냈다.

야외 촬영이 있는 날이면 두 사람이 서로를 보는 눈길에 사랑이 가득하다는 글과 함께 몰래 찍은 사진들이 올라왔다.

팬들은 조금씩 스타의 배우자를 인정하기 시작했고, 팬들끼리 사이가 가까워졌다. 그 결과 두 팬클럽이 이렇게 함께 드라마 촬영장에 푸드트럭을 보내게 된 것이다.

플래카드가 걸린 푸드트럭 앞에 서서 인하가 혜원의 어깨를 감싸 안았다.

혜원이 그의 허리에 팔을 두르고 브이를 그리자 주영이 사진을 찍어 주었다. 뒤에서 커피를 내리던 바리스타가 슬쩍 껴서 같이 사진을 찍기도 했다.

"감사합니다."

마지막으로 인하와 혜원까지 커피와 샌드위치를 받아 들었다. 근처 벤치나 바닥에 털썩 주저앉은 스태프들 사이에 껴서 먹으려던 그들은 매니저 손에 이끌려 차로 향했다.

"이거 기념으로 간직해야겠다."

팬들이 인쇄한 컵홀더와 스티커를 혜원이 챙겨 받았다. 꽤나 기분이 좋은지 흥얼거리더니 핸드폰을 꺼내 한참을 만지작거렸다.

"뭐해?"

"팬클럽 카페에 방금 전에 찍은 사진 올려요."

요즘 유행하는 SNS를 하지 않기에 팬클럽 카페 말고는 그들에게 감사함을 전할 방법이 없었다. 인하는 샌드위치를 크게 베어 물고는 혜원의 핸드폰을 훔쳐봤다.

"그런데 언니, 샌드위치 드셔도 괜찮겠어요? 아까 수프도 먹다가 말았잖아요. 이따가 죽 드시는 게 나을 것 같은데."

"괜찮아. 그때는 입맛이 없었던 거야."

서영의 걱정에도 팬들이 준 건데 꼭 먹어야겠다는 의지로 혜원이 조심스럽게 스티커를 떼어 내고 샌드위치 포장을 풀었다.

바게트 안에 싱싱한 야채와 으깬 계란, 참치와 맛살, 햄이 들어가 꽤 맛깔스러웠다.

잠깐의 간식 시간이 지나고 촬영은 계속되었다.

드라마에는 태주가 소진에게 꽃다발을 주는 신이 유독 많이 있었다. 그러면 소진은 꼭 꽃 한 송이를 뽑아 다시 태주에게 주었다. 오늘도 어김없이 그 장면이 나왔다.

"컷! 수고하셨습니다."

해준의 컷 소리와 함께 촬영이 끝났다. 혜원은 꽃다발을 스태프에게 돌려주고 앞에 서 있는 인하의 가슴에 기댔다.

"피곤해?"

"네. 빨리 가서 쉬어야겠어요. 그런데 왜 태주는 매번 소진에게 꽃다발을 주고 한 송이를 다시 받아 가는 걸까요?"

무슨 의미가 있는 것 같은데, 작가는 아직 그 이유를 밝히지 않았다.

태주와 소진은 정략결혼을 했다. 결혼 전에 태주는 소진에게 매번 다른 꽃다발을 선물했는데, 그럴 때마다 그중 한 송이를 자신에게 달라고 했다.

그 뒤로 종종 꽃다발을 선물하면 소진은 한 송이를 태주에게 주었다. 태주는 받은 꽃 한 송이를 집에 있는 꽃병에 꽂아 두었다. 무슨 의미일지 궁금했지만 소진은 그 이유를 묻지 않았다.

정략결혼이었지만, 소진은 태주를 사랑하게 되었다. 태주도 조금씩 그녀에게 마음을 보였다. 정략결혼이었지만, 두 사람은 행복한 결혼생활을 보낸다.

하지만 소진의 집이 기울면서 고된 시집살이가 시작되었다. 혹독한 시집살이로 인한 두 번의 유산 끝에 소진은 끝내 이혼을 요구했는데, 태주는 이혼은 할 수 없다고 버텼다.

하지만 날이 가면 갈수록 소진이 힘들어하자 결국 태주는 이혼에 동의한다. 그리고 두 사람은 우연을 가장한 태주의 계략으로 다시 만난다.

내내 태주를 밀어내던 소진이 그를 받아들이는 상황까지 촬영이 진행되었다.

인하는 들고 있는 꽃 한 송이를 빙빙 손안에서 돌리더니 자신도 모르겠다는 듯 어깨를 으쓱였다.

오늘은 혜원의 차를 타고 집으로 가기로 했다. 인하는 자신의 밴에서 짐을 챙긴 뒤 가겠다며 혜원을 먼저 보냈다. 짐을 챙긴 가방을 어깨에 메고 혜원의 차로 향하던 중, 해준과 마주쳤다.

"수고하셨습니다, 감독님."

인하가 먼저 인사를 했다. 해준은 짧게 고개를 끄덕이기만 했다.

"정인하 씨."

인하가 걸음을 멈추고 몸을 돌렸다. 해준은 말없이 그를 응시했다.

"하실 말씀 있으십니까?"

"진소하였던가요, 그 리포터."

인하의 얼굴이 급속도로 굳어졌다. 그의 눈에 짜증이 차올랐다. 지나간 과거이자 치부였다. 남에게 소하에 관한 이야기를 듣고 싶지 않았던 인하는 해준에게 대충 고개를 까딱인 뒤 몸을 돌렸다.

"진소하라는 여자가 그러더군요. 정인하 씨가 자신의 남자였다고, 신혜원 씨가 빼앗아 갔다고 펄펄 날뛰더군요. 그렇게 소리를 지르는 여자한테 신혜원 씨는 찍소리도 못 하고 벌벌 떨고요."

"……"

인하가 가던 길을 멈추고 해준을 향해 몸을 돌렸다. 해준은 피식 웃더니 주머니에서 담배를 꺼내 입에 물고 불을 붙였다.

해준에게서 뿜어져 나온 매캐한 담배연기가 인하에게 도달하기 전 이지러진다.

"왜 신혜원 씨가 진소하한테 그런 소리를 들어야 하는 겁니까?"

"그쪽과는 상관없는 일 아닙니까."

"놀 줄 아는 여자들과 즐길 거 다 즐기고 결혼은 정숙한 여자와 한다는 그런 족속이었습니까? 즐기는 건 진소하와, 결혼은 순진한 신혜원 씨와."

비아냥거리는 말에 인하가 주먹을 쥐었다. 당장이라도 해준의 멱살을 잡고 그 면상에 주먹을 꽂아 넣고 싶은 걸 간신히 참았다.

"입조심하시죠."

"정인하 씨한테 실망했습니다. 고작 그런 남자였다니."

"저에게 실망을 하든 말든 정해준 PD님 마음이죠. 하지만, 제 결혼생활에 대해 왈가왈부할 자격은 없습니다."

그는 제삼자다. 아무런 관계도 없는. 그런 자가 감히 자신들의 결혼에 대해 참견할 자격 따위는 없다.

"당신이 양심이 있는 사람이라면 신혜원 씨를 놓아주는 게 맞지 않습니까? 왜 신혜원 씨가 진소하 같은 여자에게 그렇게 당해야 하는 겁니까?"

"당신이 뭔데 혜원이를 놓아주라 마라야!"

한쪽 어깨에 메고 있던 가방을 바닥으로 던진 인하는 성큼성큼 다가가 해준의 멱살을 잡았다. 멱살을 잡힌 해준은 담배를 바닥에 던지고 인하를 향해 턱을 추켜올렸다.

"신혜원 씨는 정인하 씨 때문에 남의 남자를 빼앗아 간 여자 취급을 받았습니다. 정인하 씨만 아니었다면 신혜원 씨가 그런 취급을 받을 이유가 없지 않습니까! 신혜원 씨는 그런 취급을 받을 여자가 아닙니다. 더 사랑을 받을 여자입니다. 정인하 씨만 아니었다면 더 사랑을 받고 있을……."

"그게 당신이 될 수 있을 거라고 생각해? 혜원이에게 사랑을 줄 남자가 당신이 될 수 있을 거라고 생각하냐고!"

"안 될 이유가 없죠. 적어도 당신처럼 과거의 여자가 나타나 괴롭힐 일은 없으니까. 혹시 지금도 진소하라는 여자와 진행 중인 관계 아닙니까? 아니면 다른 여자가 있다거나."

"뚫린 입이라고 막 지껄여도 되는 게 아니야."

순식간에 타오르는 화로 인해 피가 뜨겁게 달아올랐다. 인하는 몸속부터 차오르는 화에 뜨거운 숨을 토해 냈다. 해준의 멱살을 쥔 손에 더욱 힘을 실었다. 화를 참으려 악다문 턱에서 으드득 소리가 났다.

"왜 화를 내는 겁니까? 제가 정곡을 찔렀습니까?"

"닥쳐. 혜원이와 결혼하기 전에 다른 여자와 즐겼어. 그게 뭐? 과거일 뿐이야. 혜원이와 결혼한 뒤로 다른 여자를 만난 적은 결코 없어. 그런 짓을 하는 쓰레기가 아니야, 난."

탁, 해준의 멱살을 놓고 인하는 거칠게 숨을 몰아쉬었다. 해준은 인하에게 잡혀 구겨진 앞섶을 탁탁 손으로 털었다.

"결혼 후에 다른 여자가 없었다……. 하지만 결혼 자체에 문제가 있었잖습니까. 신혜원 씨는 정인하 씨와 진소하의 관계에 대해 아무것도 모른 채 사진 하나 때문에 결혼했습니다. 사기 결혼과 다를 바가 없지 않습니까."

"마지막 경고입니다. 입조심하시죠, 정해준 PD님. 우리 일입니다. 진소하는 이제 아무 상관도 없는 여자입니다. 혜원이도 그걸 받아들였고, 아무 문제없습니다. 우리 두 사람이 행복하다는데 그쪽이 왜 상관합니까. 더는 관여하지 말아요."

"왜 하필 신혜원 씨였습니까. 왜 그따위 망할 사진을 하필 신혜원 씨와 찍힌 겁니까!"

해준이 인하에게 원망을 내뱉었다. 왜 하필 너냐는 비난이 담긴 그의 눈빛에도 인하는 대꾸나 반응 없이 바닥에 떨어진 자신의 가방을 들고 자리를 떴다.

인하를 향한 격한 감정에 씩씩거리던 해준은 답답함에 제 머리를 쥐어뜯었다.

차에 오른 인하의 가슴이 거칠게 오르락내리락했다. 피곤했는지 그새 차 안에서 잠든 혜원을 바라보는 그의 눈에는 짙은 신경질이 섞였다.

마음에 안 들었다. 해준이 자신들이 어떻게 결혼을 했는지 알든 말든 상관없었다. 아니, 결혼에 대해 떠벌리고 다녀도 개의치 않았다. 자신에 대해 험담을 하는 것도 무시하면 그만이다.

그런데 결혼생활에 참견을 하는 건 용납 못 한다. 감히 자신의 아내를 들먹거리고 탐내는 건 죽어도 용납 못 한다.

인하는 끓어오르는 분노에 여러 차례 깊은 숨을 내쉬어 차가운 공기를 들이마셨다. 이미 차 안은 히터로 공기가 달궈졌지만, 그의 몸 안에 도는 화기보다는 차가웠다.

눈을 감은 그는 해준의 말을 떠올렸다. 혜원이 진소하에게 찍소리도 못 하고 벌벌 떨었다는 말이 뇌리에 박혔다.

왜 혜원이 진소하에게 남의 남자를 빼앗아 간 여자 취급을 당해야 하냐고, 그런 취급을 받을 이유가 없다는 해준의 말이 가슴을 찌른다.

맞는 말이다. 혜원은 그런 취급을 받을 이유가 없다.

아무것도 모르는 채 눈만 깜빡이던 혜원.

지영이 벌인 일을 알고는 난처해하면서 어쩔 줄 몰라 했던 모습.

딸에게 치명적인 스캔들이 꼬리표로 따라붙게 만들 수 없다고 강력하게 결혼을 요구하는 모친에게 한마디도 반박하지 못하고 그저 큰 눈망울만 이리저리 흔들리던 혜원의 모습이 아직도 잊히지 않는다.

사진은 백 퍼센트 자신 때문에 찍힌 거였다. 소하가 어떤 장난질을 쳤든, 혜원은 피해자다. 그러니 혜원이 소하에게 남의 남자를 빼앗아 간 여자라는 소리를 들을 이유는 없었다.

혜원이 사진이 찍힌 이유를 알게 되었을 때 그 심정이 어떠했을지, 얼마나 참담했을지 이제야 확 와 닿았다. 너무나 미안했다.

아무리 모 배우와 가수의 스캔들로 대중의 신경이 곤두서 있고, 그들이 찍힌 사진 한 장이 큰 이슈를 몰고 왔다고 해도, 우연히 찍힌 사진이라고 솔직하게 이야기를 하고 반박 기사를 냈어야 하는 게 맞을지도 모른다.

물론 대중들은 사실이라 해도 믿지 않고 손가락질을 했을 테지만 시간이 지나면, 또는 더 큰 스캔들이 터지면 잊혀지기 마련이었다.

아니, 다시 돌아간다 해도 그러지 못했을 거다.

해준은 왜 하필 둘의 사진이 찍혀서 결혼을 하게 된 거냐고 화를 내고 비난했지만, 사진이 전부가 아니었다.

눈에 들어왔다. 혜원이 눈에 들어왔다.

시작은 사진 한 장이었지만, 그것은 그저 계기였을 뿐 이유가 아니었다. 기사가 나고 혜원을 만났을 때, 그녀가 눈에 들어왔다. 망막에 깊게 박혔다.

결혼을 하고 난 뒤 혜원과 결혼하기 잘했다는 생각을 수없이 했다.

사랑스러운 아내. 그가 온갖 심술을 부려도 활짝 웃으며 안기는 아내. 그녀가 보여 주는 순수함이, 귀여움이, 솔직함이, 어여쁨이, 모든 것이 저를 웃게 만들었다.

어쩔 때에는 미워서 패악을 부리고 심술을 부리지만, 결국 품에 안고 만다. 언제부턴가 모든 감정이 혜원으로 비롯되는 것 같다. 그게 싫지만 어쩔 수 없지 않은가.

해준이 혜원에게 보이는 호의가 자신의 배우에게 보이는 호의 이상으로 변질되었다는 걸 오늘 확실하게 알았다.

그가 혜원을 마음에 담았다는 생각에 또 짜증과 분노가 확 치밀어 오른다.

"속편하게도 잔다."

복잡함에 인하는 거칠게 머리를 쓸어 넘겼다.

툭, 혜원의 머리가 기울더니 그의 어깨에 닿았다.

움직이던 팔을 어정쩡하게 멈춘 인하는 조심스럽게 엉덩이를 앞으로 빼고 깊숙이 앉아 상체를 낮췄다. 혜원이 더 편하게 기댈 수 있도록.

아파트 지하 주차장에 도착하자 인하는 가차 없이 혜원을 깨웠다. 그의 손길에 엘리베이터에 오르고, 집으로 들어와 옷이 다 벗겨져 욕실로 끌려 들어갈 때야 비몽사몽이었던 혜원이 정신을 차렸다.

"뭐예요?"

"너 손발이 아직 차. 반신욕 좀 하고 자자. 피곤하면 눈 감아."

콸콸 차오르는 물이 몸을 간질인다. 그의 가슴에 기대앉은 혜원은 뭔지 모를 답답함에 가슴을 때렸다.

"왜 그래?"

"속이 안 좋아요. 멀미했나?"

"차에서 내내 잘 자 놓고 멀미는 무슨. 체했나 보다. 반신욕보다 빨리 씻고 약 먹고 자는 게 낫겠다."

혜원이 괴로운 듯 인상을 쓰자 인하는 물을 잠갔다. 욕조에서 나와 같이 샤워를 마치고 그는 혜원에게 소화제를 먹인 뒤, 침대에 눕혔다.

인하는 혜원의 발에 수면양말을 신기고 나서야 옆에 누웠다. 혜원은 제 차가운 손을 그의 옷 속에 넣어 뜨거운 몸을 만지면서 잠에 들었다.

희미하게 들리는 소리에 인하는 설핏 잠에서 깼다. 귀가 열리자 희미하던 소리가 더욱 진하게 파고들었다.

누군가가 끙끙대는 소리. 그래, 누군가가…… 혜원이!

번쩍 눈을 뜬 인하가 혜원이 잠든 쪽으로 고개를 돌렸다. 베개가 텅 비어 있다. 시선을 아래로 내리자 모로 누워 몸을 잔뜩 말고 끙끙거리는 혜원을 볼 수 있었다.

벌떡 일어난 그는 그녀의 등에 손을 올렸다. 여린 등이 애처롭게 흔들리고 있다.

"혜원아, 혜원아? 왜 그래, 아파?"

어깨를 잡아 천천히 돌리자 금세 그를 향해 몸을 말고 신음을 내뱉는다.

인하는 침대에서 내려와 방의 불을 켰다. 환한 빛이 눈을 찔렀지만 그는 깜빡이지도 않은 채 혜원에게로 시선을 돌렸다.

"인하…… 씨."

고통에 잔뜩 눌린 목소리가 희미하게 새어 나온다. 인하는 혜원의 등에 손을 집어넣고 조심스럽게 상체를 안아 들었다.

식은땀에 젖은 머리카락을 거둬 내자 얼굴을 잔뜩 찡그린 혜원이 눈을 가늘게 뜬다. 물어뜯었는지, 붉게 부르튼 입술에 피가 스며들어 있다.

"언제부터 아팠어! 날 깨웠어야지!"

혜원이 자꾸 몸을 말자 그는 그녀가 감싼 배에 손을 올렸다. 그의 손이 닿자 찌르르 올라오는 복통에 혜원이 손을 피해 몸을 틀었다.

"혜원아, 배가 아파? 정확히 어디가 아파?"

혜원이 아랫배와 중간, 윗배 전체를 만지며 울먹거린다.

인하는 약으로는 해결될 게 아니라는 판단으로 혜원을 눕히고 가벼운 외투를 챙겼다. 좀처럼 몸을 펴지 못하는 혜원을 자신의 외투로 감싸고 번쩍 안아 들었다.

"병원 가자. 응급실이라도 가야겠다."

"아……파. 아파……요."

"괜찮아. 조금만 참아. 괜찮을 거야."

다행히 그들이 거주하는 아파트 근처에 큰 대학병원이 있었다. 응급실로 향하면서 인하는 재민을 부른 뒤 주영에게까지 연락을 했다.

새벽이라고는 하지만, 병원 응급실에는 사람이 바글바글했다. 인하가 혜원을 안고 들어서자 모든 시선이 한데 모아졌다. 웅성거림이 커지고 사람들이 몰려들자 간호사는 빠르게 인하를 구석진 곳으로 안내했다.

침대에 혜원을 눕히는 인하의 뒤로 촤르르, 커튼이 쳐졌다. 침대 주위로 둥글게 커튼을 친 간호사는 인하를 보고 얼굴을 붉히다 그의 차가운 시선에 정신을 차리고 혜원을 살폈다.

"복통이 심하신 거죠? 일단 환자분 등록부터 해야 해요. 작성할 게……."

"지금 환자가 아파 죽겠다는데 서류가 문젭니까!"

간호사가 움찔하더니 의사를 불러오겠다고 커튼을 살짝 젖히고 나갔다.

인하는 핸드폰이 울리자 응급실로 오라는 말을 하고 끊어 버렸다.

끙끙거리는 혜원의 손을 꽉 쥐자 그녀가 그의 손을 잡아 비틀었다. 손등을 파고드는 손톱에도 인하는 그 손을 놓지 않았다.

"아……."

"젠장, 간호사는 뭐하는 거야."

참았다가 간헐적으로 내뱉는 혜원의 신음 소리에 인하가 커튼을 젖히고 간호사를 불렀다.

멀찍이 떨어져 구경을 하던 사람들은 잔뜩 화를 내는 그의 모습에 기가 눌려 슬그머니 꺼냈던 핸드폰을 집어넣었다.

하얀 가운을 입은 여자가 헐레벌떡 뛰어왔다. 피곤이 덕지덕지 붙은 얼굴의 여의사는 인하를 흘끗 보고는 혜원에게로 시선을 돌렸다.

잠이 부족한 데다 환자들과 보호자들에게 내내 시달린 여의사는 잘생긴 인하의 얼굴이 눈에 들어오지도 않았다.

"언제부터 이랬나요."

"새벽에 일어나 보니……. 잠들기 전에 체한 것처럼 속이 안 좋다고 했고, 손발이 찼어요."

"환자분, 제 말이 들리세요? 어디가 아파요? 제가 만질 테니 아프면 말하세요."

여의사는 거리낌 없이 혜원의 배를 꾹 눌렀다.

한 줌의 배려 없는 의사의 손에 고통 섞인 신음을 흘리던 혜원이 인하에게 손을 뻗었다. 인하는 그 손을 잡고 못마땅한 얼굴로 의사를 노려봤다.

여기저기를 만지던 의사는 간호사에게 몇 가지 지시를 했다.

"최근에 환자분이 스트레스 받을 일이 있었나요? 맹장은 아닌 것 같고, 스트레스성 위경련인 것 같아요."

혹시 추가 검진을 원한다면 환자 등록을 하라고 말한 의사는 미련 없이 자리를 떴다. 매정한 여의사의 행동에 치밀어 오른 화를 내지르려던 인하는 때마침 온 재민에게 붙들렸다.

재민이 오고 난 뒤로 빠르게 입원 수속이 이루어졌다.

사람들이 많은 응급실을 벗어나 VIP 병동으로 옮기고 다른 의사의 진단까지 받은 뒤 혜원의 손에 링거가 꽂아졌다.

뚝뚝 떨어지는 액체가 튜브를 타고 날카로운 바늘을 통해 혜원의 손등으로 들어간다. 한결 편해진 표정으로 잠이 든 그녀의 얼굴 언저리에 시선을 둔 인하는 낮은 한숨을 내쉬었다.

뒤늦게 온 주영은 혜원의 상태를 살피고는 스케줄 조정을 해야 할 것 같다며 통화를 위해 병실 밖으로 나갔다.

의사는 링거를 다 맞으면 퇴원을 해도 된다고 했지만, 인하의 성화에 하루 더 입원을 하기로 했다.

"형님도 쉬세요."

"됐어. 다른 검사는 안 받아도 된대?"

"네. 스트레스 받지 않도록 마음 편히 가지면 된대요. 커피나 밀가루 음식 먹지 말라고 하던데요."

"알았어. 내 촬영도 뺄 수 있나 확인해 봐."

불가능할 거라는 걸 알면서도 인하는 재민에게 부탁했다. 미적대는 재민에게 됐으니 가라고 한 그는 보호자용 간이 침대를 옆으로 끌고 와 누웠다.

오지 않는 잠을 억지로 청하려던 그는 혜원이 바르작거리며 움직이는 소리에 벌떡 일어나 확인했다.

링거 바늘이 꽂힌 손을 확인한 그는 다시 누웠다가 잠이 오지 않아 일어나 앉았다. 침대에 팔을 올리고 엎드려 기댄 그는 아내의 잠든 얼굴을 응시했다.

편집실에서 나온 해준은 곧장 흡연실로 향했다. 창가에 선 그는 담배를 입에 물고 곧장 불을 붙였다. 빨갛게 끝이 달아올랐다가 까맣게 타들어 가는 담배가 그의 손가락 사이에 걸렸다.

해준은 인하와의 대화를 곱씹었다. 아니, 자신을 곱씹었다. 혜원에게 생각보다 더 마음을 쓰고 있다는 걸 오늘 깨달았다. 혜원이 자신의 모친과 너무나 닮아 신경이 안 쓰이려야 안 쓰일 수가 없었다.

그의 모친은 지금도 이름을 대면 '아! 그 배우! 알지, 그럼. 유명했잖아!' 라는 대답이 나올 정도로 유명한 배우였다. 그러나 연기력이나 작품으로 유명한 것이 아닌, 사건으로 이름을 알렸다.

가난한 집에서 태어나 아리따운 얼굴만으로 이 세계에 발을 들이밀었던 모친은, 얼굴만으로는 살아남을 수 없다는 걸 금세 깨달았다.

눈이 돌아갈 정도로 어여쁜 외모는 스타 자리에 오르게 해 주었지만, 연기의 연 자도 몰랐던 그녀는 바로 다른 배우들에게 밀려났다.

계속 밀려나다가 소속사 사장의 손에 이끌려 모 그룹의 고위 간부를 만났고, 그 이후 몇 개의 광고를 따며 간신히 활동을 했다.

그러다 그 남자의 씨를 품었고, 해준을 낳았다. 불륜으로 낳은 아이였기에 그녀는 홀로 음지에서 해준을 키웠다.

조심하려 했지만 결국 스캔들이 터졌다. 모친은 지탄을 받았고, 한 가정을 무너트린 죄인이 되었다. 해준의 친부는 아내에게 이혼을 당했다.

일부 대중들은 한 여자의 인생을 망가뜨렸다고 스폰을 한 남자를 손가락질했고, 남자는 그런 여론에 떠밀려 해준의 모친과 결혼을 했다.

억지로 결혼을 한 남자는 두 번째 아내에게 마음을 주지 않았다. 외도를 일삼았고, 해준의 모친은 불행한 결혼에 시들해져 갔다.

그러던 중 해준의 모친은 한 남자를 만났다. 남편의 비서였던 남자는 진심으로 그녀를 사랑했다. 두 사람은 몰래 사랑을 키워 갔다.

불행한 결혼에 지친 해준의 모친이 아들을 돌보지 않을 때, 비서였던 남자는 해준을 살뜰히 보살펴 줬다. 해준은 친부보다 그 남자를 더 따랐다.

아슬아슬했던 비밀 사랑은 결국 도피로 이어졌다. 해준에게 꼭 데리러 오겠다고 약속을 한 모친과 남자는 추운 겨울날 밤, 몰래 도망을 갔다.

해준은 겨울비가 오면 그 비를 맞은 채로, 눈이 오면 그 눈을 맞은 채로 엄마를 기다렸다.

하지만 그들은 끝내 해준을 데리러 오지 못했다. 그들은 먼 타지에서 숨진 채 발견되었다. 경찰 조사 결과 동반 자살로 마무리 지어졌지만, 해준은 믿지 않았다.

꼭 데리러 오겠다고 했던 그들이 자살을 선택할 이유가 없다고 생각했다.

해준의 원망은 친부에게로 향했다. 친부만 아니었다면 그의 엄마와 남자가 죽지 않았을 거라고 생각을 했다.

허망하게 떠난 두 사람을 놓지 못하는 해준을 그의 친부가 가만둘 리 없었다. 혹독하게 밀어붙였다. 때로는 손찌검을 하기도 했다.

전처와의 사이에서 딸밖에 없었던 남자는 뒤늦게 해준을 후계자로 키우기 위해 혹독하게 굴었다. 그럴수록 해준의 반항과 원망은 커져 갔다.

해준은 성인이 되자마자 집을 나왔다. 네가 얼마나 버티는지 보자고 벼르는 부친에게 보란 듯이 버텨 냈고, PD가 되었다.

그는 부친의 바람대로 후계자가 되어 살아갈 생각이 전혀 없었다. 그걸 알면서 아직도 후계자 욕심을 버리지 못해 부친은 끊임없이 연락을 취해 오고 있다.

그러면서도 한편으로 늦었지만 후계자를 얻기 위해 젊은 여자를 안는다. 그런 부친을 떠올린 해준은 피식 조소했다.

스캔들로 불행한 결혼을 하게 된 그의 모친. 그리고 간신히 얻은 사랑을 잃은 모친. 죽은 두 사람.

해준이 담배를 깊게 빨아들였다. 파르르 타는 담배의 길이가 짧아지고 재로 변한다. 그는 모친의 생각에서 벗어났다. 생각은 인하와 혜원으로 흘렀다.

인하와 혜원의 불화설은 자신과 하등 상관이 없었다. 혜원의 캐스팅을 반대했던 건, 연기력 때문이었다.

그러다 촬영을 하면 할수록 혜원의 노력이 대견스러웠고, 보이는 열정이 예뻤다. 가능성이 보여서 관심이 갔다. 그런데 그 관심이 전혀 생각지도 못한 다른 마음으로 키워졌다.

두 사람의 사이가 불화설과는 달리 무척 좋다는 걸 알면서도, 그 불화설이 사실이기를 바라는 마음이 생겨났다.

그런데 두 사람의 결혼이 거짓이었다는, 혜원이 인하를 소하라는 여자에게서 빼앗았다는 이야기에 잠재웠던 분노가 다시 활개를 쳤다.

소하에게 당하는 혜원을 보고, 부친의 아내에게 뺨을 맞았던 모친이 떠올랐다. 반박 한마디 못 했던 모습이 아직도 생각이 났다.

부정을 저질렀으면서도 당당했던 부친. 그런 부친에게 속아 결혼을 한 뒤 시들시들해졌던 모친.

인하로 인해 시들시들해질 혜원이 상상이 되자 분노가 치밀었다.

그녀는 사랑을 받을 여자다. 그녀는 사랑스러운 여자다. 자신의 모친처럼 시들지 않고, 자신의 모친처럼 늦게 찾아온 사랑을 잃는 여자가 되어서는 안 된다.

"그 사랑이 나라면?"

인하의 품이 아닌, 자신의 품에서 웃는 혜원을 상상하자 몸에 희열이 올라왔다. 가슴이 두근거리고 심장이 터질 듯 빠르게 뛴다.

"선배!"

성급한 발소리가 들리는가 싶더니 문이 벌컥 열리고 숨을 몰아쉬며 정욱이 들어왔다.

"뭔데."

"신혜원 씨 병원에 입원했대요. 내일 촬영 못 할 것 같다고 하던데요."

"입원? 왜? 어디가 아픈 거래?"

평소 같았으면 꼬이는 촬영 스케줄에 대한 고민을 먼저 했을 해준이 혜원의 상태를 묻자 정욱은 얼떨떨한 얼굴로 스트레스성 위경련이라고 대답을 했다.

험악해지는 얼굴로 담배를 빨아들인 해준이 혜원이 입원한 병원을 묻자 정욱이 알려 주며 어떻게 할지를 물었다.

"하루만 입원하면 된다고 하니 인하 씨 단독 촬영 분 먼저 진행하는 걸로 스케줄을 조정할까요?"

정욱에게 고개를 끄덕인 해준은 필터 끝까지 타오른 담배를 짓이겨 끄고는 새 담배를 입에 물었다.

12

눈을 뜬 혜원은 앉은 채로 엎드려 침대에 기대 잠든 인하를 보고 얼굴을 찌푸렸다.

편하게 누워서 자지. 저렇게 자면 근육통이 장난 아닐 텐데. 아니, 집에 가서 자지.

요즘 들어 바쁜 스케줄 탓에 거의 잠을 차 안에서 이루는 경우가 많았기에, 어젯밤 집 침대에 누워 편히 자는 게 오랜만이었다.

며칠 만에 곤히 잠이 든 그를 깨우고 싶지 않았다. 그래서 아파도 '조금 지나면 괜찮아지겠지'라는 생각으로 미련하게 버텼다.

부드러운 머리카락을 쓸어 넘기는 손을 큼직한 손이 잡았다. 느른하게 눈을 뜬 인하가 그녀의 손을 앙 물었다.

"아파요."

"벌이야. 앞으로는 조금만 아파도 깨워. 어제 내가 얼마나 놀랐는지 알아? 혼자서 끙끙대는 꼴, 다시는 보고 싶지 않아."

"네, 잘못했어요."

몸을 일으킨 인하는 뭉친 근육을 풀고서는 가뿐하게 자리에서 일어났다.

화장실에서 가볍게 씻고 나온 그는 자신도 씻고 싶다고 툴툴거리는 혜원을 본 체 만 체 했다. 그녀가 계속 툴툴거리자 수건에 물을 묻혀 와 얼굴을 닦아 주었다.

"씻고 싶은데."

"링거 다 맞으면."

링거 병이 거의 다 비워졌다. 조금만 기다리면 되겠지 하는 마음으로 기다리던 혜원은 아침 식사 뒤에 또 다른 링거가 연결되자 울상을 지었다.

두 사람 모두 촬영에 빠지는 건 안 된다는 재민의 말에 인하는 억지로 발을 뗐다. 혼자 병실을 지키던 혜원은 서영이 오자 그녀를 반갑게 맞이했다.

"언니, 괜찮아요?"

"응. 괜찮아."

"말도 마요. 아침에 기사 보고 얼마나 놀랐는데요. 주영 오빠는 나한테 알려 주지도 않고. 기사 보고 알았어요."

인하가 혜원을 안고 응급실로 뛰어가는 사진과, 누군가 기어코 찍은 것인지 응급실에 있을 때 커튼 사이로 보이는 두 사람의 모습이 인터넷에 올랐다.

혜원의 손을 잡고 걱정 어린 얼굴을 한 인하의 사진에 네티즌들이 빠르게 반응을 했다.

"나 씻고 싶은데 도와줄래? 머리만이라도 감고 싶어."

"네."

병실에 딸린 화장실로 들어온 혜원은 링거가 꽂아진 손을 뒤로하고 샤워기 아래에 허리를 숙였다.

"언니, 혹시 모르니까 위의 옷 벗을까요? 젖을지도 모르는데."

"그럴까?"

안에 입은 거라곤 속옷밖에 없었지만, 다른 사람도 아닌 서영이었기에 혜원은 단추를 풀고 옷을 벗었다.

벗은 옷을 배에 감아 묶고는 혜원이 다시 허리를 숙였다. 물의 온도를 손으로 재던 서영이 막 혜원의 머리카락에 물을 적시다가 멈칫했다.

혜원의 어깨부터 옷이 묶인 등까지 흔적이 남아 있었다. 동그란 키스마크. 그 자국은 희미한 것도 있었고, 진하게 색을 띤 것도 있었다. 이제 보니 팔에도 자국이 있다.

서영은 물끄러미 그 자국을 보다가 주먹을 꽉 쥐었다.

"서영아?"

"아, 언니. 지금 물 적셔요."

혜원의 머리를 물에 적시고 감긴 뒤 헹구는 동안 서영의 시선은 혜원의 몸 위를 돌아다녔다.

하나하나 살피고 개수까지 세던 서영의 눈이 차갑게 얼어붙는다.

물을 잠그고 수건으로 탈탈 머리를 털어 주자 혜원이 허리를 펴며 앓는 소리를 냈다.

"아, 허리 아파. 오랜만에 이렇게 머리 감는다."

서영의 눈이 혜원의 가슴으로 향했다.

도톰하게 올라온 가슴 둔덕과 매끈한 복근.

브래지어에 감춰진 가슴에도 똑같은 자국이 있겠지.

서영의 시선에 혜원이 뒤늦게 자신의 몸 상태를 알아차렸다. 황급히 뒤돌았지만, 등 뒤에 남겨진 자국을 다시 보여 주는 꼴이었다.

"아…… 흠흠."

혜원이 옷을 입으며 헛기침을 했다. 붉게 달아오른 얼굴과 창피함에 질끈 감은 두 눈.

그녀는 머리를 감겠다고 한 걸 후회했다. 옷이 젖으면 갈아입으면 그만인데 왜 옷까지 벗어 가며 씻었는지 후회했다.

"나갈까요? 머리 말리고 누워서 쉬어요, 언니."

"응? 으응."

먼저 화장실을 나서는 서영을 따라 나가며 혜원은 열기가 가시지 않는 얼굴을 매만졌다.

서영은 혜원의 머리를 말려 주고 몇 가지를 더 챙겨 주고는 회사에 가 봐야겠다며 병실을 나섰다. 서영이 가고 난 뒤에는 주영이 와서 병실을 지켰다.

점심과 저녁까지 죽을 먹은 혜원은 등 뒤에 폭신한 베개를 세워 두고 무료한 얼굴로 대본을 읽었다.

드르륵, 노크도 없이 열리는 문에 놀란 혜원과 주영의 얼굴이 동시에 돌아갔다. 돌돌 만 대본으로 어깨를 때리며 터덜터덜 걸어 들어온 인하가 주영에게 인사를 한 뒤, 침대에 앉아 혜원의 안색부터 살폈다.

"저녁은? 쉬지, 대본을 왜 봐."

"먹었어요. 배우는 곧 죽어도 대본을 손에서 놓지 않아야 해요."

"얼씨구. 엄청난 배우 나셨네."

"흥! 보고 배워요."

"배우기는. 내 손에도 대본 들린 거 안 보이나?"

들어오자마자 티격태격하는 두 사람을 곁눈질로 보던 주영은 잠시 나갔다 오겠다며 자리에서 일어났다.

인하는 자신이 밤새 있을 테니 집에 갔다가 내일 일찍 오라며 그를 보냈다.

"당신 피곤할 텐데 집에 가서 자요. 새벽에 촬영 있잖아요."

"없어. 내일 당신이랑 같이 세트장으로 가면 돼. 오늘 몰아서 찍었어."

인하를 보던 혜원의 눈이 더욱 커졌다. 이틀 분을 몰아서 찍고 온 인하는 장렬히 전사한다며 신발을 벗고 침대로 올라와 혜원의 옆으로 누웠다.

자신이 들고 있던 대본과 혜원이 들고 있는 대본을 멀찍이 던진 그가 환자복 속으로 손을 밀어 넣더니 단숨에 가슴을 쥐었다.

"미쳤어요? 병원이에요!"

"내가 뭘 했다고? 그보다 아픈 여자가 뭐 이리도 예쁘나? 응? 당신은 한 일주일 안 씻어도 예쁠 것 같아."

"말도 안 되는 소리 말아요. 나 씻었어요! 그리고 손 좀 빼요!"

씻었다는 말에 인하가 혜원의 옷 속에서 손을 빼고는 상체를 일으켰다.

"언제? 링거 빼고?"

링거를 뺀 자리에 붙여진 반창고 언저리를 손가락으로 매만지며 묻는 그에게 새초롬한 눈으로 혜원이 고개를 흔들었다.

"흥! 누구 아니면 못 씻을 줄 알았나? 서영이가 와서 머리 감겨 줬어요."

"아아."

상체를 다시 누이던 그가 뭔가 떠오른 듯 일어났다.

가늘게 접히는 눈매와 양쪽으로 늘어나는 입매. 인하가 묘한 미소를 지으며 일어나더니 주영이 가져다 놓은 슬리퍼를 신었다.

콧노래를 부르며 입고 있는 옷을 하나하나 벗는 그의 모습에 혜원이 눈을 크게 키웠다. 상의를 완전히 탈의한 그가 어슬렁어슬렁 그녀에게로 다가왔다.

"뭐해요?"

"머리만 감았다며. 샤워시켜 주려고 그러지. 서방님이 안 씻겨 줬다고 삐쳐 있는데 씻겨 드려야지요. 씻겨 주는 김에 나도 좀 씻고."

혜원이 양손을 가슴에 엑스 자로 교차하고는 고개를 절레절레 흔들었다. 싫다고 저항하는 혜원을 가뿐히 어깨에 들쳐 멘 그가 유유히 화장실로 향했다.

VIP 입원실답게 샤워 시설이 구비되어 있는 화장실을 쓱 둘러본 그는 세면대 옆 대리석 위에 혜원을 앉히고는 그녀의 환자복 단추를 끌렀다.

"내일 아침에 집에 가서 씻을래요."

혜원의 말을 듣는 둥 마는 둥 하더니 그가 환자복을 뒤로 젖히고는 드러난 어깨에 입을 맞췄다.

저도 모르게 반사적으로 고개를 옆으로 꺾어 목덜미를 내어 준 혜원은 쇄골을 핥고 빨아들이는 입술에 신음을 흘렸다.

"아! 안 돼요!"

혜원의 다리를 벌리고 그 사이에 서서 상체를 숙이고 있던 인하가 눈썹을 찡그리고는 고개를 들었다.

"왜."

"우리 베드신 찍어야 하는 거 잊었어요? 이것 좀 봐요. 오늘 서영이가 머리 감겨 줄 때도 민망했다고요."

"아아, 베드신. 어차피 앵글에서 당신 몸 최대한 가릴 건데?"

자신이 알아서 잘 가려 줄 테니 걱정 말라며 그가 다시 고개를 숙이다가 멈칫했다.

머리만 감았다면서 왜 서영에게 민망한 것인가 하는 의문에
그가 고개를 들고 물었다. 옷이 젖을까 봐 벗고 감았다는 말에
그가 조금은 한심한 눈으로 쳐다본다.

"베드신! 베드신! 비켜요."

베드신을 외치며 나름 강하게 거부 의사를 피력하는 혜원에
게 항복의 의미로 양손을 들어 올린 그는 순순히 물러났다. 그
의 물러남에 단추를 잠그는데, 그가 고개를 흔들더니 등 뒤로
손을 넣어 브래지어 후크를 풀었다.

"그런 눈으로 보지 마라. 닦아 주려는 거거든?"

선반에서 수건을 꺼내 미지근한 물에 적신 그가 환자복과 브
래지어를 벗겨 내고 손부터 부드럽게 닦았다.

손가락 사이사이도 수건으로 닦아 내자 가려운지 쿡쿡거린
다. 팔 안쪽과 겨드랑이를 닦자 혜원의 웃음이 커졌다.

부드러운 가슴을 닦아 주면서 꽉 쥐었다가 놓는 그의 어깨를
때리고 또 웃는다.

군살 없는 배와 가는 허리를 닦은 손이 등 뒤로 넘어가면서
혜원을 꽉 끌어안았다. 그녀의 부드러운 가슴이 그의 단단한 가
슴에 닿는다.

"어떻게, 다리도 닦아 줄까?"

"네? 아니요! 됐어요. 피곤할 텐데 빨리 씻고 자요."

큭큭 웃으며 인하는 세면대 물을 틀었다. 새 칫솔을 꺼내 치
약을 짜서 입에 물고 혜원의 칫솔을 집어 들었다.

이는 닦았다는 그녀의 말에 다시 내려놓은 그는 이를 닦고 세

수를 했다. 그사이에 브래지어와 환자복을 걸친 혜원은 물끄러미 그가 씻는 모습을 봤다.

"닦아 줄까요?"

인하가 그녀의 다리 양옆으로 손을 짚고 상체를 숙였다. 너무 가까이 다가오자 혜원이 슬쩍 손으로 밀고는 그의 몸을 젖은 수건으로 닦았다.

똑같이 손을 뒤로 돌려 그를 껴안은 채 등까지 닦은 혜원이 눈을 가늘게 떴다.

"아래도 닦아 줄까요?"

"난 누구와 달리 기겁을 하며 몸 사리지 않는데."

몸을 일으키고는 바지 버클에 손을 가져가는 그의 모습에 혜원이 기겁을 했다. 다 씻었으니 어서 가서 자자고 그를 채근했다.

발을 씻고, 올 때와 마찬가지로 그녀를 어깨에 들쳐 메고 화장실을 나온 그는 침대에 혜원을 눕혔다.

똑똑.

막 잠자리에 들려고 하는데, 들려오는 노크 소리에 인하와 혜원이 서로가 서로를 의아하게 쳐다봤다.

"늦은 시간에 진찰을 하는 건 아닐 테고."

"아! 어머님은 아니시겠죠?"

인하가 혜원을 병원으로 안고 온 소동은 인터넷으로 퍼져 그들의 부모님에게까지 전해졌다.

지영은 전화를 해서 그렇게 왜 사서 고생이냐는 못마땅함이 섞인 걱정을 했고, 은정은 입원한 병원이 어디냐고 물었다.

당장이라도 올 기세라 괜찮다고 안심을 시켰지만 뒤를 이어 인혁에게 또다시 전화가 와서 링거를 맞고 조금 쉬니 다 나았고, 내일 일찍 퇴원을 할 거라고 안심시켰다.

괜히 불똥이 인하에게 튀었고, 그는 같이 촬영을 하면서도 와이프 건강을 잘 챙겨 주지 못했다는 꾸중을 들어야 했다. 걱정 말라고는 했지만, 혹시나 늦게나마 오신 건 아닌가 싶어 혜원의 몸이 들썩였다.

인하가 자리에서 일어나 옆에 있던 셔츠를 걸치고 문을 열었다. 문 밖에는 의외의 인물이 서 있었다. 해준의 얼굴을 확인한 인하의 눈에 냉기가 서렸다. 숨을 들이켜면서 몸을 부풀린 그가 해준에게 삐딱한 웃음을 지었다.

"이렇게 늦은 시간에 문병은 결례죠."

한창 바쁘기에 스태프들은 문병을 오지 못했다.

인하와 혜원이 오지 않아도 된다고 먼저 그들에게 말을 했고, 스태프들은 인하에게 대신 인사를 전했다.

걱정이 되었다면 다른 스태프들처럼 그를 통해 안부 인사를 전했으면 그만이기에 해준의 방문은 달갑지 않았다.

자신을 노려보는 인하를 물끄러미 보던 해준은 들고 있던 박스를 내밀었다. 종류별로 담겨 있는 문병용 주스 박스. 인하의 미간이 꿈틀거렸다.

"압니다. 그래도 주연 배우이니 감독으로서 와 봐야 하지 않겠어요."

"감독으로서가 맞습니까?"

이번에는 해준의 미간이 꿈틀거렸다. 해준을 노려보는 인하의 등에 작은 온기가 닿았다. 흘끗 돌아보니 혜원이 뒤에 서 있다.

"인하 씨, 누구…… 아, 감독님."

혜원은 놀라 허둥대다가 고개를 숙여 인사를 했다. 해준이 그녀의 얼굴을 꼼꼼히 살피고는 걱정스럽게 물었다. 괜찮다고 대답하는 혜원을 지그시 내려다보는 해준의 손에 들린 상자를 인하가 거칠게 낚아챘다.

"죄송하지만, 우리가 막 잠을 자려던 참이었습니다."

"아, 인하 씨."

혜원의 어깨를 감싸 끌어당긴 인하는 최대한 공손한 어조로 해준에게 이야기했다. 하지만 눈에는 이만 가라는 축객령이 서려 있었다.

"내일 촬영장에서 뵙죠. 쉬어요."

혜원의 어깨를 감싼 인하의 팔. 인하의 몸에 닿아 있는 혜원. 해준의 눈이 가라앉았다. 그의 말에 쓸쓸함이 감도는 걸 인하만이 알아차렸다. 혜원의 인사를 받지 않은 채 해준은 획 돌아 성큼성큼 걸어 나갔다.

"조심히…… 아……."

인사할 새도 없이 뒤돌아 가는 해준과 그가 돌아서자마자 문을 닫아 버리는 인하 때문에 혜원의 말이 도중에 끊겼다.

해준의 갑작스런 병문안이 당혹스러운지 혜원이 눈을 깜빡였다. 자신이 본 게 현실인지, 꿈인지 헷갈릴 정도로 늦은 시간의 해준의 병문안은 뜬금없었다.

"그만 자자."

"네."

널찍한 환자 침대에 같이 누운 두 사람은 서로를 향해 몸을 돌리고 눈을 감았다.

"으음."

"왜?"

"배가 아픈 것 같아요."

갑자기 옅은 복통을 호소하며 혜원이 위를 향해 똑바로 누웠다. 인하가 손으로 부드럽게 그녀의 배를 매만졌다.

"의사 부를까?"

"아니요. 계속 그렇게 만져 줘요. 괜찮아지는 것 같아."

작게 원을 그리며 움직이는 그의 손을 자장가 삼아 혜원이 먼저 잠에 들었다.

해준과 이야기 중인 혜원을 멀리서 보던 인하가 낮게 숨을 쉬면서 턱을 매만졌다.

해준이 하는 말에 고개를 끄덕이면서 안절부절못하고 눈치를 보던 혜원은, 해준의 이야기가 끝나자마자 그에게서 순식간에 멀어진다.

그런 그녀의 뒷모습을 해준의 시선이 끝까지 쫓아간다.

"둘이 뭐하는 짓이야."

낮게 내뱉는 인하의 말에 옆에 있던 진주가 자신에게 한 말이 냐는 듯 그를 쳐다봤다.

인하는 고개를 흔들고는 세트장 안으로 들어섰다. 혜원의 어깨를 가볍게 잡은 그가 부드러운 미소를 보인 뒤 고개를 틀었다.

촬영 준비를 지시하던 해준이 무심결에 고개를 돌리다가 인하와 눈이 마주쳤다. 입매를 비틀어 웃은 인하가 보란 듯이 혜원의 귓가에 입을 대고 속삭이며 다정한 모습을 보였다.

"긴장돼?"

"누구와는 달리 베드신은 처음이니까요."

"큭큭, 나도 아내와의 베드신은 처음이라. 진짜로 흥분할지도 몰라."

화르르 달아오른 얼굴로 혜원이 인하의 가슴을 때렸다. 그의 가슴에 얼굴을 묻고 달아오른 얼굴을 감추는 그녀의 모습을 본 해준이 고개를 확 돌렸다.

공중파 드라마이기에 수위가 높지는 않지만, 그래도 두 사람의 노출이 있기 때문에 최소한의 인원을 남기고 스태프들이 빠져나갔다. 그리고 해준의 사인에 맞춰 촬영이 시작되었다.

천천히 인하가 고개를 숙였다. 혜원의 입술에 짧게 닿았다가 떨어지고는 감은 눈을 뜨고 그녀의 반응을 살폈다.

파르르 떨리는 속눈썹과 바르르 떨리는 입술. 인하가 다시 고개를 숙여 입술을 맞춘다. 이번에는 조금 더 길게.

그의 팔이 혜원의 허리를 감싸고 고개를 꺾으며 깊게 파고든다. 혜원의 팔이 조심스럽게 그의 어깨에 올려지고……

"컷."

해준의 컷 소리에도 인하는 입술을 떼지 않았다. 스태프들은 소리 없이 웃으며 두 사람의 키스를 구경했다.

잔뜩 굳어진 얼굴의 해준이 다시 컷을 외치자 인하가 슬며시 눈을 뜨고는 혜원에게서 떨어지며 씩 웃었다.

뒤늦게 스태프들이 휘파람을 불고 야유를 보내자 혜원이 잔뜩 붉어진 얼굴로 인하를 흘겼다.

"뭐예요!"

"컷 소리를 못 들었어."

혜원의 타액이 묻은 입술을 혀로 핥으며 그가 짓궂게 웃었다.

다시 한 번 키스신에 들어가고, 인하가 혜원을 침대에 눕히는 장면까지 이어졌다. 그리고 촬영이 끊어졌다.

인하는 아무렇지 않은 얼굴로 상체를 탈의한 채 침대 옆에 서서 대본을 읽으며 혜원이 오기를 기다렸다. 가운을 입은 혜원이 세트장 안으로 들어서자 스태프들이 빠르게 제자리를 찾았다.

"흐음."

인하는 집에서 혜원이 가운을 입은 모습을 많이 봤다. 그런데 그 모습을 수많은 스태프들과 같이 보자니 썩 유쾌하지 않았다. 꽤나 불쾌하다.

베드신이 있다는 말에 큰 반응을 보이지 않았던 그는 뒤늦게 경각심을 갖고 재빨리 이불을 들춰 혜원에게 들어가라는 손짓을 했다.

"안에 뭐 입었어?"

"누드브라만. 이거 생각보다 너무 부끄러워요."

인하가 같이 이불 안으로 들어가자 일부 스태프들이 낮게 기침을 했다. 그들도 베드신을 촬영하는 건 처음이 아닌데, 진짜 부부인 두 사람의 촬영에 기대를 했다.

스태프들의 시선이 쏠리자 인하가 반대편으로 고개를 돌리고는 속으로 욕설을 내뱉었다.

"촬영 시작합니다."

낮게 가라앉은 목소리로 해준이 말을 하자 스태프들이 소리를 죽였다. 머뭇거리던 혜원이 가운을 벗어 침대 밑으로 떨어뜨렸고, 인하는 최대한 자신의 몸으로 혜원을 가렸다.

어깨를 내놓으며 누워 있는 혜원의 위에 올라탄 인하. 이불이 그들을 감싸고 있었지만, 꽤나 자극적인 포즈다.

두 사람이 진짜 부부라는 사실 때문인지, 스태프들은 그들의 사생활을 엿보는 듯한 느낌에 묘한 기분이 들어 침을 꼴딱 삼켰다.

유일하게 무덤덤한, 아니, 짙은 감정이 회오리치지만 겉으로는 내색할 수 없는 해준이 큐를 외쳤다.

혜원의 가느다란 팔이 인하의 등을 감쌌다. 인하가 그녀의 얼굴 곳곳에 키스를 하고 사랑스런 눈으로 그녀를 내려다본다. 짧게 이어지는 키스.

인하의 손이 이불 안으로 들어간다. 조금씩 인하의 얼굴이 아래로 내려가며 목덜미를 훑는다. 혜원이 고개를 옆으로 틀어 눈을 감으며 숨을 크게 들이쉰다.

"컷, 오케이."

단번에 오케이 사인이 내려졌다. 인하는 재빨리 이불을 끌어올려 혜원을 감쌌다. 서영이 달려와 가운을 집어 들고 그들에게 다가갔는데, 인하가 침대에서 내려서더니 이불로 혜원을 감싼 채 안아 들고 걸음을 옮겼다.

대기실로 들어온 그는 소파에 혜원을 내려놓았다. 눈을 마주치지 못하고 고개를 숙이는 혜원의 턱을 잡아 든 인하가 깊게 입을 맞췄다.

"베드신 찍지 마. 다른 누구하고도."

인하의 말에는 화났을 때 나타나는 특유의 시니컬함이 실려 있었다.

"왜 화났어요?"

"대답해. 베드신은 절대 안 돼."

알았다고 작게 고개를 끄덕이는 혜원을 끌어안으며 인하는 짜증을 삼켰다.

드라마는 막바지로 치닫고 있었다. 촬영도 서서히 끝이 보였다.

태주와 소진이 재결합을 앞두고 제주도로 여행을 가는 신이 잡혀 있었다. 스태프들과 배우들은 고된 촬영 때문에 힘이 들 법도 한데, 제주도로 간다는 사실에 신이 나 있었다.

해준과 스태프 절반이 미리 제주도로 갔고, 인하와 혜원은 남은 스태프들과 같이 이동을 하기로 했다.

짐을 싸는 인하의 옆에서 혜원은 마지막 화 대본을 보면서 탄성을 내뱉고 있었다.

"로맨틱해요. 그렇죠? 태주 멋있다."

"사랑한다는 말도 제대로 못 하는 답답한 남자인데, 뭐."

"아니죠! 매번 사랑한다는 말을 한 거잖아요."

태주가 소진에게 가져다주었던 많은 꽃다발. 그 꽃은 모두 의미를 가지고 있었다.

사랑합니다. 영원히 사랑합니다. 당신에게 반했습니다. 당신뿐입니다. 당신과 함께하고 싶습니다.

사랑과 애정의 꽃말을 가진 꽃들만 선물을 했다.

소진이 그를 사랑하기 훨씬 전부터 태주는 그녀를 사랑했다. 그걸 감춘 채 결혼을 한 태주는 꽃으로 고백을 했다.

그도 소진의 사랑을 받고 싶었다. 그래서 늘 꽃다발을 주면 꽃 한 송이를 돌려받았다. 그 꽃 한 송이로 그녀의 사랑을 받는다는 생각을 하며 태주는 홀로 행복했었다.

마지막 화 대본에서 드러나는 꽃다발의 의미에 혜원은 연신 감탄을 내뱉으며 태주가 멋있다는 말을 반복했다.

"그보다 가져갈 옷 안 챙겨?"

"당신 거 입으면 되죠."

아주 배짱이다. 인하는 대본에서 눈을 떼지 못하는 혜원을 보고 낮게 숨을 내쉬고는 직접 그녀의 옷을 챙겼다. 날이 풀렸다고는 하지만 혹시 모르니 기모로 된 레깅스와 옷을 챙기고 캐리어를 닫았다.

쉴 틈도 없이 돌아가는 촬영에 짐을 챙기자마자 그들은 바로 공항으로 향했다. 차에서 내리기 전 몇몇 기자가 그들을 맞이했는데, 생각 외로 많이 모여 있어서 인하가 재민에게 물었다.

"무슨 일 있어?"

"아, 그게……."

대답을 하지 못하고 말을 흐리는 재민의 태도에 인하가 인상을 썼다. 그의 눈치를 보던 재민이 난감하다는 듯 한숨을 쉬다 이야기했다.

"지금 대표님이 수습 중인데요. 그게 그러니까, 인터넷에 글이 올랐는데요. 형님하고 형수님 이야기라고……. 거기에 진소하 씨도……."

순식간에 얼굴이 굳어지는 인하를 보고 재민이 빠르게 덧붙였다.

"그 여자에 대해 기사가 난 건 아니고요. 형님하고 형수님 불화설이 터졌어요."

그들의 이름이 직접적으로 오른 게 아니라, 배우 A와 B의 결혼생활이 거짓이라는 글이 익명으로 인터넷에 올랐다.

모 여자 모델이 부부의 불화에 관계가 있다는 내용이 포함되어 있었다. 배우의 이름을 밝힌 건 아니었지만 불화설이 끊이지 않았던 전례 때문에 그들이 타깃이 되었다.

"언제 올라왔는데?"

"두 시간 전쯤에요."

그걸 이제야 이야기하냐는 인하의 호통에 재민이 처음에는 이름이 거론되지 않았고 소속사에서 바로 움직여 그들이 아니라는 내용을 기자들에게 보냈다고 했다.

하나, 사실이든 아니든 또 시작된 그들의 불화설에 기사들이 순식간에 공항으로 모여들었다.

재민이 먼저 차에서 내렸고 인하가 뒤이어 내렸다. 기자들은 먹잇감을 발견한 하이에나처럼 몰려들어 혜원과 요즘 어떠냐는 질문을 했다.

촬영장에서 두 사람이 싸우는 걸 목격했다는 둥, 왜 따로 공항에 왔냐는 둥 이상한 소리를 해 대는 기자들을 선글라스에 가려진 눈으로 노려보던 그는 얼마 떨어지지 않은 곳에도 기자들이 모여 있는 걸 봤다.

혜원의 차 주위로 기자들이 모여 있었다.

재민이 공항 안으로 들어가기 위해 길을 터는데 인하가 그의 어깨를 잡고 혜원의 차를 가리켰다. 기자들이 눈치를 채고는 빠르게 혜원의 차로 향했다.

인하가 먼저 성큼성큼 걸어가 혜원의 차 앞에 섰다.

"아, 먼저 들어가시는 게 나을 것 같아요."

주영이 기자들에게 비켜 달라고 양해를 구하면서 인하에게 먼저 들어가라고 했음에도, 인하는 차 문을 확 열었다. 기자들이 빠르게 플래시를 터트렸다.

"이리 와."

차 안에서 어리둥절하면서 겁먹은 얼굴로 있던 혜원이 인하가 내민 손을 잡고 차에서 내렸다. 그녀를 품에 안다시피 보호하며 인하가 걸음을 옮겼다.

기자들이 뭐라 뭐라 소리를 지르는데도 그들은 묵묵히 앞으로 걸어갔다. 한 기자가 욕심을 내어 카메라를 가까이 들이밀다가 앞에 있던 다른 기자를 밀쳤다.

우르르 기자들이 뒤엉키며 넘어지자 인하가 놀라 재빨리 혜원을 품에 안았다.

"뭐하는 짓입니까!"

묵묵히 공항 안으로 들어가던 인하가 처음으로 입을 열었다. 화를 내는 그에게 플래시가 또 터졌다. 재민과 주영이 놀라 얼어붙은 혜원과 기자들을 쏘아보는 인하를 데리고 공항 안으로 들어섰다.

공항에 들어서자 스태프들이 빠르게 다가와 재민과 주영을 도왔다. 도망치듯 비행기에 오른 그들과 촬영 스태프들은 동시에 한숨을 내쉬었다.

혜원은 뒤늦게 서영에게 기자들이 몰려든 이유를 들었다. 배우 A와 B의 불화설. 여자 모델이라는 단어에서 혜원의 얼굴에 핏기가 가셨다.

창백하게 질리는 그녀의 얼굴을 본 서영이 멈칫하며 무언가 감지한 듯 입을 꾹 다물었다.

"언니, 아니죠?"

서영은 두 사람이 연애결혼을 한 걸로 알고 있다. 원래 서영은 같은 소속사 배우의 스타일리스트였고, 두 사람이 결혼하기 직전에 혜원의 스타일리스트로 왔다.

주영이 알려 준 대로 두 사람이 연애결혼을 했고, 불행히도 사실이 아닌 불화설에 시달리는 것으로 알고 있었던 서영은 혜원의 창백한 얼굴에 설마 하는 의심이 들었다.

"서영아, 자리 좀 바꿔 줄래?"

언제 온 것인지 인하가 서영에게 자리를 바꿔 달라는 요구를 했다. 머뭇거리던 서영이 자리에서 일어났다.

"혜원아, 괜찮아?"

"인하 씨도 들었어요?"

대답은 없었지만, 낮게 가라앉은 눈과 걱정이 가득한 얼굴에 혜원은 그도 들었음을 알았다.

그들이라는 증거도 없고, 소속사에서 사실과 다른 기사를 내서 명예를 훼손했을 시에는 강력한 법적 조치가 있을 거라고 기자들을 압박했다.

공항에 몰려든 기자들은 건진 게 없기에 투덜거리며 돌아갔다고 한다.

"우리 아니니까 괜찮아."

"우리 아니……니까."

"아니야. 우린 여느 부부들처럼 진짜 결혼생활을 하고 있고, 우리 사이엔 다른 그 누구도 없어."

단호한 인하의 말에 혜원이 가까스로 미소를 지었다.

13

제주도에 도착한 그들은 이곳까지 따라온 몇몇의 기자를 피해 숙소로 이동을 했다. 무겁게 가라앉은 분위기 속에서 다시 촬영 장소로 이동을 하고, 그곳에서 기다리고 있던 해준 및 스태프들과 합류를 했다.

"언니, 계속 전화가 왔어요."

"누구한테서?"

"어머니하고 시댁에서요."

잠시 쉬는 틈을 타서 서영이 핸드폰을 건네주었다. 혜원이 받자마자 전화가 왔다. 발신자를 확인한 그녀는 사람들을 피해 조용한 곳으로 가 목까지 차오른 한숨을 삼키고 전화를 받았다.

"여보세요."

—나다. 기사 뭐니? 모델은 또 뭐야! 그렇게 왜 되지도 않는

드라마를 찍어서 그래! 그냥 조용히 집에 있었으면 이런 기사가 나와?

소속사에서 압박을 가했어도 몇 개의 기사가 올랐다.

뭐하러 활동을 해서 사람들의 관심을 모으냐는 지영의 타박은 계속해서 이어졌다.

조용히 집에서 살림을 하면 너에 대한 관심은 사그라지고 이런 추잡한 소문도 나오지 않을 거라는 지영의 말에 울컥 무언가가 올라오는 걸 느꼈다.

"어머니."

—내가 정말 창피해서. 친구들이 뭐라고 하는 줄 아니? 너네 같이 사는 거 맞냐고, 별거하는 거 아니냐는 소리까지 들었다. 연애결혼인 애들이 왜 그렇게 불화설이 끊이지 않는…….

"창피요? 저는 죽을 것 같아요! 괴롭다고요! 애초에 되지도 않는 결혼을 시킨 건 어머니잖아요! 우연히 찍힌 사진으로 말도 안 되는 결혼을 밀어붙이셨잖아요! 연애결혼? 아니잖아요! 모든 게 다 거짓이잖아요! 거짓 결혼 맞잖아요! 그런데 어떻게 불화설이 없겠어요! 남들이 수군거리는 거, 당사자인 제가 가장 괴로워요! 미칠 것 같다고요!"

거친 숨을 몰아쉬는 혜원이 낮게 흐느꼈다. 수화기 너머로 한참 말이 없던 지영은 당황한 목소리로 나중에 통화를 하자며 끊었다.

끊긴 핸드폰을 들고 망연자실한 얼굴로 서 있던 혜원은 뒤돌아서다가 누군가가 있는 걸 보고 얼어붙었다.

"감독……님."

또다. 혜원이 뒷걸음질을 쳤다. 그녀가 주위를 살피며 해준을 피해 도망갈 길을 찾았다.

"신혜원 씨."

"아……."

해준이 한 걸음 다가오자 혜원이 그가 걸어온 만큼 뒷걸음질을 쳤다. 그러더니 갑자기 배를 잡고 주저앉았다.

"신혜원 씨!"

놀란 해준이 단숨에 달려와 그녀를 부축했다. 괴로운 얼굴로 배를 잡고 허리를 숙이던 혜원이 그의 손을 피하려다 아예 정신을 잃고 바닥에 쓰러졌다.

혜원의 이마에 식은땀이 맺히는 걸 본 해준은 그녀를 안아 들고 뛰었다. 해준에게 안겨 오는 혜원을 본 스태프들이 상황 파악을 하느라 뒤늦게 반응을 보였다.

다급한 얼굴로 뛰는 해준을 보고 누군가 병원의 위치를 알아보라고 소리를 질렀다.

"혜원아!"

주영이 해준에게 뛰어왔다. 끙끙거리는 혜원을 본 그는 인근에 병원이 있는지부터 확인했다. 큰 소동에 차에서 메이크업 수정을 받고 있던 인하가 다가왔고, 해준의 품에 안긴 혜원을 발견하고는 잔뜩 얼굴을 굳혔다.

"뭡니까."

"갑자기 배를 잡고 쓰러졌습니다."

인하가 혜원에게 손을 뻗는 순간 해준이 뒤로 물러났다. 주위에 있던 모두가 하던 일을 멈추고 두 남자를 봤다.

둘 사이에 감도는 묘한 분위기. 냉기가 서린 눈으로 해준을 노려보는 인하와, 그런 그를 경계심 가득한 눈으로 보는 해준.

정욱이 다가와 해준에게 뭐하는 거냐는 눈빛을 보냈다.

"제 아내, 주시죠."

"병원에 데려가겠습니다."

다시 손을 뻗은 인하를 피해 해준이 물러났다. 스태프들의 눈이 더 커졌다. 사납게 일그러지는 인하의 얼굴에 주영이 나섰다. 매니저인 자신이 데려가겠다고 해도 해준은 혜원을 안아 든 채 걸음을 옮겼다.

"무슨 짓입니까?"

앞을 가로막은 인하가 당장이라도 해준을 때려눕힐 듯 험악하게 노려봤다. 아슬아슬한 두 사람의 분위기에 정욱뿐만 아니라 조명 감독과 다른 스태프들까지 두 사람을 둘러쌌다. 혹여 싸움이라도 나면 말리기 위해서였다.

"아흑……."

흐르는 긴장감 속에서 낮은 흐느낌이 새어 나왔다. 혜원이 정신이 드는지 눈을 가늘게 떴다.

그녀는 자신을 안아 들고 있는 사람의 얼굴을 확인하고는 놀라 소리를 지르다 찌르는 듯한 통증에 눈을 질끈 감으며 배를 감쌌다.

"혜원아."

"인하 씨."

혜원이 자신을 부르는 인하의 목소리에 눈을 뜨고 손을 뻗었다. 그가 가까이 다가오자 그의 목을 감싸고 안겨 들었다. 인하는 빠르게 해준의 품에서 그녀를 빼앗아 안아 들었다.

"괜찮아? 어디가 아파?"

"배…… 나, 배가 아파요."

식은땀이 흐른 이마에 자신의 이마를 댄 인하가 병원에 가자고 속삭이고는 걸음을 옮겼다. 돌아서면서 해준을 노려본 뒤 주영의 안내를 받아 차를 향해 거침없이 걸었다.

혜원을 안아 들었던 손을 그대로 허공에 든 채 해준은 멀어져 가는 두 사람을 멍하니 바라봤다.

차에 오른 인하는 끙끙거리는 혜원을 꽉 안았다. 속에서 화가 치밀어 올랐지만, 애써 분노를 죽이면서 병원에 도착할 때까지 혜원을 보듬었다.

전과 마찬가지로 스트레스성 위경련이라는 진단을 받고 혜원의 손에 링거가 꽂아졌다.

"인하 씨."

가라앉은 눈동자와 딱딱하게 굳은 얼굴. 주먹을 꽉 쥔 인하에게서 위화감이 감돌았다. 잔뜩 화가 난 그를 혜원이 조심스럽게 불렀다.

"말해."

할 말이 있으면 순순히 이야기를 하라고 했음에도 혜원은 쉽사리 입을 열지 못했다.

"말하라고. 왜 그 자식 품에 안겨서 왔는지 말해."

"그게…… 어머니한테서 전화가 왔어요. 전화를 끊었는데 갑자기 배가 아팠고…… 지나가던 감독님이……."

"그게 다야?"

"……네."

늦은 대답과 말을 흐리는 혜원을 보고 인하는 그녀가 무언가를 감추고 있다는 느낌을 받았다. 눈도 못 마주치고 죄인처럼 불안한 기색을 보이자 그의 기분이 가라앉을 대로 가라앉았다.

링거를 다 맞을 때까지 인하는 생각에 잠겨 침묵했다. 혜원은 무거운 공기에 갇혀 있는 그의 눈치를 살폈지만, 어떻게 해야 그의 기분이 풀릴지 몰라 입을 다물었다.

링거를 다 맞고 둘은 바로 숙소로 돌아왔다. 오는 내내 인하는 혜원에게 시선을 주지 않은 채 창밖만 내다봤다. 혜원이 불안한 얼굴로 자신을 보는 걸 알면서도 그는 돌아보지 않았다.

촬영이 중단되고 촬영 장소에서 철수한 스태프들이 숙소 앞에 모여 있었다. 괜찮냐고 묻는 스태프들에게 고개를 끄덕인 혜원은 건물 안으로 들어가는 인하를 따라 빠르게 걸음을 옮겼다.

"인하 씨."

불러도 대답이 없는 그는 계단을 이용해 그들이 묵을 층으로 올라갔다. 초조한 얼굴로 그의 등을 쫓던 혜원은 갑자기 그가 멈춰 서자 옆에 서서 의아한 듯 고개를 들었다.

인하가 굳은 얼굴로 앞을 응시했다. 그 시선을 따라간 혜원은 그들의 룸 앞에 해준이 서 있는 걸 발견했다.

"뭡니까."

"걱정이 돼서 기다리고 있었습니다."

"배우가 걱정이 되는 겁니까, 아니면 좋아하는 여자가 걱정이 되는 겁니까."

"……."

이해가 가지 않는 인하의 말에 혜원이 조심스럽게 그의 옷을 잡아당겼다. 두 남자가 내뿜는 기에 눌려 그녀는 떨리는 목소리로 다시 인하를 불렀다.

"인하 씨? 왜 그래요?"

"좋겠네, 신혜원. 너 걱정돼서 발 동동 구르는 남자도 있고."

"무슨 말이에요?"

"몰랐어? 유해준 PD가 너 좋아하는 거."

인하의 말에 무슨 말도 안 되는 소리냐고 하려던 혜원은 해준과 눈이 마주치자 입을 다물었다.

해준은 인하의 이상한 말에도 부정을 하지 않고 또렷한 눈으로 그녀를 직시했다. 진득한 시선에 혜원이 몸을 움츠리며 인하에게 붙었다.

"몸은 괜찮아요?"

"웃기고 있네."

해준의 걱정 어린 말에 인하가 냉소 가득한 비웃음을 내뱉었다. 같잖은 꼴을 본다는 듯.

"내 아내에 대한 감정 접어. 난 내 아내를 누가 마음에 담는 것조차 싫으니까."

"왜요, 빼앗길까 봐 겁납니까?"

혜원의 손을 잡고 해준을 지나치려던 인하는 헛웃음을 치며 돌아섰다.

"빼앗겨? 무슨 자신감이지? 내 아내를 빼앗을 수 있다고 생각하나?"

"그러는 정인하 씨는 무슨 자신감입니까? 신혜원 씨와 결혼했다는 그 이유 하나로 그런 자신감이 나오는 겁니까?"

인하는 기가 찼다.

"결혼한 유부녀를 마음에 담는 남자한테……."

"거짓 결혼에 괴롭다고 하더군요."

"……뭐?"

"괴롭다고, 당신과의 결혼이 괴롭다고 했습니다."

인하는 둔기로 뒤통수를 맞은 듯 아득해지는 정신에 머리를 흔들었다. 그는 자신을 잡고 있는 혜원의 손을 떨치고 해준에게 주먹을 날렸다.

그의 주먹을 맞고 해준이 뒤로 넘어가자 혜원이 놀라 소리를 질렀다.

"개소리하지 마."

"애초에 그런 말도 안 되는 결혼, 행복할 리가 없지 않습니까."

"내가 우리 사이에 끼어들지 말랬지!"

다시 주먹을 드는 인하의 등을 혜원이 껴안았다. 멈칫한 인하가 허리에 둘린 혜원의 팔을 거칠게 풀어내고 돌아섰다. 그리고 물었다. 해준이 지껄이는 저 말이 뭐냐고.

"인하 씨, 그게……. 내가 설명할게요. 그러니까……."

"진짜 그랬어? 괴롭다고?"

그가 혜원을 무섭도록 노려봤다. 툭, 혜원의 어깨를 잡아 흔들던 그의 손이 떨어졌다.

"그래. 괴로웠다는 거지."

혜원이 고개를 흔들고 그의 팔을 잡았지만, 인하는 거칠게 떨치고는 자신의 룸으로 들어갔다.

"왜…… 그래요? 우리한테 왜 그래요?"

"혜원 씨, 난……."

찢어진 입가를 손등으로 훔치며 일어나는 해준을 혜원은 원망 가득한 눈으로 봤다. 떨리는 눈동자에, 가득 고인 눈물을 해준이 안쓰럽게 바라봤다.

"알아요. 두 사람이 어떻게 결혼을 한 건지. 애초에 말이 안되는 결혼이었어요. 사진 때문이라니. 진소하라는 여자 일도 있고. 혜원 씨, 그런 불행한 결혼……."

"몰라. 몰라요. 아무것도 모르면서. 말이 안 되는 결혼? 왜요? 선을 보고 결혼하는 사람들이 수다해요. 모두가 다 연애결혼을 하는 건 아니에요. 진소하? 그 여자가 왜요? 그 여자는 우리와 아무런 관련 없어요. 불행한 결혼? 내가…… 인하 씨 때문에 얼마나 행복한데! 뭘 알아! 뭘 안다고 그래요!"

혜원의 고함에 놀라 해준이 다가갔지만 혜원은 다가오지 말라고 소리를 질렀다. 진정하라고 그가 그녀의 팔을 잡자 더 소리를 지르며 발악했다.

"그 손 놔."

인하의 목소리에 혜원의 발악이 멎었다. 몸을 돌리자, 문을 열고 현관문에 기대선 인하가 두 사람을 차갑게 노려보고 있었다.

"그 손 놓으라고. 내 여자한테서 손 떼라고, 새끼야."

해준이 놓기도 전에 혜원이 거칠게 팔을 흔들어 떼어 냈다. 후드득 떨어지는 눈물에 젖은 얼굴로 인하를 바라봤다.

"이리 와, 신혜원."

그의 말이 끝나자마자 혜원이 달려가 품에 안겼다. 눈물을 쏟아 내며 잘못했다고 비는 그녀를 안아 주지 않은 채 인하는 묵묵히 내려다만 봤다.

"아……니야. 어머니……끅, 한테…… 화가…… 흐윽, 나서……."

울면서 인하에게 변명을 하던 혜원은 끝내 말을 잇지 못하고 엉엉 울었다.

"방에 들어가 있어."

인하의 명령조에 혜원은 순순히 고개를 끄덕이며 곧장 룸으로 들어갔다. 그리고 그의 말대로 방으로 들어가 침대에 엎어져 울었다.

"부부라는 게, 결혼생활이라는 게 복잡합니다. 타인은 절대 이해를 못 해요. 우리 둘을 이해하지 못한다고 한들 상관없습니다. 고작 당신 따위가 헤집는다고 해서 서로를 쉽게 등질 수 없단 말입니다."

"사랑이 없는 결혼에…… 왜 그 결혼에 목을 매는 겁니까."

인하에게 매달리는 혜원의 태도를 이해 못 하겠다는 듯 해준이 물었다. 그리고 자신과의 결혼이 괴롭다고 말을 한 혜원을 다시 품으로 이끄는 인하를 이해 못 하겠다는 듯 고개를 흔들었다.

"사랑이 없어 보입니까?"

인하의 말을 곱씹던 해준은 하, 짧은 탄식이 섞인 웃음을 터트렸다.

왜 사랑이 없다고 단정을 지었지? 두 사람의 시작이 그래서?

인하를 향해 웃던 혜원, 인하에게 필사적으로 변명을 하고 매달리던 혜원. 혜원의 행동은 사랑이 전제한 행동이었다.

그런 혜원을 향한 자신의 관심에 분노를 보였던 인하, 혜원에게 강한 소유욕을 보였던 인하. 그도…… 사랑이 전제된 행동이었다.

그들은 사랑을 적나라하게 보여 줬는데, 혜원을 향한 제 이기심에 그걸 보지 못했다.

쾅, 망연자실한 얼굴로 서 있는 해준을 놓고 인하는 문을 닫았다. 방으로 들어온 그는 침대 위에 엎드린 채 몸을 들썩이며 우는 혜원을 물끄러미 보다가 그 옆에 털썩 누웠다.

생각보다 타격이 컸다. 혜원의 괴롭다는 말에 꽤 큰 충격을 받았다.

룸으로 도망치듯 들어와 손바닥에 얼굴을 묻고 깊이 숨을 내쉬면서 감정을 추스르는데 혜원의 고함 소리가 들렸다. 놀라서 나가 보니 혜원이 울고 불며 소리를 치고 있고, 그런 그녀를 해준이 붙잡고 있었다. 그 모습을 보고 머리끝까지 화가 치밀었다. 해준을 향한 살인 충동을 가까스로 눌렀다.

질끈 감은 눈 위로 팔을 올리고 해준을 찢어발기는 상상을 하는 인하의 옆에서 끅끅거리며 울던 혜원이 조금씩 울음을 멈췄다.

훌쩍이면서 상체를 든 그녀가 엉금엉금 인하에게로 기어갔다. 가만히 누워 팔로 얼굴을 가리고 있는 그의 가슴 위로 엎어졌다.

"흐윽, 흑."

"후우."

인하가 숨을 크게 들이쉬자 그의 가슴이 따라서 크게 움직였다. 혜원이 손등으로 남은 눈물을 훔치고 그의 눈 위에 올려진 팔을 잡았다.

조심스럽게 잡아당기자 눈을 감고 있는 인하의 얼굴이 드러났다.

"인하 씨."

"……."

부름에 대답이 없자 혜원이 그의 몸을 잡아 흔들었다. 반응도 없이 눈을 감고 있자 혜원이 불안에 잠긴 목소리로 그를 다시 불렀다.

"인하 씨, 응?"

"……."

"화났어요? 나 아니야. 어머니한테서 전화가 왔는데 불화설로 뭐라 하시기에, 불화설로 가장 속상한 사람은 나라고, 그런 의미로 한 이야기였어요. 절대 당신하고 결혼한 거 후회 안 해요. 괴롭지 않아. 응?"

"......"

자신의 설명에도 묵묵부답이자, 혜원이 그의 몸을 타고 올라갔다. 그의 배 위에 앉은 그녀가 어떻게든 반응을 이끌어 보려고 애를 썼다.

그의 이마와 눈, 볼, 입술, 곳곳에 입을 맞췄다. 천천히 눈을 뜬 인하가 혜원의 등을 감싸고 끌어내렸다.

"혜원아, 키스해 줘."

달싹이는 그의 입술을 머금고 혜원이 울음을 삼켰다.

뜨거운 입술을 살짝살짝 깨물고 핥은 뒤 혀를 집어넣어 그의 입안을 헤집었다. 혀가 얽히고, 타액이 섞이고, 호흡이 섞여 들어간다.

긴 키스 끝에 혜원은 그의 턱에 입을 맞추고 더 내려가 그의 목에 얼굴을 묻었다. 목을 깨물고 혀로 쓸어내리자 인하의 울대가 크게 움직인다.

혜원이 몸을 일으키자 그녀의 등 위에 올려져 있던 그의 손이 미끄러지면서 털썩 침대 위로 떨어졌다.

기력이 다한 것처럼 가만히 누워 있는 그를 내려다본 혜원이 엉덩이를 살짝 들고는 그의 상의를 끌어 올렸다. 선명하게 갈라진 복근을 손으로 더듬고 옷을 더 위로 끌어 올려 가슴을 만졌다.

"인하 씨."

그녀의 부름에 인하가 눈을 떴다. 더 과감하게 움직이는 혜원의 손을 잡은 그가 고개를 저었다.

"나한테 실망한 거예요? 내가 미워요?"

"누워. 잠깐 생각 좀 하자."

"무슨 생각? 싫어요. 인하 씨, 안아 줘요. 응?"

생각할 시간을 달라는 말에 불안감을 느낀 혜원이 그에게 달려들었다. 입을 맞추고 꽉 다물린 입속으로 혀를 집어넣기 위해 애쓰는 그녀의 어깨를 잡아 밀어낸 인하가 숨을 몰아쉬었다.

"하아, 혜원아."

"무슨 생각을 하겠다는 건데요! 나랑 헤어질 생각하는 거예요? 아니죠? 응?"

"혜원아, 진정해. 그런 거 아니야."

"그럼 안아 줘요. 응? 나 좀 안아 줘요."

인하가 혜원을 꽉 끌어안았다. 등을 토닥이며 진정시키려 했지만, 혜원이 이게 아니라고 고개를 흔들었다. 목덜미를 깨물고 핥으며 매달리는 혜원을 다시 인하가 떼어 놓았다.

"혜원아, 너 쓰러졌었어. 병원 갔다 왔다고."

"상관없어요. 안아 줘요. 아까처럼 나 놓고 가 버릴 거예요?"

인하가 해준의 말을 듣고 충격을 받았듯이, 혜원은 저를 놓고 가 버린 인하에게 상처를 받았다.

"내가 널 두고 어딜 가. 내가 잘못했어. 너 두고 안 가."

"그럼 안아 줘요. 응? 당신을 갖게 해 줘요."

낮게 숨을 내쉰 인하가 천천히 상체를 일으키고 앉아 단숨에 상의를 벗어 던졌다.

"그래. 가져. 혜원아, 날 가져."

혜원도 자신이 입은 옷을 하나씩 벗었다. 상의만 벗은 그와 달리 그녀는 마지막 속옷까지 모두 벗어 다시 그의 위로 올라탔다.

짙어진 그의 시선이 새하얀 나신을 노골적으로 훑는다.

인하가 등 뒤에 베개를 놓고 나른하게 기대자 혜원이 그의 가슴에 얼굴을 묻었다. 갈라진 틈으로 혀를 미끄러트리고 그의 단단한 살을 음미했다.

그녀의 손은 단단한 가슴과 복근을 쉴 새 없이 오갔다. 단단하게 선 그의 유두를 손가락으로 만지고, 입술로는 가슴을 깨물고 핥는다. 인하의 손이 혜원의 머리를 부드럽게 감쌌다.

"으음……."

낮게 가라앉은 인하의 신음 소리에 혜원이 더 대담하게 움직였다. 유두를 머금고 혀로 굴리며 그를 자극했다. 탁하게 쏟아지는 그의 뜨거운 숨이 혜원의 정수리로 떨어진다. 그는 나른한 눈길로 혜원의 애무를 지켜봤다.

혜원의 부드러운 가슴이 복근에 닿았다가 떨어진다. 그녀가 조금 더 몸을 밀어붙이고는 탄력적이고 부드러운 가슴을 그의 상체에 비볐다.

그녀의 가슴 정점이 그의 복근에 쓸리고, 가슴이 눌리면서 그녀도 신음을 흘렸다.

조금씩 혜원이 엉덩이를 아래로 움직여 더 고개를 내렸다. 복근에 이를 박았지만, 단단한 근육이 밀어낸다. 입술로 강하게 빨아들여 자국을 남기고 내려가던 혜원이 멈췄다.

고개를 들고 인하의 얼굴을 본 그녀가 침을 꼴딱 삼켰다.

살짝 벌어진 입술. 느른하게 풀린 눈매. 하지만 그 속의 눈동자는 정염에 타오르고 있다. 더한 걸 요구하는 그의 눈가가 욕정에 붉어졌다.

혜원이 고개를 들어 그의 입술을 삼켰다. 그녀의 머리카락 속으로 손가락을 집어넣어 강하게 잡아당기던 인하가 거칠게 반응을 보였다.

키스에 수동적이었던 그가 돌변하여 그녀의 혀를 빨아들이고 깨물었다.

혜원이 양손으로 그의 벨트를 풀고 바지 버클을 끌렀다. 툭, 투툭. 지이익. 지퍼가 내려가는 소리가 꽤나 자극적이다.

인하가 엉덩이를 들어 올리자 그녀가 바지와 속옷을 동시에 끌어 내렸다. 그의 허벅지까지 옷을 내리고는 그녀가 몸을 숙였다.

"으윽……. 하아……."

그의 페니스를 잡고 혜원이 혀를 내밀어 끝을 핥았다. 그리고는 그의 페니스 절반을 입에 머금었다. 절반만으로 입안이 가득 찬다.

그녀의 머리를 쥔 그의 손에 힘이 들어갔다. 빨아들이는 과정에서 날카로운 이가 표면을 긁자 그의 입에서 고통이 섞인 신음이 흘러나왔다.

"혜원아……. 조금 더."

이토록 인하가 무너지는 걸 본 적이 없던 혜원은 잔뜩 느끼는 그의 얼굴을 보고 더 깊숙이 머금었다. 혀를 움직이고 남은 부분은 손으로 쥐며 손가락으로 훑었다.

인하가 허리를 앞뒤로 움직이며 더 깊이 들어가려 했다.

"으읍……."

혜원이 다 머금지 못하고 신음을 내뱉자 인하가 그녀를 눕히고 그 위로 올라탔다. 가는 발목을 잡아 양쪽으로 벌리고 그녀의 몸속으로 파고들었다.

예고 없는 침입이었지만, 그녀의 몸은 그를 부드럽게 감쌌다. 허리를 휘는 혜원을 끌어안고 그는 거칠게 움직였다.

"아웃…… 아앙!"

빠듯하게 자신을 조여 오는 속살에 인하가 더 빠르게 움직였다.

호흡이 제멋대로 풀리고, 시야가 아득해진다. 끝이 없을 것 같은 움직임과, 끝없이 이어지는 키스. 뇌가 흐물흐물 녹아내리고 짙은 쾌감이 몸을 뒤흔든다.

거칠게 움직이던 인하가 돌연 움직임을 멈추고 눈을 질끈 감았다. 혜원이 참지 못하고 그에게 매달리며 엉덩이를 흔들자 그가 허리를 뒤로 뺐다.

"갈 뻔했어. 아직 안 돼."

"인하 씨! 제발!"

인하가 그녀를 뒤로 돌려 엎드리게 한 후 뒤에서 천천히 삽입을 했다. 부풀어 오른 가슴을 양손에 쥐고 허리를 움직였다.

등에 닿는 단단한 가슴과 엉덩이에 닿는 탄탄한 복근. 그리고 가슴을 쥐어 비트는 그의 손. 베개에 얼굴을 묻고 그의 몸이 주는 쾌락을 즐기며 혜원이 교성을 질렀다.

"앗, 아! 그만! 아웅!"

그만을 외치는 혜원의 어깨를 문 그가 가슴을 잡고 빙글빙글 돌렸다. 안을 파고드는 몸과 예민해진 가슴을 자극하는 손. 그리고 목덜미를 깨물고 핥는 입술. 혜원이 작은 진저리를 쳤다.

혜원의 교성이 더욱 높아지자 인하가 그녀의 몸을 돌리고 어깨에 그녀의 다리를 걸쳤다. 몸 끝까지 파고드는 그를 조이며 혜원이 몸을 휘었다. 강하게 밀어 붙인 뒤에 그가 그녀의 위로 쓰러졌다.

"하아…… 하아."

"윽, 하아."

순식간에 눈앞이 까맣게 흐려졌다. 혜원이 덜덜 떨리는 손으로 그의 어깨를 감싸 안았다. 묵직한 그의 무게가 온몸을 눌렀지만, 혜원은 그 무게감을 만끽했다. 아니, 그가 선사해 준 쾌락의 여운을 만끽했다.

"혜원아."

"인하 씨."

그가 손을 짚고 상체를 들었다. 뜨거운 숨을 내뱉는 입술에 자잘하게 키스를 하고 부드러운 시선으로 그녀를 내려다봤다.

혜원이 그의 얼굴을 매만졌다. 부드럽게 풀린 얼굴에 안도를 한 듯 그녀가 떨리는 숨을 내뱉었다.

"난 절대 너랑 헤어질 생각 없어. 당신이 나와 사는 게 싫다 해도 헤어질 수 없어."

"싫지 않아요! 나도 헤어질 생각 없……."

빠르게 동의하는 혜원의 입술을 그가 다시 머금었다. 달래듯 부드러운 키스를 한 그가 세심한 손길로 이마에 붙은 머리카락을 쓸어 넘겨 줬다.

"사랑해. 사랑해, 혜원아. 그래서 널 놓아줄 수 없어."

혜원의 눈이 크게 일렁거렸다. 빠르게 물기가 어린 눈꼬리를 타고 눈물이 흘렀다. 그 눈물을 혀로 핥으며 그가 다시 말했다. 사랑한다고.

"다시…… 다시 말해 줘요."

"사랑해. 혜원아, 사랑해."

"흐윽, 나도 사랑해요. 사랑해요."

"응, 나도 사랑해."

시작이 어그러졌어도 상관없다. 남들과 다르게 시작했어도 상관없다. 사랑의 시작이 언제인지도 중요치 않다.

어차피 사랑이다. 결국엔 사랑이기에 다른 건 아무 상관없다.

푸르스름한 빛이 아침이 다가오고 있음을 알려 준다. 내내 방에서 나오지 않는 두 사람이 걱정되었는지 재민이 저녁거리를 핑계로 룸의 문을 두드렸다가 인하의 노여움을 샀다.

가운을 걸치고 나와 저녁거리만 받아 들고 들어가는 인하의 얼굴에는 사랑을 나눈 자의 특유의 만족감과 나른함이 가득했다.

얼굴을 붉히며 물러난 재민은 스태프들에게 혜원이 아직 몸이 안 좋고, 인하가 간호 중이라는 변명을 해야만 했다. 그런 재민의 노력은 알지 못하고 저녁을 먹은 두 사람은 두 차례 더 긴 사랑을 나눴다.

맞닿은 맨살이 주는 포근함. 혜원이 그의 가슴으로 파고들었다. 단단한 팔이 당연하다는 듯 그녀를 감싸 바짝 끌어당긴다.

"일어나기 싫어요. 그냥 쭉 이대로 있고 싶어."

"촬영 확 접을까?"

그녀의 몸에 올라타면서 다리 사이에 자리를 잡은 그가 키득거리며 한 번쯤은 촬영이고 뭐고 다 내팽개치는 것도 괜찮을 것 같다고 혜원을 꼬드겼다.

"응. 촬영 접어요. 이대로 있어요."

인하의 웃음이 커졌다. 자신의 말을 농담으로 알아들었다고 생각한 것인지 혜원이 정색을 하고 다시 말했다. 촬영 따위는 내 알 바 아니라고.

"다다음주면 끝이야. 드라마 끝나면 여행 가자. 가서 우리 둘만 있자."

더 꼬드겼다가는 당장이라도 무인도로 떠나자고 할 것 같은 혜원을 진정시킨 그가 아쉬움을 접으며 그녀를 안고 욕실로 들어갔다.

물이 떨어지는 샤워기 아래에 서서 씻는 도중 짧은 키스와 애무가 잇따랐다. 부르튼 입술에도 아픈 줄 모르고 혜원이 자꾸 까치발을 하고 그의 입술을 찾았다.

서로의 몸을 키스마크로 도배하고 누가 더 많이 남겼나 개수를 세어 가며 노닥거렸다.

다 씻고 나와 옷을 갈아입고 나갈 준비를 마친 혜원의 얼굴이 수심에 잠겼다. 어쨌든 촬영을 해야 했기에 해준을 마주해야 했다.

룸 밖으로 나오자 재민과 주영이 바로 촬영 장소로 가야 한다고 그들을 이끌었다. 스태프들이 어색한 미소로 그들에게 인사를 하고, 혜원에게 괜찮냐고 물었다.

그들은 해준과 인하, 혜원 세 사람의 싸움을 직접 보지 못했지만 분위기를 감지하고 눈치껏 행동을 했다. 적당히 모르는 척.

"정인하 씨, 신혜원 씨. 이야기 좀 합시다."

해준이 촬영을 앞두고 두 사람에게 다가왔다. 주춤 인하의 뒤로 물러나는 혜원을 보고 쓰게 웃은 해준이 한적한 곳으로 먼저 걸음을 옮겼다.

"사과할게요. 주제넘게 두 분 사이에 끼어들어 죄송합니다. 명백히 제 잘못이네요. 멋대로 두 사람을 판단했던 것도 다 미안합니다."

"네."

사과를 받아들이면서도 인하는 인상을 풀지 않았다. 혜원이 머뭇거리다가 어떻게 하냐는 식으로 인하를 올려다봤다.

"혜원 씨한테 관심이 갔던 건 맞아요. 하지만, 두 사람이 행복하다는데 끼어들 생각은 전혀 없습니다. 그렇게 심각한 감정은 아니었어요. 매일 보면서 호감이 그렇게 흐른 거지. 제 감정 정리할 테니 걱정 말아요."

"네. 빠른 정리 부탁합니다. 앞으로 남은 기간 동안 배우와 감독, 그 이상의 감정 없이 촬영에 임하도록 하죠."

해준은 어리석었던 자신의 태도에 헛웃음이 나왔다. 단호한 인하의 말에 그는 동의로 고개를 끄덕였다.

인하가 먼저 자신의 아내를 마음에 담은 남자가 아닌, 감독으로 대해 주겠다고 하자 해준은 작은 고마움을 느꼈다. 이제는 혜원의 용서만이 남았다.

해준은 혜원을 향해 고개를 살짝 숙였다. 사죄의 의미로.

"감독님께 많은 걸 배우고 있어요. 남은 촬영 잘 부탁드립니다."

아직은 해준과 거리를 두고 싶었지만, 혜원은 남은 촬영을 생각해 사과를 받았다.

인하는 미련 없이 혜원을 데리고 돌아섰다. 빠른 그의 걸음에 혜원이 달리다시피 걷자 인하의 걸음이 느려졌다.

자신의 팔뚝을 잡은 혜원의 손을 잡은 그가 그 손에 입을 맞추고는 사랑스럽게 그녀를 내려다본다. 혜원이 웃으면서 그의 팔에 얼굴을 묻는다.

다정하게 멀어지는 두 사람을 보고 해준은 어리석었던 제 마음을 향해 조소를 지었다.

제주도에서 촬영을 마치고 서울로 돌아온 두 사람은 공항에
서 기다리고 있던 기자들에게 여유롭게 손을 흔들고 인사를 했
다.

갈 때와는 달리 웃으며 서로에 대한 애정을 보이는 모습에 기
자들은 연출된 것이 아닌가 하는 의심을 했지만, 두 사람은 전
혀 개의치 않고 유유히 차를 타고 공항을 빠져나갔다.

푹 쉴 수 있도록 하루의 시간이 주어졌지만, 혜원은 시댁에
다녀오자고 했다. 그냥 쉬었으면 했지만 혜원의 부탁에 인하는
피곤한 몸을 이끌고 본가로 향했다.

혜원은 도착하자마자 시부모님을 안심시켰다. 인터넷에 오른
불화설과 모델 이야기는 자신들과 하등 상관없는 이야기라는
혜원의 설명에도 은정은 혹시나 하는 미심쩍은 눈으로 아들을
노려봤다.

절대 혜원을 두고 한눈판 적 없다고 인하가 단호하게 말을 하
고 나서야 은정의 뾰족한 눈이 풀렸다. 촬영하느라 고생이 많을
텐데, 이상한 루머에 마음을 썼다고 혜원을 다독이며 인혁과 은
정은 마음을 놓았다.

"인하 씨, 저 친정에도 다녀올게요."

"같이 가자."

시댁에서 점심을 먹고 집으로 돌아가는 길에 혜원이 인하에
게 말했다. 당연히 그는 같이 갈 생각이었지만, 혜원은 혼자 다

녀오고 싶다고 했다.

차에서 혼자 내리는 혜원을 인하가 걱정스레 쳐다봤다. 여느 모녀와는 달리 혜원과 지영의 거리감이 크다는 걸 알기에 그는 혜원 혼자 모친을 만나는 걸 달가워하지 않았다.

늘 지영에게 혼이 나고 기가 죽고, 상처를 받는 걸 안타까워했다.

"같이 올라가자. 주차할게."

"괜찮아요. 어머니랑 둘이서 긴히 할 이야기가 있어서 그래요."

"그럼 기다릴게."

그의 고집에 혜원이 어쩔 수 없다는 듯 고개를 끄덕이고는 아파트 안으로 들어갔다. 인하는 주차를 하고 혜원을 기다리기로 했다.

벨을 누르려다 혜원은 직접 도어 록을 해제했다. 현관문을 열고 들어가자 지영이 놀란 눈으로 그녀를 맞이했다.

살갑게 반기지는 않았지만, 그렇지 않아도 할 이야기가 있었다며 그녀의 팔을 잡아끌었다.

"이혼할 거니?"

"네? 이혼……이라니요?"

"너희 불화설이 끊이지 않았을 때 알았어야 했는데. 그래, 그 모델이라는 여자는 누구니? 만난 지 오래됐다던? 깊은 사이래?"

"어머니!"

대뜸 이혼 이야기를 꺼내고 소하를 언급하는 지영의 모습에 혜원이 큰 소리로 그녀를 불렀다. 그럼에도 불구하고 지영은 주변 친구들에게서 들은 말을 꺼내며 인터넷에 떠도는 글을 기정사실화했다.

혜원이 답답한 얼굴로 고개를 흔들었다.

"아니에요! 여자라니요! 당치도 않아요!"

"아니야? 네가 그랬잖니, 괴롭다고! 이혼이 오점으로 남겠지만 어쩌겠니. 그렇게 살 바에는 이혼을 하는……."

"이혼 안 해요! 제가 괴롭다고 한 건! 어머니 때문이에요!"

혜원의 말에 지영은 말문이 막힌 듯 딸을 쳐다봤다.

혜원은 그런 지영에게 참았던 불만을 터트렸다.

늘 친구의 딸인 지수와 비교를 하고, 자신을 인정해 주지 않아 얼마나 지영의 눈치를 봐야 했는지, 원치 않는 교육과 원치 않았던 진로가 얼마나 힘들었는지, 매번 친구들에게 들고 온 말로 자신을 얼마나 상처 줬는지.

"여자는 돈 잘 버는 남자, 돈이 많은 집안에 시집을 가는 게 최고라면서 인하 씨와 결혼시켰잖아요. 그럼 됐잖아요! 어머니가 원하시는 결혼한 거잖아요! 연애결혼 아닌 거 뻔히 알면서 왜 친구들이 쑥덕대는 말에 또 그러시는 건데요! 불화설이 날 때마다 인하 씨한테 얼마나 미안했는지 알아요? 이게 다 나 때문에 억지로 결혼을 해서 그러는 거다! 괴로웠다고요! 모든 게 다 어머니가 강요한 일이잖아요! 그 모든 게 다 저를 괴롭게 했다고요! 이혼이요? 이혼시키고 또 저를 얼마나 괴롭히시려고요!"

쉼 없이 말을 이은 혜원이 숨이 차올라 헉헉댔다.

자신에 대한 원망을 가득 담은 눈으로 혜원이 쳐다보자 지영은 애써 침착함을 유지하려 했다. 하지만, 딸이 그동안 저 때문에 괴로웠다는 말은 그녀의 가슴에 비수가 되었다.

"다 너 잘되라고……. 너를 위해 내가 친구들에게 정보를 얻으려 얼마나 애를 썼는……."

"어머니, 자꾸 비교만 하는 친구들이 무슨 친구예요? 이젠 그만 좀 하세요."

지영이 덜덜 떨리는 손으로 혜원의 팔을 잡았다. 다 너를 위해서였다고, 너 잘되라는 거였다는 눈빛의 지영에게 혜원이 포기한 어조로 말했다.

"저를 위한 거라면, 이제 놓아주세요. 저 인하 씨랑 행복하게 살고 싶어요. 인하 씨 사랑해요."

"정 서방은? 그 모델이라는 여자는?"

"아니라고요! 인하 씨 저 말고 다른 여자 없어요. 그 사람도 저 사랑해요. 우리 서로 사랑해요. 그러니 남들이 뭐라고 하든 듣지 마세요. 남들이 하는 말로 저를 또 상처 주지 마세요. 부탁드려요."

혜원은 지영에게 잡힌 팔을 뿌리치고 집을 나섰다. 막 현관문을 열고 나서려는데 무언가가 그녀를 막아섰다.

"인하 씨."

"혜원아. 쉬이, 괜찮아. 괜찮아, 혜원아."

걱정되는 마음에 올라왔던 인하는 벌컥 문을 열고 나오는 혜원을 품에 안았다. 거칠게 숨을 몰아쉬며 격한 감정을 표출하는 혜원을 품에 안고 다독였다.

열린 현관문으로 지영이 그들을 보고 있었다. 지영의 눈에는 혜원을 향한 미안함이, 죄책감이 가득했다. 그걸 읽은 인하가 복잡한 얼굴로 낮게 한숨을 내쉬었다.

14

마지막 촬영이다. 촬영 막바지에 많은 일들이 있었다. 해준과의 일, 모친과의 싸움. 그 속에서 혜원은 꿋꿋하게 연기를 했다. 오로지 연기에만 모든 집중력을 쏟았다. 그 덕에 해준에게서 감정선이 아주 좋다는 칭찬을 받았다.

"언니, 전에 연예 프로그램 인터뷰했던 거 또 들어왔대요. 마지막 촬영에 대한 인터뷰인가 봐요."

"어디?"

서영이 말한 프로그램은 예전에 소하가 인터뷰를 왔던 프로그램이었다. 이번에는 소하가 아닌 다른 리포터가 온다고 하면서 서영은 혜원의 반응을 살폈다.

별 반응이 없는 혜원의 옷을 매만지는데 인하가 대기실로 들어왔다. 그는 서영이 있든 없든 혜원의 입술에 짧게 입을 맞췄다.

"서영이가 있잖아요!"

"뭐 어때. 오늘이 마지막 촬영이네. 방송까지 끝나면 바로 한국 뜨자."

두 사람은 마지막 방송이 끝나면 하와이로 여행을 가기로 했다. 그날만 손꼽아 기다리는 인하에게 혜원이 웃으며 고개를 끄덕였다.

"우리 슬슬 아이 가질까? 당신 닮은 딸이었으면 좋겠는데."

"아이요? 난 당신 닮은 아들을 낳고 싶어요."

저를 닮은 아이를 낳고 싶다는 여자를 그 누가 사랑스러워하지 않을까. 인하는 혜원의 얼굴을 잡고 입을 맞췄다. 혜원이 서영의 눈치를 봤지만, 인하는 쪽 소리가 나는 키스까지 하고 나서야 그녀를 풀어 주었다.

"정말! 못 살아요!"

"큭큭, 립스틱 다시 발라야겠다. 세트장에서 봐. 사랑해."

이제는 스스럼없이 사랑 고백을 하는 인하에게 혜원도 사랑한다는 고백을 되돌렸다.

인하가 대기실을 나가고 나서도 혜원의 얼굴에는 행복한 미소가 남아 있었다. 그 모습을 보며 입술을 짓이기는 서영을 보지 못한 혜원은 마지막 촬영 준비를 했다.

마지막 신 촬영을 앞두고 다들 긴장했다. 자유를 얻기 직전의 느낌이랄까. 곧 느낄 해방감에 다들 빠르게 움직였다.

마지막 장면은 세트장에서 이뤄졌다. 태주와 소진의 마지막. 다들 숨을 죽이고 두 사람을 응시했다.

"컷! 수고하셨습니다!"

해준의 마지막 컷 소리에 다들 환호성을 질렀다. 어디선가 스태프들이 눈 스프레이를 뿌리고, 폭죽을 터트렸다. 그동안 고생한 배우들에게 박수를 보냈고, 인하와 혜원을 포함한 배우들도 스태프들에게 박수를 보냈다.

다 끝났다는 홀가분함과, 이제 끝이라는 아쉬움에 몇몇이 눈물을 글썽였다. 혜원도 눈물을 글썽이며 수고한 동료 배우, 스태프들과 아쉬움의 포옹을 했다. 마지막으로 인하를 찾은 그녀는 그를 향해 달려갔다.

"어어! 위험해!"

막 혜원이 인하에게 다가가는데, 스태프 중 한 명이 혜원을 가리키며 소리를 질렀다.

쾅, 와장창. 무언가가 연달아 쓰러지는 소리가 났다. 떨어지는 소리와 깨지는 소리가 짧은 순간 세트장을 가득 메웠다.

"꺅!"

여기저기에서 고함이 터져 나왔다.

"빨리 들어!"

해준의 다급한 외침에 모두가 한곳으로 모여 쓰러진 조명과 촬영 기구들을 들어 올렸다.

"으음……."

스태프의 위험하다는 외침에 인하는 반사적으로 혜원을 껴안았다. 품에 혜원을 끌어안고 온몸으로 그녀를 감싸면서 손으로 그녀의 머리를 보호했다.

등 뒤에 둔탁한 통증이 느껴지는가 싶더니 그대로 넘겨졌었다. 묵직한 무언가가 몸에서 거둬지자 그는 곧장 혜원부터 살폈다.

"혜원아, 괜찮아?"

놀라서 질끈 감았던 눈을 뜨고 혜원이 그를 올려다봤다. 그리고 조심스럽게 그의 이마를 매만졌다. 이마를 타고 붉은 피가 흘러내렸다.

"인하…… 씨. 피, 피가…….."

"난 괜찮아. 당신만 괜찮으면 돼."

재민과 주영이 그들을 일으켰다. 재민이 인하의 이마를 수건으로 감싸 주었지만 그는 끝까지 혜원을 먼저 챙겼다.

"혜원아, 조심스럽게 목부터 움직여 봐."

"인하 씨, 피…….."

"난 괜찮으니까 어서! 목 움직여 봐. 그렇지."

인하가 미간을 접으며 혜원을 다그쳤다. 그녀는 그의 말대로 목을 조심스럽게 돌렸다. 인하는 그녀의 모든 신체 부위를 살피려는지 팔, 어깨, 허리, 무릎, 발목을 움직여 보라고 했다.

모든 부위를 돌려 가며 혜원이 괜찮다고 하자 그가 손을 뻗었다. 그의 품에 안기며 혜원이 결국 울음을 터트렸다.

"괜찮아. 다행이다. 당신이 무사해서 다행이야."

두 사람은 재민과 함께 병원으로 향했다. 그사이에 해준은 어떻게 된 것인지를 확인하기 위해 스태프를 모았다.

스탠드가 넘어가면서 다른 카메라도 연달아 넘어갔고, 그중 조명이 인하와 혜원을 덮쳤다.

가장 먼저 발견했던 스태프가 얼떨떨한 얼굴로 서영을 가리켰다. 서영이 조명 스탠드를 미는 걸 봤다고 말을 하면서도 자신이 본 게 맞는지, 믿을 수 없다는 얼굴이었다.

"박서영, 아니지?"

주영이 서영에게 다가갔다. 처음에는 아니라고 부인하던 서영은, 또 다른 스태프가 그 모습을 봤다고 나서자 벌벌 떨었다.

"박서영 씨, 일부러 그런 겁니까? 왜 그런 겁니까? 신혜원 씨와 정인하 씨가 다쳤잖습니까!"

해준이 서영을 취조하듯 물었다.

"혜원 언니가 갑자기 뛰어올 줄은 몰랐어요! 정인하한테 밀어넘긴 거였어! 그 남자가 감히 우리 혜원 언니를!"

"박서영!"

놀란 주영이 서영의 팔을 잡아 흔들었다. 정신이 퍼뜩 든 서영은 겁에 질린 얼굴로 주위를 살폈다. 모든 스태프가 그녀를 둘러싸고 힐난 섞인 눈초리를 보내고 있었다.

그녀는 재빨리 주영에게 빌었다. 저도 모르게 그랬다고, 저도 모르게 인하를 향해 조명을 쓰러트리고 있었다고, 잘못했다고 빌었다.

병원으로 온 혜원은 혹시 모른다는 인하의 권유에 검사를 받으러 갔다. 인하는 바로 찢어진 이마를 꿰매고 등의 치료를 받기 위해 상의를 탈의했다.

뜨거운 열이 남은 조명이 넘어지면서 그는 등에 화상을 입었다. 생각보다 꽤 심해 의사는 입원을 권유했다.

"인하 씨, 어떡해요. 많이 아파요?"

벌겋게 달아오른 등을 치료하는데 혜원이 병실로 들어왔다. 만지지도 못하고 걱정에 어쩔 줄 모르는 혜원의 손을 인하가 웃으면서 잡았다.

사고 경위를 알아보겠다고 나간 재민이 잔뜩 굳은 얼굴로 들어왔다.

"형수님 매니저한테서 연락이 왔는데요. 우리 결정에 따라 경찰을 부른다고 하네요."

"경찰?"

재민은 인하하고만 이야기를 나누겠다고 했지만 혜원은 자신도 알아야겠다고 고집을 부렸다. 눈치를 보던 재민은 주영과의 통화 내용을 이야기했다.

간략히 말하자면 이랬다. 예전부터 혜원의 팬이었던 서영이 인하를 질투해서 일부러 조명을 밀어 넘어뜨렸고, 그 결과 인하가 큰 부상을 입었다.

서영이 그랬다는 말에 충격을 받은 혜원의 몸이 휘청거렸다. 인하도 황당한지 듣고만 있다가 재민에게 내부에서 조용히 마무리 짓자고 했다.

"형님, 그래도 이 정도면 살인 미수인데요. 죽다 살아난 거나 다름없어요!"

"오버하지 마. 일 크게 만들지 말자."

"인하 씨, 그냥 넘어갈 일이 아닌 것 같아요."

아직 서영이 그랬다는 말을 믿지 못하면서도 혜원은 재민의 말에 동의를 했다.

남편이 크게 다쳤다. 남편의 이마가 찢겨 피가 나고 등에 화상을 입고 입원을 하게 생겼는데, 아무리 서영이라고 해도 용서할 수 있을 리 없었다.

"혜원아, 난 너만 무사하면 된다니까."

"그때 내가 당신에게 가지 않았다면 당신은 잘 피할 수 있었을 거예요."

하필 그때 왜 인하에게 갔는지. 자신이 다가가지 않았다면 운동신경이 좋은 그는 쓰러지는 조명을 피했을지도 모른다. 그러면 피를 흘리지도, 화상을 입지도 않았을 거라고 혜원은 자책했다.

"신혜원, 너 때문이 아니야. 자책하지 마. 서영이를 용서하겠다는 건 아니야. 회사에 말해서 적절한 조치를 취할 거야."

그는 화상이야 치료를 받으면 된다고, 그녀만 무사하면 다른 건 다 상관없다고 말을 하면서 그녀를 품에 꼭 안았다.

인하는 바로 입원 수속을 밟았다. 그의 사고 소식이 인터넷에 오르면서 난리가 났다.

그날 촬영 현장을 방문했던 연예 프로그램이 마지막 신부터 내내 카메라를 돌리고 있었다. 촬영이 끝나고 배우와 스태프들이 껴안으며 그동안의 노고를 치하하는 장면을 계속 찍고 있었기에 사고 순간까지 다 카메라에 담을 수가 있었다.

사고 순간의 영상이 그날 바로 방송이 되었고, 인하가 혜원을 구하는 모습이 고스란히 전파를 탔다.

자신은 이마에 피를 흘리면서도 혹여나 혜원이 다쳤을까 봐 목과 팔다리가 잘 움직이는지 확인을 하는 인하에게 대중들은 열광했다.

뒤이어 인하가 등에 화상도 심하게 입었다는 소식이 전해지자 그를 찬사하는 사람들이 늘어났다.

혜원을 향한 인하의 진심 어린 걱정과, 울먹이면서 그를 걱정하는 혜원을 본 대중들은 두 사람이 정말로 사랑하는 사이라고 인정을 했다.

다시 생겨났던 불화설이 단숨에 가라앉았다. 인하의 팬이 급격히 늘어나고, 인하와 혜원이 찍은 드라마 다운로드 횟수가 증가했다. 이 모든 게 단 하루 만에 벌어졌다.

두 소속사에서 연예 프로그램 PD와 이야기를 끝냈기에 서영의 이야기는 외부로 흘러가지 않았다. 서영 때문에 사고가 났다는 사실이 알려졌다면 그녀는 이번 일에 주목하고 있는 대중들에게 엄청난 질책을 받았을 것이다.

똑똑.

등에 화상을 입어 바로 눕지 못하고 엎드려 있는 인하의 입에 귤을 까서 넣어 주던 혜원은 노크 소리에 자리에서 일어났다.

문을 열자, 주영과 함께 서영이 서 있었다. 혜원과 눈이 마주치자 화들짝 놀라며 서영이 눈을 내리깔았다. 주영이 한숨을 내쉬고 입을 열었다.

"혜원아, 서영이가 사과하겠다고 왔어."

"들어와요."

인하는 자리에서 일어나면서 붕대로 감긴 상체 위에 벗어 두었던 환자복을 걸쳤다. 그는 혜원의 팔을 잡아 자신의 옆에 앉히고 서영을 서늘하게 쳐다봤다.

그가 싫어서 그랬다는 말에 황당함이 들었지만, 혜원이 다칠 뻔했던 걸 생각하면 아찔해지면서 화가 났다.

서영이 대뜸 그들의 앞에 무릎을 꿇었다.

"죄송해요. 정말 잘못했어요. 제가 미쳤었나 봐요."

혜원은 고개를 돌렸다. 서영은 그녀의 스타일리스트가 되고 나서 그 누구보다 열심히 일했다.

인하 다음으로 주영, 서영과 많은 시간을 보낸 만큼, 혜원은 그녀에 대한 애정이 있었다. 그런 서영이 자신의 남편을 미워했고, 그를 다치게 했다는 사실에 혜원의 심경은 복잡했다.

"내가 미워서 그랬다고?"

"죄송해요."

인하와 혜원의 팬클럽이 사이가 좋아진 것은 최근이다. 아직 모든 팬들이 다 사이가 좋은 건 아니다. 인하와 혜원을 자신이 좋아하는 스타의 배우자로 인정하지 않고 안티로 활동하는 팬들이 많이 있다.

"혜원의 팬이라고?"

"……네."

인하는 혜원을 한 번 보고 다시 서영에게로 시선을 돌렸다.

"혜원이도 크게 다칠 뻔했다는 건 알지? 그건 용서 못 하겠다. 알았으니 가 봐."

인하는 주영에게 눈짓을 했다. 죄송하다고 계속 사과를 하는 서영의 팔을 잡아 억지로 일으킨 주영이 그녀를 데리고 나갔다.

"이게 끝이에요?"

혜원이 무언가 억울한 듯 허탈한 얼굴로 물었다. 고작 이게 끝이냐는 말에 인하가 씩 웃었다.

"네 팬이라잖아."

"그래도 이건 아닌 것 같아요."

경찰에 신고도 하지 않았다. 명백히 고의성을 띤 사고였음에도 너무 쉽게 용서를 하는 것 같아 혜원은 화가 났다. 한편으로는 서영에 대한 실망감과 말로 설명 못 할 복잡한 감정이 들었다.

혜원의 화를 이해하지만, 인하는 절대 서영의 일을 외부에 알릴 생각이 없었다. 팬 하나 때문에 팬클럽 전체가 지탄을 받을 수도 있고, 그 영향은 고스란히 혜원에게 돌아갈 것이다. 그래서 인하는 서영의 일을 조용히 해결하기로 했다.

"서영이 사표 수리했다고 하더라. 그리고 이대로 안 넘어가. 복수할 거야."

"복수……요?"

인하는 걸치고 있던 환자복을 벗고 혜원을 침대 위로 쓰러뜨

렸다. 눈을 동그랗게 뜨고 자신을 올려다보는 혜원의 코를 앙
물고 그가 키득거린다.

"네 팬이라잖아. 널 좋아한다잖아. 보란 듯이 네 옆에 붙어서
행복한 모습만 보여 주면서 염장 질러야지. 서영이 화병으로 쓰
러질지도 몰라. 큭큭."

"지금…… 농담하는 거죠?"

농담인지 아닌지는 두고 보면 알 거라며 그가 혜원의 가슴을
쥐었다. 병원에서 무슨 짓이냐며 버둥거리는 혜원의 양팔을 잡
아 누르고 그는 자신의 복수에 협조를 바란다며 그녀의 목덜미
에 얼굴을 묻었다.

"크흠."

"어머나!"

갑자기 들리는 낯익은 목소리에 인하와 혜원의 얼굴이 동시에
문 쪽으로 빠르게 돌아갔다. 문 열리는 소리는 듣지 못했는데,
어느새 병실 문은 열려 있고 두 사람이 서 있다.

고개를 돌리고 있는 인혁과 입을 가리며 웃고 있는 은정이 병
실에 들어오지 못하고, 병실과 복도 경계에 서 있었다.

"아버지, 어머니?"

"인하 씨! 일어나요!"

혜원의 말에 인하는 재빨리 그녀의 위에서 내려왔다. 얼굴이
빨개진 채 헝클어진 머리를 손으로 빗으며 혜원이 침대에서 내
려서 멀찍이 떨어졌다.

서로가 민망한 상황에 혜원이 먼저 허리를 숙여 인사했다.

"오셨어요."

"그래. 우리가 때를 잘못 맞춰 왔구나."

"크흠, 그러게 내가 노크를 하고 열라고⋯⋯."

아내를 타박하던 인혁은 은정이 눈을 흘기자 말을 흐렸다. 차마 며느리와 눈을 마주치지 못한 그는 괜히 아들을 타박했다.

"너는 환자면 환자답게 얌전히 있을 것을!"

"네. 죄송합니다."

인하는 순순히 인정을 하고 혜원의 손을 잡아끌었다. 멀찍이 떨어져 있는 것도 참 이상한 상황이다. 은정은 신혼 때에는 다 그런 거라고 이해한다고 했지만, 오히려 그 말에 혜원이 더 얼굴을 붉혔다.

"그보다 왜 오셨어요. 안 오셔도 된다니까."

"아들이 입원했는데 걱정 안 하는 부모가 어디 있다던?"

"누가 너 보러 왔다 하더냐. 혜원이 보러⋯⋯."

인하의 말에 인혁과 은정이 동시에 입을 열었다. 아들 걱정을 하는 은정과 달리 인혁은 며느리를 보러 왔다고 말을 하다가 은정이 옆구리를 사정없이 꼬집자 급히 입을 다물었다.

"아주 며느리라면 좋아 죽죠? 말도 마라. 그 영상 보고는 혜원이 오른팔이 왼팔보다 덜 움직였다고 걱정을 하는데. 나 원 참, 아들은 피를 흘리고 있더만."

인혁과 은정도 그 영상을 봤다. 두 사람 위로 조명이 떨어지는 걸 본 순간 은정은 마치 그 현장에 있는 것처럼 소스라치게 놀라며 소리를 질렀다.

뒤이어 피를 흘리는 인하를 보고 눈물을 글썽였다. 하나뿐인 아들 걱정에 울먹이는 은정과 달리 인혁은 인하가 혜원의 몸 상태를 체크하는 걸 보고 혜원도 다친 것 같다고 벌떡 일어났었다.

혜원을 예뻐하지만, 인혁이 저렇게 대놓고 며느리를 예뻐할 때마다 저도 여자인지라 은정은 샘이 났다. 은정의 마음을 읽은 인하가 피식 웃었다.

"다행히 혜원이는 안 다쳤어요."

"인하 씨가 많이 다쳤어요. 정말 죄송해요. 저 때문에 더 다쳐……."

"신혜원, 그런 말 하지 말랬지. 그런 생각도 더는 하지 마. 너 때문이 아니라니까."

인하가 정색을 하고 혜원에게 딱딱하게 말했다.

"그래, 아가. 너는 무슨 그런 말을 하니. 그보다 너 등 좀 보자. 화상이라니, 얼마나 다친 거야."

은정은 대뜸 손을 뻗어 인하의 몸에 감긴 붕대를 풀려고 했다. 뭘 보려 하냐고 인하가 피하자 얼마나 심한 건지 확인을 해야겠다며 은정이 기어코 다가갔다.

가슴부터 옆구리까지 더듬으며 붕대 매듭을 찾는 은정의 손을 혜원이 막았다.

"어머님!"

"왜 그러니?"

은정의 손을 꽉 잡은 혜원은 도리어 자신의 행동에 놀란 듯했다. 혜원이 왜 그랬는지를 눈치챈 인하가 수습에 나섰다.

"소독해 놔서 붕대는 풀면 안 돼요. 저랑 혜원이 괜찮은 거 확인하셨으니까 그만 가세요."

인하가 퇴원하고 집에 들르겠다며 두 사람을 돌려보냈다.

흥얼흥얼 콧노래를 부르던 인하가 침대 위로 엎어져 누우며 혜원에게 손가락을 까딱거렸다.

"하다못해 시어머니한테도 질투해?"

"무슨 말이에요. 소독했으니까 붕대를 풀면 안 돼서……."

"너 진주 싫어하지? 진주가 나 메이크업해 주고 옷 입혀 줄 때마다 노려보더라?"

"귤이나 먹어요. 그거 알아요? 당신, 은근히 사람 약 올려."

큭큭 웃는 인하의 입에 귤을 넣어 주며 혜원은 그를 흘겨봤다.

식탁에 턱을 괴고 앉은 인하는 혜원을 주시했다. 손에 고무장갑을 끼고 설거지하는 걸 처음 보는 건 아니지만, 그의 시선은 그녀에게서 떨어지지 않았다.

혜원이 설거지를 하면서 움직일 때마다 인하가 고개를 옆으로 더 숙였다. 그도 그럴 것이 혜원이 입은 옷 때문이었다.

가만히 서 있을 때에는 몰랐는데, 혜원이 움직일 때마다 날렵한 허리선이 보였다가 사라지기를 반복했다.

가만 보니 티의 길이가 짧다. 조금만 움직여도 티가 위로 올라가 옆구리와 늘씬한 복근이 살짝살짝 모습을 드러낸다.

원래 아예 보여 주는 것보다 보여 줄 듯 말듯 애태우는 게 더 자극적인 법.

수없이 안고, 보고, 만졌던 몸인데도 인하는 호기심이 어린 눈으로 고개를 더 기울였다. 혜원이 설거지를 마치고 고무장갑을 벗을 때에 그는 식탁 위에 엎어졌다.

"뭐해요? 졸리면 가서 좀 자요."

"당신, 팔 좀 위로 올려 봐. 만세."

"만세요? 이렇게?"

혜원이 양손을 위로 뻗었다. 옷이 쭉 올라가면서 늘씬한 배가 드러났다. 인하가 손을 뻗어 옷을 더 위로 올리자 브래지어가 보였다.

핑크색의 화려한 무늬가 들어가고 레이스가 달린 브래지어를 본 그가 몸을 일으켜 세웠다. 가는 허리를 팔로 감싸 당겨 그가 혜원을 자신의 다리 사이에 세웠다.

혜원이 팔을 내리며 뭐하는 거냐고 눈으로 물었다. 쓱, 그의 손이 엉덩이를 잡더니 치맛자락을 끌어 올린다. 혜원이 그의 맨 어깨를 때리고는 뒤로 물러났다.

"거실로 나와요. 약 바르고 붕대 갈게."

거실로 자리를 옮기고 혜원은 인하의 붕대를 풀었다. 벌겋게 달아올랐던 피부는 많이 가라앉았지만, 원래의 피부색으로 돌아오기는 어려울 거라 했다.

이 정도의 흉터는 남자에게는 아무 상관이 없다고 인하는 말했지만, 혜원은 조금이라도 흉터가 없어지기를 바라는 마음으로 정성껏 약을 발랐다.

"붕대는 이제 안 해도 될 것 같은데."

"다 나을 때까지 해요."

드라마가 끝나면 가기로 했던 해외여행이 무산되었지만, 두 사람은 같이 있는 것으로 충분히 만족했다. 같은 드라마에 출연하고 있었지만 둘이서만 있는 시간은 워낙 적었기에 이런 여유를 맘껏 즐겼다.

맞추다 만 퍼즐을 맞추기도 했고, 영화를 보고, 책을 읽었다. 요즘 한창 재미를 붙이고 있는 건 독서다. 딱 붙어 앉아 같은 책을 읽는데, 혜원보다 책을 읽는 속도가 빠른 인하는 참지 못하고 뒷장을 들추다가 매번 혜원의 눈총을 샀다.

자연스럽게 인하가 소파에 등을 기대고 앉으면 혜원이 그의 다리 사이에 앉아 책을 펼쳤다. 인하는 그녀의 어깨에 고개를 올리고 뒤에서 책을 읽는다.

혜원의 볼에 키스도 하고, 말랑말랑한 귓불도 깨물고 목선을 혀로 핥으면서도 눈은 책 위를 머무른다.

"다음 장."

"아직요."

두 사람이 읽고 있는 추리 소설은 이제 막바지였다. 범인이 드러나는 순간이라 인하는 빨리 다음 장을 읽고 싶어 혜원을 채근했다.

꼼꼼하고 느릿한 혜원이 이 순간만큼 답답한 적이 없었던 인하가 결국 손을 뻗어 다음 장을 들췄다. 탁, 날카롭게 그의 손을 쳐 낸 혜원은 다 읽고 나서야 페이지를 넘겼다.

"역시. 선생이 범인일 줄 알았어."

"인하 씨!"

아직 거기까지 읽지 않았는데 인하가 범인을 말해 버리자 혜원이 팩 노려봤다.

"당신 정말! 추리 소설은 범인 알고 읽으면 재미없다는 거 몰라요?"

"고작 반 페이지 후의 내용을 알려 줬다고 화내는 거야?"

발끈하는 혜원이 귀여워 피식 웃음을 흘린 인하가 마저 읽자고 책을 들었다. 울상을 지으며 다시 책을 읽던 혜원은 팔꿈치로 그의 배를 때렸다.

"뭐야, 또 나 놀린 거죠? 범인은 학생이잖아요. 역시! 학생일 줄 알았어."

"아무렴 내가 추리 소설에 대한 예의도 없이 막 범인을 말할까 봐?"

또 당했다고, 자신은 왜 매번 이렇게 당하냐고 그의 어깨에 머리를 콩콩 박는 혜원의 고개를 잡아 그가 입을 맞췄다.

"할까?"

"뭐를요?"

"뭐겠어. 할래, 말래?"

눈을 가늘게 뜨며 그가 짓궂게 물었다. 이미 그의 손은 옷을 파고들어 브래지어 후크를 풀었다. 척추를 더듬는 손이 앞으로 넘어와 가슴을 쥐고 동그랗게 원을 그린다.

"음, 할 마음이 없는데?"

하, 기가 차다는 듯 웃은 인하가 책을 소파 위로 던지고 혜원을 바닥에 눕혔다.

"하고 싶을 텐데."

그렇게 만들겠다는 듯 그가 귓가에 숨을 불어넣었다. 바르작거리며 움찔하던 혜원은 그가 웃자 느낀 적 없다는 듯 시치미를 뗐다.

귓불을 깨물고 빨아들이던 입술이 목을 타고 내려간다. 어젯밤에 만들었던 자국을 더듬으며 내려가는 입술에 혜원이 저도 모르게 신음을 흘린다.

가슴을 조물락거리던 손으로 옷을 들추자 위로 말려 올라간 브래지어와 새하얀 가슴이 드러났다.

양 가슴을 쥐고 모아 그가 얼굴을 묻었다. 그의 뜨거운 숨이 꼿꼿하게 선 정점에 닿았다. 그의 손가락에 힘이 실리자 동그란 가슴의 모양이 일그러진다.

"아……."

혀가 손가락 사이로 툭 불거진 가슴살을 핥고, 이가 깨문다. 핑크빛 돌기 주위를 혀로 굴리고 빨아들이자 혜원이 주먹을 꽉 쥐고 이를 악물었다.

가슴 사이를 길게 핥은 그가 고개를 들고 혜원과 눈을 맞췄다. 그의 손이 노골적으로 가슴을 만지작거리고, 엄지가 유두를 꾹 눌렀다가 살살 돌린다.

"그만할까?"

정 하기 싫으면 그만두겠다고 몸을 일으키는 그의 허리를 다리로 감싼 혜원이 허리를 휘었다. 유연하게 휘어 아름다운 몸매를 한껏 보여 주는 그녀의 행동에 인하의 눈가가 붉어졌다.

"계속……해요."

붕대에 감싸인 가슴을 더듬던 혜원은 한 손으로 제 치마를 끌어 올렸다. 브래지어와 같은 색의 팬티가 보일 정도로 치마를 끌어 올린 혜원은 제 가슴을 잡은 손에 힘이 더해지자 몸을 비틀었다.

"계속해."

인하가 명령하자 혜원이 팬티 끈에 손가락을 걸었다. 정염이 가득 찬 눈은 흥분과 기대감으로 일렁거렸다. 혜원이 팬티를 끌어내리자 검은 음모가 드러난다.

그녀는 인하의 허리를 감싸고 있던 다리를 풀고 무릎까지 붙여 모은 뒤, 더 팬티를 끌어내렸다.

"벗어."

무릎 아래까지 끌어내린 뒤에는 두 다리를 비벼 가며 움직여 팬티를 내렸다. 발목까지 내려가자 왼발을 뺀 뒤에 오른발을 흔들어 팬티를 벗었다.

그녀의 다리 사이에서 가까스로 시선을 뗀 그가 손으로 가슴부터 다리까지 쓱 훑어 내렸다.

"부드러워."

"인하 씨……."

가는 발목을 잡아 벌린 그가 발목부터 종아리까지 입을 맞췄다. 통통한 종아리는 깨물고 빨아들여 붉은 자국까지 만들었다.

허벅지 안쪽에 머무르는 입술에 혜원이 간헐적인 신음을 내뱉었다. 그리고 그의 입술이 은밀한 곳까지 올라왔을 때는 허리를 들썩이며 숨을 몰아쉬었다.

손가락 하나가 파고들어 길을 내더니 물컹하면서도 단단한 혀가 뒤따랐다. 진주알을 손가락으로 누르고, 혀로 내벽을 쓸자 혜원이 날카로운 교성을 질렀다.

"아앙! 앗, 제발⋯⋯."

부드러운 허벅지에 얼굴을 비비고 일어난 인하가 트레이닝 바지를 벗었다. 그의 단단한 분신을 본 혜원이 갈망 어린 얼굴로 그를 불렀다.

천천히 맞닿아 비벼지는 단단함에 혜원이 엉덩이를 들어 그를 제 몸속에 끌어들였다.

"으윽⋯⋯. 혜원아."

그녀의 몸속으로 빨려 들어간 그가 천천히 피스톤 운동을 했다. 더 깊이. 더 빠르게.

그가 내달릴수록 혜원은 더 그를 원했다. 반복적인 일정한 움직임인데 왜 매번 다른 쾌락을 선사하는 것인지.

"사랑⋯⋯해요."

느른하게 풀린 눈과 벌어진 입. 살짝 찡그린 얼굴. 오로지 그만 볼 수 있는 얼굴로 사랑을 내뱉자 인하가 그녀의 몸을 끌어안고 더 속도를 높였다.

"으윽⋯⋯. 신혜원, 사랑해."

혜원의 안에 전부를 쏟아 낸 그가 늘어지는 그녀의 몸을 안고 키스를 했다.

집 밖을 나가지 않는 똑같은 일상이 반복되었다. 인터넷을 하던 혜원이 TV를 보는 인하를 다급하게 불렀다. 그가 소파에서 내려와 바닥에 앉자 그녀가 손가락으로 노트북 화면을 가리켰다.

"이게 뭔데?"

"커플 요가래요."

흐음, 보라고 하니 본다는 태도였던 인하가 동영상 장면이 바뀔수록 흥미를 보였다.

"해 보자."

"네? 이걸요? 못 해요!"

노트북을 자신 앞으로 끌어당긴 인하는 인터넷 창을 새로 열고 '커플 요가'를 검색했다. 마우스 휠을 아래로 돌리던 그가 다시 위로 돌렸다. 마우스가 관련 검색어 하나를 클릭한다.

"야릇한 커플 요가."

얼마나 야릇한지 보자던 그가 동영상 하나를 틀었다. 요가라고 하지만 다른 걸 연상시키는 자세를 본 혜원이 얼굴을 붉혔다.

운동이라고 하기에는 자세가 야하다. 마치 야동을 보는 것 같아 혜원이 노트북을 닫으려 모니터 위에 손을 올렸다.

"잠깐만. 오, 이렇게."

끝까지 보려는 인하에게서 노트북을 빼앗은 혜원이 빠르게 창을 닫았다. 단순히 이런 요가도 있다는 걸 알려 주려던 혜원은 뜻하지 않게 인하의 엉뚱한 의욕을 샘솟게 했다.

팔을 잡아 일으킨 그가 혜원을 질질 끌고 운동기구들이 즐비한 작은방으로 향했다.

"인하 씨!"

혜원이 쓰는 요가 매트에 누운 인하가 혜원에게 빨리 자신의 배 위에 올라타라고 채근했다. 그의 손에서 벗어나려는 혜원과 기어코 자신의 배 위에 그녀를 앉히려는 인하의 싸움이 시작되었다.

힘까지는 안 쓰려고 했는데. 혜원이 계속 거부를 하자 인하가 힘으로 내리눌러 배 위에 앉혔다.

"운동하자는데 왜 그렇게 몸을 사려?"

"운동 같지도 않은 운동이니까 그렇죠!"

"알았어. 안 해."

인하가 포기를 하고 풀어 주자 혜원이 쏜살같이 일어나 밖으로 나가 버렸다. 벌떡 일어난 그는 '커플 요가는 다음에 옷 벗고 해 볼까' 하는 생각을 하며 혜원을 찾아 나섰다.

15

캐주얼한 옷부터 정장까지. 남성 의류 전문 브랜드에서 화보 제의가 들어왔다. 기존에는 주로 해외 스타들이나 운동 선수들을 모델로 화보를 찍었었는데, 이번에는 배우 정인하에게 러브콜을 보냈다. 그리고 그의 아내인 배우 신혜원에게도.

드라마 촬영 때와 마찬가지로 각자의 소속사에 가서 회의를 했다. 두 소속사 모두 긍정적인 대답을 했고, 촬영 날짜까지 잡은 뒤 회의를 마쳤다.

먼저 귀가한 인하는 혜원을 기다리고 있었다.

띠리릭, 도어 록이 해제되고 문이 열리는 소리에 인하가 어슬 렁어슬렁 현관으로 향했다. 그리고 그는 그대로 얼었다.

"혹시 회의할 때마다 스트레스 받아?"

"네? 아니요."

머리카락이 자라 뿌리 염색을 해야겠다던 아내가 하얀색에 가까운 금발이 되어서 돌아왔다. 인하는 혹시나 스트레스를 받아 저렇게 극단적인 염색을 한 건가 싶어서 물었다.

"머리가……."

"아! 어때요? 얼룩 없이 잘됐죠?"

전의 염색도 그에게는 파격적이었는데, 지금은 더 파격적이다. 당장 무대 위에 올라가 노래 부르고 춤을 춰도 어색하지 않겠다. 웬만한 아이돌 저리 가라다.

"응. 예뻐."

그가 손을 뻗어 혜원의 머리카락을 만졌다. 부드럽게 착 감겼던 머리카락이 푸석푸석하다.

최대한 손상이 가지 않게 좋은 약을 사용했겠지만, 어느 정도의 손상은 감안해야 했을 거다.

거칠어진 머리카락에 인하가 미간을 접었다.

"클럽 갈래요?"

"클럽?"

"네. 진아가 어제 클럽 간 이야기를 해 줬는데 진짜 재미있었대요. 우리도 가요. 나 한 번도 가 본 적 없어요."

진아는 혜원의 새 스타일리스트다. 어릴 때부터 이쪽 길을 지망했던 진아는 2년제 대학을 졸업하자마자 당당하게 혜원의 소속사에 입사 지원을 했다. 그것도 낙하산으로.

꽤 파격적으로 입사한 진아는 회사에서 자신의 이름이나 신혜원의 스타일리스트보다는 이사 조카로 불리고 있다.

어려서 그런지 체력이 좋아 날마다 클럽에 출석 도장을 찍고 새벽까지 놀다가 아침에 출근을 한단다. 지금 혜원은 그런 진아의 영향을 많이 받고 있다.

"가끔 장모님한테 감사해."

"네? 어머니한테요?"

정말 장모님이 아니었으면 혜원은 날라리의 길을 걸었을지도 모르겠다. 혜원이 진아처럼 매일 클럽에 다니는 상상을 한 인하가 생각도 하기 싫다는 듯 몸서리를 쳤다.

"유부녀가 무슨 클럽이야. 그리고 클럽은 나이 어린 애들만 받아 줘."

"난 아직 20대인데? 인하 씨야 30대라 입장 제한이 있을지 몰라도 나는……."

인하는 빨리 해가 바뀌길 바랐다. 가끔 혜원이 이렇게 30대인 그를 늙은이 취급할 때 기분이 팍 상했다. 그래서 그녀가 30대가 되기를 손꼽아 기다리고 있다.

오랜만에 공식적으로 모습을 드러내는 두 사람에게 인터뷰가 잇달았다. 각 방송국 연예 프로그램에서 인터뷰 요청이 있어서 그들은 화보 촬영 중간중간 인터뷰에 응하기로 했다.

결혼 후 혜원이 인하의 옷을 자주 입는다는 사실이, 몰래 찍힌 사진들로 인해 사람들에게 알려졌다.

혜원이 입은 옷과 인하가 입은 옷이 동시에 인터넷에 오르며 그녀가 남편의 옷을 즐겨 입는다는 사실이 퍼졌고, 그게 유행처럼 번졌다.

그 결과, 혜원이 인하와 같이 남성 의류 화보에 섭외가 된 것이다.

남편이 입었던 옷을 아내가 입는 콘셉트로 화보 촬영이 진행되었다. 인하의 단독 촬영이 먼저 시작되었는데, 겨울 니트와 청바지 복장이었다.

그 뒤로 몇 번의 옷을 갈아입으며 촬영을 했다. 단독 촬영이 끝난 인하는 구경하고 있던 혜원에게로 곧장 걸어갔다.

진한 스모키 화장을 하고 머리를 잔뜩 헝클어트린 혜원을 본 인하가 주위를 쓱 둘러보았다.

이젠 정말 청순한 혜원은 없구나. 확 바뀐 스타일에 지나가던 스태프가 목을 쭉 빼고 그녀를 구경한다. 인하가 인상을 잔뜩 쓰고는 혜원의 옆으로 바짝 섰다.

"옷이 이게 다야?"

"네. 당신이 입었던 옷."

화보 콘셉트에 맞게 혜원은 인하가 입고 촬영했던 니트를 걸치고 있었다. 문제는 그 니트만 걸쳤다는 거다. 허벅지 중간까지의 길이. 안에 속바지를 입었다고는 하나, 너무 야했다.

인하의 신경이 바짝 곤두섰다.

"노출이 심하잖아."

"보통이에요."

노출이 심한 건 아니지만, 너무 남자의 상상을 자극한다.

인하가 입었던 옷을 혜원이 입는 콘셉트이기에, 인하는 바지만 걸치고 조명 아래에 섰다. 혜원이 그의 옆으로 가서 서자 사진작가가 카메라를 집어 들었다.

"바짝 붙어 서 주세요."

인하가 혜원의 허리를 팔에 감고 고개를 숙였다. 입술이 닿을 듯 말 듯 했다. 혜원은 그의 가슴에 살포시 손을 올리고 카메라를 바라봤다.

몇 차례 연달아 셔터가 터지고, 감독이 사진을 확인하더니 다른 포즈를 요구했다.

"진짜 미치겠다. 다음 것도 이런 식인가?"

"아마도요?"

인하의 걱정은 현실이 되었다. 그가 입었던 모든 옷을 혜원이 걸쳤다. 셔츠만 걸치는 혜원 때문에 인하의 얼굴은 더 굳어졌다.

소파에 그가 눕고 혜원이 그의 위로 상체를 기대는 등 꽤 진한 포즈로 촬영은 계속되었다. 인하는 이것은 일이다, 집중하자, 같은 생각을 했지만, 아내의 작은 손이 가슴 위에 올려지고 작은 몸이 바짝 붙을 때마다 정신이 흐트러졌다.

"빨리 집에 가고 싶다."

화보 촬영이 이렇게나 힘이 들 줄은 몰랐다. 잔뜩 피로감이 몰렸을 때, 인터뷰 때문에 촬영이 중단되었다.

짧은 인터뷰를 한 뒤 다시 시작된 촬영.

진아가 혜원이 입은 셔츠의 단추를 하나 덜 잠그자 인하가 인상을 쓰며 잠갔다. 진아가 하나 더 풀어야 한다고 하며 다시 풀자, 인하가 또다시 잠갔다.

진아와 인하의 신경전 속에서 혜원은 진주를 신경 썼다. 상체는 맨몸인 인하의 옆에 선 진주가 등에 남은 화상 자국을 가린다고 메이크업 제품을 발랐다. 진주의 손이 자꾸 그의 몸을 터치한다.

"자꾸 왜 잠가요! 내가 스타일리스트예요!"

"난 남편이거든?"

"언니! 인하 오빠 좀 말려요!"

"신혜원! 너 단추 풀기만 해 봐!"

"당신 몸을 자꾸 진주 씨가……."

인하와 진아, 두 사람이 신경전을 벌이든 말든 혜원은 무심결에 그녀의 신경을 거슬리게 하는 진주의 행동을 언급했다. 자신의 이름이 나오자 진주가 놀라서 하던 행동을 멈추고 혜원을 봤다.

"언니가 하실래요?"

진주가 바디 메이크업 제품을 혜원에게 건네주고는 자신은 싸움에 엮이기 싫다는 얼굴로 사라졌다.

얼결에 혜원은 인하의 등에 바디 메이크업을 제품을 바르게 되었다. 인하는 그 대가로 단추를 잠그라는 약속을 받아 냈다. 그렇지 않으면 진주를 다시 부른다는 말에 혜원은 진아가 풀은 단추 하나를 잠갔다.

두 사람의 화보가 실린 잡지가 발간되면서 대중들의 관심이 또 한 번 집중됐다. 두 사람이 입은 브랜드의 옷 매출이 급부상했고, 브랜드에서는 두 사람에게 계약한 금액 외의 모델료를 추가로 더 지급했다.

드라마 방영이 끝난 지 두 달이 지났음에도 '그들의 이혼'의 인기는 사그라지지 않았다. 판권이 해외로 수출되면서 전 세계적으로 방영이 되었고, 그 대본 그대로 현지에서 새로 제작이 되기도 했다.

또한 매 화 마지막에 나왔던 혜원과 인하의 다정한 모습이 다시 재편집되어 인터넷에 올라와 두 사람에 대한 인기가 날이 갈수록 커졌다.

식을 줄 모르는 드라마의 인기에 KSM 방송국에는 '그들의 이혼 후애(愛)'라는 제목으로 단막극 제작을 기획했다. 다시 재결합한 태주와 소진의 이야기를 단 한 편으로 제작하자는 방송국 의견에 작가가 바로 대본 작업에 들어갔다.

KSM 방송국에서 이와 같은 계획을 밝히자 대중들이 꼭 제작을 해 달라며 글을 올렸다. 주인공은 바뀌지 않고 그대로 나와야 한다는 대중들의 의견에 인하와 혜원은 기쁜 마음으로 출연에 응하기로 했다.

몇몇 스태프들이 다른 드라마 제작에 참여 중이었지만, 모두들 스케줄 조정을 해서 '그들의 이혼 후애(愛)' 단막극 촬영에 참여하기로 했다. 해준 또한 마찬가지였다. 모두가 두 달 만에 KSM 방송국 회의실에 모였다.

막 나온 따끈따끈한 대본을 배부하고 가볍게 회의를 진행했다. 회의라기보다 오랜만에 만나 그동안 어떻게 지냈는지 서로의 근황을 이야기했다.

"촬영장에서 보죠. 그런데 혜원 씨 머리……."

해준의 말에 혜원이 웃음을 삼켰다. 처음 만났을 때가 생각이 난 해준도 웃었다.

"그때보다 더 과감하죠? 이번에는 가발을 써야 할 것 같아요."

"네. 그래야겠네요."

해준은 그럼 촬영장에서 보자고 인사를 하며 회의실을 빠져나갔다. 멀찍이 두 사람을 보던 인하가 과장되게 무서운 얼굴로 혜원을 향해 손가락을 까딱였다.

"왜요?"

"외간 남자랑 웃으며 이야기하지 마."

"이것도 하지 마, 저것도 하지 마. 왜요? 아예 집에 가둬 두지?"

"요즘 많이 대들어."

"사랑받는 여자의 자신감이랄까? 인하 씨 눈에는 내가 뭘 하든 예쁘잖아요. 내가 대드는 모습도 예쁠걸요?"

말문이 막힌 인하가 기가 차다는 듯 혜원을 내려다보다 고개를 끄덕였다. 혜원이 환하게 웃으며 안겨 든다.

"응. 넌 뭘 해도 예뻐. 그런데 너랑 말 섞은 남자는 죽여 버리고 싶네."

다정하게 웃으면서도 말에는 날이 잔뜩 섰다. 혜원이 움찔하고는 못 들은 척 그의 가슴에 고개를 묻었다.

"어우, 두 사람 진짜. 적당히 좀 해요! 재민 오빠!"

회의에 올 필요는 없었지만, 연예인을 봐야겠다고 기어코 따라온 진아는 오늘도 어김없이 애정 행각을 벌이는 인하와 혜원에게 한 소리 하고는 재민을 찾았다. 연예인을 봐야겠다고 하더니 주구장창 재민을 쫓아다닌다.

"쟤 재민이 좋아해?"

"재민 씨 만나는 여자 없죠?"

"어. 아마도."

"진아가 재민 씨 넘어트리겠다고 벼르던데."

재미있는 일이 벌어질 것 같은 예감에 씩 웃던 인하가 혜원의 말을 곱씹고는 미간을 접었다.

"넘어트려?"

"네. 진아가 재민 씨를 꼭 넘어트려서 자기 남자로 만들겠다고 하던데요."

"당신, 진아랑 좀 거리를 두는 게 어때?"

나중에 안 사실이지만, 혜원의 탈색도 다 진아가 꼬드긴 거였다. 뿌리 염색만 하려던 혜원에게 진아가 20대 때 아니면 언제 해 보겠냐고, 나이 들면 안 어울려서 못 할 거라며 탈색을 제안했단다.

그것도 모자라 이상한 말까지 가르쳐 놓자 인하는 진아에 대한 경계심이 더 커졌다.

주영이 그들을 데려다 주기로 하고, 재민은 이른 퇴근을 하기로 했다. 그런 재민의 뒤를 졸졸 따라다니던 진아는 기어코 주차장까지 쫓아갔는지 보이지 않았다. 주영은 한숨을 쉬고 진아를 잡으러 갔다.

회의실에서 나온 그들은 방송국 복도를 거닐며 휴가 계획을 세웠다. 단막극 촬영이 끝나면 전에 가지 못했던 여행을 가기로 하며 몇 곳의 휴양지를 꼽아서 골랐다.

"혜원아!"

인하와 혜원이 동시에 뒤를 돌았다. 팔꿈치 아래까지 오는 하늘하늘한 베이지색 블라우스에 짙은 남색의 H라인 스커트를 입은 지수가 입가에 미소를 띠고 다가왔다.

"오랜만이야. 인하 씨는 또 보네요?"

언뜻 꽤 반가워하는 것처럼 보였지만, 지수는 입가에만 미소를 띠었을 뿐 눈은 무심했다. 그럼에도 목소리에는 반가움이 흘렀다.

"전에 총동창회 오라니까는."

"드라마 촬영 때문에 많이 바빴어."

"다음에는 꼭 와. 너 선희 알지? 걔 동생이 우리 과 후배인데, 우리 방송국 공채에 합격했어."

혜원은 선희가 지수와 동기이자 자신의 선배였고, 지금은 다른 방송국의 아나운서라는 정도만 알고 있다.

선희의 동생이 자신의 후배인지는 알지 못하지만 혜원은 적당히 고개를 끄덕였다. 그 뒤로도 지수는 다른 동기들과 후배들의 근황을 이야기했다.

이야기하는 선배, 동기, 후배 모두가 방송국에 취직을 한 사람들이다.

"꼭 와! 총동창회. 내가 네 어머니 통해서 초대장 보낼게."

혜원이 어색하게 웃었다.

그 초대장을 받는다면, 어머니는 또 한 번 속이 뒤집히실 텐데.

"죄송하지만, 초대장은 보내지 말아 주세요."

인하가 혜원의 어깨를 끌어안으며 지수에게 말했다. 혜원과 지수가 동시에 인하를 쳐다봤다.

"우리 혜원이가 거기 가서 혹여나 친구들 기죽일까 봐 걱정되거든요."

"네?"

지수가 고개를 갸웃거렸다.

"저도 동창회 같은 거 못 가요. 저에 대한 자격지심이 많은 녀석들이 모여서. 우리 혜원이도 그럴 것 같아 제가 못 보내겠네요."

"자격……지심이요?"

"가서 혜원이도 수준 맞춰 주느라 고생할 거예요. 혜원아, 그러니까 굳이 가지 마."

마지막 말은 혜원을 보며 다정하게 내뱉고 지수에게 고개를 숙여 인사를 한 인하가 걸음을 옮겼다.

졸지에 동창회를 혜원에게 자격지심을 가지는 사람들의 모임으로 만들어 버린 인하를, 지수는 아니라는 반박 한마디 못 하고 보냈다.

뒤늦게 정신을 차렸을 때에는 인하와 혜원이 한참 멀어져 간 뒤였다.

"우와."

"뭐가 우와야."

"인하 씨, 말 진짜 얄밉게 하네요? 알고는 있었지만."

"얄밉게?"

인하가 혜원의 이마에 자신의 이마를 박았다. 그리고는 그녀의 입술을 앙 깨물었다. 혜원이 한 손으로는 이마를 문지르고, 다른 손으로는 입술을 문지르며 새초롬하게 쳐다봤다.

"왜. 더 깨물어 줘?"

혜원이 고개를 빠르게 흔들며 걸음을 멈췄다. 덩달아 걸음을 멈추는 인하의 볼에 까치발을 하고 입을 맞췄다.

"고마워요. 그렇게 말해 줘서."

"고맙기는. 사실을 말한 건데."

그래도 정 고마우면 감사의 인사를 받겠다며 인하가 빠르게 걸었다. 무슨 감사의 인사를 받으려고 하냐고, 천천히 걸으라는 혜원의 팔을 잡아끌며 그가 야릇하게 윙크를 했다.

한여름까지는 아니지만, 초여름도 여름이기에 구름 없이 해가 고스란히 내리쬐면 날이 꽤 더웠다. 땡볕 아래에서의 촬영에 지칠 법도 한데 다들 의욕이 넘쳤다.

단막극으로 기획했던 '그들의 이혼 후애(愛)'가 시청자들의 쏟아지는 건의로 2부로 늘어났다. 이러다가 시리즈를 찍을지도 모르겠다는, 뿌듯함이 섞인 우려를 하면서 모두들 즐겁게 촬영에 임했다.

"덥지? 진아야!"

허리까지 내려오는 검은 생머리 가발을 쓰고 있는 혜원은 남들보다 더 고생을 하고 있었다.

인하는 틈틈이 들고 있는 대본이나, 대본이 없을 때에는 손으로 바람을 일으켜 부채질을 했다. 그런 그가 제일 많이 찾는 사람이 진아다.

혜원의 스타일리스트인 진아는, 본분을 잊고 툭하면 사라지기 일쑤다. 인하가 고래고래 소리를 질러 부르면 그제야 헐레벌떡 뛰어온다.

오늘도 마찬가지로 어디론가 사라진 진아를 찾아 인하가 소리를 질렀다.

"진짜 내 스타일리스트였으면 진즉에 잘렸어. 또 어딜 간 거야?"

"오빠, 저한테 말하세요."

혜원의 긴 가발을 모아 올리고 드러난 목덜미에 인하가 손바람을 일으키며 투덜거렸다. 그런 그의 옆으로 다가온 진주가 필요한 게 있으면 말하라고 했다.

"부채 좀. 진아가 부채 들고 사라졌어. 쿨팩 있어?"

"잠시만요."

재빨리 뛰어갔다 온 진주가 쿨팩을 건네주고는 부채로 혜원의 땀을 식혔다. 인하는 쿨팩을 주먹으로 때려 안의 내용물을 터트렸다. 그리고는 점점 차가워지는 팩을 혜원의 등에 댔다.

"아, 시원해."

가발이 이렇게나 더울 줄 몰랐다. 머리의 열이 빠져나가지 않아 약한 현기증까지 일었다. 쿨팩으로 등이 시원해지자 정신이 또렷해진다.

혜원은 진주에게 고맙다고 웃어 보인 뒤 부채를 받아 들고 스스로 부채질을 했다.

"진아는 어디 갔어?"

"재민 오빠가 스태프들 준다고 음료수 사러 갔는데, 거기 따라간 것 같아요."

재민을 향한 진아의 외사랑은 아직도 진행 중이다.

재민은 처음에는 어린 진아를 여동생처럼 귀여워하더니, 그녀가 자신에게 딴마음을 품고 따라다닌다는 걸 알고는 기겁했다. 거기에는 진아가 자신을 넘어트리겠다고 한 말을 들은 탓도 있다.

재민은 노골적으로 그를 보며 손 키스를 날리고 걸핏하면 와락 안기는 진아를 피해 죽어라 도망 다녔지만, 진아의 추격은 집요했다.

그런 두 사람의 추격전을 스태프들 전체가 웃으며 구경 중이었다. 그나마 주영이 진아를 말리기는 하지만, 역부족이다.

"재민 씨는 진아가 별로래요?"

"저렇게 달려드는 여자, 남자들은 무서워하거든."

"우리 진아 예쁜데. 얼마나 사랑스러워요."

서영과 달리 사교성도 좋고, 여기저기에 아양을 잘 떠는 진아를 혜원은 유독 예뻐했다.

첫 만남부터 거리낌 없이 다가와 팔짱을 끼고 언니라고 부르며 조잘조잘 이야기를 하는 진아를 보고 여동생이 생긴 것 같다며 좋아했다.

"저기 오네."

한눈에 봐도 무거운 짐을 양손에 들고 빠른 걸음으로 걸어오는 재민의 옆으로 진아가 날듯이 가볍게 뛰어온다.

진아가 뭐라고 재잘재잘 말을 거는 것 같았지만 재민은 묵묵부답으로 일관하고 있다.

재민이 스태프들에게 음료수를 나눠 주는데, 옆에서 진아가 우리 오빠가 힘들게 사 온 거라며 한마디를 덧붙인다.

"언니! 많이 덥죠!"

내내 인하가 노려보는 걸 알았는지 진아가 싱긋 웃으며 시원한 음료수를 들고 달려온다. 진아가 양손에 들린 캔을 대뜸 혜원의 양 볼에 가져다 대자, 혜원이 차가움에 몸을 움찔거렸다.

"왜 벌써 와? 아예 재민이랑 데이트라도 하다 오지 그랬어?"

"그러니까요. 드라이브 좀 하자니까 재민 오빠가 더 빨리 달리는 거 있죠?"

빈정거리는 인하의 말에도 주눅 하나 들지 않고 진아가 대꾸한다. 혜원은 그런 둘을 보며 웃음을 삼켰다.

여기에서 웃었다가는 넌 저런 애를 안 자르고 뭐하냐고 핀잔을 할 인하와, 저런 속 좁은 남자랑 같이 살기 힘들지 않냐는 말로 인하의 속을 뒤집어 놓을 진아의 사이에 끼는 난감한 일이 일어나기에.

"촬영 시작합니다!"

잠시의 휴식이 끝나고 촬영이 재개되었다. 후속 작품에 대한 시청자들의 기대가 크다는 걸 안 해준은 더욱 좋은 영상을 따내기 위해 기를 썼다.

그전보다 더 인하와 혜원의 연기에 까다롭게 굴어 NG가 많았고, 같은 장면을 몇 번이고 재촬영했다. 그럼에도 인하와 혜원은 단 한 차례의 불평도 하지 않았다.

9시가 넘어 촬영이 마무리되고 모두들 숙소로 향했다. 내일 일찍부터 촬영이 다시 시작되지만, 서울을 벗어난 스태프들은 주어진 시간에 충실하게 놀아야 한다는 일념으로 숙소에 장비를 내려놓자마자 술을 찾았다.

더위에 지친 혜원은 늦은 저녁 식사만 하고 룸으로 올라왔다. 같이 방을 쓰는 진아가 뒤따라 들어오더니 자신의 몸에서 나는 냄새를 킁킁 맡고는 혜원에게 양해를 구했다.

"언니, 저 먼저 씻어도 되죠?"

"응."

소파에 누워 TV를 시청하는데 진아가 빠르게 씻고 나오더니 화장을 하기 시작했다.

한 치의 머뭇거림도 없이 과감하게 아이라인을 그리고 아찔한 길이의 속눈썹까지 붙인 진아가 자신의 캐리어를 끌고 와 열었다.

"너, 어디 가?"

"클럽이요. 근처에 있대요. 당연히 제가 가 줘야죠!"

진아가 꺼내는 옷을 본 혜원이 몸을 일으키고 관심을 보였다. 진아는 혜원이 보든 말든 상관치 않고 옷을 벗었다.

브래지어도 벗더니 그 위로 튜브톱의 미니드레스를 걸쳤다. 미니드레스가 몸을 꽉 조이며 진아의 마른 몸매를 그대로 드러냈다. 가리는 거 절반, 가리지 않는 거 절반.

"어때요?"

"예쁘다."

"그럼 저 다녀올게요. 키 가져가니까 문 잠그고 자도 돼요."

진아가 캐리어에서 힐을 꺼내고는 다다다 달려 나갔다. 신이 나 놀러 나가는 그녀를, 혜원이 조금은 아쉬운 눈으로 봤다.

그만 씻고 자야겠다는 생각으로 몸을 일으킨 혜원은 갈아입을 옷을 챙겨 들고 욕실로 들어갔다.

다 씻고 나온 혜원은 룸에 있는 진아를 보고 놀라서 눈을 동그랗게 떴다.

"진아야, 클럽 문 닫았어?"

"가지도 못했어요!"

툴툴대면서도 진아가 묘한 미소를 지었다. 가지 못해서 화가 났다기보다는 오히려 가지 못한 걸 좋아한다고나 할까. 그녀는 굉장히 기뻐하고 있었다.

"언니! 재민 오빠가 저 좋아하나 봐요! 글쎄, 저보고 클럽 가지 말라고 하는 거 있죠? 내일 일찍 촬영 있는데 그렇게 놀아서 어떻게 언니를 챙기겠냐고. 언니 핑계를 대면서 나 클럽 못 가게 막았다니까요."

혜원은 어색하게 웃었다. 재민은 말 그대로 내일 일찍 촬영이니 놀지 말고 쉬라고 한 것 같은데.

"언니! 우리끼리 놀아요! 이렇게 입고 있으니까 나 몸이 막 근질근질해."

"우리끼리 놀아?"

크게 고개를 끄덕인 진아가 혜원의 손목을 잡아끌었다. 막 씻고 나와 맑고 청초한 혜원의 얼굴에 진아가 색칠놀이를 하듯 메이크업을 시작했다.

연한 색으로 베이스를 깔더니 검정색 아이라이너로 점막을 채우고 평소보다 굵게 아이라인을 그렸다.

금색 반짝이를 눈두덩이 위에 뚝뚝 찍고 난 뒤에, 풍성하고 긴 속눈썹을 붙이고 입술에는 짙은 버건디 계열의 립스틱을 발라 주었다.

진아는 뒤이어 혜원의 탈색된 머리를 헝클어트리며 드라이어로 말리고는 자신의 캐리어에서 옷을 꺼내 그녀의 손에 들려 주었다.

홀트넥의 검정 원피스는 진아가 입은 것과는 달리 몸에 달라붙지는 않지만, 가슴 둔덕이 망사로 되어 있어 야했다.

혜원의 가는 어깨와 팔이 드러나 여리여리한 느낌과 함께, 망사 사이로 비치는 가슴 둔덕이 섹시한 느낌을 주었다.

"스피커가 어디 있더라."

블루투스 스피커를 찾은 진아가 핸드폰과 연결하고는 음악을 틀었다. 룸 안을 가득 채우는 걸 넘어서 쾅쾅 울리는 빠른 템포의 노래가 틀어졌다. 진아는 조명의 조도를 낮추고 음악에 맞춰 춤을 추기 시작했다.

"언니! 뭐해요! 춤춰요!"

신 나게 몸을 흔드는 진아가 혜원에게 빨리 춤을 추라고 소리를 질렀다. 단 한 번도 클럽을 가 본 적이 없고, 춤을 춰 본 적도 없는 혜원은 머뭇머뭇 제자리걸음을 했다.

보다 못한 진아가 혜원의 팔을 잡고 위로 들었다가 놓았다가 하며 인형을 가지고 놀듯 움직였다.

그러다 음악이 바뀌고 혜원도 많이 들어본 노래가 흘러나왔다. 조금씩 크게 움직이던 혜원도 슬슬 흥이 올라 제 스스로 몸을 움직였다.

"꺅! 언니 더 흔들어요!"

"이렇게?"

유연하게 몸을 흔드는 진아를 따라 혜원도 몸을 흐느적거렸다. 어색하기는 하지만, 못 봐 줄 정도는 아니다. 거실을 헤집고 뛰어다니며 두 사람은 신 나게 춤을 췄다.

놀아 본 사람이 놀 줄 안다고, 진아만큼의 체력을 기르지 못한 혜원이 더는 춤을 못 추겠다고 손을 절레절레 흔들며 소파에 주저앉았다. 몇 곡 추지 않았는데, 몸에 후끈 열이 오르고 숨이 찼다.

"언니!"

진아는 계속 몸을 흔들다가 혜원이 고개를 흔들자 소리를 줄였다.

"숨차요? 언니 목마르죠? 맥주가 있었는데."

냉장고로 향하면서도 진아는 계속 몸을 흔들었다. 캔 두 개를 가지고 온 두 사람은 맥주를 시원하게 들이켰다. 풍풍 터지는 기포가 목을 따끔거리게 했지만, 갈증에 혜원은 참고 맥주를 마셨다.

"그런데 무슨 소리 들리지 않아?"

"네? 무슨 소리요?"

진아가 어깨를 으쓱이며 노랫소리를 줄였다. 혜원과 진아는 문으로 고개를 돌렸다. 누군가가 밖에서 문을 쾅쾅 두드리고 있다.

"누구지? 제가 나가 볼게요. 누구세요!"

진아가 달려가 문을 확 열어젖혔다. 밖에서 문을 두드리던 남자가 놀라서 뒤로 성큼 물러났다. 문 밖에는 인하와 재민, 주영이 서 있었다.

"왜요?"

"뭐하는데 초인종 소리에 대답이 없어? 한참을 두드렸네. 너 옷차림이 그게 뭐냐? 혜원이는?"

인하가 못마땅한 눈으로 진아를 쓱 훑고는 룸 안으로 들어갔다. 안쪽에서 신 나는 음악이 흘러나오고 있다.

그는 소파에 앉아 맥주 캔을 들고 있는 혜원을 발견하고는 걸음을 멈췄다. 아니, 그녀가 입은 옷과 화장, 잔뜩 헝클어진 머리를 보고 다리가 굳어 버렸다.

"둘이…… 뭐해?"

"보면 몰라요? 춤추며 놀고 있었죠! 아싸! 같이 놀아요!"

재민과 주영의 사이에 서서 그들의 팔에 팔짱을 끼고 들어온 진아가 줄여 놓았던 음악을 키웠다. 그리고 다시 춤을 추기 시작했다.

멀뚱히 서 있는 재민과 주영을 붙잡고 춤을 추던 진아는 혜원에게 다가가 그녀를 일으켰다.

"언니! 뭐해요! 빨리 춤춰요!"

다섯 사람들 사이에서 신이 난 사람은 진아 혼자였다. 혜원이 인하의 눈치를 보며 싫다고 손을 흔들었지만, 진아는 그 손을 잡고 춤을 췄다.

멍하니 두 여자를 보던 세 남자는 너 나 할 것 없이 허공으로 시선을 올리거나 땅으로 내렸다.

재민과 주영은 진아의 화려한 춤을 외면하려고 고개를 올렸고, 인하는 깊은 한숨을 내쉬며 고개를 숙였다.

인하가 진아의 핸드폰을 들고 노래를 껐다. 뚝 끊기는 노래에 진아가 단박에 인하를 노려봤다.

"뭐예요. 같이 안 놀 거면 나가요. 언니랑 나랑 신 나게 놀고 있었는데."

"그 옷은 또 어디서 난 거야?"

진아를 무시한 인하는 혜원에게 가까이 다가섰다. 혜원이 움찔하며 뒤로 물러나는 걸 그가 그녀의 손목을 잡아당겼다.

우물쭈물 진아의 옷이라고 대답을 하는 혜원을 어이없다는 듯 보던 인하가 주위를 두리번거리다가 수건을 집어 들고 혜원의 앞을 가렸다.

"너 따라 나와."

인하는 그대로 혜원을 데리고 자신의 룸으로 가 버렸다. 두 사람의 뒷모습을 뚱하니 보던 진아가 무언가가 떠오른 듯 짝, 박수를 치더니 재민의 팔에 매달렸다.

"어? 언니 데려갔네. 재민 오빠! 오빠, 인하 오빠랑 같이 방 쓰지 않아요? 보니까 언니 돌려보내지 않을 것 같은데? 어쩔 수 없죠. 오빠 오늘 저랑 여기서 같이……."

"형, 스태프들이랑 방 같이 쓰죠?"

"어. 공간 넓으니까 너도 껴서 자."

야멸차게 진아의 팔을 내친 재민은 주영과 함께 빠른 속도로 방을 나섰다.

혜원을 데리고 룸으로 돌아온 인하는 다시 생각해도 기가 차다는 듯 헛웃음을 뱉었다.

"신혜원, 너 진아 따라 클럽 가려고 했어?"

혜원이 절대 아니라고 빠르게 고개를 흔들었다.

"진아 고것이 클럽 가는 거 재민이가 잔소리했다던데."

"아니에요! 진아 혼자 클럽 가다가 재민 씨를 만났는데, 재민 씨가 가지 말라고 해서 돌아왔어요. 진아가 몸이 근질근질하다고 같이 춤을 추자고……."

"화장이랑 옷은?"

"진아가……."

혜원은 말을 하면서 모든 걸 진아에게 덮어씌우는 범법자가 된 기분이 들어 미간을 찌푸렸다. 그러다가 '조용히 룸에서 춤을 추고 놀았는데, 왜 혼이 나야 하는 거지?' 하는 억울한 생각이 들어 볼을 빵빵하게 불려 불만을 표했다.

"그냥 춤추고 논 거거든요? 나 잘못한 거 없어요."

인하가 조용히 팔을 교차해 팔짱을 꼈다. 한참 조용히 혜원을 내려다보던 그가 그녀의 앞을 가려 둔 수건을 풀어 던지고 천천히 걸어가 소파에 앉았다.

"우리 혜원이가 춤추고 놀고 싶었구나."

불길한 예감이 등줄기를 타고 오른다. 혜원은 여차하면 도망가려고 문 쪽을 흘긋거렸다.

"그럼 춤추고 놀아야지."

인하는 자신의 핸드폰을 꺼내 만지작거리더니 노래를 틀었다. 그리고는 소파 위에 팔을 걸치고 다리를 꼬고 앉은 거만한 포즈로 혜원에게 고갯짓을 했다.

"춤춰 봐. 어떻게 놀았는지 좀 보게."

"인하…… 씨."

"흐음. 아니면 아까처럼 진아랑 재민, 주영이 다 부를까? 다 같이 놀까?"

진아만이라면 모를까. 재민과 주영의 앞에서는 절대 그럴 수 없다. 그렇지 않아도 아까 인하에 이어 재민과 주영이 들어왔을 때 민망하고 창피해서 죽는 줄 알았다.

"아니요. 춤출게요. 그런데 이 노래에요?"

인하가 튼 것은 끈적끈적한 노래였다. 진아와 춤추던 빠른 템포와는 현저하게 다른 노래. 느릿느릿한 박자와 끈적이는 여자의 목소리.

머뭇거리던 혜원이 몸을 움직였다. 느릿하게 몸을 흔드는 그녀를 인하가 짙은 눈길로 쳐다봤다. 웨이브를 타는 듯 몸이 흐느적거린다.

한 바퀴 돌다가 삐끗거리는 모습에서 인하의 입매가 늘어졌다. 사뿐사뿐 옆으로 걷다가 제자리걸음을 하다가 또 흐느적, 혜원이 손으로 자신의 몸을 쓸어내린다.

어색하기는 하지만, 유혹적으로 조금씩 움직이는 몸에 그의 가슴이 들썩였다. 멈칫멈칫 움직이면서 눈치를 보고, 점점 붉어지는 얼굴로 몸을 흔드는 혜원은 지독히도 유혹적이었다.

혼자 춤을 추고 있자니 민망함에 혜원이 결국 얼굴을 가리고 인하의 품으로 뛰어들었다. 그의 가슴이 들썩인다.

"웃지 마요."

"혜원아, 어디 가서 춤추지 마."

"나도 못 추는 거 알아요."

"그게 아니라."

인하가 다리를 풀고 혜원의 허리를 바짝 잡아당겼다. 부풀어

오른 그의 신체 일부가 그녀의 엉덩이를 찌른다.

인하는 왜 다른 곳에서 춤을 추지 말라는 건지 알겠냐는 눈으로 그녀를 보고는 고개를 꺾었다. 깊이 파고드는 혀를 받아들이며 혜원이 눈을 감았다.

옆에서 안절부절못하며 몸을 비트는 혜원을 보던 진아가 그
녀의 귀에 대고 소리를 냈다.

"쉬."

"진아, 너!"

"참지 말고 빨리 갔다 와요."

진아가 또 '쉬' 소리를 내자 혜원이 참지 못하고 벌떡 일어나
화장실로 달려갔다.

"언니! 조심히 걸어요!"

질겅질겅 오징어를 씹으며 진아가 외쳤지만, 이미 혜원은 화
장실로 들어간 뒤였다. 잠시 후, 혜원이 개운한 얼굴로 나왔다.

"인하 씨는?"

"안 나왔어요. 화면에 잡히지도 않았어요."

옆에 앉는 혜원의 다리 위로 담요를 덮어 주며 진아가 한숨을 쉬었다.

진아는 남들은 이 좋은 연말에 다들 애인과 여행을 가거나 애인을 옆에 끼고 TV를 보는데 자신은 재민이 아닌, 하다못해 남자도 아닌 혜원과 단둘이 TV를 본다며 불쌍한 처지를 한탄했다.

단막극으로 제작이 된 '그들의 이혼 후애(愛)'가 뒤이어 히트를 치면서 인하와 혜원의 몸값은 두세 배로 뛰었다. 특히나 혜원이.

소속사는 드디어 혜원이 '연기에서도 빛을 발하는구나' 하고 어깨춤을 추며 행복해했는데 이게 웬걸, 차기작 선별을 앞두고 혜원이 임신을 했다.

혜원이 임신을 했다는 걸 알게 된 날, 인하는 잡지 인터뷰 도중에 소식을 접하고 기자에게 양해를 구한 뒤 집으로 달려갔다. 그다음 달 잡지에는 고스란히 그 내용이 실렸다.

축하 소식을 보도하는 매체마다 인하는 일일이 먼저 연락을 해서 감사하다고 인사를 했다. 그로 인해 그는 국민 애처가로 등극을 했다.

혜원은 모든 활동을 중단하고 태교에 전념했다. 덩달아 인하도 활동을 줄였다.

연말까지 두 사람은 내내 집에서 태교를 했고, 인하는 중간에 있었던 영화제와 연말 시상식에만 모습을 비췄다.

오늘은 그들이 드라마를 찍었던 방송국인 KSM 연기대상 시상식이 있는 날이다.

혹여나 사람이 많이 몰리는 곳에서 무슨 사고가 발생할지 모른다는 인하의 강력한 주장에 혜원은 시상식 참가가 불발되었다.

내심 그녀를 따라 시상식에 갈 생각을 했던 진아는 세상이 무너진 듯한 얼굴로 울상을 지었다.

어떻게든 소속사의 다른 배우 스타일리스트로 따라가려 했는데, 인하가 혜원이 혼자 집에 있는 것도 위험하다며 그녀를 옆에 붙여 놓았다. 그로 인해 진아의 기분은 그리 좋은 편이 아니었다.

임신 23주차. 아직 만삭도 아니면서 혜원은 시시때때로 화장실을 찾았다.

방송 내내 화장실이 급하면서도 잠깐잠깐 화면에 잡히는 인하를 보겠다고 참던 혜원은 1부가 끝나자 쏜살같이 화장실로 직행했다.

2부에도 화장실을 가고 싶어서 몸을 배배 꼬는 혜원에게 진아가 그녀의 귀에 '쉬' 소리를 내는 등, 계속 심술을 부리고 있는 상황이다.

"곧 대상 발표지? 인하 씨가 받을 것 같지?"

"모르죠. 아직 각 분야 최우수 연기상도 발표하지 않았어요."

"어? 인하 씨다."

"누가 보면 방송으로 이산가족 찾는 줄 알겠네. 아, 좀 그만 해요! 이제 막 결혼한 신혼부부도 아니면서!"

"재민 씨가 이따가 우리 인하 씨 데려다 줄 텐데. 너 그 차 타고 집에 갈래?"

이제는 제법 진아를 다룰 줄 아는 혜원이 단박에 진아의 입을 닫게 만들었다. 그 뒤로 진아는 툴툴대지 않고 인하가 나올 때마다 꺅꺅거리는 혜원의 장단을 맞춰 주었다.

"어? 언니! 미니시리즈 부분 남녀 최우수 연기상 시상해요. 언니도 후보에 올랐는데요?"

1부에서 혜원은 인기상을 수상했고, 그녀의 소속사 대표가 대리 수상을 했다. 혜원은 그게 끝일 거라고 생각하고 기대감을 버렸다. 그런데 수상자가 발표되는 순간, 진아가 크게 환호성을 질렀다.

"언니! 꺅! 언니가 수상했어요! 대박!"

"내가……. 이게 말이 돼?"

쟁쟁한 후보들을 제치고 혜원의 이름이 불렸다. 그 순간 인하가 화면에 잡혔다. 환하게 웃는 그에게 주위에 있던 동료들이 축하한다고 인사를 전했다.

"언니! 언니잖아요! 언니가 최우수상! 아깝다. 저기 갔으면 서민혁이랑 나란히 섰을 텐데."

그녀와 함께 호명이 된 남자 최우수상 수상자인 민혁이 뒤이어 화면에 잡혔다.

"진짜 나야? 내가?"

뒤늦게 감격이 몰려온 혜원은 두 손으로 놀라서 벌어진 입을 가렸다. 눈물을 글썽이는 혜원의 모습에 진아가 꽃병에 꽂아져 있던 꽃 한 송이를 뽑아 와 손에 들려 주었다.

"언니! 너무 축하해요!"

"흐윽, 어떡해. 내가 받았어."

혜원이 눈물을 흘리며 진아를 확 끌어안았다. 진아는 재빨리 엉덩이를 뒤로 빼며 부풀은 혜원의 배와 부딪히지 않도록 조심했다.

—네. 수상에…… 아! 신혜원 씨를 대신해서 남편인 정인하 씨가 무대 위로 올라오고 계시네요. 정말 좋으시겠어요. 신혜원 씨가 임신 중인 관계로 시상식에 참석을 못 하셨는데, 남편인 정인하 씨가 대리 수상을 하시겠습니다.

인하의 이름이 들리자 혜원이 진아를 밀치고는 TV에 다가갔다.

슈트를 입은 인하가 성큼성큼 무대 위에 올랐다. 트로피와 꽃다발을 받은 그가 카메라를 보고 환하게 웃었다.

남자 최우수상 수상자인 배우 서민혁이 먼저 수상 소감을 전했다. 그리고 인하가 마이크 앞에 섰다.

—감사합니다. 음, 혜원이가 가장 기뻐하고 있겠네요. 울고 있을지도 모르겠습니다. 이 상은 혜원이에게 아마 가장 의미가 있는 상이지 않을까 싶네요. 드라마를 찍으면서 혜원이가 많이 노력을 했는데, 이 상을 받게 돼서 정말 기쁩니다. 그녀를 대신해 같이 연기를 한 배우들과 땀 흘린 스태프들에게 감사함을 전합니다. 드라마를 사랑해 주시고 응원해 주신 팬들께도 감사함을 전합니다. 그리고 혜원이를 예쁘게 낳아 주시고 예쁘게 길러 주신 장모님, 감사합니다. 마지막으로 우리 러브야. 아, 우리 아

이 태명이 러브예요. 러브야, 엄마가 이렇게 자랑스러운 배우라는 걸 꼭 알아 줬으면 좋겠다. 감사합니다.

두 사람의 수상 소감이 끝나고 화면은 MC들에게로 돌아갔다. 혜원은 인하의 수상 소감에 뚝뚝 눈물을 흘렸다.

혜원의 임신 소식을 전해 듣고 지영이 딸이 좋아하는 음식을 만들어서 가지고 온 날, 두 사람은 오랜만에 만났었다.

지영은 별말 없이 음식만 놓고 갔다. 그 뒤로 지영은 종종 음식을 만들어 와 냉장고를 채우고 가는 걸 반복했다.

인하는 혜원에게 장모님이 먼저 손을 내미는 거니 그만 용서해 드리라고 조심스럽게 이야기를 했다.

지영이 홀몸으로 그녀를 이렇게 예쁘게 키우고, 더 예쁘게 키우고 싶어서 그러셨을 거라 말하며, 모친을 향한 혜원의 마음을 풀어 주려 애썼다.

저번 주, 지영이 음식을 해 왔다. 하필 그날, 생전 안 하던 입덧을 하느라 혜원은 고생을 하고 있었다.

변기를 붙잡고 입덧을 하는 그녀의 등을 두드리던 지영은, 혜원이 먹고 싶다고 부탁해 인하가 사 가지고 온 순대를 버렸다.

지영은 그녀를 가졌을 때 순대가 먹고 싶었지만, 이상하게 순대 냄새만 맡으면 입덧을 했었다고 했다. 그러면서 뱃속의 아이가 널 닮은 딸인가 보다, 하며 희미하게 웃었다.

그 이야기에 혜원은 눈물을 쏟았다. 지영은 당황해하더니 미안하다고 사과를 하면서 그녀를 달랬다.

혜원은 그날, 어릴 때 이후 처음으로 지영의 품에 안겨서 울었다. 그 이후로 두 사람의 사이에 변화가 생겼다.

지영은 다른 모녀처럼 허물없이 지내고 싶다고 말을 했다. 염치없이 이런 부탁을 해서 미안하다고 하는 지영에게 혜원은 오랜만에 엄마라고 불렀다.

아직은 어색함이 남아 있지만, 둘을 가로막았던 벽이 많이 허물어졌다. 그날 이후로 혜원은 이상하게 지영의 이야기만 나오면 뚝뚝 눈물을 흘렸다. 지금처럼.

"언니, 울지 마요. 나도 울 것 같아요."

"흐윽, 엄마."

"엄마? 엄마는 또 왜요."

갑자기 엄마를 찾으며 우는 혜원을 달래며 진아는 빨리 인하가 귀가하기를 바랐다. 혜원이 눈물이 많고, 쉽게 울음을 그치지 못하는 걸 알게 된 뒤로 진아는 혜원이 우는 것에 학을 뗐다.

우는 혜원을 달랜 건 역시나 인하였다. 대상 수상자로 인하가 호명되면서 혜원은 눈물을 싹 닦고 TV를 주시했다.

혜원은 인하의 수상 소감을 토씨 하나 놓치지 않겠다는 얼굴로 집중했다.

여기저기서 안기는 꽃다발에 파묻혔던 인하가 다 들지 못하는 꽃다발을 옆에 조심스럽게 내려놓고 마이크 앞에 섰다.

—방금 전 올라왔는데, 또 올라왔네요.

인하의 말에 객석에서 웃음이 터졌다. 인하는 마음을 가라앉히는 듯 가슴을 붙잡고 숨을 크게 내쉬었다.

—감사합니다. '그들의 이혼'은 참 의미가 많은 작품이 되었

네요. 혜원이와 같이한 첫 작품이고, 많은 사랑을 받았고, 이렇게 큰 상까지 받게 해 주었습니다. '그들의 이혼'을 찍으면서 많은 일이 있었어요. 잊지 못할 것 같습니다. 그 잊지 못할 순간을 함께해 준 동료 배우들과 스태프들 감사합니다. 그리고 밥차와 각종 간식을 보내 준 우리 소중한 팬들 감사합니다. 드라마를 사랑해 주신 모든 시청자분들 감사합니다. 음, 저에게 국민 애처가라는 수식어가 붙었더라고요. 부정하지 않겠습니다. 저를 국민 애처가로 만들어 준 신혜원 씨 사랑합니다. 사랑하는 혜원이 뱃속에 있는 러브야, 사랑한다. 음, 아빠가 되어 보니 부모님 생각이 많이 나더라고요. 제가 러브를 생각하는 만큼 부모님도 저를 애달아 키워 주신 걸 이제야 조금은 알게 되었습니다. 하나뿐인 아들을 이렇게 잘 키워 주신 부모님, 감사하고 사랑합니다. 그리고 장모님과 하늘에 계신 장인어른 감사합니다. 특히, 저희 결혼에 가장 힘써 주신 장모님. 소중한 딸을 저에게 주셔서 감사합니다. 혜원아, 집에 가서 보자.

인하의 수상 소감이 끝나고 혜원은 또 울었다.

❋　　　❋　　　❋

오랜만에 사람들이 바삐 움직이는 걸 구경하던 혜원은 뒤뚱뒤뚱 걸어 인하에게로 향했다. 메이크업을 받던 인하가 자리에서 일어나 빠른 걸음으로 다가와 혜원의 등을 감쌌다.

혜원에게서 눈을 떼지 않는 인하는 혜원이 자리에서 일어나

기만 하면 자신도 벌떡 일어나 행여나 그녀가 넘어질까 봐 안절
부절못했다.

"조심조심."

"다 됐어요?"

"응. 촬영 힘들면 바로 말해. 알았지?"

"네."

조심스럽게 카메라 앞에 서고 나서야 인하는 안도의 숨을 내
쉬었다. 혜원의 배가 많이 불러 오자 두 사람은 만삭 사진을 찍
기로 했다.

오랜만에 카메라 앞에 서는 혜원은 살이 많이 찐 자신의 모습
을 걱정했지만, 아이와 사진을 찍을 생각에 설레었다.

혜원의 앞에 무릎을 꿇고 앉은 인하가 동그랗게 부푼 배를 소
중히 감싸고 입을 맞추면서 사진 촬영은 시작되었다. 촬영 내내
인하는 아내를 살피며 조금이라도 힘들어하는 기색을 보이면
의자를 끌고 와 앉혀 쉬기를 반복했다.

그렇게 찍은 그들의 만삭 사진 일부가 혜원의 팬클럽 사이트
에 오르고, 인터넷에 퍼지면서 두 사람은 행복한 부부의 끝을
보여 주었다.

❀   ❀   ❀

띠리릭.

조용히 현관문을 열고 들어온 인하는 발소리를 죽이고 거실

로 들어섰다. 그의 귀가를 맞이하는 조도가 낮은 조명을 끈 그는 더욱 조용히 발을 옮겼다.

안방 문을 여는 손길이 조심스럽다. 문을 열고 들어간 그는 자신이 들고 있던 물건에서 바스락거리는 소리가 나자 놀라서 움직임을 멈췄다.

천천히 발을 뒤로 뻗어 뒷걸음질을 한 그가 문 밖 바닥에 들고 있던 물건을 내려놓았다.

"혜원아, 자?"

조용히 다시 들어간 인하는 침대 앞에 다다라서 모로 누워 있는 혜원의 어깨를 잡았다.

"으응? 인하……."

"쉿."

옆에 잠든 그들의 딸인 라율이 깨지 않도록 인하가 재빨리 혜원의 입을 막았다.

인하의 손을 잡고 자리에서 스르륵 일어난 혜원은 그를 따라 조용히 거실로 나왔다. 살짝 문을 열어 두고 인하가 바닥에 있던 물건을 집어 들었다.

"뭐예요?"

"꽃다발."

"꽃? 그보다 불 좀 켜요. 아무것도 안 보여."

인하가 불을 켜자 혜원이 눈을 찡그리며 손으로 비볐다. 아이를 돌보느라 혜원은 자신을 돌보지 못했다.

편하게 입은 인하의 티셔츠와 추리닝 바지. 그럼에도 인하는 혜원이 세상에서 가장 아름다운 듯 사랑스런 눈으로 바라보다 그녀의 얼굴 곳곳에 입을 맞췄다.

"보라색 튤립?"

혜원의 입이 길게 늘어졌다. 보라색 튤립은 그들이 같이 찍은 드라마에 나왔던 소품이다.

이혼 전 태주가 소진에게 주었던 꽃다발. 불멸의 애정, 영원한 사랑이라는 꽃말을 가진 보라색 튤립.

태주는 마지막까지 소진에게 그렇게 자신의 마음을 전했었다.

"사랑해. 사랑해, 혜원아."

혜원이 꽃다발에서 가장 탐스럽게 핀 튤립 한 송이를 꺼냈다. 그리고 인하의 손에 들려 주었다. 그의 고백에 대한 그녀의 대답.

"나도 사랑해요."

"이런 말 하면 유치하지만, 내가 더 사랑해."

"푸훗, 유치해요. 그래도 좋다."

행복하게 웃는 혜원의 입술에 입을 맞추며 인하는 조금씩 그녀를 뒤로 밀어 소파 위로 쓰러졌다.

그리고 한 달 뒤, 인하와 혜원의 둘째 임신 소식이 각 방송 매체를 통해 전국으로 전해졌다.

그들의 결혼

인하는 사진 한 장, 한 장을 뒤로 넘겨 가며 헛웃음을 내뱉었다.

이걸 꼼꼼하다고 해야 할지, 정성스럽다고 해야 할지.

마지막 사진까지 본 그는 테이블 위에 그것을 내려놓고 앞에 앉아 있는 혜원에게로 시선을 던졌다.

마치 숙제 검사를 받는 아이처럼 조마조마한 얼굴로 자신을 바라보는 그녀에게 인하가 고개를 저었다.

"아, 마음에 안 들어요?"

"어이가 없어서 그런다. 내가 신혼집이 어떤지 보고 오라고 하지 않았나? 세상 어떤 신부가 신랑한테 집 안에 들일 가구를 일일이 사진을 찍어 와서 검사 받는대?"

결혼을 앞두고, 인하는 신혼집을 장만했다.

아무래도 집에 여자를 들이는 거다 보니, 보안이 더 철저한 곳으로 옮기기로 마음먹었다.

혜원이 아무 집이나 상관없다는 태도를 일관하자, 그는 재민을 동반해 집을 살펴보고 바로 계약을 했다. 그리고 혜원에게 신혼집 위치를 알려 주며 구경을 하라고 했다.

그런데 혜원이 가구 사진을 들고 찾아왔다. 집 안에 넣을 가구 사진을 직접 찍어서.

"어머니하고 같이 가서 봤어요. 집이 텅 비었기에……."

"혼수 장만해 오라고 텅 빈집 가서 보라고 한 줄 알아? 집이 마음에 드는지 보라고 한 거였어."

"아…… 몰랐어요, 선배님."

"하아. 웬만한 가구나 가전제품은 나 쓰던 거 가져갈 거야. 거의 사용하지 않아서 새거나 다름없어. 당신도 가져오고 싶은 거 있으면 가져오고. 그 외에 필요한 거는 사고."

혜원이 곰곰이 생각하는 얼굴로 테이블 위를 보더니 가져올 것이 없다고 고개를 흔들었다.

"그 외에 필요한 게 뭐예요? 어머니하고 상의해서……."

"설마 이거 다 당신 어머니하고 고르고 사진 찍어 온 건가?"

혜원이 고개를 끄덕였다. 인하는 미간을 접으며 상체를 앞으로 당겨 앉았다.

그는 사진을 테이블 위에 펼쳐 놓고 하나하나 짚어 가며 누가 고른 것인지 물었다. 모두 어머니라고 대답하는 혜원의 모습에 인하가 낮게 한숨을 쉬고는 굳은 얼굴로 입을 열었다.

"나와 결혼을 결심한 이상, 이제 장모님에게서 벗어나. 언제까지 줏대도 없이 장모님이 하라는 대로 할 건데? 친정 엄마한테 휘둘리는 아내, 딸의 결혼생활까지 참견하려는 장모님. 딱 질색이야. 알았어?"

혜원이 조금은 겁을 먹은 얼굴로 고개를 끄덕였다. 인하는 사진을 모아 한쪽으로 치운 뒤, 의자에 등을 기댔다.

"저기, 선배님."

인하의 한쪽 눈썹이 위로 비스듬하게 올라간다. 혜원은 자신이 또 무얼 잘못한 건가 생각을 하고는 다시 조심스럽게 그를 불렀다.

"선배님."

"호칭 바꿔. 곧 결혼할 사이인데 선배는 그렇잖아? 다른 사람이 들으면 뭐라고 생각하겠어. 우리는 연애결혼이라는 거 잊었어?"

"아니요. 잘 기억하고 있어요. 그럼 이름 부를게요. 인하 씨."

절대 선배라고 부르는 일이 없도록 주의하겠다는 듯 혜원의 얼굴이 결의로 차 있다. 인하는 고개를 끄덕이고는 할 이야기가 있으면 해 보라는 식으로 턱을 세웠다.

"인하 씨 말대로 우리는 연애결혼인데 서로에 대해 모르잖아요. 인하 씨가 한 인터뷰를 찾아서 대충 인하 씨의 취향을 공부하기는 했는데 부족한 것 같아요."

공부라는 단어에 인하는 또 한 번 헛기침을 했다. 혜원이 핸드백에서 접힌 종이를 꺼내 펼쳤다. 과거에 그가 인터뷰한 내용을 정리한 종이는 형광펜으로 색칠까지 되어 있다.

"그래. 속성 연애하자. 어디 속성으로 한번 서로에 대해 알아 보자고. 왜, 노트북 가져다가 서로의 프로필 먼저 검색해 볼까?"

비꼬는 말임에도 혜원은 차분한 얼굴로 프로필 정도는 자신이 알려 줄 수 있다고 대답을 했다. 인하는 목까지 차오르는 절규를 애써 눌렀다.

그는 포기를 하고 혜원이 물어보는 족족 최대한 성심성의껏 대답을 해 줬다.

"그런데 인하 씨는 저에 대해 궁금한 거 없어요?"

인하는 혜원이 적어 가는 자신의 취미, 취향 등등을 눈으로 읽으며 건성으로 물었다.

"나한테 원하는 건 없어?"

"행복한 결혼생활이요. 인하 씨가 다정했으면 좋겠어요. 사이 좋게 지냈으면 좋겠어요. 그리고 오래오래 함께하면 좋겠어요."

그의 질문에 1초의 망설임도, 고민도 없이 바로 대답이 나오자 인하는 일순 당황했다. 혜원이 한 말을 곱씹고는 그가 고개를 끄덕였다.

다정하고 사이좋게 오래오래 잘살면 되는군.

똑똑, 노크 소리가 울렸다.

스케줄 때문에 가 봐야 한다는 재민의 말에 혜원이 테이블 위를 정리했다. 다음을 기약한 혜원은 작게 고개를 숙여 인사를 한 뒤 주영이 기다리는 주차장으로 향했다.

결혼 사흘 전.

인하는 어제 화보 촬영을 마지막으로 결혼을 하고 신혼여행 등의 명목으로 약 한 달의 휴식을 갖기로 했다.

점심이 지나서까지 그동안 부족했던 잠을 푹 자고 일어난 그는 문득 혜원을 떠올렸다.

저번 주, 혜원의 은퇴 기자 회견을 그들의 결혼 발표 기자 회견으로 바꾼 이후 그녀와 짧은 문자 외에는 연락을 하지 못했던 걸 상기한 그는 핸드폰을 찾아 들었다.

그래도 결혼할 사이인데 너무 무심하게 군 건 아닌가 싶어서 약간의 미안함이 생겼다.

자는 사이에 혜원에게서 문자가 들어와 있었다. 다행히 소속사 직원 중에 곧 결혼을 앞둔 사람이 있어서 부케를 받기로 했다는 문자를 확인한 인하는 바로 통화 버튼을 눌렀다.

―여보세요.

"나야. 뭐하고 있었어?"

―짐 정리하고 있었어요. 오늘 나머지 짐까지 다 들여 놓으려고요.

혜원의 말에 인하는 그제야 자신이 호텔에 숙박 중임을 깨달았다.

신혼집에 미리 그가 쓰던 가구와 가전제품을 들여 놓으면서 이왕 이렇게 된 거 아예 집을 비워 버리자는 생각으로 간단하게 짐을 싸고 나와 한 달 전부터 호텔에서 지내고 있다.

혜원은 인하의 짐이 모두 옮겨지고 난 뒤에, 자신의 물건을 차근차근 옮기고 있는 중이었다. 오늘 나머지 짐을 다 들여 놓으려고 한다는 그녀의 말에 인하가 시각을 확인했다.

"그래? 우리 집에 가겠네. 몇 시쯤에? 시간 맞춰서 나도 갈 테니 좀 보자."

—무슨 일 있어요?

"나 오늘부터 쉬어. 바쁜 일 없으니 그동안 못 했던 데이트나 하자."

—그럼 집에서 푹 쉬어요. 그동안 많이 바빴잖아요.

단칼에 데이트 거절을 당한 인하가 이마를 찌푸렸다. 자신과 만나기 싫냐고 스산하게 내뱉는 그의 말에 혜원이 빠르게 부정을 했다.

"우리 집에 몇 시에 갈 거야?"

—음…… 아무 때나요. 정말 만나요? 실은, 어머니가 결혼식 때까지 인하 씨 만나지 말고 마음을 추스르래요. 결혼 전에 신부들이 좀 많이 심란해하잖아요.

"뭐, 메리지 블루 그런 거? 아닌 척하더니 막상 결혼할 생각 하니까 심란해?"

—아니요. 그건 아닌데……. 어머니가 혹시 또 모른다고. 괜히 인하 씨한테 짜증 내고 할지도 모른다고 만나지 말라고 하셨 거든요.

인하는 어이없다는 듯 입매를 비틀었다.

"나 만난다는 말 하지 말고 나와. 5시에 집에서 보자."

일방적으로 통보하고 전화를 끊은 인하는 욕실로 향했다. 씻고 나와 바로 외출 준비를 하자 시간이 많이 남았지만, 바로 신혼집으로 향했다.

혜원이 오기 전, 집을 싹 둘러본 그는 제법 들어와 있는 그녀의 짐을 흥미로운 눈으로 보며 턱을 매만졌다.

느낌이 묘하다. 남자인 자신의 짐과 여자인 혜원의 짐이 같이 나란히 있는 걸 보니, 말로 설명하지 못할 느낌이 든다.

한참 동안 혜원의 짐을 만지작거리며 시간을 죽이고 있는데, 그녀가 집으로 왔다. 도어 록을 해제하고 들어온 그녀는 인하를 보고 눈을 동그랗게 떴다.

"언제 왔어요?"

"조금 전에. 짐은 그게 다야?"

"네."

혜원의 품에 들린 상자를 받아 든 인하는 그 안을 살폈다.

"뭔데?"

"통장이랑 도장하고 귀중품이요."

머뭇거리다가 안방으로 들어가는 인하를 뒤따른 혜원은 어색함에 눈을 동그르르 굴렸다. 그도 그녀가 오자 어색했지만, 내색하지 않고 평소처럼 행동하려 노력했다.

장롱 깊숙이 물건을 넣어둔 혜원이 쓱 방 안을 둘러보았다. 미리 와서 방을 둘러본 인하도 혜원을 따라 방 안을 둘러보며 이것저것 들췄다.

"혹시 필요한 가구 있으면 말해 줘요. 아무것도 안 해 가니 어머니가 마음이 불편하신가 봐요."

"그러든가. 그러고 보니까 당신 어머니가 뭐라고 안 하셨어? 기자 회견 말이야."

"……조금요. 이만 가 봐야겠어요."

"왜 벌써 가?"

"나오면서 저녁 먹고 들어온다고 했더니, 어머니가 누구를 만나냐고 물으셨어요. 거짓말을 할 수가 없어서 사실대로 인하 씨 만난다고 했는데, 짐만 놓고 바로 오라고 하셨어요. 빨리 가 봐야 할 것 같아요."

시선을 회피하며 대답을 하는 혜원을 보고, 그는 이상한 느낌이 들었다. 본능적으로 그는 지영의 경계를 감지했다.

"혹시 어머니가 기자 회견 때문에 결혼식 전까지 나 만나지 말라고 하셨어?"

"……그건 아니에요."

아니기는, 맞는 것 같은데.

인하는 깨달았다. 지금, 그는 곧 장모님이 되는 지영과 혜원을 두고 주도권 싸움을 벌이고 있다는 것을.

그의 입꼬리가 올라갔다. 씩 웃은 그가 혜원을 보며 눈을 빛냈다.

"전에 기억나? 여행 가자고 했던 거."

"아……. 네."

"그거 오늘 가자. 어차피 우리 둘 다 짐이 여기 있으니 챙겨서 바로 가자."

놀라서 눈을 키우는 혜원을 인하는 강압적으로 밀어붙였다.

얼떨결에 짐을 싸는 혜원을 보고 그도 자신의 짐을 쌌다.

그는 친한 동료 배우인 서민혁에게 전화를 걸어 그의 별장을 좀 쓰겠다고 한 뒤 혜원을 데리고 그곳으로 향했다.

가는 도중에 인하는 지영에게 전화를 걸어 혜원과 여행을 간다고 일방적인 통보를 했다.

"혜원이가 메리지 블루가 온 것 같아서 기분 좀 풀고 오겠습니다."

그의 말에 지영은 반박하지 못했다. 딸을 생각한 여행이라는데 화를 낼 수도 없어 그녀는 마지못해 알겠다는 말을 했다.

그렇게 무작정 떠난 여행.

이런 여행은 처음이라고 좋아하는 혜원을 데리고 바닷가에서 뛰어 놀고, 낚시도 하고, 근처 작은 오락실에서 게임도 했다.

2박 3일을 실컷 놀았다. 말 그대로 놀다만 왔다.

같이 잠을 자는 건 생각도 하지 않은 듯 이틀 연속 밤이 되면 순진한 얼굴로 잘 자라고 인사를 하고 방으로 들어가는 혜원을, 인하는 차마 붙잡을 수가 없었다.

결혼 전날 저녁에 서울로 돌아온 두 사람은 내일 있을 결혼식 때 보자고 인사를 했다. 그때 그들은 첫 입맞춤을 나눴다.

정신없이 결혼식을 마치고 신혼여행을 다녀오고, 서로의 집에 인사도 다녀왔다. 이제부터 두 사람이 지내게 될 신혼집에 들어서자마자 인하는 혜원을 안았다.

4박 5일의 신혼여행 기간 동안 혜원을 안은 건, 첫날밤이 전부였다.

성관계 경험이 전혀 없었던 혜원은 첫날밤을 보낸 뒤 앓아누웠다. 신혼여행 기간 내내 참았던 인하는 집에 도착하자마자 혜원을 제 욕심껏 안았다.

"으음."

새벽까지 인하에게 시달리다가 잠든 지 얼마 되지 않은 것 같은데 눈이 따갑다.

혜원은 커다란 창문을 통해 들어오는 빛을 피해 인하의 품으로 파고들었다. 인하는 그런 그녀를 품에 안으며 짜증을 냈다.

"젠장, 커튼을 왜 저런 걸로 달아 놨어."

혜원이 움찔거리며 눈을 떴다. 온갖 인상을 다 쓴 인하가 햇빛이 고스란히 통과하는 커튼을 향해 욕지거리를 내뱉고 있었다.

"암막커튼으로 하고 싶었는데……."

"당연히 암막커튼을 했어야지!"

혜원은 차마 커튼은 어머니가 골랐다고 말을 할 수가 없었다. 결혼 전 인하가 했던 말이 떠올라서. 하지만 인하는 이미 눈치를 챘다.

"암막커튼으로 바꿔! 젠장. 앞으로 뭐 살 때는 나랑 같이 가."

햇빛이 더욱 방 안을 밝게 만들자 결국 인하가 벌떡 일어났다. 이불이 흘러내려 가며 그의 탄탄한 상체를 드러냈다.

혜원이 조심스럽게 이불을 위로 당겨 몸을 가리는데 그가 이불을 아래로 확 잡아 던지더니 침대 밖으로 내려섰다.

벗은 몸으로 당당하게 서 있는 그를 보고 1차적으로 놀라고, 덩달아 자신의 알몸도 고스란히 노출되자 2차적으로 놀랐다. 혜원이 일어나서 떨어진 이불을 끌어다 몸에 둘렀다.

짜증 섞인 눈으로 그걸 보던 인하가 이불째 혜원을 안아 들었다.

"인하 씨! 어디 가요!"

안방을 벗어나 성큼성큼 걸음을 옮기는 그에게 혜원이 다급하게 물었다.

인하가 그녀를 안고 간 곳은 그들이 여가 생활을 보내기 위해 꾸며 놓은 작은방으로, 상영기가 있어 유일하게 암막커튼이 쳐진 곳이었다.

깜깜한 그 방에 혜원을 내려놓은 인하는 다시 성큼성큼 걸어 방을 나가더니 얼마 안 가 베개 하나와 장롱에서 꺼낸 두꺼운 이불 하나를 들고 왔다.

"여기서 자자."

"일어날 시간인데요?"

"그런 게 어디 있어. 자면 자는 거고, 일어나면 일어나는 거지."

두꺼운 이불을 펴고 그 위에 누운 인하가 혜원을 향해 손을 뻗었다.

혜원이 옆으로 다가오자 그는 그녀의 몸에 둘러진 이불을 빼앗아 덮었다. 이불을 빼앗기고 알몸이 된 혜원이 재빠르게 이불 속으로 파고들었다.

눈을 뜬 혜원은 옆자리가 비어 있자 벌떡 몸을 일으켰다.

시계를 찾아 시각을 확인한 그녀는 화들짝 놀라며 인하가 화장대 의자에 올려놓은 원피스를 걸쳤다.

방문을 벌컥 열고 나오자 거실 소파에 앉아 커피를 마시고 있는 인하가 보였다.

"잘 잤어?"

"죄송해요. 늦잠 잤어요. 아침 식사해야 하죠?"

"혜원아, 여기 우리 집이야. 내가 언제 늦잠 잔 걸로 뭐라 한 적 있어?"

결혼을 한 지 한 달이 훌쩍 지났다. 혜원은 아직도 늦잠에 대한 강박관념이 있는지 그보다 늦게 일어나는 날이면 미안해했다. 아니, 죄스러워했다.

늦잠을 자거나 식사를 거르고, 운동을 하지 않는 등 인하와의 생활에 묘한 죄책감을 가지고 있었다. 마치 잘못을 저지르는 것 같은.

그럴 법도 했다. 혜원은 늘 지영에게 규칙적인 생활을 강요받았고, 결혼 전까지 그렇게 살아왔었다.

느긋하게 커피를 마시는 인하의 옆으로 걸어간 혜원은 조심스럽게 그의 옆으로 앉았다.

"오늘은 스케줄 없어요?"

"응. 뭐할까? 영화 볼래? 당신 보고 싶다던 영화 DVD 사다 놨어. 그거 보자."

"제가 보고 싶다고 했던 거요?"

잘 모르겠다는 듯 혜원의 고개가 옆으로 기울었다. 인하는 영화 제목을 이야기하며 전에 보고 싶다고 하지 않았었냐고 물었다.

"그걸 기억해요?"

혜원이 감동받은 얼굴로 그를 바라봤다. 인하는 부드러운 손길로 그녀의 머리를 쓰다듬고 피식 웃었다.

아침 겸 점심을 먹고 영화를 보기로 한 두 사람은 부엌으로 향했다.

간단하게 스파게티를 해 먹자는 인하의 말에 혜원이 냉장고에서 스파게티 소스를 꺼냈다.

포장을 뜯고 유리병 뚜껑을 여는데 잘 열리지 않아 낑낑거리는 걸 인하가 빼앗아 들더니 쉽게 열어 다시 건네주었다.

"결혼하니까 이게 좋아요. 당신이 힘써 주는 거."

냄비에 면을 삶을 물을 받던 인하가 헛기침을 했다. 단순히 뚜껑을 열어 주는 걸 말한 건데, 그는 침대 위에서 힘을 쓰는 걸 상상해 버렸다. 인하가 큼큼 목을 가다듬고는 가스레인지에 냄비를 올렸다.

"그리고 같이하는 게 좋아요. 인하 씨가 요리 도와주는 것도, 청소를 도와주는 것도, 그리고 같이 영화 보는 것도. 다 좋아요."

화사하게 웃는 혜원을 보고 인하가 멋쩍은 듯 고개를 돌렸다.

"별게 다."

낮게 중얼거리고는 가스 불을 켜는 그의 등에 혜원이 이마를 대고 얼굴을 비볐다. 인하의 입매가 느슨하게 늘어졌다.

　어제도 그랬듯이 오늘도 두 사람은 여느 신혼부부처럼, 같이 하루를 시작하고 하루를 마감하는 일상에 적응 중이다.

　그리고 앞으로도.

외전 2
그들의 첫 만남

혜원은 데뷔작이자 처음으로 찍은 드라마에서 꽤 인상 깊은 단역을 맡았다. 대형 기획사인 'Lune'은 그녀에게 전폭적인 지지를 아끼지 않았고, 첫 CF도 찍었다.

그리고 연이어 찍게 된 드라마는 조연이었지만 꽤 비중이 컸다. 주연에 뒤지지 않는 비중에 매일 밤샘 촬영이 이어졌다.

계속된 NG로 PD에게 쓴소리를 듣자 더욱 주눅이 들었다. 다른 배우들에게도 너무 미안해 얼굴을 볼 면목이 없었다.

축 늘어진 걸음으로 혜원은 복도를 배회했다.

방송국 안에 있는 세트장에서 촬영을 진행하고 있었고, 지금은 잠시 식사 시간을 겸한 쉬는 시간이었다.

다들 식사를 하는데, 혜원은 입맛이 통 없어서 세트장을 나왔다. 그곳에 있어 봤자 촬영장에 따라온 모친에게 달달 볶일 터이니 대기실과 가장 먼 쪽으로 걸어갔다.

"하아, 뭐가 문제지?"

연기 수업을 받고 있지만 배운 게 통 기억이 나지 않는다. 배울 때에는 정말 열심히 했는데, 왜 카메라 앞에만 서면 다 까먹는 것인지.

구석진 곳에서 혜원은 벽에 기대앉았다. 그녀는 들고 있던 대본을 펼쳐 다음 촬영 신을 뚫어져라 쳐다봤다. 아니, 연이은 NG로 찍다가 멈춘 신을 쳐다봤다.

"이걸 보세요. 지금 우리의 연구가 제대로 진행이 되고 있다고 생각해요? 레퍼런스에도……."

일상에서는 잘 쓰이지 않는 화학 용어가 나오자 말이 끊어졌다. 한 단어를 띄엄띄엄 읽는 건 아니지만, 화학 용어가 나오면 말이 자연스럽게 이어지지 않았다.

마음처럼 대사가 나오지 않자 속상함에 혜원이 무릎에 얼굴을 묻었다.

"호흡이 엉망이군."

혜원이 화들짝 놀라며 자리에서 일어나 소리가 난 쪽으로 몸을 돌렸다.

"아, 안녕하세요."

제대를 하고 드라마를 계약했다는 기사를 본 적이 있다. 늘 매체로만 보았던 정인하를 눈앞에서 마주하자 말문이 막혔다.

짧은 머리를 멋스럽게 위로 올려 드러낸 반듯한 스타일이 굉장히 잘 어울렸다.

막 제대를 했다는 생각이 머리에 박혀서인지 남자 향기가 강하게 다가온다.

멍하니 자신을 올려다보는 혜원을 물끄러미 본 인하는 그녀가 이제 막 뜨기 시작하는 신인 배우라는 걸 알아차렸다.

구석진 곳에서 연습을 하기에 단역을 맡은 초짜 신인인 줄 알았던 그는 혜원을 알아보고 작게 고개를 숙여 인사를 했다.

청순함이 그녀를 지칭하는 대명사라더니, 긴 생머리와 여리여리한 몸매에 예쁘장한 얼굴이 제법 눈길을 끈다.

"연기가 어려우면 자문을 구해요. 혼자서 끙끙 앓지 말고."

"네? 네, 감사합니다."

얼굴이 발갛게 달아오른다. 지적이 부끄러운지 혜원이 고개를 숙인 뒤 다급하게 걸음을 옮기려 했다.

"이리 줘 봐요."

"네?"

인하가 혜원의 손에 들린 대본을 손가락으로 가리켰다. 쭈뼛쭈뼛 그의 앞으로 걸어온 혜원이 그를 향해 두 손으로 대본을 내밀었다.

"그냥 주면 어떡해요. 조금 전에 읽던 페이지를 펴서 줘야죠."

허둥지둥 혜원이 그 페이지를 펴고 다시 공손하게 대본을 내밀었다. 대본을 가져간 인하가 대본 표지에 꽂혀 있던 볼펜을 빼서 사선을 긋기 시작했다.

"연기할 땐 호흡이 가장 중요해요. 호흡 하나로 긴장감을 조

성하기도 하니까. 대사를 할 때에는 적당히 호흡을 끊어 줘야
죠. 쉬지 않고 쭉 말을 하거나, 잘못 끊어 읽으면 시청자들에게
엉망으로 전달돼요."

딸깍, 볼펜을 다시 표지에 꽂은 인하가 혜원에게 대본을 돌려
주었다. 혜원의 얼굴이 더욱 붉어졌다. 그 얼굴을 본 인하는 혹
시나 초면인 자신의 조언에 화가 난 건가 싶어 난감한 표정을
지었다.

"정말 감사합니다. 호흡이 중요하다고 배웠는데, 마음처럼 되지
않아요. 연기가 전공도 아니고, 많이 배우지 못해서 그런가 봐요.
더 열심히 하겠습니다."

"아니, 나에게 그런 말을 할 것까지는 없고요."

화가 났다기보다는 부끄러움에 얼굴이 붉어졌다는 걸 알고
인하가 부드럽게 웃었다.

"그럼 수고하세요."

"네. 감사합니다. 아! 선배님!"

뒤돌아 걸어가는 그를 혜원이 다급하게 불러 세웠다. 인하가
상체를 틀어 할 이야기가 있으면 하라는 듯 고개를 끄덕였다.

"말씀 놓으세요. 그리고 정말 감사합니다."

"그러지, 그럼."

다시 걸어가는 인하의 등 뒤로 허리를 숙여 인사를 한 혜원은
대본을 펼쳐 들었다. 사선으로 된 부분을 유의하며 차근차근 읽
었다.

"아, 이렇게 읽어야 하는구나."

혜원은 몇 차례 더 읽어 본 뒤, 개운한 얼굴로 대기실로 향했다.

❖   ❖   ❖

거실이 유독 조용하다. 부엌에서 점심 준비를 하던 혜원은 거실이 조용하다는 걸 깨닫고 급히 나섰다. 깔깔거리며 웃고 떠들고 있어야 할 딸 라율과 아들 하율이 보이지 않았다.

"라율아! 하율아! 어디 있어!"

부름에도 답이 없자 혜원은 또 숨바꼭질 놀이를 하는 건가 싶어 조용히 발걸음을 옮겼다.

아이들이 자주 숨는 안방으로 들어갔다. 침대 위에는 인하가 죽은 듯이 잠들어 있었다. 살금살금 걸어간 그녀는 남편이 덮고 있는 이불을 들췄다.

"으음, 혜원아?"

"애들 숨으러 안 왔어요?"

잠든 아빠가 덮고 있는 이불 속으로 자주 숨어 들어갔기에 당연히 그곳에 있을 거라고 생각했다. 다시 남편에게 이불을 덮어준 혜원은 장롱을 차근차근 열었다.

"정라율! 정하율!"

"애들 어디 있어?"

다시 잠에 빠져들던 인하는 혜원이 큰 소리로 아이들 이름을 부르자 눈을 부릅떴다.

"방에 있나? 더 자요."

혜원은 안방을 나와 아이들 방으로 향했다. 예전에는 운동기구가 놓여 있었던 방은 라율이 태어나기 전 아이 방으로 꾸몄다.

운동기구는 위험할 수 있기에 전부 치워 버리고 라율이 방으로 꾸몄는데, 지금 하율이도 누나와 같은 방을 쓰고 있다. 물론 하율이는 잘 때가 되면 아직 엄마와 아빠를 찾지만.

"라율아! 없네."

방문을 열어 보았지만 아이들은 없었다. 혜원은 서재로 향했다. 아이들을 낳기 전 여가 시간을 보냈던 방은 지금은 서재로 바뀌었다.

"너희 뭐해? 책 읽고 있었어?"

이제는 제법 한글을 읽을 줄 아는 라율이 동생에게 동화책을 읽어 주고 있었던 것인지, 책장 앞에 두 아이가 주저앉아 머리를 맞대고 있었다.

"엄마! 하율이한테 대본 읽어 주고 있었어."

"대본?"

매일 대본을 들고 사는 아빠를 보아 온 아이들이기에 책과 대본을 구별할 줄 알았다.

그림이 없으면 흥미를 보이지 않는 하율은 엄마가 오자 동화책 하나를 들고 아장아장 걸어왔다.

"엄마, 이거."

"하율아, 누나가 대본 읽어 준다니까?"

"시져. 엄마, 이거."

잠에서 깬 인하가 어느새 다가와 동화책을 내밀고 읽어 달라 떼쓰는 하율을 품에 안아 들었다. 인하가 아들을 안고 소파로 걸어가 앉자 라율이 보고 있던 대본을 들고 가 아빠의 옆에 앉았다.

"어디 보자. 꿀꿀 돼지 이야기네."

하율이 손가락으로 코를 올려 돼지코를 만들더니 꿀꿀거렸다. 귀여운 아들의 모습에 인하가 피식 웃고는 책을 펼쳤다.

"아빠! 라율이랑 이거 읽어."

"두 개는 한꺼번에 못 읽는데."

인하가 도와달라는 듯 눈빛을 보내자 혜원이 점심 식사를 준비해야 한다며 몸을 뺐다. 잠깐만 읽어 주다 가라는 그의 말에 혜원이 마지못해 딸의 옆에 앉았다.

"어디 보자. 우리 라율이는 뭘 보고 있었어? 아…… 엄마 대본이네."

"엄마 거야?"

혜원이 라율에게서 대본을 받아 들고 설풋 웃었다.

단역을 벗어나 첫 조연을 맡았던 드라마의 대본. 혜원이 감회가 새롭다는 듯 대본을 손으로 쓰다듬었다. 그리고는 촤르르 페이지를 넘겨 한 부분을 인하에게 보여 주었다.

"당신, 기억나요?"

"응? 뭐?"

하율과 같이 꿀꿀 돼지 흉내를 내던 인하가 혜원이 보여 주는 대본으로 시선을 돌렸다. 덩달아 라율과 하율이 자기들도 보겠다고 대본으로 손을 뻗었다.

"아, 이거 그거구나. 기억나지. 우리 처음 만났던 날. 맞지?"

"기억하는구나. 그때 정말 고마웠는데. 감독님한테 계속 혼이 났었거든요. 당신 덕분에 대사 꼬이지 않고 잘 찍었었어요."

"그날만 고마웠어?"

"네?"

"아무것도 아니야."

하율이 마저 읽어 달라고 칭얼거리자 인하는 급히 말을 마치고 동화책을 읽기 시작했다.

인하가 캐릭터마다 목소리를 달리하자 라율도 대본에 흥미를 잃고 아빠의 목소리에 귀를 기울였다.

남편과 두 아이를 보며 미소를 짓던 혜원은 대본을 소중히 품에 안고 책장으로 걸어가 원래 있던 위치보다 더 위쪽에 그것을 꽂아 두었다.

딸과 아들의 손이 닿지 않는 곳에.

촬영 장소가 같은 날, 같은 시간에 겹치는 경우는 처음이다. 드라마와 영화 스태프들이 가운데에 선을 긋고 대치를 하듯 마주 보고 서 있다.

"어떻게 된 거야?"

"장소 협찬해 주는 기관 직원이 우리 협찬을 승인하고 얼마 뒤에 퇴사를 했대요. 새로 온 직원이 실수로 저쪽 드라마 촬영 장소 협찬을 같은 날로 승인했다고 하네요. 무슨 이런 일이 있나."

대본을 읽던 인하는 재민의 말에 한숨을 내쉬고는 그래서 어떻게 할 건지 알아보라고 했다.

밖은 화를 내는 스태프들과 그 사이에서 우왕좌왕하는 기관 직원들로 난리가 났다.

밖으로 나가 스태프들과 이야기를 나누던 재민은 감독들끼리 협상을 하는 걸 듣자마자 인하에게 달려와 설명을 했다.

"드라마에서 딱 두 장면만 찍으면 된다고, 바로 다음 주가 종영인데, 마지막 화 방송 나갈 신이라고 해서 먼저 찍기로 했나 봐요."

"얼마나 기다려야 된대?"

확답을 하지 못하는 재민에게 됐다는 듯 손을 흔들어 보인 인하는 잠깐 잘 테니 나중에 깨우러 오라고 하며 의자를 뒤로 젖혔다.

바로 잠에 빠지는 인하를 확인한 재민은 벤의 문을 닫고 인하가 먹을 도시락을 사기 위해 식당과 편의점을 찾아 나섰다.

잠깐 잔다는 것이 꽤 시간이 흘렀다. 시계를 확인해 보니 벌써 한 시간 반이 지났다.

인하는 찌뿌듯한 몸을 펴서 기지개를 켰다. 아직도 재민이 저를 부르러 오지 않은 걸 보니 드라마 촬영이 끝나지 않은 건가 싶어 한숨을 내쉬었다.

제대 후 찍는 첫 영화. 그 자신이 꽤 욕심을 내고 있는 영화다. 드라마 계약을 먼저 했지만, 대본을 집필하던 작가의 건강상 문제로 드라마가 연기되면서 영화를 먼저 찍게 되었다.

2년 반 만의 복귀작이기에 인하는 모든 열정을 쏟아붓고 있었다.

"잠깐 보러 가 볼까."

모자를 푹 눌러쓴 인하는 두꺼운 파카를 걸치고 지퍼를 목 끝까지 채운 뒤 파카에 달린 모자까지 써서 얼굴을 가렸다.

그 상태로 벤에서 내린 그는 설렁설렁 걸음을 옮겼다.

"찍고 있네."

촬영이 한창인지 조용했다. 그때 컷 소리와 함께 감독이 고래고래 소리를 질렀다.

카메라 앞에 서 있는 배우의 얼굴을 유심히 보던 인하는 그녀가 얼마 전 방송국에서 보았던 혜원이라는 걸 알아차렸다.

다시 촬영이 재개되었다. 혜원의 연기를 보던 인하의 미간이 접혀 들어갔다. 다시 NG를 외친 감독이 허리에 손을 올리고 혜원을 노려본다.

감독이 잠시 쉬어 가자고 했던 것인지 배우들이 카메라 밖으로 빠져나왔다.

혼이 난 혜원은 기가 팍 죽은 모습으로 대본을 들고 촬영 현장을 벗어나고 있었다. 인하는 저도 모르게 그녀를 뒤따랐다.

촬영 현장과 멀찍이 떨어져 있는 벤치에 앉은 혜원은 대본을 펼쳐 들고 읽다가 한숨을 내쉬었다. 그리고 자신의 머리를 툭툭 때리기 시작했다.

그렇게 자학을 하더니 대본을 벤치 위에 올려 두고 어디론가 달려갔다. 그녀가 화장실로 들어가는 걸 본 인하는 설렁설렁 벤치로 향했다.

혜원이 놓고 간 대본을 들고 읽던 인하의 입술 사이로 한숨이 흘러나왔다.

"이러니 감독한테 혼이 나지."

인하는 앞에 꽂힌 볼펜을 빼어 들고 혜원이 해 놓은 사선 표시를 지운 뒤 새로 표시를 그었다.

"여기에서 잠깐 낮은 한숨을 내쉬고, 여기에서는 살짝 눈을 내리깔고. 남자를 잡으려고 손을 뻗었다가 주먹을 쥐고 손을 거두고."

드문드문 작은 행동을 흘러가는 글씨체로 적은 인하는 만족스러운지 입가를 끌어 올렸다.

볼펜을 다시 대본 앞에 꽂은 뒤 그것을 벤치 위에 올려 두었다. 혜원이 화장실에서 나오는 걸 확인한 그는 그녀가 자신을 보기 전에 사라졌다.

멀찍이 떨어져서 기다리는데 혜원이 대본을 들고 촬영 현장으로 걸어왔다. 대본을 보며 갸웃거리더니 주위를 두리번거린다.

인하는 고개를 푹 숙이고 다른 곳으로 몸을 돌렸다.

"형님, 뭐하세요?"

아무도 몰라봤던 인하를 바로 알아본 재민이 다가와 물었다.

아직 드라마 촬영이 끝나지 않아 스태프들도 슬슬 화를 내고 있다고 전하는 재민에게, 인하는 잠깐 보고 갈 테니 차에 가 있으라고 말했다. 그리고 다시 시작되는 촬영에 시선을 두었다.

멀찍이 떨어져 있어서 대사는 잘 들리지 않았다.

인하는 혜원의 행동을 주시했다. 움직이는 입술을 보고, 그녀의 시선을 좇았다.

혜원이 슬쩍 눈을 내리깔자 인하가 입꼬리를 올리며 웃었다. 혜원이 상대 연기자를 잡으려 손을 뻗었다가 주먹을 쥐고 다시 손을 거둔다.

"그렇지."

혜원의 연기를 멀리서 본 인하는 고개를 끄덕이고는 몸을 돌렸다.

벤으로 돌아와 잠시 몸을 녹이는데, 촬영 스태프가 달려와 드라마 촬영이 끝났다는 걸 알렸다. 바로 촬영 준비를 할 테니 대기하라는 스태프의 뒤로 누군가가 나타났다.

"안녕하세요, 선배님."

혜원이 벤 앞에 서 있자, 인하는 놀라서 의자에 기대고 있던 상체를 일으켰다. 설마 자신이 대본에 손을 댄 것을 알고 온 건가 싶어 그는 놀란 눈으로 혜원을 봤다.

"이곳에 계시다고 들어서 인사드리러 왔어요. 저희 드라마 때문에 촬영이 지연되어서 죄송합니다."

드라마 스태프도 와서 사과를 하지 않았다. 인하는 혜원의 사과에 얼떨떨한 얼굴로 괜찮다고 고개를 끄덕였다.

"그럼 촬영 잘하세요. 다음에 뵙겠습니다."

"수고했어."

혜원이 활짝 웃었다. 다시 인사를 하고 사라지는 혜원의 뒷모습에서 인하는 눈을 떼지 못했다.

❖　　　❖　　　❖

마지막 장을 덮자 하율이 또 읽어 달라고 떼를 쓰기 시작했다. 라율이 덩달아 다른 동화책을 들고 왔다.

"나중에 밥 먹고 읽어 줄게."

곧 있으면 혜원이 점심 식사를 하라고 부를 것이다. 인하는 밥을 먹기 전 손을 씻으라고 아이들을 내몰았다.

"아빠, 시져."

아직은 제 고집이 센 하율은 라율과 달리 울먹거리기 시작했다. 라율은 그런 동생을 보다가 저 혼자 손을 씻겠다며 서재를 나갔다. 인하는 난감한 얼굴로 아들을 안아 들고는 빙그르르 돌기 시작했다.

하율이 재미있는지 까르르 웃는다. 인하는 그대로 아들을 내려놓았다. 어지러움에 옆으로 걷더니 쿵 넘어진다. 그래도 좋은지 웃으며 또 해 달라고 손을 뻗는다. 인하는 다시 아들을 안아 들고 빙그르르 돌았다.

"인하 씨, 뭐해요. 식사 준비 다 됐어요. 정하율, 이리 와."

아빠와 더 놀고 싶어 하는 아들을 안아 든 혜원은 인하에게도 빨리 나오라는 말을 남기고 서재를 나갔다. 혜원의 뒤를 따르던 그는 발걸음을 돌려 책장 앞에 섰다.

"이건가."

혜원이 위쪽에 꽂아 두었던 대본을 꺼내 그가 한 장, 한 장 넘겼다. 자신의 흔적을 발견한 그가 피식 웃고는 다시 소중한 것을 다루듯 제자리에 꽂아 두었다.

허리를 숙여 밑쪽에 꽂힌 다른 대본들을 살피던 그는 마지막 화의 대본을 꺼내 자신의 흔적을 찾았다.

"여기 있다."

혜원이가 모르는 그의 흔적. 인하는 그 대본을 위쪽에 꽂아 두었다.

한 드라마의 20화 대본들 중, 3화와 20화만이 아이들의 손이 닿지 않는 책장 두 번째 칸에 꽂아졌다.

작가 후기

　또 하나의 글이 끝을 맺었네요. 이상하게 후기를 쓸 때면 늘 묘한 기분에 휩싸입니다. 좋지도 나쁘지도 않은 기분에 손이 떨리네요. 감동적인 건가요.

　인하와 혜원이의 이야기는 어떠셨나요? 연재 내내 달달하다는 말을 가장 많이 들었습니다. 작정하고 달달하게 썼어요. 쓰면서 너무 달달하기만 한 건 아닌가 하는 걱정을 했는데, 의외로 반응이 좋아서 무척이나 기뻤습니다. 지금껏 연재를 한 제 글들 중에서 가장 반응이 뜨거웠네요.

　수정을 거치면서 연재와는 조금 다르게 수정이 된 부분도 있고, 추가된 부분도 많습니다. 그래도 달달함은 되도록 유지하려고 했습니다. 그런데 계속 읽다 보니 달달한지도 모르겠네요. 앞으로 제 글에 있어 이런 달달함이 또 있을지 모르겠네요.

책에 대한 후기를 쓰는 동안 마음의 준비를 끝냈으니, 이제 인하와 혜원이를 그만 놓아주겠습니다.

자, 이제 감사의 인사를 시작합니다.

먼저, 연재부터 이 책까지 읽어 주신 독자님들께 감사함을 전합니다.

출간 제의를 해 주신 손수화 팀장님, 정말 감사드립니다. 제 첫 종이책을 내주셨던 팀장님과 다시 작업을 할 수 있게 되어서 기뻤습니다. 그리고 꼼꼼한 교정교열을 봐주신 교정자님께도 감사드립니다. 또, 예쁜 표지 4개를 만들어 주셔서 저를 혼란에 빠뜨려 주신 디자이너님께도 감사의 인사를 전합니다. 표지 고르느라 힘들었어요.

그린나래 작가님들 정말 감사합니다. 주은영 작가님, 민희서 언니, 강율, 지수안, 이해음, 단, 설연. 앞으로도 같이 쭉 글을 씁시다.

그리고 익산(or울산)의 그녀. 작가님, 꼭 만나요. 제가 후기에 적는다는 양해를 구하지 않았기에 익명으로 씁니다.

광주 문흥동에 있는 깨미책방. 15년? 그 이상인가요? 늘 저에게 재미있는 책을 골라 주시고, 표지 선택에 도움을 주신 이모 감사합니다. 제가 로맨스 소설을 굉장히 많이 읽다 보니 깨미책방 중독자예요. 깨미책방 만세!

오랜 시간 함께해 온 설향, 민정, 민정(민정이 두 명인지라) 애정한다. 진태, 형민, 기원이도.

그리고 오랜만에 만나도 변함없는 그녀들. 유찌니, 소여니, 지아, 미라, 다영, 지혜, 빛나, 정미 또 만나자.

마지막으로 가족들에게 감사합니다. 아빠, 엄마, 언니, 동생 사랑합니다. 그리고 새내기 가족 형부도. 또 빼먹을 수 없는 사람이 있죠. 6년째 연애 중인 내 남자 감사하고 사랑합니다.

그럼 저는 다음 작품을 들고 찾아뵙겠습니다. 그때까지 건강하세요.

—김나혜 올림.